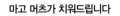

마고 머츠가 치워드립니다

마고 마츠가 × 지워드립니다

MARGOT MERTZ
TAKES IT DOWN

이언 맥웨시, 캐리 매크로슨 지음
이신 옮김

문학수첩

CONTENTS

- 2월 18일, 오후 1시 44분 -

마고　B, 네가 옳았어. 인터넷은 어둡고 역겨운 곳이야.

CHAPTER 1

교사가 울 때

"아니 내 말은…… 몸이 끝내주더라니까? 체지방이 아예 없었어. 그 어깨며 팔뚝이며 너도 봤어야 했……."

"저기, 쌤?"

그녀의 말을 끊어야 했다. 이대로 두면 이야기가 어디로 흐를지……. 어쨌든 흐름을 바꾸고 싶었다.

"미안. 사정을 설명하려다 보니 그만……. 그래 맞아, 그건 중요치 않지. 내가 한 짓에 대한 변명이 될 수도 없고. 절대로 공개되면 안 돼! 마고……."

블라이 쌤은 눈을 내리깔고 자기 앞에 놓인 음료만 물끄러미 바라보았다. 그 진토닉이 자길 구해주기라도 할 것처럼. 창피한 기색이 역력했고 조금 혼란스러운 듯도 했다. 그녀에겐 어색한 상황이었으리라. 한때 자기가 B+를 주었던 평범한 여학생이[1] 갑자기 자기 신세를 좌우하게 되었으니 말이다.

"그저 하룻밤 상대였을 뿐이야. 하룻밤 즐긴 게 다였다고. 물론 황홀했지, 하지만……."

"쌤, 다시 말씀드리지만 그런 건 정말 정말 알고 싶지……."

"난 남편을 사랑해. 그래, 사이가 좋기만 한 건 아니지. 내가 쌀쌀맞을 수도 있어. 그이는 롤플레잉 보드게임에 미쳐서……."

그녀는 불현듯 민망해졌는지 다시 자책했다.

"그렇다고 내가 한 짓에 변명이 될 순 없지! 하지만 단 하룻밤 술김에 멍청한 짓을 저지른 것뿐인데……."

그녀의 눈에 눈물이 고였다.

"네가 도와주기만 하면 이혼은 막을 수 있을 거야. 그러니 제발 도와줘."

그러고서 그녀는 정말 이성을 잃었다. 어깨를 들썩이며 추하게 끅끅대고 울었다. 평소 블라이 쌤은 꽤 매력적이다. 교사치고는. 겨울인데도 하얀 피부를 좀 과하게 태웠지만 패션 감각도 나쁘지 않고 화장도 잘했다. 길거리에서 지나치면서 "와우!"할 정도는 아니다. 하지만 41분 동안 산화 환원 반응을 설명하는 그녀를 쳐다봐야 한다면 '호오, 좀 예쁘네' 하고 생각하게 될지도 모른다. 하지만 지금은?

---

1 기말시험에서 어느 당액을 화학식이 아닌 구어체로 표기했다는 이유로 나에게 B+를 주었다. 어이가 없는 게, 내 실력이 A 감인 걸 이 쌤도 분명히 알고 있었다. (그렇다고 블라이 쌤한테 원한이 있는 건 아니다.)

물에 젖은 쓰레기로 보인다. 게다가 주위에서 힐끔대기 시작했다.

급기야 나이 든 여종업원까지 나타나 "혹시 도와드릴 일은 없나요?"라고 물었다. 보나 마나 성이 론다거나 낸시겠지.

내가 괜찮다고, 고맙다고 분명히 대답하자 론다인지 낸시인지는 비척비척 카운터로 돌아갔다.

피티 오태번스에서 쫓겨날 걱정은 해본 적 없었다. 피티는 고급스러운 분위기나 자연광을 요구하지 않는 술꾼들이 즐겨 찾는 누추한 술집이었다. 바닥은 끈적끈적하고, 화장실 앞에 담배 자판기(?!)가 있으며, 카운터 뒷벽에는 〈스키 스쿨〉이라는 1980년대 영화 포스터가 걸려 있었다. (쪼끄만 '멋진 남자' 두 명이 비키니를 입은 여성의 거대한 젖가슴 골을 타고 스키로 활강하는 합성 사진에 '앞뒤로 S라인'이라는 문구가 붙은, 굉장히 여성 혐오적인 포스터다. 어쩐지 이 영화는 곱게 늙지 못한 할아버지 같은 느낌이다.)[2]

어쨌거나 난 술을 마시러 간 게 아니었다. 내가 주문한 음료는 라임을 끼운 탄산수 한 잔이었다. 고객들을 데려올 장소가 필요했을 뿐이다. 피티는 물론 역겹지만, 성인 고객들이 익명으로 음료를 주문하고 일개 청소년에게 수천 달러를 지급할 참이라는 사실을 잊을 수 있는 곳이었다.

"쌤, 조시라는 남자와 자는 게 언제나 실수는 아니에요."

분위기를 밝게 해보고자 농담을 던졌건만 그녀는 전혀 이해하지

---

2 의문스러운 점이 한두 가지가 아니다. 이 여자는 왜 비키니를 입고 스키를 타는가? 남자들 몸이 줄어든 건가, 여자가 거인인 건가? 1980년대 여성 관객들은 도대체 뭘 한 거지?

못하는 눈치였다.

"하지만…… 제가 도와드릴 수 있을 것 같아요."

블라이 샘은 눈을 들어 나를 바라보았다. 내 하얗디하얀 (핏기라곤 전혀 없는) 얼굴을 살피며 희망의 빛을 찾으려 하는 듯했다.

지난 2년간, 난 숱한 교사와 학생과 부모를, 한 번은 주의회 의원까지 상대했다. 그들의 사정, 창피한 트위터 게시글, 수치스러운 동영상에 대해 상세히 듣고서 그것들을 싹 지워주었다. 그게 내가 하는 일이다. 적당한 가격에, 나는 인터넷 세상 끝까지 가서 그들의 실수를 없던 일로 되돌린다.

이번 사건의 의뢰인인 블라이 샘은 루스벨트고등학교의 화학 교사로, 브라이튼고등학교 화학 교사인 조시 프랜지와 바람을 피웠다. (브라이튼은 우리 학교와 경쟁 관계다. 혹시나 고등학교 간 경쟁에 관심이 있을까 해서 말해둔다. 난 관심 없다.) 조시는 암암리에 유명했다. 이 일대의 이공계 교사 대부분과 잠자리를 한 '교사 킬러'였다. 그의 인스타그램 계정을 본 적이 있는데 솔직히 이해가 되지 않았다. 내 눈에는 한 대 세게 때려주고 싶은 얼굴에 그저 평범해 보이는 40대 아저씨였다. 하지만 보는 눈이야 제각각이겠지 싶다.

일은 이렇게 되었다. 지난 주말, 남편이 편찮으신 어머니를 뵈러 간 사이(어이쿠!) 블라이 샘은 '교사 및 행정 직원을 위한 노래방 친선 모임!!!'[오싹]에서 술을 진탕 마셨다. 음정 박자 무시한 노래가 있었고, 미리 섞어놓은 마가리타가 있었고, 수많은 사진이 찍혔다. 모두 조시의 작품이었다. 노래하는 블라이 샘의 사진들. 블라이 샘과 조시가 함께 〈언더 프레셔Under Pressure〉를 부르는 사진들. (그렇게 프레디 머큐리와 데이비드 보위는 한 번 더 죽게 되었다.) 그리고…… 블라이 샘과 조시가 키스하는 사진들.

지금 블라이 샘은 제정신이 아니었다. 조시의 인스타그램 계정에 그런 사진 중 하나가 올라왔기 때문이다. 별다를 것 없는 '두 사람이 함께 노래하는' 사진 중 하나였지만, '셰일라랑 볼링을 쳤다'는 그녀의 알리바이를 뒤집는 사진이었다. 블라이 샘은 그가 인스타그램에 사진을 더 올리거나 남편이 그걸 보고 질문을 던지기 시작할 것은 시간문제라며 초조해했다. 조시에게 사진을 내려달라고 부탁하는 문자를 보냈지만 아직까지 답신이 없었다.

"그래서?"

블라이 샘은 더러운 사생활을 내게 털어놓고서 물었다. 대답을 듣고 싶어 죽을 맛인 눈치였다.

식은 죽 먹기로 들릴 수 있다는 걸 안다. 그러니까 조시가 한 일은 사진 한 장 올린 것뿐이지 않은가? 그러나 이게 절대 그리 간단하지 않다. 사진이나 트윗이나 이메일이 얼마나 많은지, 누가 다운로드했는지 모를 일이다. 사진이 어디에 저장돼 있는지도 모른다. 과연 달랑 핸드폰 한 대에만 있을까? 클라우드에 올려놨거나 노트북에 백업해 두지는 않았을까? 그리고 목표물의 의도도 알 길이 없다. 조시가 무슨 맘을 먹었을까? 자기가 블라이 샘을 위기로 몰아넣었다는 것도 알아채지 못하는 멍청이에 불과하다면, 그렇다면 사진을 지우는 거야 어려운 일이 아닐 것이다. 하지만 그가 블라이 샘의 결혼을 파탄

내기로 작정했다면? 음, 그러면 일이 정말 지저분해질 수 있다.

어쩐지 조시 프랜지가 나를 상당히 애먹일 듯한 예감이 들었다. 블라이 샘이 나한테 털어놓지 않은 무언가가 있는 것 같았다. 다시 말해 멍청한 사진 한 장에 엄청난 시간과 공을 들여야 한다는 뜻이었다.

"생각을 좀 해봐야겠어요."

블라이 샘의 구릿빛 미간에 주름이 졌다. '생각을 좀 해본다'는 건 그녀가 기대한 대답이 아니었다. 별안간 그녀는 위조한 진단서를 내밀며 결석한 핑계를 대는 학생 앞에 선 열 받은 교사가 되었다.

"생각할 게 뭐 있어? 내 인생이 나락으로 떨어질 판인데, 돈도 얼마든지 줄 텐데! 달리 바쁠 것도 없잖아? 네가 뭘 하는데? 공부? 특별활동? 서투른 손장난? 고작 고딩 주제에!"

고작 고딩? 이젠 내가 열 받네. '고딩'이라는 딱지는 내 존재를 너무나 하찮게 만든다. 그럼 어떤 딱지가 붙으면 좋겠냐고? 기업가. 기술 연구가. 외로운 늑대. 딸. 염세주의자. 이 시대의 마녀. (그래, 난 마녀가 아니지만, 언젠가 자습실에서 그레그 메이즈가 날 그렇게 불렀고, 솔직히 듣기 좋았다. 내가 한 가장 마녀다운 짓이래야 내 방에서 팔로산토를 태운 일 정도지만.) 아무튼 이들 중 아무거로나 불러도 좋다, 이 말이다! 하지만 '고딩'이라 불리면 자기가 누군지 모르는 쓸모없는 사람으로 들린다. 난 내가 누군지 안다. 빌어먹을, 난 마고 머츠다.

게다가 블라이 샘은 내 도움이 절실하지 않은가! '교장실로 보낼 거야' 말투로 으름장을 놓으면 내가 겁이라도 먹을 줄 알았나?

방금 자신의 불륜을 나한테 실토해 놓고! 내가 우위에 있는데!

하지만 물론 나는 이런 얘기를 내뱉지도, 화난 내색을 보이지도 않았다. 난 프로니까. 간단히 이렇게 대꾸했다.

"재정적으로 출혈이 좀 있으실 거예요."

까짓것, 배짱이다. 아까도 말했듯 굳이 이 일을 잡지 않아도 된다.

블라이 샘은 돈이 얼마나 들건 상관없다고 했다. 다들 그런다. 인생을 망칠 실수를 바로잡아 줄 사람이라 믿게 되면, 교사든 학생이든 지역 일기예보관이든 누구든 간에 내 조건에 무조건 동의한다. 선택권이 있기나 한가?

"고마워. 고마워, 마고. 돈이 대수겠니! 얼마나 들건 상관없으니 제발 이 일 좀 해결해 줘!"

블라이 샘은 큼지막한 교사용 가방에서 200달러를 꺼내어 착수금 조로 내게 건넸다. 난 사건을 좀 더 자세히 알아야 하니 조만간 연락 드리겠다고 했다. 그러고선 재빨리 내뺐다. 피터 오태번스는 실패의 냄새가 났고, 난 할 일이 무척 많았으니까.

CHAPTER 2

시작은
사진 한 장

이 시점에서 궁금한 게 몇 가지 있을 것이다. 이를테면 교사가 우는 걸 보는 기분이 어떨까? 팔로산토는 또 뭐고?

뭐니 뭐니 해도 가장 궁금한 건…… 어떻게 이런 일을 하게 되었는가, 겠지. 그 의문에 대답하자면 1)이상하다. 2)향처럼 태워서 연기를 내는 나무 막대기. 3)나도 항상 자문한다. 그런데 솔직히 잘 모르겠다. 거의 항상, 우연히 그렇게 되었다는 느낌이 든다.

하지만 진지하게 깊이 파고들자면 두 가지 계기가 있었던 것 같다. 인생의 쓴맛을 두 차례 겪고 한층 단단해지면서 지금 이 자리로 떠밀려 왔다고나 할까.

인생의 쓴맛
#1. 절친은 영원하지 않다

난 교우 관계가 늘 어려웠다. 초등학생 때는 '친구들'이 있었다 (즉 생일 파티에 초대를 받았고 과일 맛 젤리를 메건 밀스와 교환하기도 했다). 하지만 중학교(우리나라 학제 기준으로 미국의 6~8학년은 우리의 중학교, 9~12학년은 고등학교에 속한다. 독자가 이해하기 쉽도록 이 책에서는 우리나라의 학제에 맞춰 '6학년'은 '중학교 1학년' 등으로 표기했다-옮긴이)로 올라가면서 난 고독한 삶으로 밀려났다. 입학 첫날부터 미국 대통령 선거 제도의 문제점에 대해 열변을 토했으니⋯⋯ 그래서 몇몇 아이들이 등을 돌린 게 아닌가 싶다. 중학교 1학년일 때 나는 혼자서 많은 일을 했다. 먹기! 버스 타기! 믿기 어렵겠지만 심지어 조별 과제도! (같이하고 싶어 하는 사람이 아무도 없으면 이렇게 될 수도 있다!) 부모님은 내가 우울한 줄 아셨다. 하지만 난 '우울증'에 걸렸다거나 그랬다고는 생각지 않는다. 다만 미움받는 게⋯⋯ 아무 이유 없이 미움받는 게 익숙하지 않았을 뿐이다.

그러던 차에 베서니를 만났다. 삶이 한결 나아졌다. 어느 날 도서관에서 우연히 옆자리에 앉았는데, 만두와 소니아 소토마요르Sonia Sotomayor(최초의 히스패닉계 미 연방대법관-옮긴이)[3]를 사랑한다는 공통점을 발견하고서 금세 친해졌다. 알고 보니 둘 다 단독 주택이 아닌

---

3 이 여자는 영웅이다! 클레런스 토머스며 브렛 캐배노 같은 엄청난 보수 꼰대들과 함께 매일 출근하는 걸 상상해 보라! 개떡 같겠지만, 그녀는 '그것이 되게' 만든다!

아파트에서 살았다(학교 애들 대부분은 단독 주택에 살았다). 그리고 둘 다 입주 보모 손에서 자라지 않았다. 다시 말해 그 애와 나의 부모는 초만원인 어린이집이나 기운 달리는 조부모에게 우리를 맡기곤 했다. 곧 우리는 방과 후에 만나 함께 〈오피스The Office(미국 코믹 시트콤-옮긴이)〉에 탐닉하고 남자애들 얘기를 하고 살짝 지릴 정도로 깔깔대며 웃었다. 물론 학교 동급생들은 여전히 잔인했다. 이를테면 더 이상 젤리 친구가 아니게 된 메건 밀스는 내 새로운 머리 모양을 보고 '농담'하길, 영락없이 '어쩌고저쩌고(메건 밀스보다는 나은 사람이고자 구태여 그대로 옮기지는 않겠지만, 동성애자를 비방하는 말이었다)'처럼 보인다고 했다. 하지만 베스와 함께였기에 나는 적어도 생존할 수 있었다. 괜찮은 진짜 친구가 한 명만 있다면 삶의 무엇도, 심지어 중학교 생활도 헤쳐갈 수 있다고 나는 믿는다. 내 친구는 괜찮은 정도가 아니라 최고였다.

하지만 이후 우리는 고등학교에 진학했다. 그러면서 모든 게 거지 같아졌다.

베스와 나는 고등학교 1학년의 삶에 큰 기대를 걸었더랬다. 사물함도 더 크고 선생들도 더 똑똑했으니까. 모두가 조금은 덜 서먹하게 굴었으니까. 게다가 아마도…… 난생처음(?)으로, 남자애들이 우리한테 관심을 주고 있었으니까. 그런 하찮고 가부장적인 물건들보다 '우월한' 우리는 원하지 않는 척했던 (그러나 남몰래 원했던) 관심 말이다. 사실 우리는, 다른 누구보다도 크리스 하인츠의 관심이 탐났다.

크리스 하인츠는 고등학생치고는 비현실적으로 잘생겼다. 도톰한 입술, 헝클어진 갈색 머리칼, 따뜻한 상아색 피부. 고등학교 2학년생인데도 스물여덟 살 청년의 식스팩 복근과 항만 노동자의 힘줄이 툭툭 불거진 손을 가졌다.[4] 베스도, 나도 그와 같은 수업을 듣지 않았다. 하지만 우리 학교 학생이라면 크리스 하인츠를 모를 수 없었고, 우리도 예외가 아니었다. 우린 그와 친구들이 공짜 과자를 노리고 자판기를 흔들어 대는 모습을 보았다. 또는 복도에서 "하인츠 군, 지금 어디에 있어야 하지?"라고 말하는 교사들을 보았다. 크리스 하인츠는 이상적인 짝사랑 상대이자 현실과 너무 동떨어진 인물이어서 베스도, 나도 우리가 원하는 인격을 그에게 투영할 수 있었다. 그러니 그가 베서니에게 데이트를 신청한 것은 실로 굉장한 사건이 아닐 수 없었다. 학교에서 가장 멋있고 가장 바다 냄새 나는 남학생과 실제로, 절대 상상이 아닌 현실에서 데이트를 한다니!

크리스가 얼마나 역겨운 개양아치인지 진즉에 알았어야 했다. 그 '데이트'란 베스가 원치 않는 술을 자꾸만 권하는 데 이어 3년간 줄기차게 봤던 온갖 포르노 영상물 속 배우들처럼 몸을 더듬고 베스 목구멍까지 혀를 밀어 넣는 것이었다. 베스가 막자 크리스는 화를 내며 꺼지라고 했다. 그리고 이튿날, 그는 베서니가 '자기 물건을 맛있게 빨았다'는 소문을 퍼뜨리며 그 애에게 'BJ^{blowjob}(구강 성교-옮긴이) 베스'(영리하지!)라는 별명을 붙였다. 사람들은 BJ가 붙은 것(BJ

---

4 그게, 내가 항만 노동자에 대한 환상이 좀 있다. 아빠가 영화 〈워터프론트〉를 보여준 후부터 그랬다. 그리고 맹세컨대 크리스는 비릿한 바다와 생선 내음, 손을 써서 일하는 남자의 묵묵한 위엄을 풍겼다.

창고 세일, BJ 맥줏집 등등)이면 뭐든지 베스를 태그하고 그 애에게 포르노 짤방을 DM^{direct message}(SNS를 통해 개인에게 보내는 문자 등의 메시지. '갠톡'이라고도 한다-옮긴이)으로 마구 보내기 시작했다. 그렇게 일주일 후…… 베서니는 자살을 시도했다.

사실 베스는 이전부터 우울증을 앓고 있었다. 나는 정말 몰랐다. 내가 중학교 1학년 때 겪었던 것과 비슷하게 우울한 줄 알았다. 하지만 그 애의 우울증은 나보다 더, 훨씬 더 심각했다. 크리스와 데이트 할 무렵엔 특히 심한 상태였다. 결국 성폭력을 당한 데다 '섹녀'라는 소문까지 돌기에는 시기가 무척 좋지 않았던 셈이다.

베스는 그 해가 갈 때까지 정신병동에서 지냈고, 해가 바뀌자 할머니, 할아버지 집과 더 가까운 콜로라도로 이사했다. 당연하지만, 너무나 고통스러웠나 보다. 떠날 때 그 애는 노스 웹스터와의 연을 모두 끊어버렸다. 나까지 포함해서.

음, 완전히는 아니고. 난 일주일에 한 번 이상 문자 메시지로 내가 어떻게 지내는지 알려주겠다고 맹세했다. 크리스 하인츠가 쓰레기라는 이유만으로 끝날 우정이 아니다. 그 애는 답 문자를 보내지 않았지만, 괜찮다. 준비가 되면 문자하겠지.

인생의 쓴맛
#2. 나의 부모님은 계산에 어둡다

난 여덟 살 때부터 스탠퍼드대학교에 가고 싶었다. 그때, 일찍이 한 번도 만난 적 없었던 위층 이웃 '제임스 매카시'한테 갔어야 할 브로 슈어를 실수로 내가 받았다. 브로슈어를 열어 보곤 홀딱 반했다. 캠 퍼스 사진이 있었는지, 세르게이 브린이나 래리 페이지나 샌드라 데 이 오코너[5] 같은 저명한 기업인 동문이 있었는지는 기억나지 않는다. 스탠퍼드는 내가 최초로 인지한 대학교였다. 환상적인 대학교. 지성 이 도전을 받는 영광의 성지. 직업윤리를 추앙하는 곳. 내가, 말하자 면 정상인일 수 있는 곳. 그때부터 난 스탠퍼드에 집착했다. 다른 여 자애들이 어떤 10대 스타에게 처녀성을 잃을지 백일몽을 꿀 때 나는 스탠퍼드를 꿈꿨다. 그러니까 난, 할 수만 있다면 스탠퍼드에 처녀 성을 바칠 용의가 있었다.(그래 맞다. 난 대학교와 섹스할 셈이었다. 괜히 민망하군.)

그래서 베스가 떠나고 겨우 몇 달 뒤, 부모님이 날 앉혀놓고 예의 그 불길한 대사, 즉 "우리 얘기 좀 하자"로 운을 뗐을 때(섹스 얘기를 하자는 건 줄 알았다. 돌이켜 보면 차라리 그편이 덜 어색했을 것 같다), 그 야말로 난 억장이 무너졌다. 부모님은 대학교 등록금을 대줄 형편이

---

5 그리고…… 엘리자베스 홈스Elizabeth Holmes(메디컬 스타트업 기업 '테라노스'의 창업자 겸 CEO로 한때 '여자 스티브 잡스'로 불릴 만큼 주목받는 기업인이었으나, 테라노스가 내세운 기 술이 사기로 판명되어 현재 재판 중이다-옮긴이)도, 유명하다고 다 승자는 아니다.

못 된다고 하셨다. 그러니 정 대학교에 가고 싶다면 알아서 가라는 것이었다. 아니, 어차피 무임승차 같은 건 기대한 적도 없었다. 아빠는 세탁소 주인, 엄마는 간호사다. 돈이 막 굴러 들어오는 집안은 아니란 얘기다. 하지만 부모님은 스탠퍼드가 나에게 얼마나 큰 의미가 있는지 알고 계셨다. 보내주겠다고 약속했었다. 계획이 있다고 했었다.

불행히도 좋은 계획은 못 되었다. 기본적으로, 노후 대비 저축과 내 대학 자금을 두 번째 세탁소 사업에 투자하셨다. 첫 번째가 제법 잘됐으니 2호점을 열면 어떨까, 했던 것이다. 그건 충분히 합리적인 생각이었다. 하지만 하필 또 생각하신 것이, 마고의 멍청한 외삼촌 리처드에게 맡기면 어떨까, 였다. 일하던 대형 마트에서 얼마 전 잘린 데다 이혼 절차까지 밟고 있으니 '마고의 대학 자금을 맡기기'에 적임자로 보였나 보다. 그리고 당연히, 두 번째 세탁소는 잘되지 않았다. 단 6개월 만에 삼촌은 세탁소를 말아먹었고 내 대학 자금은 증발했다.

자, 이것이 루스벨트고등학교 2학년생이 될 무렵의 내 상황이었다. 친구도 없고 돈도 없고 미래도 없는, 한마디로 망한 인생.

그런데 그때, 담임인 오카도 쌤이 있는 학급실에서, 그 애가 중얼대는 소리를 들었다. 내 옆자리에 앉은, 사춘기에도 못 이른 백인 소년이 풀 죽어 뇌까리는 소리였다. 케빈 빈. 곧 내 최초의 고객이 될 아이였다.

케빈은 극도로 불안한 소년이었다. 손톱을 잘근잘근 씹고, 이를 갈고, 불안해지면 아무 데서나 속을 게워내고는 했다. 초등학교 3학년 장기 자랑 대회에서, 5학년 철자 시합에서, 중학교 2학년 매주 수요일에 토했다. 한번은 합창 도중에 하도 대차게 토하는 바람에 에볼라 바이러스에 감염됐다는 소문이 돌기도 했지만 실제로는 그저 〈셰넌도어Shenandoah(미국에서 구전된 뱃노래로 합창곡, 독창곡, 기악곡 등 여러 형태로 널리 알려져 있다-옮긴이)〉를 부르는 게 너무너무 긴장되었던 탓이다.

"망했어. 망했어. 으으…….”

케빈은 고개를 푹 숙인 채 눈을 부릅뜨고서 중얼거렸다.

나는 즉시 오바이트 막기 태세에 돌입했다. 비닐봉지가 있나? 없다. 오카도 샘한테는? 글쎄다, 아침에 이 닭기도 자주 까먹는 위인인 것 같았다. 그럼 내 가방을 방패로 써야 하나? 그걸로 안 될 텐데.

"케빈, 너 괜찮아?"

난 '인질 협상가' 스타일로 말을 건넸다. 즉 연민을 보이되 단호한 말투로.

"내 거시기가 온 사방에 퍼질 거야.”

내 거시기가 온 사방에 퍼질 거야, 랬다. 아직 아침 8시도 안 됐는데!

"그래, 나한테 그런 얘길 하기는 좀 그렇겠지.”

넌지시 발을 빼려 해봤지만 소용없었다.

"그건…… 그건 내 잘못이 아니야. 사고였다고. 진짜로 거시기 사진을 보여주려던 게 아닌데."

케빈은 애꿎은 책상만 노려보며 우물쭈물 말했다.

자, 확실히 해두자. 상대방이 요청하지 않았는데 거시기 사진을 보냈다면 물론 혼쭐이 나야 한다. 진심으로. 그런 인간은 망해도 싸다. 실제로 거시기를 보여줄까? 아마 아닐 것이다. 소름 끼친다. 그리고 불법이다. 그런데 사진은 왜 보여주냔 말이다.

하지만 케빈은 절대 전송할 생각이 없었다고 했다. 악성 종양이 있는지 살펴보려고 찍었을 뿐이라고 했다. 그런데 형인 트레버가 자기 핸드폰을 훔쳐서는 '장난'이랍시고 우리 학년 여자애들 몇 명한테 그 사진을 보냈다는데, 음…… 난 걔 말을 믿었다. 왜냐면 케빈은 '비가 와서 토한 적도 있는' 아이였기 때문이다. 그렇게 심약한 자아의 소유자가 '거시기 사진 유포자'와 동일인일 가능성은 매우 희박하다.

난 달리 어쩌면 좋을지 몰라서 그저 종이 울리기만을 기다렸다. 하지만 그때 케빈이 그 표정을 지었다. '사람들 앞에서 노래해야 할 때'의 표정, 오바이트가 쏠릴 때의 딱 그 표정. 난, 어떻게든, 해야, 했다. 왜냐면, 나까지, 토할, 판이니까.

"뭐, 네 거시기 사진이 몇 사람 핸드폰에 있다는 얘기네. 남자들 대부분이 그렇지 않니? 그니까 언제부터냐, 한…… 2012년부터? 그런 사람 중엔 공직자도 많아."

이렇게 말하며 난 책상을 15센티미터쯤 슬금슬금 옮겼다.

"하지만 난……. 그거 새어 나가면 어떡해? 퍼져버리면?"

"네 거시기는 퍼지지 않아, 케빈."

"엄마가 보시면 어떡하지?! 그래서 대학에도 못 들어가면……?"

케빈은 헛구역질을 했다. 이어서 한 번 더. 오, 맙소사.

"안 퍼지게 막아줄게! 알았어? 내가 막아준다고."

뭘 믿고 그렇게 큰소리쳤는지 모르겠다. 당장 그 애를 진정시키고 싶었던 것 같다. 아니면 대학교 입학사정관이 케빈 빈의 SAT 점수 옆에 그 애의 성기 점수를 적어 넣는 상상이 너무 어처구니없어서 내 두뇌 회로가 정지해 버렸거나. 이유가 뭐든지 간에, 어쨌든 '내가 막아주겠다'는 말이 입 밖으로 튀어나왔다. 그 애도 내 말을 믿었나 보다. 주절대길 멈추고 처음으로 내 눈을 들여다보았으니까.

"막아준다고? 어떻게?"

그래서…… 내가 뭐라고 대답했는지는 확실치 않다. 내가 나를 알아서 하는 말인데, 아마 자신 있게 "모든 애플리케이션은 보호장치가 있어"라든가 "악성 소프트웨어 문제일 거야"라든가 "시간은 평평한 원이야" 같은 말을 주워섬겼을 것이다. 좌우지간 돼먹지 않은 헛소리였지만 케빈은 믿었는데 왜냐면 첫째, 내가 눈썹을 자주 찡그렸기 때문이다. 말하면서 눈썹을 찡그리면 사람들은 믿는 경향이 있다. 둘째, 걘 절박했다. 기적이 일어나 자기 성기가 팬티 속 제자리로 돌아올 거라 믿고 싶었던 것이다.

케빈은 미친 듯이 배낭을 뒤지더니 재빠르게도 자기 아이폰을 찾아냈다.

"150달러는 당장 온라인으로 쏴줄 수 있어. 내일 현찰로 300달러

더 줄 수 있고. 생일 지난 지 얼마 안 돼서, 할머니한테 받은 용돈이 있어. 그거면 될까?"

오 제기랄. 돈을 주겠단다. 진짜 돈을. '뇌물을 줄 테니 한배를 타라'는 뜻이었다. 세상에. 이제 와 생각하면 놀랄 일이 아니었던 것도 같다. 최근 많은 논란을 빚은 우리 지역의 구획 변경으로 나 같은 쓰레기가 케빈 같은 부잣집 아이들과 같은 고등학교에 다니게 되었다. 난 단지 그걸 이용해 먹는 것에 지나지 않았다.

케빈은 그 자리에서 150달러를 이체하고는 얼른 1교시 교실로 달려갔다. 난 웅얼웅얼 "고마워"라고 했다. 어떻게든 그 애의 거시기 사진을 몽땅 모아서 절대로 빛을 보지 못하게 해야 한다고 생각하면서. (그리고 실제로 몇 주 만에 해치웠다.)

나도 모르게 내가 입소문을 탔는지, 내 서비스를 원하는 새 고객들이 물밀듯 몰려들었다. 모두가 기꺼이 돈을 지불하려고 했다. 그래서 깨달았다. 눈에 띄지 않게 얌전히 지내면서 평범한 고등학생의 헛된 관심사(파티, 파벌, 연애, 그냥…… 고만고만한 친구 관계)로 엇나가지만 않으면 중산층 가난뱅이인 내 깜냥으로도 스탠퍼드에 입학할 돈을 마련할 수 있겠다고. 내가 할 일이라곤 더 많은 사람이 싸질러 놓은 오물을 치울 방법을 찾아내는 것뿐이었다. 그러려면 그 당시 내가 보유한 수준을 능가하는 해킹 기술이 필요했다.

다행히 나보다 더 돈이 궁한 컴퓨터광을 한 명 알고 있었다. 엔터: 새미 산토스.

CHAPTER 3

귀찮은 일거리가
하나 더

마고 으으 또 하나 들어왔다. 한 건 더 할래?

새미 ㅇㅇ

마고 좋아! 지금 학교로 돌아간다. 사물함에 노트북 두고 왔어. 윽! 실험실이야? 내가 갈게.

마고 일 더 안 맡기로 한 건 아는데, 고객님께서 넘나 절박하시네. 돈도 준대. 아주 많이.

마고 그래서 맡았어. 우리 둘 다한테 좋을 거야.

새미 난 암말 안 했는데

마고 어쨌든 난 내 일이 좋아.

새미 ㅋ

마고 'ㅋ' 하지 마. 인정하라고. 일할 때 난 최고야.

새미 ㅋ

마고 성질 건드리는구나. 물진 않을게.

마고 오빤

마고 됐어. 암말 마. 침묵을 동의로 받아들이겠어.

마고 이번 고객은 블라이 쌤이야. 오빠 신입생 때 화학 쌤이었지?

새미 아니

마고 맞아.

새미 아냐

마고 맞아. 내가 기억하거든? 신입생인데 화학 수업을 듣는 게 이상했어. 기억 안 나? 새 학년 되기도 전에 아줌마가 오빠를 여름학교에 보내서 2년이나 선행 학습을 시키셨잖아. 그때 난 '워워, 아줌마 진짜 너무하시네' 했다고.

새미 블라이 아니고 파르쿠알레 선생님이었어

마고 아냐. 파르쿠알레 쌤 키가 얼마나 큰데.

마고 거의 2미터는 돼.

마고 그랬음 내가 기억 못 할 리 없어.

마고 키 큰 사람은 항상 기억해. 천장에 머리 박을까 봐!

새미 ······

마고 아하. 점이 여섯 개. 머리 굴리는 소리 들린다. 그때 수업 시간표 찾아보는 중이지? 내 말이 맞는 거 아니까? 뭘 갖다 대도 거의 항상 내가 맞으니까?

새미 아 피곤해

마고 오빠야말로

마고 역시 내가 맞았네!

새미 아냐

마고 최소한 신입생 때 시간표 확인이라도
해 보지?

새미 실험실에 있을게.

'실험실에 있을게'란 내 도발이 더는 먹히지 않으리란 뜻이었다.
나는 새미를 직접 만날 때까지 기다리는 편이 낫겠다고 판단했다. 그
래서 핸드폰을 주머니에 넣고 다시 학교로 향했다.

블라이 샘은 꼭 7교시에 만나야 한다고 우겼는데, 보아하니 6교시
이후엔 수업이 없는 데다 속히 자기 잘못을 털어내고 싶어 안달이
나서였다. 하지만 7교시와 8교시는 워낙 땡땡이치는 학생이 많은 시
간대라 늘 약간의 위험이 따랐다. 수업을 빼먹고 놀러 나갔다가 하교
버스를 타러 돌아오는 애들을 잡는 게 팔머 교장의 낙이었으니까.

나는 종이 울리기 직전에 정문에 도착했다. 아니나 다를까, 앞문
에 레이먼드 팔머 교장이 서있었다. 단추를 끝까지 채운 셔츠. 따분
한 면바지. 그리고 호루라기. 항상 호루라기를 차고 다니는데, 실제
로 부는 것은 한 번도 못 봤다.

"머츠? 이런, 이런, 이런. 가만 보자, 2시 35분이구먼. 교실에 있어야 할 시각에 어쩐 일로 학교로 돌아오는 거지?"

그가 거들먹대며 물었다. 건들건들 거들먹대는 바보.

나는 그가 있는 쪽으로 당당히 계속 걸으며 대답했다.

"척추 교정사가 딱 이때만 시간이 된다고 해서요. 진짜로요, 저도 보건 수업은 정말 빠지기 싫거든요? 하지만 척추 교정사도 의료인이니까…… 자체 보강이었다고 봐도 될 듯싶은데요."

구태여 선웃음을 흘리지도 않았다. 눈싸움이라도 하듯 그를 빤히 쳐다보며 뒷주머니에서 '척추 교정사의 메모와 서명'이 있는 쪽지를 꺼내어 건넸다. 그러고는 계속 걸어갔다.

"그나저나 교장 쌤, 넥타이 멋져요."

때마침 종이 울렸다. 학생들이 복도로 쏟아져 나왔다. 팔머 교장은 흰 눈썹을 잔뜩 찌푸리고 내 '척추 교정사의 메모'를 꼼꼼히 읽었다. 삶의 선택들을 후회하는 마흔다섯 살 아저씨의 어깨가 또 한 번 실망감에 축 늘어졌다.

나는 몸을 웅크린 채 인파를 비집고 C 계단실로 갔다. 하필 거기 앉아서 서로의 전화기에 대고 질질 짜고 있던 두 1학년생 여자애들한테 발이 걸려 넘어질 뻔했지만, 사생활 존중차 되도록 시선을 딴 데 두고서 지하층으로 내려갔다. 괴짜 중의 괴짜, '덕후' 중의 '덕후'들이 모이는 곳이었다. 공구 동아리, 컴퓨터 동아리, 무대 기술 동아리, 그중에서도 특히나 덕후스러운…… 로봇 동아리. 로봇 동아리의 공식 목적은 자동화 기술을 익혀 주 대회에 참가하는 것이라지만, 동아리방에 갈 때마다 내 눈에 띄는 사람이라곤 새미 아니면 아직 탈취제의 존재를 모르는 게 분명한 신입생 몇몇뿐이었다.

문을 살짝 열고 들여다보니, 새미는 손 대신 칼을 장착한 로봇이라고밖에 설명할 수 없는 무언가를 만들고 있었다.

"새애미~."

나는 노래하듯 그의 이름을 부르며 문을 밀어 열었다.

"마아아고."

새미도 내 노래에 화답했다. 수년째 이렇게 주거니 받거니 소소한 '이름 놀이'를 해왔는데, 사실 재미는 없다.

"그러니까! 내가 방금 블라이 쌤이랑 식후 탄산수 한잔하면서 우울한……. 그거 양키스 모자야?"

내가 내 말을 자르고 물었다. 충격이었다. 새미는 6학년 때부터 줄곧 똑같은 머리 모양(옆머리는 거의 삭발하고 윗머리만 짧게 남긴 곱슬머리)과 똑같은 패션(청바지, 그래픽 티셔츠, 검은색 나이키 운동화)을 고수했다. 갈색의 앳된 얼굴에 매일 애프터셰이브를 정확히 두 번 펌핑해 발랐다. 그는 자신의 습관을 사랑했고 겉모습에도 나름의 줏대가 있었다. 매력적인 여자애가 꼬드겨도 절대 넘어가지 않았다. 그런데 양키스 모자라고? 스포츠라면 나 못지않게…… 관심도, 지식도 없으면서.

"변화를 좀 줘보려고."

그의 흑갈색 눈동자는 칼 손 로봇에 초집중한 상태였다.

"변화를 좀 줘보려고? 초등학교 때부터 아침 식사로 프로스티드

미니 위츠(켈로그 사의 통밀 시리얼―옮긴이)를 열일곱 개씩 딱딱 맞춰서 먹는 사람이? 예전에 아침 일찍 우리 집에 왔던 날 기억 안 나? 우리 엄마가 열다섯 개만 줘서 오빠가 식겁했잖아."

"나 열한 살 때? 지금은 열여덟인 거 알지?"

"오빠, 난 오빠가 야구모자를 쓰는 세상에서 살아갈 자신이 없어. 진심, 이 문제는 짚고 넘어가야겠어."

"앞으로 두 시간 동안 내 모자 얘기만 할 거야? 블라이 쌤 얘기 안 해?"

그 모자가 못내 찜찜했지만, 빨리 집에 가서 일해야 했다. 별수 없이 새미에게 블라이 쌤의 사생활을 이야기했다.

다 듣고서 그가 어깨를 으쓱했다.

"좋아. 별거 아닐 듯. 이번엔 가짜 HTTPS(인터넷 데이터 통신 규약) 인증서를 만들어야 할 일은 없겠지? 그거 진짜 별로였어."

새미는 여러모로 이상적인 동료다.[6] 같이 일할 때마다 내가 관심 없는 고난도의 기술 문제를 새미가 전부 해결한다. 내 담당은 나머지 전부다. 완전히 '노잼'인 일(회사 납세 신고)부터 그럭저럭 재미있는 일(변호사 흉내, 고객 상대, 변태들에게 알몸 사진 삭제를 강요하기 등등)까지. 우리는 각자 잘하는 걸 한다. 난 사람 다루기에 능하다. 새미는 말 그대로 걸어 다니는 컴퓨터고.

그러니까, 나도 파이썬을 쓰고 윈도우 박스를 해킹할 수 있지만,

---

6 실제로 그의 직함은 'CTO(기술 담당 최고 책임자) 겸 코딩 황제'다. 본인은 그렇게 불리길 거부하지만.

이 오빠는 차원이 다르다. 한번은 봇넷의 무차별 대입 공격으로 어느 주 의원의 이메일 비밀번호를 해킹했는데, 진짜 인상적인 부분은 '남'의 봇넷을 훔쳐 썼다는 점이다. 즉 이 해킹을 하려고 다른 해커들을 해킹했다, 이 말이다. (어지간하면 봇넷이니 무차별 대입 공격이니 하는 괴상한 용어를 들먹이는 건 이번이 마지막이다. 왜냐면 피곤하니까.)

난 새미에게 조시 프랜지의 SNS를 캐보라고, 내가 시간이 부족하면 도움을 더 청할 수도 있을 거라고 일렀다. 그는 어깨를 으쓱하며 '넌 시간이 부족할 테고 도움이 필요할 걸 알지만…… 네가 부탁할 때까지 기다리마' 하는 표정을 지었다. 아주 짜증 났다. 하지만 나쁜 건 아니었다. 내 부모님이 이따금 상대를 욱하게 하면서도 피차 빈말이 나오길 기대하는 것처럼.

"양키스 선수 이름 한 명만 대 봐. 옛날 선수든 지금 선수든."

난 집요하게 물고 늘어졌다. 단순히 변화나 좀 주려고 야구모자를 쓴 게 아니었다. 분명 뭔가 있었다.

"싫어."

"베이브 루스가 양키스 선수였어! 오빠, 자기가 광고하는 팀이라면 뭐든 좀 알고 있어야지 않을까? 내가 살면서 입은 그래픽 티셔츠라곤 딱 한 벌이었는데, 거기엔 '엘리너 루스벨트Eleanor Roosevelt(미국 제32대 대통령 부인으로, 유엔 창설과 '세계 인권 선언' 작성에 주도적인 역할을 하는 등 정치·사회 활동에 평생을 바쳤다—옮긴이)'라고 적혀 있었어. 그걸 왜 입었냐고? 난 '세계 인권 선언'을 지지하거든!"

그는 나를 향해 눈을 부라렸다. 평소에 자주 그러듯이.

새미와 나의 인연은 오래됐다. 처음 만난 건 내가 초등학교 3학년(그는 4학년) 때였다. 그때 새미와 아줌마가 우리 집과 같은 아파트 단지(이름도 찬란한 '트리니티 타워'!)로 이사 왔다. 그의 부모님은 도미니카 공화국에서 태어났다. 워싱턴 하이츠에서 만나 사랑에 빠졌고, 함께 노스 웹스터로 왔다. 꽤 행복하게 살았던 것 같다. 하지만 아저씨가 심장마비로 돌아가시고 아줌마는 집을 팔았다. 처음 이사왔을 때 새미는 내가 아무리 노력해도 두 마디 이상은 말하지 않았다. (처음 몇 번 엄마들한테 등 떠밀려 같이 놀았을 때 얼마나 어색했던지!) 하지만 점차 우리는 공통점이 많다는 사실을 깨달았다. 둘 다 컴퓨터를 무척 좋아했다. 그리고 남몰래 케이팝에 조예가 깊었다.

무엇보다도, 새미는 충직했다. 내가 만나본 (베스 다음으로) 가장 믿을 만한 사람일 것이다. 그는 일거리를 마다하는 법이 없었다. 일이 따분하거나 까다롭거나 (불법이어도) 상관하지 않았고, 내가 전화하면 항상, 어김없이 항상 받았다. 그렇다, 그래서 MCYF가 한창 도약하던 시기에 내게는 딱 새미 같은 동료가 필요했다. (MCYF는 '머츠가 당신의 오물을 치워 드립니다Mertz Cleans Your Filth, LLC'의 약자다. 그렇다, 정말 회사를 차렸다. 난 뭐든 합법적인 게 좋고, MCYF 일이라면 더더욱 그러하다.[7])

"마고, 언젠가 너도 모자를 써보게 될 거야. 아니면 머리에 부분

---

7 그래, '머츠가 당신의 오물을 치워 드립니다'란 회사명이 별로라는 얘길 누우이 들었다. 그러잖아도 집 청소 의뢰를 세 번 받았다. 하지만 이미 명함을 1천 장이나 찍어버렸으니 그냥 받아들이자.

염색을 한다거나. 그때는 반드시 내가 곁에서 실컷 놀려줄게."

난 배낭을 어깨에 걸머지며 물었다.

"갈 거야? 아님 여기서 섹스 로봇이랑 단둘이 오붓한 시간?"

"이 친구 이름은 매그너스야."

새미가 버튼을 누르자 매그너스가 칼 손을 내게 흔들었다.

살벌했다. 그는 가방을 잡아채고 나를 따라나섰다.

그 '모자'에 관한 질문으로 몇 차례 더 실랑이하고 나서야 우리
는 평소 하굣길에 늘 하는 짓을 되풀이했다. 즉 새미는 내가 너무
빨리 걷는다고 투덜댔지만 나는 일부러 더 빨리 걸었고 결국 그가
멈춰 서버려서 난 걸음을 늦추고 돌아갔다. 왜냐고? 재밌으니까.
그런데 빗방울이 하나둘 떨어지기 시작해서 둘 다 걸음을 재촉해
야 했다. 발에 땀이 차는 게 싫어서 고무장화를 신지 않는 나이건
만, 하이톱 스니커즈(발목 부분이 복사뼈까지 덮는 형태의 운동화—옮
긴이)에 빗물이 스며드는 통에 어차피 금세 축축해졌다.

그때 테슬라 한 대가 천천히 우리를 따라오는 것을 알아챘다. 순
간 목덜미에 소름이 쫙 돋았다. 난 열쇠를 손에 넣고 주먹을 쥐었다
(호신술에 관한 어느 유튜브 동영상에 나온 방법이다). 내 몸을 지키는 데
새미한테 기댈 생각은 없었다. 5학년 여자애한테 두들겨 맞고 핸드
폰을 뺏긴 적도 있는 위인이다. 당시 그는…… 중학교 2학년이었다.[8]
어디서였는지 모르겠는데 이 차를 전에도 본 적이 있어서 더 불

---

8 이 오빠를 변호하자면, 레베카 구프는 발육 상태가 남달랐고 정말로 꽤 무서웠다.

길했다. (게다가 테슬라는 오싹하다. 일론 머스크Elon Musk(전기자동차 기업 '테슬라'의 CEO이자 민간 우주 기업 '스페이스 X' 창업자로 세계 부자 1위다-옮긴이)와 관련이 있는 건 다 오싹하다.[9]) 과연 내 예감은 적중했다. 그 차가 곁에 다가와 서더니 에이버리 그린이 징그럽게 잘생긴 얼굴을 차창 밖으로 삐죽 내밀었다. 연갈색 피부, 영화배우 같은 미소, 신기하게도 습도에 아무 영향도 받지 않는 완벽한 곱슬머리. (그런데 도대체 왜! 내 머리칼은 비만 오면 미친 듯이 꼬불거리는지!)

"어이, 마고. 안녕, 새미 형. 집까지 태워다 줄까?"

새미가 대답하려는 찰나 내가 다소 완강하게 "아니!" 하고 외쳤다. 에이버리는 조금 놀란 눈치였다. 하지만 미소를 거둘 정도는 아니었다. 언제나 한결같이, 살아 움직이는 인스타그램 같은 놈이었다.

"어…… 정말? 자리는 넉넉해!"

에이버리는 널찍한 뒷좌석을 아무렇지 않게 가리켜 보였다. 바로 그때, 하늘에 구멍이라도 난 듯 비가 억수같이 쏟아졌다. 1분도 안 되어 옷을 전부 흠뻑 적시고도 남을 장대비가 쏴아아.

"아냐! 우린 걸어가도 돼!"

"우리?"

제정신이냐는 눈빛으로 새미가 날 쳐다봤다. 알 만하다. 다들 에이버리를 좋아하지. 루스벨트 고교의 비공식 학생 대표, 2년 연속

---

9 스탠퍼드만 빼고. 이 사람이 거기 출신이다. 이미 말했지만, 유명하다고 다 승자는 아니다!

'교내 최고의 남학생'으로 뽑힌 혼혈 '홈커밍 킹'.[10] 하지만 난 이 녀석이 웬지 섬뜩하다.

내게는 두 종류의 친절이 있다. 일단 평범한 친절이 있다. 누가 지나가게 문을 잡아준다든가 고마움을 표한다든가 하는. 또 하나는 '에이버리의 친절'이다. 다시 말해 과한 친절. 그는 모두와 잘 지내는 것처럼 보이는, 꼴 보기 싫게 너무 성실한 인간이다. 자기가 활동하는 열다섯 개 동아리 중 네 군데에 나를 초대했다. 그뿐 아니라 하이파이브를 할 때(웩) 꼭 상대와 눈을 마주친다. 내 생각에 에이버리는…… '연쇄 살인범 느낌'으로 친절하다. (테드 번디에 관한 다큐멘터리를 몇 편 보고 나서 내가 틀렸다고 말해봐라.)

"고마워, 근데 걸어가는 게 나을 것 같아. 심한 비도 아닌데 뭐."

이렇게 말하는 순간, 말 그대로 하늘에서 벼락이 내리꽂히더니 뒤이어 귀청을 찢을 듯 "꽝!" 하고 천둥이 울렸다! 마치 하늘이 내 입을 틀어막는 것처럼.

에이버리는 어깨를 으쓱하며 "그래" 하고는 차창을 올리고 가버렸다.

"뭐야, 마고?"

새미가 인도를 가득 채운 물웅덩이를 피해 도로로 내려가며 볼멘소리를 했다.

"오빠, 내가 에이버리 그런 싫어하는 거 알잖아."

---

10 루스벨트고등학교 졸업앨범에 따르면 그러하다. 작년에는 '최고의 신발'로도 뽑혔다. 맙소사, 난 최상급이 정말 싫다.

나는 다시 걷는 속도를 올렸다.

"하지만 쫄딱 젖었잖아. 테슬라를 타면 더는 비를 맞지 않아도 되고. 게다가 그 뒷좌석은 안마의자일걸?"

난 그를 째려보며 "그런 헛소문을 믿는다니 실망이야"라고 쏘아붙였다.

테슬라. 그놈이 싫은 또 하나의 이유였다. 에이버리는 부자 흑인이었다. 아빠가 자동차 대리점 몇 군데와 번화가에 있는 수제 맥줏집 한 군데를 소유한 데다 일주일에 한 번씩 〈내 차를 몰아봐〉라는 라디오 프로그램을 진행하기도 한다. 그 프로그램이 상당히 유명하다는데 나는 잘 모른다. 난 버스를 타고 다니니까.

에이버리의 엄마는 (듣기로는 훨씬 멋있는 분인 것 같다) 하워드대학교를 과 수석으로 졸업했고 현재는 영리 병원 그룹인 '아틀라스 헬스'의 회장이며 소문에는 그린 집안의 실질적인 수입원이라고 한다. 그렇다면 실로 대단하달 수밖에 없는 게, 그린네 집에는 영화 감상실과 라크루아 탄산수 전용 냉장고뿐 아니라 인피니티 풀infinity pool(안에 들어가면 그 끝이 수평선처럼 보이게 설계한 수영장—옮긴이)은 하나도 아니고 두 개나 있다는 소문도 돌기 때문이다. (한편 트리니티 타워에도 대략 욕조 크기의 온수 수영장이란 게 있기는 한데 내가 언젠가 거기 들어갔다가 발진이 돋았더랬다!)

새미는 새삼 내 시선을 피하며 툴툴거렸다.

"정말 걔가 오싹해? 실은 짝사랑하는데 싫어하는 척하는 거 아니고?"

난 우뚝 멈춰 섰다. 헛소리도 정도껏 해야지.

"짝사랑? 내가? 에이버리 그린을?"

"걔가 뭐? 켈슬리 척 말로는 마이클 B. 조던이랑 해리 스타일스가 애를 낳으면 딱 에이버리 같을 거라더라."

"사람을 유혹한 다음 산 채로 껍질을 벗길 애지. 그런 얘긴 왜 해, 미쳤어?"

"글쎄다⋯⋯. 걔랑 사귄 여자애가 스무 명은 되지 않나? 여자애들은 다 걜 좋아하던데⋯⋯."

그는 눈을 내리깔고 변명하듯 웅얼거렸다. 미쳤냐고 몰아붙인 게 미안해졌다. 이 오빠로선 특히나 듣기 싫은 말일 텐데. '미쳤다'거나 '이상하다'거나 '별나다'는 얘길 워낙 많이 듣는 사람이다. 로봇 동아리 활동에 시간을 쏟는다거나 학교에서 유희왕 카드를 가장 많이 모았다는 점은 새미의 평판에 그다지 도움이 되지 않았을 것이다. 아무리 그래도 그런 단어는 쓰지 말았어야 했다. 난 사과하려고 입을 열었다.

"미안, 난⋯⋯."

"얼른 집에나 가자."

그가 선수를 쳤다. 물리적으로든 감정상으로든 갈등은 피하고 보는 사람이다. 그래서 나도 그냥 넘어가기로 했다.

"오빠, 내 덕에 오빠 머리가 그놈 차 트렁크에 실려있지 않은 줄 알아. 나 아니었음 지금쯤 우린 죽은 목숨이었을걸?"

새미는 웃음을 꾹 눌러 참았다.

"살해당할 때 당하더라도, 내가 멍청한 짓거리를 해서 그렇게 되진 않을 거야. 테슬라에 올라타는 짓 같은 거. 내가 살해당한다면 오로지 격정에 휘말려서일 거라고. 어쩌면 두 석유 거물과 삼각관계에 놓인다든가? 우! 아니면 배다른 형제의 질투심에······."

그가 귀를 닫았다. 내가 끝도 없이 조잘거리면 그런다. 하지만 이 또한 새미의 장점이었다. 그는 내 말을 막지 않는다.

비를 흠뻑 맞으며 2킬로미터쯤 걸은 끝에 트리니티 타워에 도착해 헤어졌다. 우리 집은 4층이고 새미와 아줌마네 집은 1층, 아무도 사용하지 않는 '체력단련실 겸 휴게실' 옆이다. 난 양치질을 하고 블라이 샘한테 보낼 청구서와 조시 프랜지에 대한 정보 문서를 작성한 뒤 학교의 원격 데이터베이스에 접근해 블라이 샘이 정말 새미의 화학 샘이었는지 확인했다. (아니었다. 젠장! 대체 난 뭘 생각이었지?) 건강에는 좋지 않겠지만 가끔은 꼭 필요한 네 잔째 커피까지 홀짝이며 할 일에만 몰두하면 2시쯤 잠자리에 들 수 있을 것 같았다. 하지만 똑, 똑, 똑, 익숙한 노크 소리가 들렸다.

"자, 준비됐나요? 머츠네 가조오오옥 모이이이임!"

아빠는 본인이 좋아하는 '1990년대 아나운서' 말투로 호쾌하게 소리쳤다.

아뿔싸. 가족 모임. 화요일인 걸 깜빡했다. 오늘 밤에 잠자긴 다 틀렸다.

부모님은 보통 날 혼자 두는데, 사실 내가 손 갈 일 없는 딸내미이긴 하다. 내 성적은 줄곧 A였다. A를 얻지 못하면 교사를 찾아가 따져서라도 내 관점을 이해시켰다. 하지만 MCYF를 시작하자 남는 시간이 아예 없어졌다. 부모님은 내 일을 전부 이해하진 못했지만 내가 일에 치이기 시작한 걸 알아챘고, 그래서 둘 중 하나는 하라고 요구했다. 즉 일주일에 하룻저녁은 '친구들과 놀아라', 그게 싫으면 일주일에 두 번 '가족 모임에 참가하라'는 것이었다. 억지로 가족 모임에 끼느니 차라리 새미 말고도 친구를 더 사귀고 싶어할 줄 알았나 보다. 하지만 친구가 왜 더 필요하겠는가? 학교 애들은 하나같이 게으르거나 자아도취에 빠져있거나 배꼽티가 개성을 드러낸다고 여긴다. 반면 내 부모님은 재미있고 사려 깊으며 어지간해서는 배꼽티를 입지 않는다.[11]

물론 부모님은 내 학자금을 날려버렸다. 이상한 취미도 있다. 엄마는 2009년부터 〈뉴요커〉를 빠짐없이 모은 은근한 수집광이고, 아빠는 영화에 남다른 애착이 있다.[12] 하지만 그것만 빼면 두 분은 썩훌륭한 부모님이시다. 날 박물관이나 미술관에 데리고 다녔고, 캠프 동의서에 서명해 주었으며, 너프건Nerf gun(총알 끝이 스펀지인 공기압 장난감 총-옮긴이)보다 덜 재미있는 지루하고 교육적인 장난감을 잔뜩 사줬다. 난 사랑과 관심을 받고 있으며 그 사랑과 관심을 나눠야 할 형제자매도 없다. 그러니 불평할 수 없다.[13]

---

11 아빠가 세차할 때 꼭 챙겨 입는 '민소매 티셔츠'가 틀림없는 배꼽티이긴 하지만.
12 아빠 말로는 어디까지나 '필름 영화 한정'이란다. 하여간 잘난 척은.
13 그래도 불평하지만.

"가족 모임! 가족 모임! 가조오옥 모이이이임!"

아빠가 내 어깨를 붙잡고 방에서 끌어내 2인조 콩가 춤으로 행진했다. 아빠는 '가족 모임' 시작을 늘 요란하게 알린다. 내가 아는 한 일터에서는 지극히 사무적인 아저씨인데. 직원 네 명은 아빠를 살짝 무서워하기까지 하는 것 같은데. 하지만 집에서는 와, 아빠는 진짜 괴짜다.

아빠가 나를 소파에 앉히자마자, 팝콘 그릇을 들고 온 엄마가 외쳤다.

"이런! 내가 콩가 춤을 놓친 거야? 다음번엔 나도 불러! 내가 콩가를 얼마나 좋아하는데."

엄마는 엉덩이를 앞뒤로 흔들어 대며 마흔을 앞둔 평범한 아줌마의 '고상한' 춤사위를 뽐냈다.

"봐, 살사로빅 덕분에 엉덩이가 더 유연해진 것 같아."[14]

두 분을 쏘아보며 팝콘 그릇에 손을 집어넣었다. 아빠는 창백한 피부에 머리칼이 옅은데 희한하게 정수리가 휑하다. 엄마의 검은 눈동자는 웬일인지 내게 (어쩌면 조금도) 물려주지 않은 올리브색 피부와 잘 어울린다. 난 두 분이 나의 짜증을 유발하려고 이렇게 이상하게 구는 걸 알고 있었다. 흥, 어림도 없지!

"그래! 마고. 학교는 어땠니? 누가 불법을 저지르지는 않았고?"

엄마가 그 유연한 엉덩이를 내 옆에 붙이며 물었다.

---

14 엄마로 말할 것 같으면, 피트니스 댄스계에서 유행하는 춤이란 춤은 모조리 섭렵한 아줌마 되시겠다. (줌바부터 건강 힙합, 발레 댄스, 공원 파쿠르까지.)

"연애는 좀 하냐? 요즘 눈에 들어오는 남자애나…… 여자애라도?"

아빠가 끼어들었다. 부모님은 내가 '평범한' 고등학생이길 간절히 바랐다. 같이 몰려다니는 무리가 있다거나 영화관 데이트를 하러 나간다고 하면 쌍수를 들고 반길 게 틀림없었다. 심지어 내가 실연당해 울면서 집에 들어와도 두 분은 내심 좋아할 것이다. 하지만 난 그러기 싫다. 고등학생의 연애는 시간 낭비다. 열일곱 살 남자애들은 철없고 나약하다. 아마 섹스도 더럽게 못하겠지. 두 분께 누누이 말씀 드렸건만.

"없어. 여전히 난 스탠퍼드 갈 돈을 모으는 중이고."

엄마 아빠는 서로를 쳐다봤다. 그러고는 더 이상 날 부추기길 단념했다.

"좋아요! 자, 오늘 밤 여러분의 눈과 귀를 즐겁게 할 〈뜨거운 오후〉를 준비했습니다. 알 파치노가 살인마로 변신한 1970년대 고전 영화지요."

"안 돼. 오늘은 아빠 맘대로 할 수 없어."

아빠가 이상한 '걸작' 영화를 들이밀며 더 흥분하기 전에 내가 가로막았다.

"지지난번에 아빠가 영화를 골랐잖아. 지난 일요일엔 엄마가 〈브리티시 베이크 오프(영국의 베이킹 경연 프로그램-옮긴이)〉를 골랐고. 그러니까 이번엔 내 차례란 말씀. 난 인드라 누이의 '테드TED(미국의 비영리 재단에서 주최하는 국제 강연회-옮긴이)' 강연 시청을 선택하겠어. 전 펩시 CEO이자 〈포춘〉 선정 '가장 영향력 있는 여성 기업인' 2위에 오른 인물이지."

아빠는 소파에 털썩 주저앉았다. 이건 아빠가 생각하는 즐거운 저녁이 아니었다.

하지만 엄마는 그런 아빠에게 '암말 말고 마고의 관심사에 관심을 보여'라는 눈빛을 쏘았다. 고마워, 엄마. 아빠는 그래도 못마땅한 기색을 거두지 않았다. 내가 이미 인드라 누이의 테드 강연을 다섯 번이나 봤고 이번에는 '가족 모임'을 시킨 벌로써 이 오락성 교육 영상을 강요하는 것뿐임을 아빠도 알고 있었기 때문이다.

"넌 펩시를 좋아하지도 않잖아!"

"인드라 누이는 석사 학위가 여섯 개나 되고, 대학교 때는 여성 록밴드 멤버였고, 지금은 환경운동을 지원하는 단체의 위원이야! 이런 사람한테는 누구라도 배울 점이 있다고!"

아빠는 포기했다. 사실 반박할 말을 못 찾았겠지.

재미없지만 영감을 안기는 45분이 지난 뒤, 나는 방으로 철수했다. 이제부터라도 정말 집중하면 블라이 샘 일을 일부 처리한 다음 AP 통계학 과제도 해치울 수 있을 것 같았다. 어쩌면. 제발. 아마 안 되겠지만, 달리 어쩔 수도 없지 않은가?

바로 그때 새미한테서 문자 메시지가 왔다.

새미 가족 모임 재밌었어?

마고 응. 인드라 누이의 테드 강연을 봤지.

새미 난 펩시보다 환타.

마고 난 생수. 엄빠 지루해지라고 일부러 고른 거.

마고 아무튼 나 눈코 뜰 새도 없어. 오늘은 거의 밤샐 각.

마고 고마워요, 블라이 쌤!

새미 그래 너 오늘 스트레스가 심해 보이더라 무서웠어

마고 고마워!

새미 이메일 확인해 봐 도움 될 거야

마고 무슨 도움? 뭔 소리야?

새미 메일이나 확인해

마고 참 알다가도 모르겠어, 오빠는.

과연 받은메일함에 새미가 보낸 새 메일이 있었다. '제목: 고맙긴 뭘.' 내 AP 통계학 과제의 정답지였다(그는 작년에 AP 통계학 수업을 들었다). 조시 프랜지의 인스타그램 계정 비밀번호도.

역시. 이 오빠는 최고다.

마고 B, 그동안 문자 못 해서 미안. 미친 듯이 바빴어.

마고 새 일거리가 들어왔어. 할 말이 너무 많아. 주말에 자세히 들려줄게.

마고 보고 싶어!

CHAPTER 4

엎친 데 덮치다

이튿날 아침, 엄마가 샤워하는 소리에 잠에서 깼다. 불길했다. 엄마는 보통 나보다 한 시간은 늦게 일어난다. 빙글 돌아누워 시계를 확인하니 그러면 그렇지, 7시 3분이었다. 젠장. 이제 지각까지 하게 생겼다.

음, 진짜 지각은 아니고. 내 기준에 지각이라는 거다. 등굣길 북새통을 피해 20분 일찍 도착해 있는 게 좋다. 내 '공식' 오전 시간표는 자습, 라틴어, 체육 그리고 점심이다. 하지만 나는 그 시간표를 비공식 MCYF 근무 시간으로 바꿨다. 라틴어 수업은 자유 시간이었다. 구시먼 샘한테 무료로 간단한 일을 해주었기 때문이다. (그녀는 트위터 비밀번호 바꾸는 법을 몰랐다.) 체육 시간도 자유였는데 1학년생한테 매일 점심 식사를 거르고 내 자리를 대신하는 대가로 돈을 주었기 때문이다.

나는 부리나케 욕실로 가서 이를 닦았다. 입안 가득 치약 거품을 문 채로 엄마한테 징징거렸다.

"왜 안 깨웠어?"

"일부러 늦잠 자는 줄 알았지!"

내가 늦게 일어난 건 절대 엄마 잘못이 아니었다. 하지만 그렇다고 엄마한테 화풀이하면 안 된다는 뜻도 아니었다. 난 입안을 헹구고서 방으로 돌아가 청바지를 꿰입었다.

달리 괜찮은 게 없어서 바나나를 하나 집어 들었다. (아빠가 절약 정신을 발휘할 때나 다이어트를 할 때가 아니면 대개 머핀이 있다.) 그런 다음 반은 뛰다시피 2킬로미터를 가서 7시 40분에 학교에 도착했다. 바로 그때가 '모두의 등교 시간'이었다(웩).

평소 내가 학교에 도착하는 시각엔 복도가 텅 비어 있다. 다른 학생이 없는 학교는 꼭 박물관 같다. 물론, 보조금이 부족한 이류 박물관이다. 하지만 적어도 고요하다.

하지만 '제때' 등교하면? 다른 애들이 매일 이걸 어떻게 견디는지 모르겠다. 이 사람 저 사람한테 치이고 부딪치는 것. 그리고 사물함 문 닫는 소리. 운동화 직직 끄는 소리. 양치질 안 한 애들 입 냄새. 핸드폰 알림음들. 눌린 머리. 여드름. 아이스커피 잔을 들고 우는 여자애. 아무 데서나 애정 표현을 서슴지 않는, 사귄 지 얼마 안 된 연인. 주목받고 싶어 괜히 고함을 질러 대는 '관종' 인간들. 화장품 거울을 들여다보며 우는 여자애. (왜 이렇게 우는 여자애들이 많지?)

그러다 사물함에 도착한 순간, 그 '관종' 남자애 중 하나의 축축하고 반갑지 않은 팔이 내 어깨를 감싸는 것을 느꼈다. 피터 부코스키, 일명 P-보이였다. 검은 파마머리의 키 크고 깡마른 녀석. 흔히 생각하는 시끄럽고 자기중심적인 백인 소년의 전형. 이런 유형이 대개 그렇듯 피터는 별로 해롭지 않다. 피터의 유명세라면 파티장에서 술에 취해 화분에 오줌을 싸는 놈으로 알려졌다는 것 정도다. (인스타그램에 따르면 그게 이 녀석의 '활동'이었다.)

난 움찔했다. 돌연 귓불이 뜨거워졌다. 내가 뭘 하기도 전에 그가 소리쳤다.

"다들 잘 들어! 나랑 머츠랑 데이트할 거야!"

젠장, 학교 애들 대부분은 나를 건드리지 않는다. 인기 있는 여자애들은 날 외계인으로 보았다. 운동부 남자애들한테 난 투명인간이었다. 사교성 없는 남자애들은 너무 소심해서 나한테 말을 못 붙였다. 자신감 떨어지는 괴짜 여자애들은 나를 멀찍이서 우러러보았다. 연극부 애들은 날 흥미로운 인물 탐구감으로 여겼다. 선생들은 내가 영원히 학생일 것처럼 취급했다.

하지만 '제멋대로에 게으르지만 인기 있는' 어떤 남자애들 무리가 이따금 나를 걸고넘어지려 했다. 복도에서 나한테 추파를 던지거나 나랑 사귀는 것처럼 행동하는 식으로 웃기는 수작을 부렸다. 하하하. (왜 웃기냐고? 나랑 데이트한다는 발상이 역겨우니까! 깔깔깔!)

P-보이를 떼어내려고 몸을 비틀어 봤지만 소용없었다. 키 큰 남자가 날 내려다보는 게 실은 더 불쾌했다. 복도 끝에서 친구들이 낄

낄대는 게 보였다. 그들 무리의 비공식 대장이자 왕자병 말기 환자이며 '내 절친을 욕보인' 크리스 하인츠가 부추겨서 P-보이의 친구인 카일은 핸드폰으로 동영상을 찍기까지 했다. 난 꼼짝없이 갇혀 내 맘대로 움직일 수 없는 느낌이었다. 싫었다. 복도에 있는 모두가 날 주시하는 것만 같았다. 해럴드 밍을 비롯한 수많은 공상적 박애주의 기독교인 부류들이 그저…… 강 건너 불 보듯 구경만 하고 있었다. '트리즈 포 프리즈' 동아리[15] 회원 몇몇과 클레어 쥬벨, 조시 핼러웨이는 근처에 서서 내 반응을 기다리고 있었다. P-보이한테 닥치라고 말할까? 장난으로 웃어넘길까? 울까?

난 초등학교 3학년 때 YMCA 수영 캠프에서 배운 '물에 빠졌을 때 살아남는 법'을 써먹기로 했다. 다시 말해, 축 늘어지기. 어째서 이 방법이 바닷물에 가라앉을 때 도움이 된다는 건지 묻지 마라. 몸부림치면 힘이 빠지니까? 모르겠다. 내가 구조요원도 아니고. 하지만 P-보이한테는 먹힐 것 같았다. 그래서 온몸에 힘을 쭉 빼고 천천히 바닥으로 쓰러졌다. P-보이의 손아귀가 풀어졌다. 놈은 무척 당황한 기색이었다. 난 완전히 주저앉은 뒤 4초간 가만히 있다가, 몸을 굴려 그에게서 빠져나온 뒤 일어서서 아무 일 없었다는 듯 복도를 걸어갔다.

P-보이는 긴 나눗셈 문제를 풀 때처럼 멍한 눈으로 서있었다. 그래, 어떻게 대응해야 할지 모르겠지. 더 이상 내 어깨에 들러붙어 입

---

15 '트리즈 포 프리즈trees for frees'는 등록만 하면 공원, 학교, 심지어 집에도 공짜로 나무를 심어 주는 동아리다. 근데 '프리즈'라니, 각운은 맞는지 몰라도 문법은 틀렸다.

김을 내뿜는 인간은 없었다. 난 다시 자유의 몸이었다. 내 익사 대비 기술이 제대로 먹혀들었다.

평온 무사한 33초가 지나고 교실에 도착했다. 출석 체크를 하고, 웅얼웅얼 서약하고, 오늘 일과를 시작하기 위해 도서관으로 향했다. 새미가 블라이 샘 건에 도움을 줬지만, 앞으로 24시간 동안 난 블라이 샘과 프랜지 샘이 함께 있는 사진을 영원히 묻어버릴 대량의 콘텐츠를 만들어 내야 했다. (물론 그 사진은 여전히 그의 인스타그램에 올라와 있으니 언젠가는 그걸 해결해야 했다. 하지만 충분히 묻어버리면 블라이 샘의 남편이 일부러 추적하지 않는 한 그 사진을 발견할 일은 없을 것이다.) 막 '미디엄'에 로그인한 차에, 가장 가까운 책장 너머로 빨간 곱슬머리 하나가 주춤주춤 내 쪽으로 다가오는 것이 보였다. 까치집 같은 저 빨강머리는 틀림없이 졸업반 섀넌 핀케, 불그레한 주근깨 피부와 언제나 휘둥그레 뜬 눈의 조합으로 늘 '머펫'을 연상시키는 언니였다.

"마고!"

섀넌이 날 불렀다. 눈빛에 긴장한 기운이 있었다. 밤새 거울 앞에서 이 대화를 연습했고 정말 잘 풀려야만 하는 것처럼 보일 정도였다.

"얘기 좀 할 수 있을까? 아니면 좀 물어볼 게⋯⋯."

"저기, 오늘은 좀 바빠."

"아. 알았어. 그렇구나. 하기야 바쁘겠지. 그런데, 어, 나한테⋯⋯ 문제가 생겼어. 넌 이 학교에서 스웨덴 같은 존재인 거 알지?"

"스위스 말이야?"

난 상냥하게 되물었다.

"몰라. 넌, 그러니까…… 중립이지? 아무도 널 건드리지 않지?"

"스위스 말이구나."

사실이었다. P-보이 무리가 가끔 놀리는 것만 제외하면 아무도 날 건드리지 않았다. 자기들 무리에 끼라고 부르지도 않았고. (그렇지만 스위스가 그런 내 상태에 대한 적절한 은유인지는 잘 모르겠다. 아무도 자길 못 건드리게 하고 위협에는 공격으로 방어하겠다고 선언한 자가격리 국가라니. 맙소사. 난 북한인지도 모른다. 언젠가 이 문제를 분석해 봐야겠다.)

"알았어. 음, 이 얘길 털어놓을 수 있는 사람이 너밖에 없는 것 같아. 트레이시 앨버슨한테 들었는데 네가, 어, 사업을 한다고…… 음…… 인터넷에…… 나쁜 게 올라간 사람을 도와준다고……."

아이고. 일거리가 또 생기는 건가? 스탠퍼드 한 학기 등록금을 마련할 만큼의 고객을 얻을 수 있을지 걱정하던 때에는 시간이 있었다. 하지만 이제는 일에 치여 살고 있다. 이거 정말 가맹점이라도 모집해야 하나.

"미안한데, 방금 큰 건을 맡아서 언니를 도와줄 시간이 없을 것 같아."

"아. 그러니까 넌…… 알았어."

전에도 일거리를 거절한 적이 있었다. 상대방은 대개 실망하거나, 파격적인 조건으로 재협상을 시도할 만큼 절박했다. 하지만 섀넌은 단순히 낙담한 수준을 넘어 보였다. 넌 개털 알레르기가 있어서 평생 개를 키울 수 없다는 얘기를 들은 것처럼. 그리고 자기가 키우고 싶었던 개를 방금 내가 죽인 것처럼.

난 안심시키려 해보았다.

"저기 언니, 내가 겪기로는 말이야, 인터넷에 있는 게 뭐든지 간에 대개는 생각만큼 나쁘지 않아. 내가 꿀팁을 몇 가지 일러줄게. 그런 경우에는……."

"나빠. 이보다 더 나쁠 수 없을 만큼 나빠. 그건……."

급기야 눈물이 섀넌의 뺨을 타고 흘러내렸다. 도서관 한복판에서. 울기만 하는 게 아니었다. 두 팔로 제 몸을 꼭 껴안고 있었다. 온라인에 있는 무언가가 근육에, 뼈에, 온몸에 사무치는 것이었다. 그것이 그녀를 아프게 하고 있었다.

"그건 그러니까…… 내가 '루스벨트 비치스'에 올랐거든."

'루스벨트 비치스'라니. 그게 뭔지 몰라도 일단 싫었다. 난 '비치 bitch('암캐', '쌍년' 등 여성을 비하하는 저속어-옮긴이)'라는 단어를 싫어한다. 그리고 그게 섀넌의 자유를 빼앗은 것 같아 불쾌했다. P-보이가 내 어깨에 팔을 둘렀을 때 나도 속박당하는 느낌이었으니까. 하지만 표정을 보니 섀넌의 경우가 천 배는 더 심한 것 같았다. 그녀에게 무슨 일이 생겼건, 나에게 뭘 물어볼 셈이건 그 순간 난 거절하지 못할 거라 예감했다. 다시 말해 이틀 사이에 두 건의 일거리를 맡게 된다는 뜻이었다.

남은 3학년 생활이 암담했다.

CHAPTER 5

당신의 오물을
치우는 과정

학교 끝나고 그린바움 빵집에서 섀넌을 만나기로 했다. 그녀는 내가 그 개를 되살리기라도 한 듯 무척 기뻐했다. 다들 이 일에 넋을 잃는다. 내가 손가락 한 번 튕기면 자기네 삶이 다시 평범해지는 줄 안다.

하지만 다들 궁금해하기도 한다. 마고, 어떻게 하는 거야? 말하자면…… 어떻게? 인터넷에 데이터가 올라간 이상 없애기는커녕 퍼지는 걸 막기도 불가능한 것 아니야? 그런데 그게 가능하다고? 그러니까…… 무슨 수로?

수년간 나는 인터넷 오물 치우는 기술을 갈고닦았다. 그건 과학이 아니다. 일정한 규칙이 있는 것도 아니다. 그래도 달리 이 일을 설명할 더 좋은 방법을 모르겠다.

좋다, 알려주겠다. 나는 이렇게 한다.

1단계: 피해를 가늠해 본다

일을 맡으면 가장 먼저, 내가 처리할 대상을 파악한다. 고객은 자신을 난처하게 하는 동영상을 보유한 사람이 두 명밖에 없는 것으로 안다고 하는데 실제로는 열일곱 명쯤 되는 경우가 있다. (캐런 머서는 놀이공원에서 자기가 갱단 수신호를 날리는 동영상이 하나뿐이라고 했지만, 실은 훨씬 많았다. 정확히 스물다섯 개였다. 캐런은 갱단의 일원도 아니다. 포크댄스 동아리도 갱단이라면 모를까.) 그러니 난 사진과 동영상 등을 모조리 다 추적하고 누가 어디에 올렸는지 알아내야 한다. (이 과정은 전부 해킹 없이 이루어진다. 우리 학교의 모든 SM[16] 피드를 샅샅이 훑고 간단한 개인 면담으로 배경 정보를 좀 얻을 뿐이다.) 말했듯이 과학처럼 늘 정확한 건 아니지만, 보통 몇 시간 후면 피해가 어느 정도이고 그걸 치우는 데 시간이 얼마나 걸릴지 대략 감이 온다. (캐런 건은 3일이었다. 이유는 단 하나, 회전 찻잔 동영상 몇 편은 화질이 좋지 않아서 찻잔 속의 여자가 그녀라고 단정할 수 없기 때문이었다.)

2단계: 콘텐츠를 대량 생산해서 온라인에 묻는다

가장 지루한 작업이지만 아마 가장 중요한 과정일 것이다. 특히 첫 며칠 동안에. 누군가의 낯 뜨거운 뭔가가 온라인에 떠돌아다닌다

---

16 이 SM을 한때 엄마는 가학-피학 성행위로 오해했는데, 그게 아니라 소셜 미디어social media 다.

면, 그 누군가가 가장 바라지 않는 건 정말 중요한 사람이 그 낯 뜨거운 걸 보게 되는 일이다. 그런 일이 일어나지 않게 하는 가장 좋은 방법은 '묻어버리기'다. 그래서 구글 검색창 첫 다섯 페이지에 뜨지 않게 하는 것. 어떻게? 콘텐츠로. 가짜 웹사이트를 만들어 해당 인물에 대한 어떤 '뉴스' 게시물을 만들고, 그들의 SM에 수많은 @과 멘션을 쏟아붓는다. (지난번에 확인하기로는 나한테 예순두 개의 가짜 미디엄 계정이 있었다. 오로지 고객들을 묻어버릴 목적으로 만든 수백 건의 가짜 게시물과 함께. 슬픈 일은? 사람들이 실제로 그걸 읽는다. 댓글도 단다! 언젠가 내가 코어먼 선생이 토마토를 정말 좋아한다는 멍청한 게시물을 올렸다. '지역 교사는 신선한 토마토 없는 샐러드를 먹지 않는다'고. 그 글에 약 3만 명이 '공감'을 눌렀다. 도대체 왜?)

어쨌든 곧 문제의 게시물이 어디에 있는지 알아야만 그것을 볼 수 있게 된다. 그렇게 고객의 숨통을 좀 틔워주고 나서 나는 유출된 사진과 동영상을 추적해 삭제한다.

3단계: 역할극

어떤 건이든 간에 어떤 시점에서 난 내가 아닌 다른 누군가인 척해야만 한다. 내가 열일곱 살이고 부모님과 함께 산다는 사실을 알리고 싶지 않은 경우가 종종 있다. 따라서 가짜 신분은 필수다.

지난 2년간 난 헤드헌터, 해결사(빚 수금 대행업자), 경찰관, 교장, 변호사, 변호사, 변호사, 또 변호사인 척했다. 때로는 그냥 변호사 '비서'라고 했다. 그 편이 훨씬 쉬워서. 하지만 변호사 행세를 하는 게 언제나 유용하다. 변호사의 무작위 전화나 '정지 명령' 이메일은 대부분 사람들을 식겁하게 하고 그들이 불법으로 취득한 사진이나 동영상 따위를 확실히 삭제할 동기를 준다. 난 보통 '멜라니 P. 스트루트 변호사' 직함을 쓴다. 그녀는 로체스터에서 활동하고 2008년 사법시험을 통과했으며 신화적인 로펌 '워런, 필립스 & 맥킨지'에서 곧 파트너 변호사가 될 예정이다.

가짜 신분으로 누군가와 소통할 때면 거의 항상 전화 통화 또는 이메일과 DM으로 한다. 딱 한 번 누군가가 날 직접 만나겠다고 한 적이 있다. 난 동네 배우를 섭외해 멜라니 스트루트인 척하라고 돈을 줬다. 그녀는 대사를 외우지도 못했고 내가 권한 즉흥 연기 연습도 하지 않아서 결과적으로 참담했다.

가짜 신분을 만들 때 필요한 것들이 있다. 배경 및 살아온 인생사, (실제의 나와 다른) 튀는 말투, 로펌 로고가 박힌 가짜 문구류, 대포폰.

4단계: 유능한 해커 동료에게 주 타깃의 컴퓨터와 핸드폰을 해킹하게 한다

저기, 난 사생활 보호를 매우 중시하는 사람이다. 구글과 페이스북과 NSA(미국 국가안보국)가 우리가 입력하는 모든 걸 무려 24시간 감시한다는 얘기를 들었을 때는 어느 누구 못지않게 기겁했다. 하지만 누군가가 합의 없이 사진들을 올린 경우라면…… 그 사람의 사생활은 침해당해도 괜찮지 않나 싶다. 먼저 시작했으니까. 그래, 그래, 이 모든 게 도덕적으로 애매하게 느껴진다는 건 알지만, 어쩌겠나…… 인터넷인데! 게다가 내가 찾는 사진과 동영상이 전부 지워졌고 두 번 다시 사용되지 않으리라 100퍼센트 틀림없이 확신할 수 있으려면, 방법은 단 하나뿐이다. 가해자의 하드드라이브와 전화기, 클라우드를 들여다봐야 한다. 그 일은 새미 오빠가 적절한 가격에 흔쾌히 해줄 것이다.

5단계: 상황에 맞게 대응한다

1~4단계를 일거리의 속성(그리고 고객이 얼마나 지불할 용의가 있는지)에 따라 짧게는 이틀, 길게는 몇 주 동안 행하고 나면…… 자, 드디어 창의력을 발휘할 때다! 경험상 모든 일거리가 제각각이며 여기서 각기 다른 단계를 추가해야 할 수 있다. 사실 이 단계에 관해서는 몇 가지 사례를 들어 설명하는 편이 쉬울 것 같다.

먼저 MCYF 사례 #00006, 숀태 윌리엄스. 작년 4월, 졸업반인 껑다리 백인 조디 펜스가 나와 같은 학년인 숀태 윌리엄스에게 졸업무도회에 함께 가자고 청했다. 숨만 쉬면 참치 비린내나 풍기는 놈이 꼴에 '오빠'랍시고 2학년한테 파트너 신청을 하면 영광으로 여겨줄 줄 알았나 보다. 하지만 숀태는 암갈색 피부에 구불구불한 머리칼을 지닌 귀엽고 인기 있는 연극부 학생으로, 솔직히 말해 조디는 넘볼 수 없는 여자애였다. 그녀는 거절했다. 이에 너무나도 분했던 조디는 숀태의 꺼림칙한 사진들을 자기 연락처 목록에 있는 사람들 모두에게 대량 발송하겠다고 위협했다. 그해 봄 뮤지컬 〈카바레〉의 출연자 파티장에서 찍은 사진들이었다. 그 당시 숀태는 〈루스벨트 가제트〉에 실린 '패기 넘치는 배우'라는 평에 굉장히 고무돼 있었다. 그래서 다이어트 콜라 세 캔을 들이켠 뒤(기억하라, 연극부 파티였다) 열정이 다소 앞선 나머지 여러 동료 배우들 앞에서 괴상한 스트립쇼를 벌였다. 이 건은 '맥켈런 경관'의 전화 한 통으로 해결되었다. 잔뜩 겁을 집어먹은 조디는 자기가 가진 숀태 사진을 지우고 인스타그램도 그만두었다. 그런 다음 단체 대화방 친구들한테도 누구든 숀태 사진 사본을 저장해 놓았으면 즉시 지우라고 했다(새미 오빠가 백도어 스누핑으로 살펴보고는 다들 지웠다고 장담했다). 성공.

더러는 일이 쉽게 해결되기도 한다. MCYE 사례 #00011을 살펴보자. 의뢰인은 당시 3학년생 어밀리아 로페즈, 연갈색 피부의 멕시코계 미국인으로 코에 피어싱을 한 언니였다. 4학년이 되면 과외활동으로 동물보호단체에서 자원봉사를 할 계획이었는데 브렌던 버클러의 핼러윈 파티에서 고양이한테 토하는 사진이 인터넷에 떠돌아 동물보호단체의 승인을 얻지 못할까 봐 걱정이었다. 누구 것인지 모를 인스타그램 가짜 계정에 그 사진이 올라왔는데 어밀리아는 배후가 누구인지 알지 못했다. 다행히 그 계정 팔로워가 세 명뿐인 데다 그 셋도 사진을 퍼나를 생각은 없어 보였다(또는 보지도 않았거나). 이 경우엔 협박 전화나 변호사 행세가 필요 없었다. 그 가짜 계정의 주인을 알아내는 게 유일한 문제였는데, 그건 새미 오빠가 만들어 '퍼즈워드'라 명명한 비밀번호 깨기 프로그램을 이용해 해결할 수 있었다.[17] 문제의 계정을 만든 사람은 알고 보니…… 어밀리아 자신이었다(대박 반전!). 보아하니 그녀가 가짜 계정을 만들고 술에 취해 (그러니까 엄청, 엄청나게 취해서) 직접 올린 것이었다. 이 건은 약 이틀 만에 종결되었다.

하지만 '매우' 복잡하고 순전히 내가 몸소 나서서 '사회 공학적 해킹' 실력을 발휘해야만 하는 일거리도 있다.

MCYE 사례 #00019. 레지 스톰은 노먼 록웰Norman Rockwell(미국의 화가이자 삽화가-옮긴이) 그림 속 배불뚝이 백인 아저씨가 현실로 튀어나온 것처럼 생긴, 내 첫 번째 성인 고객이었다. 레지는 일기예보관이었고(그렇다, 이 아저씨 성이 '스톰Storm(폭풍)'이었다. 내가 찾아봤다. 출생증명서에 있는 이름이다. 나도 말문이 막힌다.) 중요한 승진을 앞두고 있었다. 하지만 그때, (애인한테 보내려고 했던) 남자 성기 사진을 실수로 상사인 채널4의 뉴스 앵커 척 그레이블리한테 보냈다. 척은 당시에 명상 수행 중이어서 핸드폰이나 이메일에 접속하지 않았다. (내가 보기엔 지옥 수행이나 다름없지만, 사람마다 생각하는 게 다른 법이니까.) 레지는 상사의 은거가 끝나기 전에 사진을 회수하길 바라며 날 고용했다. 쉽사리 계정을 해킹할 수 있으리라는 새미 오빠의 예상과 달리 척은 사설 보안업체를 고용해 디지털 해킹의 통로를

---

17 온라인을 뒤져 보면 100가지 가장 흔한 비밀번호 목록이 나온다. PASSWORD1, 1234567 등 누구나 떠올릴 수 있는 것들이다. 새미 오빠의 프로그램은 자동으로 상위 2만 개를 대입한다. 안다. 컴퓨터는 빠르다.

전부 막아놓은 터였다. 따라서 임기응변이 필요했다. 난 척의 조카인 척 사무실로 잠입해 그의 책상에서 이메일을 지웠다. 솔직히 짜릿했다. 나가는 길에 그의 동료와 마주쳤는데 그 여자가 "척한테 조카가 있는 줄 몰랐네"했다. 난 그가 날 언급한 적 없는 것에 상처받은 척 했고, 동료는 사과했다. 심지어 내 기분을 생각해 어쩌면 그에게서 내 애길 들은 것도 같다는 식으로 말했다. 그러고는 나한테 20달러를 주면서 코넬대 이서카 캠퍼스에 진학하고 싶으면(그럴 리가!) 자기가 졸업생이니 추천서를 써주겠다고도 했다. 난 아무 의심도 사지 않은 채 그곳을 빠져나왔고 레지는 현재 채널4의 '수석' 기상통보관이다.

자…… 이게 내가 하는 일이다. 확실히 해두자. 난 기적을 일으키는 사람이 아니다. 판도라의 상자를 닫을 수도, 지구 온난화를 되돌릴 수도 없다. 카다시안이나 테일러 스위프트, 제니퍼 로렌스의 알몸 사진이나 섹스 동영상을 이 세상에서 사라지게 하는 건 못 한다. 그런 유명인의 디지털 쓰레기는 바이러스나 다름없고 내 능력 밖의 영역이다.

하지만 고만고만한 고등학생이나 노스 웹스터 거주민의 오물이라면 큰 사달로 번지는 걸 막기가 훨씬 쉽다. 그러니 한 번은, 자신의 인스타그램 팔로워가 200만 명이 아니라는 사실에 감사하라.

어쨌거나 난 이렇게 한다. 묻어버리기, 해킹, 거짓말, 임기응변. 2년 동안 20건이 넘는 오물을 치웠으니만큼 난 섀넌이 무슨 일거리를 던지건 내가 능히 처리할 수 있을 거라 여겼다.

하지만 오산이었다.

CHAPTER 6

섀넌과 카일

내 연령대의 고객들과는 피티 오태번스 대신 그린바움 빵집에서 만
난다. 여기선 아무리 오래 죽치고 앉아 있어도 뭐라 하지 않는 데다
직원이고 고객이고 죄다 여든다섯 살 이상 먹은 노인네뿐이라 아는
사람을 마주칠 위험이 없다. 덤으로 루겔락(초콜릿 등 달콤한 소를 넣
은 페이스트리로 유대인의 대표적인 디저트-옮긴이)도 먹을 수 있다.

난 3시 15분쯤 도착했다. 먼저 와 있던 섀넌은 큼지막한 초콜릿
칩 쿠키를 먹지는 않고 조각조각 부수고만 있었다. 난 가방을 내려놓
고 커피와 루겔락을 주문했지만 둘 다 건드려 보지도 못했다. 자리에
앉자마자 섀넌의 하소연을 들어야 했기 때문이다.

"제발 알아줘. 나 원래 그런 애 아니야! 우린 그냥 즐기는 사이였
어. 걔가 계속 졸랐단 말이야. 난 섹스를 피하지 않을 생각이었고."

섀넌은 하염없이 머리칼을 배배 꼬며 덧붙였다.

"음, 뭐가 됐든…… 경험도 없이 대학에 가긴 싫었어."

난 일단 끄덕였다. 대체 무슨 얘기냐고 물을 참이었는데 그녀가 이어 말했다.

"괜찮은 애 같았거든. 난 피차 즐기는 사이라고 생각했어. 단 서로 존중하면서 말이야."

"그랬구나. 근데 처음부터 차근차근 얘기하는 게 어떨까?"

그래야 좀 더 알아들을 만하게 얘기해 줄 것 같았다.

섀넌은 겸연쩍게 입꼬리를 살짝 올렸다. 깊은숨을 내쉬고서, 그녀는 여름에 카일 커클랜드와 사귀었다고 털어놓았다. 카일은 크리스와 P-보이 따위가 나대는 무리의 일원이었다. 미식축구 공격수 체격에 금발, 사교적인 성격. 내 취향은 아니지만 섀넌에겐 이상형에 가까웠다. 섀넌은 그에게 푹 빠졌었다. 그가 처음 데이트하자고 할 때('슈프림' 맨투맨 티를 입고 있었는데) 얼마나 귀여웠는지 모른다고 그녀는 말했다. 던킨 도너츠 매장이 보일 때마다 사진을 찍어서 상대방한테 보내야 한다는 둘만의 규칙이 있었고, 그가 @TheKirkOut(몸 만들기 전용으로 만든 인스타 부계정)에 게시물을 올릴 때마다 자기가 댓글을 달았다고도 했다. 술맛은 싫지만 취하고는 싶다는 섀넌을 위해 그는 파티장마다 술 섞은 탄산수를 가져왔다. 두 사람은 특별한 여름을 보냈다. 하지만 그녀는 피차 진지한 사이는 아니었다고 했다. 자기는 졸업반이 되면 미친 듯이 바쁜 일정을 소화해야 하므로 '진지한 연애'를 감당할 자신이 없었고, 카일도 브라이턴으로 간 전 여자친구 타마라 어쩌고한테 아직 미련이 있었다는 것이었다. 하지만 섀넌과 카일은 서로 호감을 주고받으며 만났고 결국 섹스도 했다.

섀넌에겐 첫 경험이었다. 카일도 그런지 아닌지 몰라도, 아주 능숙하게 굴지는 않았던 것 같다. 그는 다정했고, 섹스한 뒤에 휑하니 가버리지도 않았으며, 심지어 다음 날 그녀에게 강아지 인형을 선물하기까지 했다. (솔직히 섹스 상대보다는 다리 골절로 깁스한 어린애한테나 어울리는 선물 아닌가? 하지만 이건 어디까지나 내 의견일 뿐이고, 섀넌은 좋아했다. 그 강아지가 [세 옥타브 높은 목소리로] "너어어무 귀여웠다"나 뭐라나.)

"좋아, 확실히 해 두자. 섹스는 항상 합의하에 이루어진 거지?"

그녀의 눈이 휘둥그레졌다.

"그럼. 당연하지. 그러니까, 그때는 나도 원했어. 미안."

"웬 미안? 섹스한 게 사과할 일이야?"

그녀는 두 손으로 머리를 감쌌다.

"몰라. 나도 모르게 그렇게 돼. 자꾸 사과해."

"괜찮아. 언니가 잘못한 게 없다는 것만 알면 돼."

난 애써 그녀를 안심시켰다. 그간의 경험으로 어렵사리 배운 사실이 있다. 내게서 비판의 기미를 느끼면 고객은 진실을 전부 털어놓지 않는다는 것. 하지만 난 전부 알아야 했다.

마침내 그녀는 침을 꿀꺽 삼키고 이야기를 이어갔다.

"그러다 섹스팅도 하게 됐어. 근데…… 어…… 내가 먼저 시작했거든. 그러니까 내가 잘못한 게 맞잖아? 아님……."

"무슨 잘못?"

"모르겠어. 말하자면…… 이 일도 내가 자초한 거 아닐까?"

조금 전부터 소리 없이 눈물만 흘리던 그녀가 이제는 흐느끼기 시작했다. 난 주위를 살폈다. 다행히 그린바움 직원들은 안쪽에서 바클라바(견과류, 꿀 등을 넣은 페이스트리에 시럽을 뿌리고 식혀서 내는 튀르키예 디저트-옮긴이)를 삼각형 모양으로 자르는 데 여념이 없었다.

난 엄마의 차분한 간호사 말투를 빌려 말했다.

"계속 얘기해 봐. 섹스팅이 어떻게 됐는데?"

난 그녀가 문제에 집중하도록 무진장 애쓰는 중이었다. 경험상, 일단 울음이 터지면 완전히 딴 이야기로 새기가 십상이다. 자칫하면 집중 치료 수준의 고백을 들어야 한다는 얘기다. 예를 들어 블라이 샘은 "평생 언니한테 뒤처지는 동생"이었음을 토로했고, "차로 고양이 세 마리를 친 적이 있다"고 이실직고했으며, "두꺼운 안경을 쓴 남자한테 끌린다"고, "찰리 삼촌이 두꺼운 안경을 썼는데 그게 무슨 뜻인지 모르겠다"고까지 털어놓았다. 흥미로운 동시에 소름 끼치는 사연이었지만 딱히 유용하진 않았다. 다행히 섀넌은 그러지 않았다.

"그게…… 걔랑 자고서 헤어진 날 밤에 내가 걔한테 사진을 보냈어. 내…… 가슴 사진."

그녀는 머리를 꼬다 못해 잡아 뜯을 기세였다.

"어둡게 찍혀서 적나라하게 보이진 않았지만. 미안."

"언니……."

"아, 그렇지. 사과할 일이 아닌데."

눈을 내리깔고서 잘게 부순 쿠키 더미만 바라보는 그녀에게 난 물었다.

"그랬더니 카일이 뭐래?"

"음. 봐 봐."

섀넌은 핸드폰을 꺼내어 문자 메시지를 보여주었다. 불, 불, 복숭아, 복숭아 따위의 멍청한 이모티콘이 잔뜩 찍혀있고, 마지막에야 글자가 몇 마디 있었다. '와 너 진짜 화끈하다.'

"아, 창피해."

섀넌은 얼른 전화기를 거두어 갔다.

"섹스팅 하는 사람이 얼마나 많은데. 자책하지 마."

섀넌은 끄덕였다. 내가 자신을 헤픈 여자라고 손가락질하지 않으리란 걸 알고 약간은 안심한 눈치였다.

"잊지 마, 여기서 나쁜 쪽은 그걸 공유한 카일이야. 언니가 아니라. 알았지?"

섀넌은 이제 손톱을 물어뜯고 있었다.

"고마워. 나, 솔직히 억울해. 내가 아는 사람들 전부 알몸 사진을 주고받는데 다들 아무 일 없잖아."

글쎄, '전부'는 아닐 텐데. 일단 나부터 아니다. 하지만 나는 그런 쪽에 좀 민감하니까. 내 생각에 섹스팅은 누군가에게 내 사회보장번호나 신용카드를 넘겨주는 것과 같다. 상대방에게 너무 많은 권한을 주는 거다.

하기야 지금껏 나한테 섹스팅을 제안한 사람이 없기도 했고. 덕분에 그런 일에 휘말리지 않기가 훨씬 쉽다.

"그래, 그다음에 무슨 일이 있었는데?"

"더 보내달라고 하더라고."

그녀는 문자 메시지를 더 보여주었다. 카일은 주로 늦은 밤에 그런 문자를 보냈다. 그녀가 싫다고 답하면 그는 구슬리고 조르는 문자를 끈질기게 보냈고 결국 그녀도 더는 거절하지 못하고 사진을 전송했다. 그러고서 며칠은 연락이 뜸했다. 그러다 카일이 다시 다른 사진을 보내달라고 조르기 시작했다. 그렇게 그녀는 예닐곱 장의 사진을 보냈다. 이 대화창에서 카일이 보낸 사진은 없었다.

"보답이 없어서 속상하진 않았어?"

"무슨 뜻이야?"

"카일은 사진을 보낸 적이 없잖아."

"그러네. 생각도 못 했는데."

섀넌이 다시 조용해져서 불안했다. 내 말에 새삼 창피함을 느끼는 게 분명했다. 다행히 재촉할 필요 없이 그녀가 다시 입을 열었다.

"그러다가…… '루비'에 올라간 거지, 알다시피."

"루스벨트 비치스?"

그녀는 끄덕이며 "응" 하고 대답했다.

"그렇구나. 그런데…… 그게 뭐야?"

그녀는 천천히 길게 한숨을 내쉬었다.

"음, 그래. 어, 혹시 거기 가본 적 있니?"

"아니."

섀넌은 더 초조하게 손톱을 씹어댔다.

"그래, 다행이네. 웹사이트야. 그냥 보여주는 게 낫겠다."

섀넌은 그린바움 직원들이 보고 있지 않은 것을 확인하고서 내게 조심스레 핸드폰을 건넸다. 곧이어 나도 이유를 알게 됐다. 한눈에도 '루스벨트 비치스'는 비밀번호 보안이 걸린 리벤지 포르노revenge porno(보복성 성 영상물-옮긴이) 사이트였다. 우리 학교 여학생들의 반라 또는 전라 사진이 즐비했다. 하나같이 본인의 허락 없이 올린 사진들이었다. 여자애가 누군가와 섹스팅을 하면 그 사진들이 '루비'에 실린다. 전 남자친구가 홧김에 올리는 경우가 있는가 하면, 카일처럼 악감정은 없지만 미성년 여성들의 벗은 몸 사진 모음에 단순히 몇 장 보태고 싶어 하는 놈들이 올리는 경우도 있다.

이웃 동네인 예이츠 카운티의 웨이크필드고등학교에서 2년 전에 이와 비슷한 섹스팅 사건이 있었다. (웨이크필드에 다니는 사촌언니 아리아한테서 추수감사절에 그 얘길 자세히 들었다.) 어느 남학생 무리가 사적인 섹스팅 내용을 공유하다가, 한 명이 인스타그램 계정을 만들면서 곧 그 일이 알려지고 신고당하기에 이른 사건이었다.

하지만 이 경우가 백만 배는 악질이었다. 누군가 일부러 공을 들여 아예 사이트를 만든 것이다. 그것도 비밀번호 보안이 걸린 사이트를. 섀넌이 이걸 알게 된 건 누군가가 익명으로 링크를 보내주었기 때문이다. 난 엄지로 관자놀이를 누르며 한숨을 내쉬었다.

화면을 스크롤하는 내게 섀넌이 말했다.

"거기에 스무 명쯤 있어."

설마. 과장이겠지. 스무 명이라고? 진짜?

난 물었다.

"누가 만들었는지는 모르고?"

"응. 내가 아는 한은. 그러니까 내 말은, 사진 올린 사람은 많잖아. 하지만 운영자가 누군지, 애초에 누가 만들었는지 아는 사람은 없어."

이 시점에서 대화 자체가 약간 흐릿해졌다. 머리가 띵할 지경이었다. 똑똑하고 유능하며 멋진 여성들이 이렇듯 자신도 모르게 성적 대상이 돼버렸다니. 나와 같은 학교에 다니는 여자애들이었다. 교내 아침 방송을 하는 여자애들. 한때 나와 같이 걸스카우트 활동을 했던 여자애들. 아니, 애들이 아니라, 어린 여성들. 엄연한 인격체. 난 완전히 열 받았다. 진짜 열 받았다. 귓구멍으로 피가 새어 나오는 게 아닐까 싶을 만큼 피가 거꾸로 솟았다.

섀넌이 걱정 가득한 눈길로 내게 물었다.

"너무하지, 그치?"

어느 결엔가 내가 플라스틱 머들러를 잘게 부쉈나 보다. 플라스틱 파편 하나가 손바닥에 붙어있었다.

섀넌에게 '나 미친 거 아니니까 안심해'를 뜻하는 표정을 지어 보이며 플라스틱 파편을 손바닥에서 털어내고는 다시 사이트를 들여다보았다. 이걸 아는 사람이 몇 명이나 될까? 언제 생긴 사이트일까? 무슨 놈의 좆같은 '형제 의식'이 이런 걸 벌써 몇 달째 은밀히 운영되게 하는가! 게다가 어떻게 난 여태 몰랐지?

마음을 가라앉히고자 후, 후 심호흡을 하고서 몇 초간 몸과 머리를 흔들었다(중학교 1학년 때 연극부 캠프에서 배운 방법이다. 고마워, YMCA 올스타!). 그런 다음 더 자세히 들여다보았다.

경악스럽게도 이 사이트는 완성도가 제법 높았다. 설계가 잘된 사이트였다. 별다른 결함은 눈에 띄지 않았으며 업로드 속도도 빠르고 암호화돼 있었다. 심지어 검색 기능도 있었다.

그래서 더 화가 났다. 도무지 이해할 수 없었다. 어떻게 이 쓰레기 남자들의 비밀 소굴이 우리 아빠의 세탁소 사업보다 더 잘되는 웹사이트를 가질 수 있지? 그 후로 섀넌에게 뭐라고 말했는지 잘 기억나지 않는다. 나도 모르게 언성이 높아져서 섀넌이 좀 작게 말하라고 했던 기억은 난다. 카일 얼굴에 주먹을 날리고 싶었다. 레슬링 연습장까지 따라가서 그놈과 함께 매트에 올라간 다음 스완슨 코치가 끼어들기 전에 반지를 빼고 놈의 얼굴을 힘껏 후려갈길 방법이 없을까. 하지만 이런 생각을 입 밖에 내는 대신, 난 섀넌의 일을 맡겠다고 중얼거렸던 것 같다. 그래, 할게. 아니, 거금을 요구하진 않아. 그래, 날 믿어도 좋아. 학교의 거의 모든 남자가 그녀의 신뢰를 몇 번이고 무너뜨렸다. 난 그녀를 실망시키지 않을 것이고, 그 사실을 그녀가 알아주길 바랐다. 이 잘못을 바로잡을 거야. 발정 난 개자식들이 대가를 치르게 하겠어.

커피와 루겔락과 머들러 파편들, 어리둥절한 섀넌을 빵집에 남겨두고서 난 서둘러 집으로 갔다. 큰 건이 생겼으니 당장 시작해야 했다.

CHAPTER 7

루스벨트 비치스

부모님은 집에 안 계셨다. 찬장을 뒤져 화날 때 1분 이내로 먹어치우는 비상용 치토스 한 봉지를 꺼냈다. 그런 다음 곧장 내 방으로 가서 루비에 재접속했다. 섀넌이 알려준 비밀번호 'DISTEDDYFUX'는 문제없이 먹혔다. ('DISTEDDYFUX'를 대충 해석하면 '테디가 따먹다'이다. 루스벨트의 마스코트가 테디다! 곰 인형 '테디 루스벨트'. 쓸데없이 영리하네!)[18]

차마 자세히 들여다볼 수 없었다. 너무 버거웠다. 본인에게 허락도 받지 않은 채 버젓이 실려 분류된 어린 여성의 사진들. 구미 당기

---

[18] 테디 루스벨트Teddy Roosevelt(미국 제26대 대통령 시어도어 루스벨트의 별명-옮긴이)로 더러운 비밀번호를 만들 셈이라면 '러프 라이더스Rough Riders(미국-스페인 전쟁 당시 루스벨트가 지휘했던 의용기병대-옮긴이)'나 '거대 지팡이'를 가지고 말장난을 칠 기회일 텐데……. 뭐, 나라면 그랬을 거란 얘기.

는 태그와 '탐스러운 슴가'라든가 '섹시한 입'이라든가 '얼굴은 좆같아도 몸매는 실하다' 따위의 댓글들. 얼마나 많은 개자식들이 이걸 보고, 평가하고, 딸딸이를 쳤을까? 마치 그게 자기들의 권리라는 듯이? 그러고 보니 최근 학교 복도에서 울고 있는 여자애들이 유독 많았는데. 혹시 이 사이트 때문에?

카일을 어떻게 할까. 놈에게 본때를 보여줘야 했다. 놈의 자동차를 해코지하면 어떨까? 카일은 자기 차인 포드 이스케이프를 세상 무엇보다 애지중지했다. 그 차에 'REO 위드웨건(1970~80년대에 활발히 활동한 미국 록그룹 REO Speedwagon의 Speed 대신 대마초를 뜻하는 Weed를 붙여 만든 이름-옮긴이)'이라는 이름도 붙였다. 대마초와 80년대 음악을 좋아하나 보지? 아니다, 카일을 깔아뭉갤 더 나은 방법이 있을 것도 같은데⋯⋯. 어떻게든 놈의 알몸 사진을 입수해서 어딘가에 올릴까? 코스트코 건물 옆에 있는 거대한 광고판 정도면 알맞겠는걸.

하지만 카일을 노리는 것만으로는 성에 차지 않았다. 내 의분을 일으킨 건 한두 명이 아니었으니까. 우선, 이 사이트를 만든 놈들을 처절하게 응징해야 했다. 온몸에 타르를 끼얹고 깃털로 뒤덮든 중세식으로 형틀에 묶든, 이 개자식들이 두 번 다시 남을 평가할 수 없도록 아주 인생을 망가뜨리고 싶었다.

그런데 나머지는 어떻게 한다? 평범한 '방문자'들 말이다. 물리적인 형벌까지는 아니어도 어떤 식으로든 응징은 필요했다. 미식축구팀에서 쫓겨나게 해? 그놈들 '전부'한테 진짜 고약한 무좀균을 심을 방법은 없을까?

불현듯 이상하다는 생각이 들었다. 루비 비밀번호를 아는 놈들은 한두 명이 아닌가 본데 정작 누가 만들었는지는 아무도 모른다는 게 말이 되는가? 난 케빈 빈에게 전화를 걸었다. 녀석은 내게 일을 맡겼던 작년부터 쭉, 도리어 내게 충성을 다했다. 나로서도 의외였다.

몇 초 만에 전화를 받은 그에게 다짜고짜 물었다.

"루스벨트 비치스 가봤어?"

"어? 음……."

"케빈, 더듬더듬 말 돌리는 단계는 건너뛰고 그냥 불지? 뭐라고 안 할게. 그냥 알아야겠어서 그래."

거짓말이었다. 난 녀석을 매우 욕하고 있었다.

"나는, 어, 응. 가보긴 했어. 몇 번. 하지만 안 간 지 한 달쯤 됐어. 제시 린드가 거기 있는데 걘 진짜 좋은 친구라서……. 이제 안 가."

'끝내 내가 아는 사람까지 피해를 입었다'는 말이로군. 알 게 뭐람. 응징은 다음 기회에.

"비밀번호는 어떻게 알았어?"

"저스틴이 알려줬어."

"저스틴은 어떻게 알았대?"

"몰라, 레딧Reddit(영미권 최대의 온라인 커뮤니티 사이트-옮긴이) 게시판 같은 데서 찾았을걸."

"누가 만들었어? 그 사이트 말이야. 운영자가 누구야?"

"몰라."

"뻥치지 마, 케빈. 친구 감싸고돌 때가 아니라고. 누가 만들었어?"

"진짜 몰라! 모른다고! 알면 당연히 말하지. 뻥 아니야. 나도 후회해. 그땐…… 힘든 시기였어. SAT 때문에 스트레스가 심해서……."

전화기 너머로 구역질하는 소리가 들렸다. 그리고 또 한 번. 난 끊어버렸다. 녀석의 구역질 소리는 정말이지 질리도록 들었다.

날 무서워해서 내게는 거짓말을 못 하는 남자애 셋에게 더 전화했다. 그중 둘은 사이트에 가봤다고 했다. 하지만 누가 만들었는지는 둘 다 몰랐다. 비밀번호는 다들 친구나 정체 모를 레딧 게시물로부터 알게 됐다고, 그런데 게시물은 지금쯤 삭제됐을 거라고 했다. 어쨌든 나도 그런 식으로 비밀번호를 알아낼 수 있는지 알아보러 레딧으로 갔다. 그때 섀넌에게서 전화가 왔다.

"안녕. 미안한데 부탁 좀 더 해도 될까? 타이라 마이클스도 루스벨트 비치스에 있거든. 혹시…… 걔 사진도 지워줄 수 있을까? 세라 응우옌 사진도 있어. 핸드폰을 해킹당한 것 같다는데……."

"언니, 내가 겨우 사진이나 지울 줄 알았어? 사이트 자체가 역겨워. 송두리째 불태워 버릴 거야."

그녀는 당황한 눈치였다.

"아. 그렇구나. 좋아. 애들한테 얘기할게. 어, '왓츠앱'에 우리 단톡방이 있어."

"'우리'라니?"

"그러니까, 피해자들. 다른 여자애들. 처음엔 타이라랑 세라랑 나뿐이었는데 나중에 다른 애들도 들어왔어."

"그럼 다 같이 은밀히 얘기할 수 있다고? 말 되네."

"너도 초대해도 될까? 뭘 어떻게 할 건지 네가 직접 얘기할래?"

"어, 그래. 아마도?"

어떤 무리에든 딱히 끼고 싶지는 않은데.

"고마워. 정말 큰 힘이 될 거야. 그동안…… 힘들었거든."

말해 무엇하랴.

그녀가 내쳐 말했다.

"있지, 인터넷에 내 가슴 사진이 걸려있는 것만 해도 미치겠거든. 거기에다 남자애들이 일을 더 키운단 말이지."

"무슨 말이야?"

"가본 애들은 티가 나. 남자애가 루비를 보고 나면 갑자기, 음…… 안달복달한달까. 뭐냐면 문자로 사진을 보내달라고 조르는 식. 아님 상대가 헤픈 여자인 줄 안다거나."

"웩."

어쩜 남자들은 하나같이 이렇게 실망스러울까. 수녀가 될 수 있게 종교를 가져야 하나. 수도원 생활이 꽤나 매혹적으로 다가오는 순간 이었다.

"다들 그런 식이었대. 우리 애들 전부가. 역시 루비 때문이겠지."

이번만은 제법 확신에 찬 말투였다.

"아냐, 여자가 '싫다'고 분명히 말하는데도 듣지 않는 남자들 때문 이야."

섀넌은 잠시 말이 없었다. 그러더니 나직이 수긍했다.

"맞아."

"미안, 큰소리칠 생각은 아니었는데. 너무 화가 나서 그만."

"아냐, 괜찮아. 그렇게 얘기해 주니 속이 좀 시원해지는걸. 지난 한 달 내내 난 매일 밤 베개에 대고 비명을 질렀어. 내 베개가 심리 치료를 받아야 할 판이야."

대화하면 할수록 새넌이 달리 보였다. 왓츠앱에 대화방을 만들어 피해자들을 규합하고 날 고용하다니. 생각보다 훨씬 능동적인 사람이었다. 나로 하여금 300달러짜리 일거리를 맡겠다고 마음먹게 할 만큼.

"대화방에 초대해 줘. 진행 과정을 계속 알려줄게. 그리고 날 믿어. 되도록 빨리 루스벨트 비치스를 폭파해 버릴 테니까."

"고마워. 너 대단하다. 애들이 하는 얘기가 다 사실이구나."

"오. 잘됐네."

신경 쓰지 않는 척 대답했지만, 분명 '대체 누가 내 얘길 하지?'라는 궁금증이 말투에 뚝뚝 묻어났다.

"다 좋은 말뿐이야! 방금도 세라랑 네 얘기 했어. 그러니까 네가…… 만만해 보이지 않는다고."

"으응."

떨떠름하게 대답하면 대충 말을 맺고 전화를 끊을 줄 알았건만 그녀는 계속 말했다.

"너한테 일을 맡긴 사람들은 네가 진짜 괜찮은 사람이라고 입을 모으더라. 이를테면 놀랍도록 재밌고 편한 말 상대라고. 뜻밖이라고.

왜냐면 복도에서 넌…….”

“못돼먹었으니까?”

“하하, 아냐! 맙소사, 그럴 리가! 넌…… 고고하지.”

“그런가.”

내 귀엔 ‘고고하다’란 단어가 ‘인간미 없다’로 들렸다.

“내 말은, 확실히 그게 너랑 잘 어울린다는 거야. 넌 스웨덴이잖
아!”

이번엔 굳이 따지지 않고 넘어갔다.

“역시 넌 무리 지어 다니지 않는 게 좋은 것 같고. 그래서 이런 일
을 처리할 수 있는 거잖아. 그렇지?”

그렇다. 나 스스로에게도 늘 그렇게 말한다. (인정은 한다만, 다른
사람 입으로 들으니 근사하게 들리진 않는다. 사람들은 내가 정말 아무하고
도 어울리지 않는다고 생각하나? 친구 하나 없다고? 어쨌든 그게 내 ‘선택’
의 결과라는 건 알겠지, 그렇지?)

“그러니까 내 말은…… 마고, 넌 대단하다고. 고마워.”

내가 못된 표정을 짓고 다닌다는 말 없이 고맙다고만 했으면 좋았
을 것을. 하지만 어쩌겠나?

전화를 끊고 나서 한동안 그냥 있었다. 머릿속에 떠다니는 모든
정보를 이해해 보려 애썼다. 내가 소문 난 아웃사이더, 유럽의 중립
국 격이라는 사실은 잊어라. 이제 난 고객들이 모인 왓츠앱 대화방에
낄 참이었다. (아울러 아마 실질적인 심리 상담역도 맡게 되겠지. 자격이
없는데도!) 아직은 모든 게 백지상태였다. 누가 그 사이트를 만들었는

지, 어떤 호스팅 업체를 사용하는지도 모르고, 배후의 인물(들)을 처절히 응징할 마땅한 방법도 찾지 못했다. 그렇잖은가, 놈들이 하는 짓은 폭력이고 외설이며 불법이고…….

그렇지, '불법'이지. 그 단어가 어지러운 생각들을 하나로 모았다. 후딱 검색해 보니 루비는 적게 잡아도 몇 가지 법을 어겼다. 미성년자의 성적인 영상을 실었으니 '당사자의 동의 없이 음란물을 공유하는 행위는 A급 경범죄'라는 신규 법 조항에 따라 벌금형과 최대 1년의 징역형에 처해진다.[19] 바로 이거다.

새년에게 전화를 걸었다. 그녀는 신호음이 울리기 무섭게 전화를 받았다.

"언니. 이거, 생각보다 쉽게 풀릴 것 같아. 합의 없이 사진을 올리는 건 불법이야. 게다가 미성년자 사진이니까 엄밀히 따지면 더 불법이지. 물론 내가 사이트 내리는 건 당연히 할 수 있고 사진 원본도 최대한 없앨 수 있을 것 같긴 해. 하지만 그게 이 끔찍한 걸 만든 놈들에 대한 '처벌'이 되진 않잖아. 놈들은 반드시 처벌당해야 해! 공권력을 끌어들이는 일은 어지간하면 피하고 싶지만, 이번만은 루스벨트 비치스를 경찰에 신고하면……."

내내 묵묵히 듣기만 하던 새년이 밭은 숨소리를 내기 시작했다. 이윽고 그녀는 간신히 목소리를 쥐어짰다.

"제발! 그러지 마! 안 돼, 마고! 제발!"

---

19 S.1719-C 법안이 2019년 2월 28일에 뉴욕주 상원의회를 통과했다. 이제야 겨우.

젠장. 너무 급히 터뜨렸나 보다. 차근차근 설명해 줘야겠군.

"언니……."

"경찰에 신고하면 우리 부모님이 아실 거고, 그러면 난 죽어! 우리 엄마…… 엄마가…… 뉴스에 날 거야, 마고."

섀넌의 엄마 일라이자 핀케는 판사였다. 정확히는, 제7구 지방법원 판사. 대수롭지 않게 넘길 일이 아니었다. 정계 진출이든 뭐든 그분의 앞날이 달린 문제일 수도 있었다. 끔찍한 지역 뉴스 헤드라인이 그려졌다. '지방 판사의 딸, 리벤지 포르노의 희생양이 되다', '판사의 딸, 포르노 스캔들에 연루되다', '법원의 무질서: 리벤지 포르노 스캔들에 휘말린 가정!' 섀넌이 걱정하는 것도 당연했다.

"그럼 부모님께 먼저 말씀드린 다음에 경찰에 신고하면 어떨까? 물론 충격이야 받으시겠지만 그건 잠시뿐이고 곧……."

섀넌이 애써 분노를 감추며 내 말을 잘랐다.

"그래서 좋을 게 뭐 있어? 내가 웨이크필드 여자애들하고 축구를 해. 걔들은 경찰에 신고했대."

그렇다. 사촌언니한테서 웨이크필드의 섹스팅 스캔들이 어떻게 끝났는지 들었다. 가해자 중 몇 명이 정학을 당했을 뿐이다. 게다가 온 세상 여성을 엿 먹이듯이, 피해자 여학생들 전원은 예이츠 경찰국이 주관하는 '사생활 보호와 신체 지각'이라는 강의를 강제로 들어야 했다. 심지어 피해자 몇 명도 정학을 당했다. '음란물을 공유했다'는 죄목으로. 웨이크필드학교 측 입장에서는…… 이게 다 여자애들 잘못이었나?

"경찰은 결국 가해자들한테 아무것도 안 한 셈이야. 그 후로 모두가, 그야말로 '모두'가 그 일을 알게 됐을 뿐이지."

맞는 말이었다. 고소를 하면 모두가 알게 된다. 경찰이 '피해자의 익명성을 보호하려' 노력한다 해도 소문은 나게 돼 있다. 언제나 어김없이. 그녀의 졸업반 시절 이야기에 다른 사연은 낄 틈이 없을 것이다.

섀넌은 떨리는 목소리로 나직이 말했다.

"조용히 처리하고 싶었기 때문에 널 찾아간 거야. 난 이 일을 잊고 내 삶을 살고 싶을 뿐이야."

다른 방법을 떠올리려 애써봤지만 아무것도 생각나지 않았다. 팔머 교장에게는 알려봤자 소용없을 것 같았다. 성희롱을 당한 베스가 그를 찾아갔지만 그는 교내에서 일어난 사건이 아니기 때문에 "자신이 할 수 있는 일이 없다"고 답했다.

그렇다면 원래 계획으로 되돌아가는 수밖에. 어떻게든 내가 직접 비밀 포르노 사이트를 폭파한다. 단 아무도 모르도록 빠르고 은밀하게.

이 경우 '이 사이트를 만든 개새끼를 정의롭게 응징한다'는 내 목적은 이룰 수 없지만…… 한 번에 하나씩 하자.

난 말했다.

"알았어, 알아들었어. 새미 오빠랑 내가 알아서 처리할게. 쉽진 않을……."

"새미 산토스?"

"응."

"안 돼. 미안해. 근데 안 돼. 절대 안 돼. 아무한테도 말하지 말아줘. 특히 남자한테는."

그녀는 더 심하게 흐느끼기 시작했다. 마음 한구석, 약간 짜증이 일었다. 분명 어마어마한 작업이 될 텐데. 새미는, 말하자면 엄지손가락이었다. 물론 엄지손가락이 없어도 작업을 할 수는 있다. 하지만 스페이스바 누르기가 무진장 어렵다.

"알았어. 그래, 나 혼자 할게."

흐느끼는 소리를 뚫고 내가 말하자마자 섀넌의 울음이 멎었다.

"고마워, 마고."

전화를 끊었다. 뭘 할지 모르겠지만 섀넌에게 조금이라도 마음의 평안을 안겨줘야 할 것 같았다. 임시방편이 떠올랐다. 사이트를 영원히 없애진 못하겠지만 시도해 볼 가치는 있었다.

내가 파악하기로 루스벨트 비치스는 '아마존 웹 서비스'[20]를 이용하면서 해당 플랫폼의 콘텐츠 약관을 철저히 위반했다. (안녕! 이건 리벤지 포르노 사이트야!) 그래서 신고했다. AWS는 신고에 빠르게 대응하는 편이었다. 자기네 약관을 위반하는 사이트는 가차 없이 내렸다. 바라건대 루비는 아침이면 사라지리라.

그래도 찜찜한 느낌을 떨칠 수 없었다. 사이트에 올라간 파일, 사진, 동영상 들은 고스란히 존재하니까. 언제든 새 웹사이트에 손쉽게

---

20 AWS Amazon Web Service는 세계 최대의 클라우드 컴퓨팅 서비스업체다. 자산 가치 추정치가 5조 달러에 이른다. 아마존은 피규어를 팔아서 부자가 된 게 아니다!

올릴 수 있다. 혹여 성인물 스트리밍 사이트에 사진 하나만 떠도 난 나 자신을 용서하지 못할 것이다. 그때부터 머릿속이 팽글팽글 돌았다. 심장이 빠르게 뛰고 눈물이 났다.

제길. 또 이러면 안 되는데.

중학생 시절, 시험을 앞두었을 때나 제시 벨처가 내 치마를 보고 '야하다'고 했을 때 이런 이상한 약식 공황 발작에 시달리곤 했다. 시작되면 멈출 방법을 몰랐기 때문에 정말 무서웠다. 다행히 그때는 베스가 곁에 있어서 진정할 수 있었다. 그 애는 내가 괜찮아질 때까지 가만히 내 손을 잡고 나직이 말을 걸어주었다.

긴장을 풀려고 노력했다. 침착해지려 애썼다. 하지만 옛날 방법이 하나도 통하지 않았다. 빌어먹을.

침대로 기어 들어가 몸을 공처럼 말고 베개를 조용한 크리스 헴스워스Chris Hemsworth(영화 '어벤저스' 시리즈의 '토르' 역으로 유명한 할리우드 배우-옮긴이)라고 상상하며 의지 삼아 부둥켜안았다. 섀넌을 비롯한 여성 피해자들이 나에게 희망을 걸었다는 걸 알고 있었다. 하지만 오늘 밤엔 쉬어야겠다.

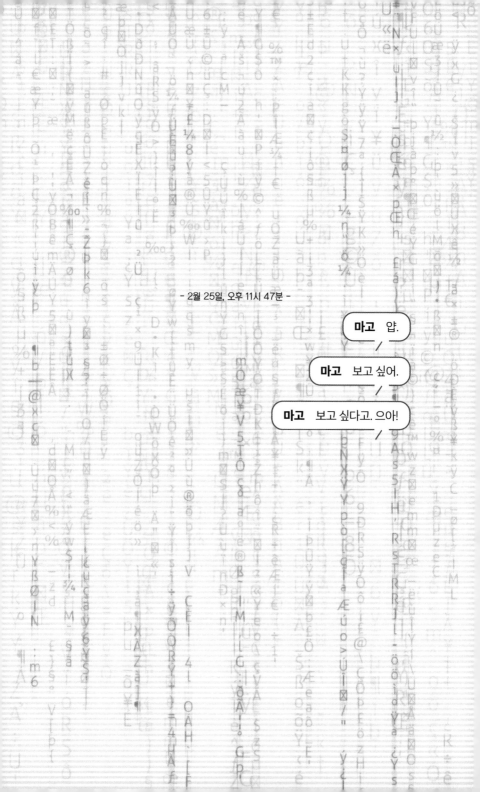

- 2월 25일, 오후 11시 47분 -

마고 얍.

마고 보고 싶어.

마고 보고 싶다고. 으아!

CHAPTER 8

유니콘

크리스 헴스베개도 소용없이 잠 못 들고 뒤척이며 밤을 새운 끝에, 꼭두새벽에 그냥 일어나기로 했다. 루비를 확인하니 과연 '페이지를 찾을 수 없습니다' 표시가 떴다. 내 신고가 먹혀 사이트가 내려간 것이다. 적어도 한동안은. 왓츠앱에 대화방 초대 메시지도 있었다. 대화방 이름이 '퓨리Fury(로마 신화 속 복수의 여신-옮긴이)'이니 섀넌이 만든 루비 피해자 모임인 듯했다. 얼른 들어가 봐야 했다. 그래서 평소보다 더, 훨씬 더 일찍 학교에 가기로 했다.

학교에 도착한 시각은 새벽 5시 반, 아니나 다를까 출입구가 다 잠겨있었다. 이 문 저 문 돌아다니다 로봇 동아리실에 자체 출입구가 있다는 사실이 기억났다. 키패드 잠금장치 암호는 새미가 설정해 놓았다.

마고 일어나라 일어나. 로봇 실험실 비번 좀. 왕 급함.

마고 이 시간에 미안. 내가 나빠.

건물 뒤에서 오들오들 떨며 5분 이상을 기다린 끝에 드디어 답신이 왔다.

새미 너 땜에 깼다

마고 미안하다고 했잖아. 비번은요?

새미 뭔 헛소리야

마고 신세는 꼭 갚을게. 언젠가 양키스 경기에 데려가 줄게!

마고 재미없어? ^^;

새미 비번은 왜?

마고 학교 들어가게. 큰 건이 있어.

> **새미** 무슨 건? 블라이 쌤 건? 아님 다른 건이 또 있어?

젠장. 24시간도 채 지나지 않았는데 하마터면 새 일거리 얘길 새미한테 할 뻔했다. 이 오빠 몰래 일을 하자니 여간 곤란한 게 아니었다. 케빈 빈 건부터 그를 일에서 뺀 적이 없었으니까. 하지만 약속은 약속인지라, 정말 내키지 않았지만 나는 그에게 거짓말을 했다.

> **마고** 어, 블라이 쌤 건. 자세한 얘긴 나중에.

사람들 속여 넘기는 솜씨가 탁월한 나인데도 새미를 속이는 일만은 상당히 어설펐다. 이어서 적기 시작한 마구잡이 문자만 봐도 그랬다. '진짜 장난 아니야! 블라이 쌤이 이제 나더러 자기 남편을 감시하라잖아! 남편이 조시 프랜지를 고용해서 자길 유혹하게 한 것 같다지 뭐야. 자기랑 이혼하려고, 어쩌면 자길 죽여서……' 그러나 이 문자(횡설수설 거짓말인 데다 알고 보면 알프레드 히치콕 감독의 〈다이얼 M을 돌려라〉 내용이었다)를 전송하기 전에 그에게서 답신이 왔다.

> **새미** 47926.

내가 뭔가 숨기고 있다는 걸 알아채고도 티를 내지 않았을 것이다. 앞으로도 그럴 테고. 새미는 '마고, 거짓말이잖아. 서운하다' 하는 식으로 말하는 법이 없었다. 그렇게 대놓고 감정을 토로하지 못하는 사람이었다. 그게 이번 경우에는 내게 유리하게 작용했다. 하지만 그래서 우리 사이가 어색해지는 걸 벌써 감지할 수 있었다. 싫었다.

비번이 먹혔다. 나는 도서관으로 가서 늘 앉는 자리에 털썩 앉았다. 새미가 재미있어하길 바라며, 밀키트 배달 상자에 대고 코를 킁킁대는 강아지 움짤을 보냈다. 그런 다음 작업에 들어갔다. '명부'를 열었다.

얼마 전에 우리 학교 전교생을 스프레드시트에 입력하는 작업을 했다. 진짜 오래 걸렸다. 한 명 한 명의 신상 정보와 관심사, 성적까지 지나칠 정도로 세세하게 망라했기 때문이다. 그래도 한 번 고생한 결과로 잘 정리된 목록을 자주 이용할 수 있게 되었다. 새미와 나는 그것을 '명부'라 부른다. 같은 학교 학생들을 그렇게 비인격화해 놓으니 퍽 유용하다. '천식을 앓고 사생활을 보장받을 권리가 있는 4학년 케이트 푸'가 아니라 단순히 '173번'인 사람의 컴퓨터를 해킹하는 게 훨씬 쉽다.

그래서 가장 먼저, '명부'를 샅샅이 살폈다. 루비 같은 사이트를 만들 만큼 '도덕관념이 유연한' 학생들을 찾아보았다. 시험 시간에 부정행위를 했거나 애인을 두고 바람을 피웠거나 소문 난 거짓말쟁이거나 누군가를 괴롭히길 일삼는 애들. (아울러 여성차별주의자, 포르노광, 염소수염을 기른 남자애들도.) 그러고는 내가 아는 사실들을 상호참조해서 이들 중 루비 같은 사이트를 만드는 데 필요한 기술력을 갖춘 아이들을 추려냈다. 금세 세 명으로 좁혀졌다. 포르노광인 코리 세일스와 레이 에반스 같은 '유력 용의자' 중 상당수는 루비 같은 사이트를 만들 능력이 없었다. 톡 까놓고 다시 말해 그들은…… 멍청했다.

이미 '명부'를 이용해 두 건을 해결한 바 있다. 그래서 난 이 결과를 신뢰했다. 이제 더 깊이 파고들 차례였다.

반여성주의자이면서 최신 기술에 능한 개자식들 목록

용의자 1: 해럴드 밍

용의자를 추리면서 가장 먼저 떠올린 인물이다. 위선적이고 쾌활한 고등학교 졸업반 해럴드는 세 가지로 유명했다.

1. 재즈 밴드의 세컨드 플루트 연주자. (그레그 메이와는 비교도 되지 않으니 절대 세컨드 자리를 벗어나지 못할 것이다.)
2. 학교 공인 동아리 '서포트 그룹'의 열의 넘치고 목소리 큰 회장. 서포트 그룹은 '지지, 사랑, 우정'을 내세우지만 실제로는

공립학교에서 오히려 활동을 금지당해야 마땅한 기독교 청년 단체다.

3. 마지막으로, 섹스팅 사건의 주인공. 이 선한 기독교인이자 그저 그런 관악기 연주자는 여자애들한테 적극적으로 익명의 음란 메시지를 보내는 데 취미가 있었던 모양이다. 사전 경고나 동의 없이 단체 대화방, DM, 개인 문자 메시지를 통해 그런 짓을 했다. 서포트 그룹의 여성 회원들을 그런 식으로 괴롭히다가 결국 이 동아리의 성인 감독관(이자 청년부 사역자)인 토드 젠트에게 발각되었다. 해럴드에겐 다행스럽게도 이 사건은 윌로우 브룩 복음교회 내에서 처리되었다. 학교는 관여하지 않기로 했다.

그런데 놈에게 루비 같은 사이트를 만들 능력이 있느냐고? 오, 있다마다. 해럴드는 또한 코딩 동아리 '코더스'의 회장이기도 했다. 거기서 서포트 그룹 앱을 포함해 이런저런 기독교 앱을 만들었다. 서포트 그룹 앱에는 레위기 구절들이 실려있는데, 개인적으로 내용은 참 별로지만[21] 앱 자체가 전문가적 솜씨로 만들어졌음을 부정할 수는 없다.

아무렴, 변태 기질이 다분한 코딩 실력자! 해럴드는 제1의 용의자였다. 그렇지만 수사망을 넓게 펼치고 몇 가지 다른 단서도 함께 추적하는 편이 좋겠지.

---

21 성경에는 아름답고 희망적인 구절이 많다. 하지만 레위기는 아니다. 동성애와 마녀 화형, 노예제를 옹호한다. 위험한 내용이다.

용의자 2: 대니 파스테르나크

확실히 이런 걸 만들어 낼 만한 기술력이 있는 놈이다. 대니는 틈틈이 이 지역 여러 사업체의 웹사이트를 관리해 주고 용돈을 벌었다. (몇몇 동급생들처럼 용돈이 두둑하지 못한 탓에 자기가 굴리는 차 기름 값을 직접 벌어야 했다.) 본인이 착안한 앱 개발에 집중하기 위해 대학교 진학을 포기할 생각도 하고 있었다. 그가 과학 박람회에서 발표한 내용에 따르면 '미트펍MeetPup'은 '개들이 온라인으로 소통하고 사랑에 빠지는 방식에 일대 혁명을 일으킬 것'이라고 한다. 그렇다면……사실상 혁명보다는 논란을 일으킬 것만 같은데, 놀랍게도 이미 '틴독Tindog'이라는 앱이 존재한다.[22] 그래, 나 따위가 뭘 알겠나?[23]

그렇지만 대니가 어떤 점에서 적극적인 성적 부적응아 범주에 들었냐고? 음, 온라인 성폭력 이력은 없고, 내가 아는 한 음란물 보는 습관도 또래 남자애들 대부분과 비슷했다(즉…… 과도하지만, 일상생활이 불가능한 정도는 아니었다). 하지만 그에게 아주 이상한 구석이 있다는 걸 모르는 사람은 없을 것이다. 대니는 사물함에 여자들 사진을 붙여놓길 좋아했다. 그런데 섹시한 영화배우나 유명인이 아니라…… 우리 학교 여자애들 사진이었다. 졸업앨범에서 '오려낸' 사진을 사물함에 '붙여'놓는데, 뭐랄까…… 보통은 좋아하는 연예인들 사진을 그

---

22 2015년에 출시된 틴독은 개들과 그 주인들을 연결해 주는 앱이다. '틴독: 공짜로 동네 개들을 만나고 대화하세요.'
23 대니는, '틴독'은 쓰레기이며 "개 데이팅 앱으로서 전혀 기능하지 못한다"고 주장했다.

렇게 하지 않나? 서로 친분이 있는 것도 아니었다. 전혀 모르는 사이였다. 누구든 그의 사물함을 세 번만 지나쳐도 알아챌 만한 기벽이었다. 그러고는 이런 대화가 오가는 거다. "대니 파스테르나크 사물함에 티나 에르난데스 사진이 있더라? 둘이 친한 사이였어? 근데 왜 하필 체조 연습 중인 사진이지?"

자, 대니랑 실제로 대화해 본 적은 없었다. 하지만 사물함 건만 빼면 그는 멀쩡한 애로 통했다. 노인들에게 식사를 배달하고 말벗이 되어드리는 봉사활동을 했고 환경운동 단체의 기사나 게시글을 부지런히 퍼 날랐다.

하지만 사물함 꾸미는 방식은 아무래도 영 수상쩍었다. 그래서 일단 그를 용의선상에 올렸다.

용의자 3: 젠지 호프

그렇다, 여성 용의자다! 우리가 이렇게나 발전했다! 물론 똑같이 일하고도 여전히 여성은 남성의 80퍼센트를 벌지만[24], 이제는 적어도 불법 포르노 사이트를 만들었다는 혐의를 동등하게 받을 수 있지 않은가! 미래는 여성이다!

분명히 해두자면 젠지가 대니나 제1순위 용의자 해럴드만큼 유력하다고는 볼 수 없었다. 하지만 몇 가지 이유로 그녀도 의심스러웠

---

24 백인이 아닌 경우라면 이보다도 적게 벌고, 미연방공화국 만세!

다. 우선 젠지는 디지털 방식으로 남을 괴롭히는 데 취미가 있었고 화면 캡처하길 엄청나게 좋아했다. 그 순간 원하는 것을 얻을 수만 있다면 협박, 저격, DM 공개를 서슴지 않았다. 한번은 자신이 주최한 수영장 파티에 오지 않은 여자애가 동성애자임을 폭로했다. 자신에게 숀 멘데스Shawn Mendes(SNS로 유명해져 10대에 데뷔, 20대가 된 현재까지 전 세계적인 인기를 얻고 있는 캐나다 가수-옮긴이)를 안다고 거짓말한 남자애를 애인과의 기념일에 헤어지게 만들기도 했다. 연극부에 심각한 내분을 일으켜 봄 단막극제마저 취소될 위기로 몰아넣은 장본인도 바로 젠지였다. 뮤지컬 〈디어 에반 핸슨〉을 연극부 코어먼 선생이 직접 각색한 단막극에 배우로 뽑히지 못한 데 앙심을 품고 저지른 짓이었다. (내가 보기에 젠지는 오히려 똥을 피한 셈이었는데 말이다.) 젠지가 온라인에 올린 DM 캡처본 중 일부는 그녀가 노린 인물과 그녀 자신이 직접 주고받은 대화 내용이었다. 하지만 그렇지 않은 캡처본도 있었기 때문에, 나로선 그녀가 다른 사람의 전화기나 컴퓨터를 해킹했다고 믿을 수밖에 없었다.

알고 보니 켈시 척과 세라 응우옌 등 루비 피해자 몇 명이 과거에 젠지와 좋지 않게 얽힌 적이 있었다. 하지만 그저 해코지용으로 루스벨트 비치스 같은 사이트를 만드는 수고까지 감내한다고?

두 번째로 종이 울렸다. 제길, 5교시 수업에 늦게 생겼다. 노트북을 가방에 쑤셔 넣고 후다닥 나왔다. 마지막 종이 울리기 전에 새미를 만나야 했다. 블라이 샘 건을 더 파고들게 할 셈이었다. 아침에 내가 거짓말했다고 여전히 의심하고 있다면 (거짓말한 게 사실이지만)

자연스럽게 무마하고 싶기도 했다.

언제나 붐비는 정문 쪽 계단을 피해 부리나케 식당을 지나쳐 교장실 옆 계단으로 향했다. 볼 때마다 '시간의 꼬리(섹시한 고양이들이 나오는 '반지의 제왕' 짝퉁 같은 카드 게임)'에 빠져있던 1학년 무리를 지나쳤다. 하지만 오늘 그들은 카드 대신 핸드폰을 들여다보며 서로 쿡쿡 찌르고 속닥거리기 바빴다. 루비를 보고 있는 건가, 하는 생각이 들지 않을 수 없었다.

이 꼴사나운 괴짜 무리에 루비 탄생의 주동자가 있을 수 있을까? 내가 용의선상에서 배제한 다른 누군가가 있을까? 다른 학교 학생일 가능성은? 혹은 성인일 가능성은? 내가 떠올릴 수 있는 유일한 다른 사람은 새미뿐이었다. 실소가 나왔다. 그가 인간쓰레기가 아니라는 사실은 둘째 치더라도, 그는 언제나 로그인 정보를 나도 사용하게 해주었다. 자기 컴퓨터에 숨길 게 있으면 그럴 리 없잖은가. 그렇다, 그의 하드드라이브를 뒤진 적이 있다. (뒤지는 게 내 전문이다. 그게 내 팔자다!) 하지만 기쁘게 보고하는데, 거기엔 포르노 웹사이트 제작보다 더 나은 것들이 있었다!

"뭐야, 씨발! 또 이 지랄이야!"

계단을 빠져나오는 순간, 웬 아이폰이 내 귀 옆을 휙 스치더니 사물함에 부딪히고는 바닥에 내리꽂히며 액정 깨지는 소리를 냈다. 핸드폰은 크리스 하인츠의 것이었다. 놈의 폰은 수시로 말썽이었는데 그건…… 내가 해킹을 해서였다. 올해 초 새미와 나는 '테디페이스'라는 특별주간용 앱을 만들었다. 인물 사진을 찍으면 학교 마스코트인 '테디 선장'[25]처럼 보이게 만들어 주는 사진 필터 앱이었다. 하지만 그 앱을 다운로드하는 아이폰에 원격 접속할 수 있게 새미가 손을 써두었다. 학생, 교사, 심지어 헬리콥터 부모 들까지 합세해 다운로드 수는 100회를 넘겼다. 대체로 난 사람들의 사생활을 존중하는 편인데…….

크리스만큼은 유혹이 너무 강했다. 도를 넘는 짓은 절대 하지 않지만, 이따금 그의 핸드폰을 잠그거나 사진을 마구잡이로 지우곤 한다. 이성적이고 침착한 사람이 애플스토어에 가면 쉽게 고칠 수 있는 그런 문제를 일으킨다. 하지만 참을성 없기로 유명한 크리스는 자기 핸드폰이 멈추거나 화면이 멎거나 하면, 그냥…… 때려 부순다. 그의 아이폰이 바뀌는 걸 난 최소 여섯 번은 목격했으며, 굉장히 흡족했다.

"마고 언니!"

돌아보니…… 켈시 중 하나였다. 누군지 확실치 않았다.

"어, 그래……,"

분간할 시간을 벌어야 했다. 루스벨트엔 1학년 켈시가 두 명 있는데 그 둘은 단짝이었다. 둘 다 날 동경해서 복도에서 날 보기만 하면 주변을 맴돌았다. 문제는 둘이 너무 헷갈리게 생겼다는 거다. 두 켈시는…… 닮아도 너무 닮았다. 둘 다 연갈색 머리칼에 햇볕을 많이

---

25 '테디 선장'은 시어도어 루스벨트 전 대통령의 안경과 콧수염을 단 테디 곰이다. 거기에 해적 모자도 썼다. 정말이지 말도 안 되지만, 마스코트에 대해선 되도록 생각하지 않으려 한다. 내 눈엔 세상 모든 마스코트가 똑같이 의미 없어 보인다.

못 쬔 피부색이었다. 심지어 오른쪽 귀를 관통하는 나사 모양 피어싱까지 똑같았다. 둘이 쌍둥이라고 해도 믿을 정도였다. 다들 그 둘을 '일반' 켈시와 '이반' 켈시로 구분했다(전자가 척이고 후자가 호프먼이다). 하지만 이러한 이분법은 두 사람 모두에게, 특히 겨우 두 달 전에 커밍아웃을 한 호프먼에게 공정한 처사가 아닌 것 같았다. 그래서 나는 그 둘을 이름이 아닌 성으로 부르고 누가 누구인지 기억해 두려고 애쓴다.

하지만 그게 항상 쉽지는 않다. 특히 공포 영화처럼 난데없이 두 아이가 불쑥 나타날 때는. 이럴 때마다 나는 매우 엉성한 연상 기억술을 소환한다. '척 붙는 껌! 껌 씹는 애가 척.'[26]

"······척! 무슨 일이야?"

안도하는 티가 났으려나?

"우선, 진짜 죽인다. 언니 신발 말이야. 신발 예뻐. 이 얘길 하고 싶어서······."

평소에 척이 내 앞에서 긴장해 쭈뼛거리면 난 내심 우쭐해졌다. 하지만 이 순간만큼은 그런 칭찬도 반갑지 않았다. 난 걷는 속도를 늦추지 않고 말했다.

"켈시, 지금은 내가 진짜 시간이 없거든?"

"아, 그래. 그렇지. 그래 보여. 저기, 어쩌다 들었는데, 언니가 루비를 폭파할 거라며? 그거 진짜, 와! 어마어마하잖아. 그 사이트가 내

---

26 그렇게 '매우 엉성하다'고 했잖은가! 아무 말 마라!

인생을 망쳤거든. 내 사진은 딱 한 장 올라갔지만……."

"사이트는 없어졌어. 오늘 아침에 확인했어. 그러니까 이제 두 발 쭉 뻗고 자."

"아, 잘됐다! 우와. 너무 고마워, 언니……."

부지런히 잰걸음을 놓는 날 부지런히 따라오던 그녀가 그제야 걸음을 멈추고 핸드폰을 확인했다. 나는 계속해서 발길을 재촉했다. 삼각법 수업에 들어가기 전에 꼭 새미를 만나고 싶었다.

그러나 잠시 후 켈시가 다시 나타나 내 앞을 가로막았다.

"음, 저기, 언니한테 따지려 들거나 뭐 그런 건 아닌데, 그게…… 아직 있는 것 같아."

그러고는 나에게 자기 폰 화면을 들이밀었다. 다시 멀쩡히 작동하는 루비가 떠있는 화면을.

난 복도 한복판에 우뚝 멈춰 서고는 빽 고함을 쳤다.

"이런 빌어먹을! 뭐야, 제프 베이조스Jeff Bezos(아마존 창업자이자 전 CEO, 현 의장-옮긴이)! 아동 음란물 신고까지 들어온 사이트를 백업하는 게 말이 돼?"

켈시는 그게 자기 잘못인 양 더듬더듬 대답했다.

"미, 미안해. 사이트가 새로 열렸어. 아까부터 하려던 얘기가 이거였어. 원래 사이트는 내려갔지만 이제 이게…… '어니언'이란 데에 올라왔다고. 검색은 안 되는데, 어니언 브라우저를 깔고 주소를 치면 이게 떠."

그녀는 내게 전화기를 보여주었고 과연 루비는 굳건했다. 이번엔

'rooseveltbitches_69.onion'에 둥지를 틀었다. 대박. 토르 네트워크 Tor network(익명으로 인터넷 정보를 접할 수 있도록 만든 오픈소스 사설 네트워크-옮긴이)에 자리를 잡다니. 이제 없애기 훨씬 어려워졌다. 어쩌면 불가능할지도.

그녀가 눈을 동그랗게 뜨며 물었다.

"이게 말하자면 '다크웹' 같은 거야?"

"다크웹 같은 건 없어. 웹이면 다 웹이지. 웹이면 다 다크하고. 하지만 맞아, 이건 사람들이 '다크웹'이라고 하는 그거 맞아."

"어머 어떡해."

그녀는 울상이 되었다.

난 숨을 깊이 들이마셨다.

"두고 봐. 내가 처리할 거야. 어떻게든 반드시."

언니는 정말 대단하다는 둥 멋지다는 둥 주절대는 켈시를 뒤로하고 부리나케 새미의 교실로 달려갔다.

하룻밤 사이에 사이트를 토르로 옮겼다고? 도대체 운영자가 누구기에? 토르 서버는 숨겨져 있고 수많은 노드를 경유해야만 하므로 백도어도 무용지물일 것이다. 운영자 노트북을 직접 손봐야 한다. 내 사회적 해킹 기술을 시험하는 무우우우척 짜증 나는 일이 되겠지.

핸드폰에서 적시에 눈을 든 덕에, 팔짱을 끼고 지나가는 치어리더 군단을 간신히 피할 수 있었다. 새미가 있는 교실에 거의 도착했다. 티셔츠에 곁땀이 흥건하게 배었지만 그걸 신경 쓸 때가 아니었다. 지금, 곁땀 얼룩 따위는 문제 축에도 못 들었다.

대니, 젠지, 해럴드 중 누구 짓인지 모르니 세 사람의 컴퓨터를 전부 확인해야 하는데……켁. 가장 쉬운 방법은 그들 집에 초대받는 것이다. 파티 중일 때라면 더할 나위 없겠고. 다른 사람 모두가 전자담배를 피우고 술을 마시며 어색하게 어울리는 동안 나는 용의자의 방으로 몰래 들어가 컴퓨터를 해킹하면 된다. 그런데 딱 하나 문제가 있으니…… 난 그들 중 누구와도 아는 사이가 아니었다. (당연하지 않은가! 변태 플루트 연주자? 사이코 화면 캡처꾼? 대니가 사물함에 하는 짓은 어떠한가? 됐다고요!) 그러니까 무작정 그들 집에 가서 "어이…… 친구!"할 수는 없는 노릇이었다. 내 면전에서 현관문을 쾅 닫아버리겠지. 아니다, 용의자들 컴퓨터를 해킹하려면 그들 각각과의 '연줄'이 있어야 할 것이다. 세 명에게 초대받을 수 있게 도와줄 세 명의 조력자. 그렇다면 내가 '친구들'을 사귀어야 한다는 얘기다. 다시 한번, 켁. 세 명 모두와 친한 한 사람, 그만큼 포용력 있고 무던한 사람이 있다면 시간을 많이 절약할 수 있을 텐데. 하지만 과연 루스벨트에 그런 유니콘이 있을까?

바로 그때, 놀랍도록 탄탄한 에이버리 그린의 상체에 부딪혔다. 그 정도로 세게 맞부딪혔으면 둘 다 나자빠졌어야 하는데, 그는 거의 꿈쩍도 하지 않았고 나만 대차게 엉덩방아를 찧었다.

"오, 이런! 마고, 미안해."

에이버리는 실내자전거를 너무 많이 타는 남자답게 가뿐히 날 일으켜 세웠다. 한 팔로 내 허리를 받쳐 올리면서도 끙 소리 한 번 내지 않았다. 대단한 허리 근력을 지닌 연쇄 살인마? 무시무시하다.

"괜찮아? 크게 넘어졌는데."

이 인간은 왜 이렇게 항상 애늙은이처럼 말할까.

신발 한 짝이 벗겨져서, 그의 팔을 붙잡은 채 신발에 발을 밀어 넣었다. 그의 스웨터 감촉은 부들부들하니 비싼 티가 났고, 그에게선 해변 같은 냄새가 났다. 눈동자 굴리기. 난 그를 잘근잘근 씹어줄 준비가 돼있었다. ("앞 좀 잘 보고 다녀, 이 부자 애늙은이야!") 하지만 불현듯, 이 진부한 만남의 순간을 이용할 방법이 떠올랐다. 내 유니콘을 찾아낸 것이다.

당연하지! 에이버리 그린! 모든 동아리 회원! 모두의 친구! 물론 나는 에이버리의 지루한 인격과 불필요한 근육이 터무니없다고 여겼지만 나를 제외한 모두에게 그는 학교에서 '최고의 인물'이었다.[27] 그는 모든 파티에 초대받았고 거의 모든 모임에 매인 몸이었다.

몇 주 동안 그와 데이트할 수 있다면(툭하면 여자친구를 갈아치우는 놈이니 나라고 안 될 건 없지 않나?) 온갖 모임과 파티에 '동행'이 될 수 있고 내 용의자들에 더 가까이 접근할 수 있다. 그 누가 에이버리 그린의 여자친구를 의심하랴? 어디든 무사통과다.

에이버리가 내 '연줄'이 되리라.

---

27 최고의 신발을 잊지 마라.

CHAPTER 9

작전 개시

그날 나머지 수업은 다 빠지기로 했다. 지난 10월부터 지금껏 영문학 수업을 빠진 적은 없지만, 어차피 수업 내용이라야 《주홍글씨》를 소리 내어 읽는 게 전부였다. 《주홍글씨》는 진즉 읽었는데 끔찍한 책이다. (몸서리나게 지루한 문체는 둘째 치고—너대니얼 호손은 다섯 단어면 충분한 내용도 꼭 500단어로 늘어놓는다—사실상 헤스터가 주인공이 아니라는 점이 개인적으로 아주 못마땅하다. 그녀는 변하지 않는다. 처음부터 끝까지 '선량한 여성'이다. 다만 실수를 저지른 여성일 뿐. 호손은 그녀를 임신시킨—스포일러 주의—그 성직자를 묘사하는 데 지면의 대부분을 할애한다. 어쨌거나 이 소설은 지루하고 형편없고 남성의 시선으로 서술된다.) 아무튼 그래서 그날은 수업을 째고 '작전명: 에이버리 꼬시기'에 돌입하기에 좋은 날이었다. 미친 듯이 날 사랑하게 만들어야 했다. 적어도 이 사건이 해결될 때까지 나와 애인 관계를 유지할 만큼은 좋아하게 만들어야 했다.

정문에 이르렀을 때, 교장실과 정문 사이를 서성이는 팔머 교장이 눈에 띄었다. 또 땡땡이치는 학생들을 잡으려는 것이겠지. 저 인간은 달리 할 일이 그렇게도 없나?

다행히 '직업 기술 교육'[28]을 받으러 나가는 학생 무리를 발견했다. 그들은 매일 학교 밖에 별도로 마련된 교육장에서 용접, 자동차 수리, 채혈 따위의 기술을 배웠다. 난 그들 틈에 섞여 학교를 빠져나가기로 했다. 하지만 그래도 교장에게 덜미를 잡힐 경우를 대비해 일종의 보험을 만들었다.

채혈 교육생 존 파이퍼(오 신이시여, 그가 내 혈관 근처에 얼씬도 하지 않게 하시옵소서!)가 내 앞에서 걸어가고 있었다. 존은 한국인과 스코틀랜드인 혼혈이고 땅딸막한 체구에 빡빡머리였다. 그의 배낭에 열쇠, '웰먼스 쇼퍼스' 회원증, 라이터를 한데 묶은 등산용 고리가 매달려 있었다. 나는 잽싸게 그 고리를 풀어 땅바닥에 짤그락 소리가 나게 떨어뜨렸다.

"잠깐."

팔머 교장이 소리치며 허리를 굽혔다. 고리를 주워 존에게 돌려주려던 그가 멈칫했다. 물론 라이터를 발견한 것이다.

"이게 뭐지? 금지 품목 아닌가?"

---

[28] CAREER AND TECHNICAL EDUCATION, 줄여서 CTE. 공교롭게도 풋볼 선수들이 자주 앓는 뇌 부상, 즉 만성 외상성 뇌질환chronic traumatic encephalopathy의 약자와 똑같다.

존은 이미 손을 내민 후였으므로 자기 것이 아니라고 할 수도 없었다.

"CTE 때문에 필요해요."

"학교에 라이터라니. 파이퍼 군은 여기 남아줘야겠어. 나머지는 가도 좋아요."

팔머 교장은 근엄하게 설교를 시작했다가, 나머지 교육생 무리에게 손을 흔들어 주었다.

어쩌겠는가. 나도 손을 흔들어 화답했다.

새미가 학교 끝나고 날 기다릴까 봐 집으로 가는 길에 문자 메시지를 보냈다.

> **마고** 몸이 안 좋아서 조퇴한다. 나중에 전화할게. 블라이 건은 그때 얘기해.

자, 에이버리는 내가 누군지 얼추 알지만 아마 연애 상대로서 매력을 느끼지는 않을 테니, 나는 실로 눈이 번쩍 뜨일 만한 매력을 발산해 그의 관심을 끌어야 한다. 다시 말해 에이버리의 심리를 철저히 분석해 그의 이상형을 파악해야 한다는 뜻이었다. 그런 다음 내가 그의 이상형이 되는 것이다.

하지만 에이버리처럼 소름 끼치게 무색무취한 인간은 과연 어떤 여자를 좋아할까? 우선 내가 아는 것에서 출발해 보자. 에이버리는……

1. 따분하다.
2. 연쇄 살인마인지도 모른다.
3. 부자 흑인이다.
4. 동아리광이다. 가입한 동아리가 너무 많았다. 모든 분야를 섭렵하기 때문에 진정 무엇에 열정이 있는지 도무지 알 수가 없었다. 해비타트! 흑인 학생 연합! 축구! 고적대! 응원단! 사진! 재즈 밴드! 트리즈 포 프리즈! 심지어 그는 '아이들에게 마술을'이라는 동아리를 만들기도 했다.[29] 대학교 입학사정관들이 그의 지원서를 보면 다 거짓부렁이라고 생각하지 않을까.
5. 사방팔방 염문을 뿌리고 다닌다. 중학교 3학년 때만 해도 레베카 후지타(축구선수광), 케이샤 필립스(새 그림 문신을 여러 군데 새긴 강렬한 인상의 여자애), 티퍼니 스파크스(응원단장이자 자칭 '잇 걸'), 클레어 쥬벨(한 살 연상이고 예쁘면서 평점 4.0인 똑똑이)을 사귀었다. 고등학교 1학년 때에는 졸업 학년 선배인 코라 무르코우스키와 사귀었다. 올해(에이버리 본인은 3학년)는 1학년생인 어맨다 터퍼와 사귀다 헤어지고 소피아 트리아시(말 출산을 보조한 적이 있는 동물 애호가이자 미래의 수의사)도 잠깐 만났다. 심지어 이 명단도 완성본이 아니다.

---

29 동아리의 목적이 아이들에게 마술을 보여주는 것인가 가르쳐 주는 것인가? 그리고 웬 아이들? 그의 마술을 본 적은 없지만, 그의 얼굴만 봐도 내 눈앞에서 사라지라고 말하고 싶은 충동이 솟구치니까…… 뭐, 그것도 재주라면 재주겠군!

그래서 그가 선호하는 여성상은? 도무지 종잡을 수 없었다. 그가 운동선수 빠순이들하고만 사귀었다면 난 그가 속한 어떤 스포츠팀이든 속속들이 공부하고 거대 손가락 같은 응원 도구도 살 용의가 있었다. 그가 뮤지컬을 좋아한다면 난 그가 좋아하는 작품의 녹음 앨범을 통째로 외울 것이고, 그가 말 출산에 매료되었다면 난 유튜브를 뒤져 그에게 보여줄 만한 살벌한 동영상을 몇 편 찾아낼 것이었다. 하지만 그에겐 특정한 '성향'이란 게 없었다. 그럼 그냥 부자들의 대화를 시도해 볼까? 이를테면…… 집사나 승마 따위를 운운하면서? 하지만 왠지 통하지 않을 것 같았다.

한 시간 가까이 그의 인스타그램을 눈 빠지게 뒤졌다. 평범하게 웃는 얼굴의 에이버리가 평범하게 웃는 얼굴의 다양한 친구, 애인, 팀원 들과 함께 찍은, 온통 평범하게 웃는 얼굴 사진만 셀 수 없이 많았다. 그에게 문자 메시지를 날리고 싶어져 핸드폰 메시지창을 열었다.

> **마고** 어이, 에이버리. 아까 마주친 건 쌍방과실이었어. 그렇잖아, 혼자서 마주칠 순 없으니까!

입만 열면 왠지 모르게 아저씨 같은 그를 위한 아재 개그. 하지만 문자를 찍고는 곧바로 지워버렸다. 차마 보낼 수 없었다. 인스타그램 염탐은 완전히 시간 낭비였다. 그의 이상형을 알아내려면 역시 넷플릭스를 뒤져봐야 할 것 같았다.

누군가가 진짜로 진실로 무엇을 탐하는지는 그 사람의 스트리밍 기록만 봐도 알 수 있다는 게 내 지론이었다. 유튜브는 안 된다. 누가 그에게 돼먹지 않은 화장술이나 인종차별적인 비디오 게임의 꿀팁을 전수하는지는 관심 없다. 아니다, 내가 말하는 건 넷플릭스, 아마존 프라임, 훌루, HBO 맥스 등등이다. 누군가의 영혼을 들여다보고 싶다면 바로 그런 데를 뒤져야 한다. 무려 201화에 달하는 〈오피스〉를 처음부터 끝까지 두 번 정주행했고 '카지노 나이트' 편은 서른세 번 봤다? 그렇다면 그 사람의 이상형은 짐 헬퍼트다. 재미있고 훤칠하고 성실하며, 형편없는 머리 모양 덕에 놀랍도록 만만해 보이는 남자. 스트리밍은 전부 까발린다.

내 넷플릭스 시청 기록을 보면 여성 기업인에 관한 다큐멘터리가 대다수고 가장 많이 반복 재생한 영화는 〈미저리〉다.[30] 남들이 이런 시청 기록을 보고 날 판단하겠다면 얼마든지 그러라고 하겠다.

에이버리는 부잣집 도련님답게 온갖 스트리밍 서비스에 다 가입한 것 같았지만 의외로 해킹은 간단히 끝났다. 새미가 만든 암호 깨기 앱 퍼즈워드를 사용할 필요도 없었다. 장난삼아 'Averypassword(에이버리비밀번호)'를 쳐봤는데 그게 먹혔고 모든 계정 비번이 똑같았다. (아이고, 에이버리.) 그래서 까발려진 사실

---

30 영화 속에서 어느 초라한 아줌마가 유명 작가를 납치해 자신의 침대에 묶고는…… 커다란 망치로 그의 다리를 부러뜨린다(스포일러였다면 미안하다. 그런데 이거, 이미 30년 된 영화 아닌가). 그렇다, 폭력적이다. 그렇다, 우리는 납치당한 작가에게 감정을 이입해야 한다. 하지만…… 여성이, 심지어 정서적으로 몹시 불안정한 여성이 힘을 휘두르는 광경을 지켜보는 데서 오는 뭔가 큰 만족감이 있다.

은…… 퍽 실망스러웠다. 그가 본 콘텐츠는 대부분…… 리얼리티 쇼였다. 〈퀴어 아이〉 같은 세련된 종류도 아니었다. 그저 출연진의 술주정 경연에 지나지 않는 쓰레기 같은 저질 리얼리티 쇼였다. 왜 있잖은가, (외모가 출중한) 잉여 인간들이 돈이나 사랑이나 공짜 술을 놓고 '경쟁'하는 프로그램들 말이다. 〈요새〉나 〈인생은 한 방〉이나 〈섹스 콘도: 해변 편〉 따위의 것들. 에이버리는 특히 〈바람의 섬〉 애청자인 것 같았다. 약혼녀가 있는 남자들이 한 달간 '바람의 섬'에 머무르면서 '렉시'나 '앰바이어', '쇼페르' 같은 이름을 가진 초미녀들의 유혹에 넘어가는지 버티는지 지켜보는 프로그램이다. 끝까지 유혹에 넘어가지 않는 남자는 5천 달러 상금과 무료 신혼여행 경품을 받는다. 여자들은…… 아무것도 못 받는다. 렉시가 말하듯 여자들은 그저 술을 마시면서 '남자들을 꼬시기' 위해 출연한다. 성평등주의를 10년 이상 퇴보시키는 이 리얼리티 쇼를 에이버리는 두 번 정주행했다. 다섯 시즌을 전부 다.[31] 두 번씩.

결과가 실망스럽기는 했지만, 적어도 내가 시도해 볼 만한 돌파구가 있었다. 까르륵대는 주사가 있는 대왕가슴 금발 미녀가 에이버리의 이상형이라면, 난 그냥 왕가슴에 흑발이나마 최선을 다해 그를 위한 미녀가 될 작정이었다. 그의 농담에 웃어주고, 다 웃은 다음에는 그의 팔을 어루만지며 "너 정말 재미있다!"라고 말해서 내 의도를 확실히 전달할 것이다.

---

31 시즌 하나당 무려 스물여덟 편이다. 바람둥이가 너무 많다!

에이버리가 최근에 올린 게시물은 교내 축구부 경비 마련을 위한 세차 행사 홍보용 사진이었다. 정강이 보호대인지 뭔지를 교체해야 한다고 한다. 고등학교 축구부의 세차 행사란 누구나 알다시피 사실상 젖은 티셔츠 경연 대회다. 새로운 나를 공개하기에 이보다 더 좋은 곳이 있을까?

옷장을 뒤져 '클럽에 놀러 가는 여학생'과 '고급 매춘부'의 경계쯤으로 보이는 복장을 맞춰놓았다. 귀여운 여자애스럽게 문장 끝을 올려 말하는 법도 열심히 연습했다. 주말을 앞둔 나는 내 안의 새로운 나, '리얼리티 마고'를 풀어놓을 준비가 돼있었다.

세차 행사장에 도착해 보니 남자애가 대다수였고 여자애는 얼마 되지 않았다.[32] 몇 명은 '목표액에 골인하고 싶어요!'와 'SOC-CAR WASH!' 등등의 조악한 문구가 조악한 솜씨로 적힌 팻말을 들고 있었다. 실제로 차를 닦는 애들도 있었지만 대개 친구 엄마의 렉서스에 미세한 흠집만 잔뜩 내는 꼴이었다.

나로선 교내 모금활동에 참여하는 것만도 이미 생경한 경험인데, 다가가면서 주목을 받다 보니 더더욱 어색했다. 주차장을 가로질러 걸어가는 동안 내 가슴이 자석처럼 모두의 시선을 끌어당기는 느낌이었다. 트레이던 리드가 핸드폰을 꺼내기에 내 사진을 찍으려나 싶어 순간 경계했지만 그는 그저 누군가에게 문자 메시지를 보내는 것

---

32 그나마 아마 애인을 따라왔겠지.

같았다. 그래도 궁금하긴 했다. 내 가슴골 정도면 루비에 올라갈 만한가? 쟤들이 내 엉덩이 확대 사진을 찍으면 어쩌지? 나한테 물을 뿌려서 티셔츠 안이 훤히 비치게 되면? 잠시 동안 나는 이 사이트가 루스벨트 전교생의 정신에 어떤 영향을 미쳤는지 살짝 엿볼 수 있었다. 누구든 스마트폰을 손에 들기만 하면 우리 몸을 노리개 삼을 수 있게 됐다. 아주 기분 나쁜 현상이었다.

불쾌감을 애써 떨쳐내고 에이버리를 찾았다. 그는 성실하게 차를 닦고 있었다. 양옆에 레이 에반스와 코리 세일스가 호스를 들고 엉거주춤 선 채로 그를 쳐다보고 있었다. 준비가 됐건 안 됐건 이제 작전을 실행할 시간이었다. 뽕브라로 한껏 끌어올린 가슴을 한껏 내밀고 내 영혼을 죽일 만큼 크게 가짜 미소를 지으며 그들에게 다가갔다. 중간 체격에 언제나 햇볕에 그을린 피부인 코리와 호리호리한 체격과 흑갈색 피부에 옆머리를 짧게 쳐올린 레이는 꼭 청소년판 버트와 어니(1969년부터 현재까지 방영 중인 미국의 TV 인형극 〈세서미 스트리트〉의 두 등장인물-옮긴이) 같았다. 물론 둘 다 다리가 있고 어린이들에게 ABC를 가르치는 데는 관심 없지만.

"얘들아? 늦어서 미안. 어젯밤에 무리해서 노느라 그만. 으! 이놈의 숙취……. 그래도 이렇게 왔잖아? 내가 뭐 도울 일은 없을까?"

나는 정말 피곤한 척 쉰 목소리로 말하며 일부러 레이와 코리의 팔을 차례로 건드렸다. 네가 여길 왜 왔느냐는 식으로 따지고 들 줄 알았는데 웬걸, 그들은 여자애가 말을 걸었다는 사실에 마냥 행복한지 아무것도 묻지 않았다.

"어, 그게, 물에다 세제 풀고 차 닦고 그런 건 에이버리가 하고 있어. 얘가 다 끝내면 우리가 물 뿌려서 씻어내고."

레이가 웅얼웅얼 설명하자 코리가 "맞아, 호스 맨!" 하고 외치며 레이의 얼굴에 물을 뿌렸다. 둘 다 그다지 도움 되는 일손은 못 되었다.

"꺅, 뭐야! 너희 너무 웃겨!"

깔깔깔 웃기. 팔 만지기. 팔 만지기. 코리와 레이의 눈빛이 환해졌다. 이런 관심이 익숙지 않은 그들은 그간 없던 능력이 갑자기 생긴 탓에 흥분과 긴장을 한꺼번에 느끼는 듯했다. 그러나 정작 에이버리는…… 알아채지 못한 눈치였다. 흐으음.

난데없이 축구공이 날아왔다. 코리가 가슴으로 받아 레이 쪽으로 찼다. 이어서 둘은 여봐란듯이 공을 주거니 받거니 하기 시작했다. 나에게 자기들 실력을 과시해 보이고 싶었나 본데 그야말로 원시인들 힘겨루기가 따로 없었다.

난 에이버리의 곱슬머리를 가리키며 말했다.

"머리에 거품 묻었다."

"정말 돕고 싶으면 스펀지는 저쪽에 있고 여기 자동차도 줄을 섰으니까……."

에이버리는 내가 '코레이 콤비'보다 나은 세차 보조가 되어줄지 떠보듯 말했다.

"응! 도울게! 돕고 싶어!"

난 머리칼을 꼬며 단숨에 에이버리 곁에 바짝 붙었다.

"그런데 있잖아, 너도 알겠지만 내 세차 실력이 지이인짜 꽝이거든? 요전 날 우리 아빠 BMW를 손 세차해 보겠다고 나섰다가 도리어 된통 혼만 났지 뭐야. 세제를 뭘 썼냐면서 노발대발하시잖아? 하지만 내가 그랬지, 아빠, 바디 워시잖아. 향이 얼마나 좋은데. 맡아볼래?"

난 손목을 내밀어 다짜고짜 그의 코 밑에 대고서 "바닐라 슈거 향"이라고 덧붙였다.

"어…… 좋네."

에이버리는 어색하게 대답하며 슬금슬금 물러섰다. 그러더니 세차를 기다리는 다음 차 운전자에게로 갔다.

"이제 앞으로 오세요."

설마 수줍어하는 건가? 난 그의 손에서 스펀지를 뺏어 쥐었다.

"좋아, 그럼 이제…… 난 뭘 하면 되지?"

에이버리, 네가 내 손을 잡고 방법을 가르쳐 줘. 난 아무것도 모르니까 너처럼 힘세고 건장한 세차 전문가의 지도가 꼭 필요해. 이런 내 무언의 메시지를 알아채 주길 바라며 그의 눈빛을 살폈지만, 그는 조금도 기쁘거나 신나 보이지 않았다. 그런 기미조차 없었다. 오히려 좀 당황한 눈치였다. 혹은 한심해하거나. 혹은…… 실망?

그가 얼떨떨하게 말했다.

"어어, 그렇게 차를 닦으면 돼. 그런데 너 괜찮아? 오늘 좀 이상한 것 같아."

내가 오늘 이상한 걸 어떻게 알지? 이 학교에 입학하고서 지금까지 서로 열 마디쯤 주고받은 게 전부인데?

빵, 하고 누군가가 자동차 경적을 울렸다. 세차 대기 줄이 점점 길어지고 있었다. 에이버리는 운전자들에게 손을 들어 보인 뒤 나를 돌아보며 말했다.

"저기, 넌 일단 호스를 맡으면 될 것 같아. 지금 막 차들이 몰려와서 아무래도 시간이……. 하나씩 가르쳐 줄 시간이 없네. 미안해."

에이버리는 다시 차를 닦기 시작했고 난 호스 섬으로 되돌아갔다. 리얼리티 쇼 여성 출연자를 표방하기로 한 내 작전이 별로 먹히지 않는 모양새였다. 뭐, 코레이 콤비한테는 너무나 잘 먹혀들었지만. 그들은 나에게 '물 뿌리기 기술'과 '꼬인 호스 풀기 기술'을 선보이면서 아주 신바람이 났다. 에이버리가 축구공 묘기라도 보여주지 않을까 싶어 그쪽으로 공을 보내봤지만 매번 그는 단순히 공을 받아 도로 차기만 했다. 공놀이를 빙자한 노골적인 '끼 부리기'인 걸 아는지 모르는지. 제기랄.

그렇게 두 시간쯤 지나자 하도 웃어대느라 턱이 뻐근해졌고 이제는 살갗을 파고들 기세로 옥죄는 브래지어 와이어가 갑갑해 미칠 지경이었다. 나는 이만 안녕을 고하고 '환락의 섬' 복장에서 평범한 옷으로 갈아입은 뒤 버스 정류장으로 향했다. 에이버리를 내 연줄로 삼을 수 없다면 해럴드, 대니, 젠지의 컴퓨터에 접근할 다른 방법을 생각해 내야 했다.

트리니티 타워로 가는 4시 10분 버스를 잡아타려고 부지런히 내달렸다. 주차장을 빠져나와 길을 건너려는 순간, 머플러를 개조한 폰

티악 그랜드 앰이 요란한 굉음을 내며 날 칠 듯이 스쳐 갔다.

"야! 이 거지 발싸개 같은 게! 속도 줄여!"

폰티악이 끼익 멈춰 서더니 눈빛이 흐리멍덩한 40대 아저씨가 고개를 내밀었다.

"너 방금 뭐랬냐!?!"

"당신 하드드라이브를 망가뜨리고 당신을 FBI 감시자 명단에 올릴 거야! 아저씨 하나 찾아내는 것쯤이야 일도 아닌 거 알지? WYZ-6615! 속도! 줄여!"

내 말이 허풍이 아닌 걸 깨달았는지 그는 갑자기 순한 양이 되었다.

"미안, 미안하다."

웅얼웅얼 사과하고 그는 천천히 차를 몰아 멀어졌다. 제퍼슨 로드로 좌회전하기 전에는 모범 운전자처럼 깜빡이 신호도 넣었다.

난 한숨을 쉬었다. 하여간 시답잖은 인간들 같으니! 별생각 없이 돌아섰는데 축구부 애들 전부가 날 쳐다보고 있었다. 내 투철한 교통 안전 의식이 그들에게도 전달된 모양이었다. 코리, 레이, 에이버리는 특히 어리둥절한 표정이었다. 왜 그래, 마고? 왜 그렇게 심각해?

난 건성으로 어깨를 으쓱해 보이고는 다시 몸을 돌려 버스 정류장으로 갔다. 에이버리를 유혹한다는 작전은 실패로 돌아갔으니 내가 갑자기 딴사람이 돼버린 것처럼 굴었던 이유를 해명할 필요는 없었다. 그저 얼른 집으로 돌아가 새 작전을 짜야 했다.

- 3월 7일, 오후 3시 7분 -

마고 가운데 발톱이 빠졌어. 다이빙보드에서 다쳤던 발톱. 네 짐작만큼 보기 흉해. 인간의 몸 이란! 내 말 맞지?

CHAPTER 10

그대는 결코
혼자 걷지 않으리

세차 행사 작전이 완전히 실패했기 때문에[33] 더 분발하기로 마음먹었다. 왓츠앱 퓨리 대화방에서는 피해자들끼리 대화하는 게 최선이라 여겼기에 그동안 나는 되도록 끼지 않으려 했었다. 하지만 하루에 한 번 이상은 누군가가 내게 일이 어떻게 되어가는지 물었고 그때마다 난 '해결 중'이라고 표현만 조금씩 달리하여 답했다. 그들의 애타는 심정을 이해했고 실은 나도 불안했다. 그 사이트는 매일 꾸준히 성장하고 있었다. 이틀 동안 피해자가 네 명이나 늘었다. 타티아나 알바레스, 미셸 플러드, 애슐리 하트, 그리고 '이반' 켈시로 알려진 켈시 호프먼이 루비에 올라갔다.

더 영리하게 굴어야 했다. 에이버리 그린을 끌어들일 필요 없이

---

33 그래도 축구부는 1,600달러를 모금했지만.

용의자들과 가까워질 다른 방법을 찾아내야 했다. 두 켈시는 왓츠앱 대화방에서 매우 적극적으로 소통했고 어떻게든 날 돕고 싶다며 뭐든 시켜달라고 졸랐다. 하지만 아무리 생각해도 두 후배에게 도움받을 방법이 떠오르지 않았다. 두 켈시는 세 용의자와 친하지 않았다. 그들과 연이 닿을 만큼 인기가 있는 것도 아니었다. 플루트든 졸업앨범이든 뭐든지 간에 관심이 있는 척이라도 해서 내가 직접 용의자들과 친해져야 할 것 같았다. 시간이 더 걸리겠지만 달리 무슨 방법이 있겠는가? 루비는 더 퍼지기 전에 도려내야 할 물사마귀 같은 존재였다.[34]

도서관에 자리를 잡고 막 일을 시작할 참이었는데, 새미가 노트북을 손에 들고 내게 다가왔다.

"블라이 건에 문제가 생겼어. 아무래도 프랜지가⋯⋯."

"쉬잇! 오빠, 사서들 입이 얼마나 가벼운지 몰라?"

엿듣는 사람이 있을세라 난 얼른 주위를 둘러보았다. 하여간 새미는 조심성이 부족한 게 흠이다.

"알았어, 목소리 낮출게."

새미의 어깨 너머, 시청각 책상에 앉은 미셸 플러드가 보였다. 그녀는 손톱을 잘근잘근 씹고 있었다. 느닷없이 루비에 사진이 실린 탓인지 몰골이 말이 아니었다. 밤새 잠을 못 이루고 울었나 보다. 딱 한 번 파티장에서 술에 취한 죄로. 졸업반인 미셸은 원래 멋있는 언니였

---

34 난 물사마귀 경험자다. 물론 퍼지기 전에 도려냈다. 그렇다, 그 일은 내 평생에 가장 큰 고역이었다. 웩.

다. 브라운대학에 조기 합격한. 그런 언니가 저러고 있는 이 상황이 난 싫었다. 그렇잖아도 블라이 쌤 건을 후딱 해치우고 싶었던 마음이 한층 더 조급해졌다.

난 새미를 닦달하듯 물었다.

"프랜지 전화기는 뚫었어? 블라이 쌤 사진을 삭제하면 다 끝나는 건가?"

"피싱 메일로 첨부 파일을 열어 보게 했어. 이제 집에 있는 컴퓨터는 원격 접속이 가능하니까 프랜지가 올린 사진은 언제든 지울 수 있어. 하지만 원본은 아직 핸드폰에 있지. 그런데…… 그 폰이 문제야. 비브랜드 안드로이드 폰에다 커스텀 롬을 설치한 것 같아."

이런. 안드로이드 자체가 뚫기 어려운데. 딱히 더 안전해서라기보다는 워낙 다양한 기기에 다양한 버전의 안드로이드가 있어서. 족히 수백만 가지는 될 거다. 하나의 해킹 방식이 모든 안드로이드에 통할 리 없고. 더구나 커스텀 롬까지? 아서라, 아서.

해킹은 물 건너갔다.

"그럼 이 몸이 직접 나서야겠네."

조만간 브라이턴으로 견학을 가게 생겼다.

새미가 넌지시 대안을 제시했다.

"아님, 잘 모르지만…… 그냥 정지명령서를 보내면 안 되나? 지난번에 조디 펜스한테 한 것처럼……."

"안 돼. 어른들 상대로 그러긴 싫어."

난 위조에 능하지만 그 정도로 능하진 않다. 새미도 고개를 끄덕였다.

"미안. 난 그냥……."

짜증 난 티가 났나 보다. 하지만 그가 아니라 그냥 세상이 짜증 났다.

"괜찮아. 오빠는 잘했어. 머핀 좀 먹을래?"

"머핀? 됐어."

그는 진저리를 치며 거절했다. (새미는 머핀을 먹지 않는다. 그는 머핀이 밋밋한 컵케이크라고 여긴다.)

"미안. 내 생각이 짧았네. 다시는 안 그럴게."

난 짐짓 뉘우치는 투로 사과했다.

비록 요즘 들어 모자를 쓰고 다니지만 새미가 그렇게까지 변하지는 않았다는 의미여서 내겐 위안이 되었다. 그가 기꺼이 머핀을 먹겠다고 하면 정말이지 난 어쩌면 좋을지 모르겠다.

그는 노트북을 챙겨 가방에 넣었다.

"그래야지. 나중에 보자, 마아아아고."

"새애애애미."

난 평소보다 좀 시들하게 응수하며 그를 보냈다. 다시 컴퓨터 화면을 들여다보는데, 새미가 도서관을 나서는 모습이 내 시야 끝에 걸렸다. 그는 가방에서 모자를 꺼내더니 머리에 눌러쓰면서 내 시야 밖으로 사라졌다.

부르르르르, 진동이 울렸다. 1교시를 공쳐버렸다. 젠장.

다행히 2교시는 라틴어라서 근무 시간을 연장할 수 있었다. 불행히도 2교시에 와트 선생의 1학년 인문학 수업이 도서관에서 이루어질 예정이었다. 와트 선생은 모든 수업을 흥미롭게 만들고자 했고 언제나 학생들을 교실 밖으로 데려갔다. 그녀의 수업을 듣는 학생들이야 더없이 좋겠지만 사무실에서 쫓겨나야 하는 나는 성가셨다. 루스벨트에서 내가 일터로 삼을 수 있는 곳이 두 군데 더 있었다. 하지만 '최애' 장소는 단연코 극장 기술실이었다.

루스벨트 연극부가 뮤지컬 〈7인의 신부〉를 무대에 올린 적이 있다. '사비니 여인들 약탈 사건'을 경쾌한 분위기로 노래하는 소곡이 버젓이 포함된 극악무도한 망작이다.[35] (난 우리 공연에서는 그 곡이 빠질 줄 알았다. 하지만 빠지지 않았다. 뮤지컬로 만들면 무엇에나 관대해지는 학부모들의 심리에 난 항상 놀라움을 금할 수 없다.) 아무튼 그 당시 고등학교 1학년이었던 나는 연출부원으로서 그 공연을 보조했고, 코어먼 선생의 신뢰를 얻어 매회 공연이 끝난 뒤 기술실 문단속을 책임졌다. 그래서 여섯 자리 비밀번호를 알고 있었다. 어설픈 '기술자'들이 그곳을 차지하고 앉아 손끝에 연극 잡지를 얹은 채 뱅뱅 돌리며 노닥거리고 있지만 않으면 된다. 아무도 없으면 오롯이 나만의 공간이다.

공연이나 총연습 때를 제외하면 기술실은 썩 훌륭한 사무실이다. 흔들거리는 탁자가 하나 있는데(뮤지컬 〈프로듀서〉 공연 소품이었다) 난 그걸 사무용 책상으로 쓴다. 베스와 밤새 논 다음 날 여기 안쪽 벽에

---

35 '사비니 여인들 약탈 사건'은 초기 로마 제국이 벌인 유명한 사건이다. 로마인들은 이웃 부족의 여성들을 대거 납치하여 자국민과 강제로 결혼시켰다. 〈7인의 신부〉에 나오는 '사비니 여인들'이라는 노래를 검색해 보고 이게 괜찮다고 말해봐라. 어디 한번 해보라고.

붙은 작은 소파(이건 〈댐 양키스〉 소품)에서 낮잠을 잔 적도 있었다.

기술실로 들어가 탁자에 쌓인 먼지를 털어내고 노트북을 올려놓았다. MCYF 일을 재개할 준비가 됐는데 난데없이 웬 중년 아저씨의 고함 소리가 귓전을 때렸다.

"1번! 1번! 상담원 연결!"

기술실 창밖을 내다보니 저 아래 무대 위에서 서성이는 럼리 샘의 빛나는 대머리가 보였다. 럼리 샘은 땅딸막한 키에 암갈색 피부였고 안경을 썼다. 그가 핸드폰에 대고 또다시 버럭 소리를 질렀다.

"상담원 연결. 상담원 연결하라고!"

아무래도 금방 끝날 것 같지가 않았다.

"선생님?"

내 목소리가 극장 안에 울려 퍼졌다.

그가 흠칫 놀라며 고개를 들었다. 난 마이크에 대고 다시 말했다.

"쌤? 다른 데서 통화하시면 안 될까요?"

마침내 기술실 안에 누가 있는 걸 발견한 그가 실눈을 떴다. 나를 알아본 그는 살짝 고개 숙여 사과하고서 살금살금 무대 뒤로 들어갔다. 작년에 럼리 샘은 나에게 작은 신세를 졌다. (즉 내가 도박벽을 은폐해 준 덕에 그가 소기업 대출을 받을 수 있었다.)

"어떻게 하는 거야?"

이번엔 내가 소스라치게 놀랐다. 이 목소리는 분명 기술실 안에서 났다. 홱 돌아선 내 눈에 에이버리 그린의 떡 벌어진 어깨가 들어왔다. 그는 기술실 문 바로 안쪽에 서 있었다.

"미안. 놀라게 하려던 건 아니었어."

순간 겁에 질린 나를 달래듯 그가 조심스럽게 말했다. (내가 식겁한 까닭은 단순히 놀라서라기보단 그를 티 안 나는 살인자로 의심하고 있었던 탓이다.)

난 노트북을 덮으며 거짓말로 답했다.

"괜찮아. 난 그저…… 누가 올 줄은 몰랐거든. 넌 여기 웬일이야? 여긴 아무도 안 오는데."

"잠깐 들른 거야! AP 통계학 수업에 들어가야 하는데 이미 늦었다고. 이것만 놓고 가려고 했어."

그는 손에 든 서류철을 들어 보이더니 맥락이 빠진 걸 깨닫고는 설명을 덧붙였다.

"〈회전목마〉[36] 공연에 전광판 담당이거든."

맙소사. 이 인간이 하지 않는 과외활동이 있기는 해?

"그런데…… 정말 어떻게 하는 거야?"

"뭘 어떻게 해?"

"어른한테 명령조로 말하는 거. 내가 쌤들한테 그런 식으로 말했다간 벌을 받을 거야. 하지만 네가 하니까…… 마치 넌 그래도 되는 것 같아."

나를 보는 그의 눈빛에 감탄이 어려있었다. 마치 개기일식을 볼 때처럼. 혹은 사람이 맨몸으로 코끼리를 뛰어넘는 틱톡 영상을 볼 때

---

36 또 하나의 문제적 뮤지컬. 음악은 참 아름답다. 가정폭력을 미화하면서.

처럼.

"언젠가 복도에서 네가 구시면 쌤을 혼내는 걸 봤어. 지난주엔 블라이 쌤이 너랑 친구처럼, 아니 네가 심리상담사라도 되는 것처럼 얘기하더라? 의아했어. 쟨 뭐지, 싶었다니까."

좋아, 스토커. 난 가방에 든 가장 뾰족한 펜을 움켜쥐었다.

그는 서류철을 사운드보드에 내려놓았다. 그럼 이제 가버리면 되는데 그는 내 바람과 달리 소파에 털썩 앉으며 너무너무 하얀 나이키 운동화를 쿠션에 척 얹었다. 무례한 놈. 세차 행사장 작전에 실패한 뒤 나는 내 일에 에이버리를 이용하겠다는 생각을 아예 접었다. 그러니 이제 그와의 대화는 무의미했다.

"난 고객에 대해 발설할 수 없어. 미안."

그의 얼굴에 미소가 번지며 왼쪽 뺨에 보조개가 드러났다.

"아, 그렇지! 넌 그 희한한 일을 하지! 손태한테 들었어. 네가 일종의 해결사라던데."

"아마…… 그럴걸."

그는 다 안다는 듯 고개를 끄덕였다.

"'마고 머츠가 당신의 오물을 치워 드립니다.' 네 회사 이름, 맞지? 되게 멋진데?"

그는 나갈 생각이 없어 보였다. 그리고 평소 눈치가 꽤 빠르다고 자부하는 내가 웬일인지 한참 만에야 깨달았는데, 그는 내게 은근히 수작을 걸고 있었다. 대관절 이게 뭔 일이람?

그렇다면 당연히 나도 어떻게든 받아줘야지. 하지만 어떻게? 세차 행사장에서의 마고는 넷플릭스 시청 기록이 알려준 그의 이상형에 들어맞았지만 실제로 그의 마음을 끌지는 못했다. 그런데 이제 와서 그가 나한테 관심을 보인다고? 거짓이 아닌 진짜 나한테? 얼룩진 후드티 차림에 '나 건드리지 마' 분위기인데? 난 어찌 반응해야 할지 몰랐다.

내게서 아무런 답이 없자 에이버리가 내처 말했다.

"이거 아쉬운걸, 네 고객 얘길 들을 수 없다니. 럼리 쌤이 학교 밖에서는 어떤지 너무 궁금하거든. 불법 격투장 같은 데 다니는 거면 좋겠는데. 그 양반, 뭔가 심각하게 억눌린 구석이 있는 것 같단 말이야."

"노코멘트."

난 긍정도, 부정도 하지 않았다. 하지만 에이버리가 제대로 짚었다. 럼리 쌤은 심히 억눌렸다.

에이버리는 허리를 세우고 셔츠를 털어 폈다(그 옷에 주름이 졌다간 천벌을 받으리라).

"그래……. 아무튼 넌 정말 사람들 실수를 해결해 주는구나? 그게 네 일이야, 맞지?"

"난…… 내 회사가 그런 일도 하기는 하지. 맞아."

"그렇구나. 진짜 쩐다!"

그가 내 쪽으로 한 발짝 다가섰다. 그래, 너 키 크다.

"그러니까 넌…… 트루디 킨이야."

트루디 킨은 중학생 필독서인 '트루디 킨은 해결사!' 시리즈의 주인공이다. 그래도 잘 모르겠다면 낸시 드루나 하디 형제를 떠올리면 되겠다. 하지만 트루디는 범죄가 아닌 일상의 문제를 해결한다. 그러니까 담배를 피우다 걸려 정학을 당했거나 성적표에 D가 찍혔을 때 트루디를 고용하면 해결할 수 있다. 트루디 시리즈는…… 현실성이 없고 아주 구닥다리다. 게다가 3권째부터는 (대부분 남성인) 대필 작가 팀이 쓴 게 분명하다. 후기작 몇 편은 문제가 심각하다. 일례로 그녀는 삼촌을 화장실에 세 시간 동안 가두는 것으로 그의 음주 문제를 '해결'한다! 고작 세 시간? 알코올 중독을 뭘로 보고! 말할 것도 없이 난 트루디에 비견되는 게 달갑지 않았다.

"글쎄…… 날 트루디 킨하고 비교하지 말았으면 좋겠는데."

"하긴. 일단 넌 영원히 열세 살에 머무르지 않으니까. 아마 축제장 경품 소를 구출하는 일 같은 건 절대 맡지 않을 테고."

"물론이지."

난 피식 웃었다. 이 녀석, 생각보다 좀 웃기네. 하지만 그렇다고 순순히 크게 웃어주진 않을 테다.

드디어 그가 문 쪽으로 걸어갔다. 그래, 그래, 얼른 사라져라.

문 앞에서 그가 돌아보며 말했다.

"언젠가 나도 너한테 일을 맡길지도 몰라. 인스타그램에 올라온 이상한 사진들 좀 싹 지워달라고. 알지, 내 머리가 엉망진창이었을 때 찍은 사진들."

에이버리의 머리는 엉망진창이었던 적이 없다. 얘는 무슨 소리를 하는 것인가.

"해줄 수 있지? 인스타그램 사진 지우는 거."

갈색 얼굴을 외로 꼬고 나와 눈을 마주치면서 그는 여자 마음을 끌어당기는 특유의 눈빛을 쏘았다. 틀림없이 꼬시는 거다. 좋아, 바람둥이 에이버리. 날 알고 싶다 이거지? 그럼 어디 해보자고.

"그럼. 사진 지우는 것쯤이야. 보통은 좀 더 복잡한 일을 하지만……."

"오, 그래?"

그에게 특별한 인상을 남기고자 한 것이 아니었다. 실제로 내 일은 복잡하다.

"자, 누군가의 핸드폰을 해킹해야 한다? 혹은 복수심에 불타는 전 여친이 어딘가에 올린 무언가를 넌 없애고 싶다? 내가 해결하는 문제는 대개 그런 거야. 하지만 왠지 너한테 그런 문제가 있을 것 같지는 않거든."

"왜 그렇게 생각하지?"

"왜냐면 넌 인스타그램에 이상한 사진이 올라온 적 없잖아."

그는 빙그레 미소 지었다. 내 말을 칭찬으로 받아들였나 보다. 내가 '넌 잘생겼잖아!'를 돌려 말했다는 듯이. 난 단지 그가 엄선해 필터를 먹였거나 어쩌면 포토샵도 거친 사진들만 SNS에 올리지 않느냐는 뜻으로 한 말이었는데.

"내가 치워줄 '오물'은 아니라는 뜻이었어. 널 해코지할 사람이 있어? 넌 모두와 잘 지내잖아. 심지어 전에 사귀다 헤어진 여자애들하고도. 전 애인이 엄청 많은데도……."

그가 싱긋 웃었다.

"에이! 그렇게 엄청 많지는 않아. 아니 뭐…… '엄청 많다'는 기준이 뭔데?"

"열 명 이상이면 엄청 많은 거지."

에이버리는 지나간 연애 횟수를 속으로 세어보는 듯했다. 정답은 열셋이지만 난 그가 알아서 헤아리게 내버려 두었다. 이윽고 그가 말했다.

"그래, 좀 많이 사귀긴 했나 보다."

"그런데 아무도 널 나쁘게 말하지 않잖아. 어쩐 일인지 이 학교 사람들은 죄다 널 우러러보는 것 같아. 마치 네가…… 좋은 사람의 대명사라는 듯이."

난 의자 등받이에 등을 기댔다. 그런데 이 건방진 자식이 성큼성큼 걸어오더니 책상에, 내 바로 앞에 기대어 서는 게 아닌가!

"하지만 네 생각은 다르다?"

"솔직히 난 네가 연쇄 살인범이라고 생각해."

어머나. 너무 솔직했나?

에이버리는 웃음을 터뜨리고는 책상에서 떨어져 섰다.

"와아. 그래, 뭐…… 이제야 이해가 되네. 내가 나타났을 때 네가 왜 펄쩍 뛰었는지."

그가 돌아서자 놀랍게도 이번엔 내가 그를 붙잡고 싶어졌다. 하지만 그는 우뚝 멈춰 서더니 내 쪽으로 홱 돌아섰다. 한쪽 눈을 감고 머리를 뒤로 한껏 당겨 거대한 이중 턱을 만들었다. 그 상태로 혀를 빼물고 셀카를 찍더니 핸드폰 화면을 톡톡 두드리기 시작했다.

"여기. 인스타그램에서 지워야 할 사진이 있어."

그는 폰 화면을 내 코앞에 들이밀었다.

"객관적으로 끔찍한 사진이네. 그래도 안 돼, 난 이 일을 맡을 수 없어."

그는 끄덕였다.

"아, 그래? 아무래도 이 사진은 영원히 인터넷을 떠돌 운명인가 보다."

그는 한숨을 푹 내쉬고 이어 말했다.

"그나저나 저번엔 왜 그랬어? 일 때문이었나?"

"뭐가? 무슨 말이야?"

"세차 행사장에서. 너 꼭 딴사람 같았어. 그것도 해결사 일의 일부 였던 거지? 맞지?"

그는 내 무표정에서 뭐라도 읽어내겠다는 듯 나를 빤히 살폈다.

나는 그가 원래의 나에 대해 아무것도 모른다는 가정하에 그의 이 상형이 되어 그를 유혹하겠다고 작심했었다. 그런데 그 가정이 틀렸 던가 보다. 이제 나는 그의 얼굴을 마주 보며 거짓말을 할 수밖에 없 었다.

"아니. 왜 그렇게 넘겨짚었대?"

"에이, 왜 이러시나. 넌 마고 머츠잖아. 진지하고 치열하지. 배트맨 처럼! 정상적인 제 목소리로 말하는 배트맨이랄까."

솔직히 이 비유는 듣기 싫지 않았다.

"하지만 토요일에 넌…… 평소의 네가 아니었어."

그의 말대로 난 일 때문에 그곳에 갔었다. 그리고 지금, 웬일인지 사실대로 털어놓고 싶은 기분이 들었다. 그러나 나도 모르게 입방정을 떨기 전에 정신을 차렸다.

"정말로 난 할 말이 없어."

난 이만 말을 맺고 내 컴퓨터로 눈길을 돌렸다.

"젠장. 너무 냉정한 거 아니야, 머츠? 하지만 존중한다."

그러고도 그는 빌어먹을 문가에 꿋꿋이 서 있었다.

이런 식으로 벽을 치는 것이 그의 관심을 더 끄는 게 분명했다. 이상했다. 사람들은 보통 가식적인 마고를 더 좋아하는데. 진짜 나는 좀 무뚝뚝하니까.

"그래……. 대화 즐거웠어. 근데 난 할 일이 있거든. 잘 가."

난 문을 닫으러 갔다. 그 와중에도 그는 싱글벙글 웃는 얼굴이었다. 도대체 내가 뭘 어쨌기에?

기어이 내가 문을 닫으려 하자 그는 약간 당황한 눈치였다.

"아. 알았어. 이제 갈게. 오물이 저절로 없어지지는 않지. 근데 있잖아, 혹시 한가할 때…… 하기야 넌 항상 바쁜 것 같더라만……. 그래도 만약 일이 없고 그냥 놀고 싶으면…… 음…… 그런 건 내가 잘 알거든. 특히 주말에. 이번 금요일도 아마 가능할 듯?"

난 더없이 쌀쌀맞게 "그래"라면서 그의 눈앞에서 문을 닫아버렸다.

흠. 내 연줄이 나한테 반했다. 자, 자, 에이버리. 이제. 시작이다.

CHAPTER 11

젠지 호프

팬케이크 냄새가 솔솔 풍겼다. 오늘따라 아빠 기분이 아주 좋다는 뜻이었다. 드디어 빚을 전부 청산했거나 '새해맞이 다이어트' 목표 체중에 도달한 것이면 좋았겠지만 실제 이유는 훨씬 단순했다.

"새 운동화가 오늘 도착한다네!"

내가 커피를 따르는 사이 아빠는 행복하게 외쳤다. 짐작하겠지만 출시 기념 파티를 여는 멋들어진 신제품 운동화가 아니었다. 1990년대부터 아빠가 줄곧 같은 색상, 같은 사이즈로 구입하는 클래식 리복 운동화였다.

"우리 작은 팬케이크 입에 팬케이크 좀 넣어드릴까?"

"내가 왜 팬케이크야?"

"글쎄다. 왜냐면 넌…… 달콤하고…… 따뜻하니까?"

"알았어, 그만해."

난 격하게 눈동자를 굴리고서 먹기 시작했다.

곧이어 엄마도 식탁에 앉았다.

"까먹기 전에 말해야겠다. 이번 금요일이 리처드 삼촌 생일이잖아. 그날 저녁에 다 같이 모이기로 했어."

"미안, 엄마. 그날은 안 돼."

"마고."

엄마가 이렇게 목소리를 깔고 날 부르는 건 곧 잔소리가 이어질 거란 뜻이었다.

"엄마."

나도 지지 않고 목소리를 깔았다.

"네가 삼촌하고 좀 껄끄럽다는 건 아는데……."

"삼촌이 내 인생을 망쳐서?"

"사람이 나쁜 건 아니잖니, 마고. 그냥 좀…… 헤맬 뿐이지."

'헤맨다'란 '자멸을 향한다' 또는 '물정 모른다'를 좋게 포장한 표현이다. 엄마는 정말이지 말도 안 되게 착하다.

"흐음."

"리처드가 완벽하단 건 아니야. 하지만 우리 가족이고, 노력하고 있잖니…… 실수를 만회하려고 말이야. 그러니 한 번 더 기회를 줘도 되지 않을까?"

맙소사. 무슨 기회? 우리 돈을 한 번 더 날릴 기회? 이젠 주려야 줄 돈도 없는데?

"엄마, 그게 아니고 그냥…… 내가 시간이 안 돼서 그래. 그날은, 어…… 일이 있거든."

"갑자기 일을 만든 거 아니고?"

이해는 한다. 그렇게 들렸을 것이다. 하지만 아니었다.

"아니거든? 진짜로 일이 있어. 뻥 아니라니까."

엄마는 팔짱을 꼈다. 기분이 단순히 '언짢은' 정도에서 '정말 화난' 수준으로 격화하기 직전이었다. 나로선 정말 좋은, 정당한 핑계가 필요한 순간이었다. 그래서 엉겁결에 사실대로 말하고 말았다.

"데이트 약속이 있어."

엄마의 팔짱이 순식간에 풀리고 표정도 대번에 환해졌다. 70퍼센트 할인 상품을 발견했을 때나 TV에서 존 햄을 볼 때마다 나타나는 그 표정이었다. 그녀의 괴짜 기업가 딸내미가 드디어 데이트를 한다니.

"오. 그럼…… 그래, 알았어. 데이트."

엄마는 웃지 않으려 애썼다. 하지만 얼굴이 씰룩거렸다. 엄마는 정말이지 태연하게 반응할 줄을 모른다.

"데이트라고?"

아빠도 주책없이 끼어들었다.

"엄마. 아빠."

이번엔 내가 먼저 엄숙하게 목소리를 깔았다.

"그 남자애, 이름은 있겠지?"

"여자애일 수도 있고. 설마 새미는 아니지?"

엄마 아빠가 차례로 질문을 던졌다. 두 분의 기쁨이 과열 양상을 띠고 있었다.

"그만! 이 얘긴 여기서 끝이야."

"알았다, 알았어. 어쨌든 삼촌 생일날 모임에 너는 못 간다는 거지?"

아빠는 고기 구울 때나 영화 속 레이철 맥애덤스를 볼 때마다 짓는 얼빠진 표정으로 말했다.

이 일이 어떤 식으로든 다 끝날 때까지 두 분은 계속 이렇게 나올 것이다. 난 입안 가득 팬케이크를 욱여넣고 침묵을 고수하며 식사를 마쳤다.

금요일 저녁에 에이버리와 뭘 할지는 아직 정해지지 않았다. 그와 너무 가까이 붙지 않아도 되는, 야릇한 분위기가 조성될 일 없는 뭔가를 생각해 내야 했다. 그때 그에게서 문자가 왔다.

> **에이버리** 꼭 가야 하는 건 아닌데, HAH 파티에서 공짜 피자를 준대. 거기 잠깐 들렀다가 딴 데로 샐까?

> **마고** 어, 좋아. 그러자.

아하. 이 '관계'는 벌써 유익하구나. HAH는 'High Schoolers Against Homelessness(노숙에 반대하는 고등학생들)'의 줄임말이다. (여기서 한마디. 나라면 자선단체를 만들 때 두문자어가 '하!'로 들리는 이

름은 삼가겠다.[37]) 에이버리는 1학년 때부터 HAH 회원이었다. HAH
는 주로 무료 급식소에서 자원 봉사를 하고 지역 노숙자 보호소 운
영을 위한 모금활동을 펼쳤다. 훌륭한 단체였다. 하지만 난 HAH의
새 회장이 바로 젠지 호프이기에 더 관심이 있었다. 그래 맞다, 내가
점찍은 여성 용의자.

올해 1월에 HAH에 들어간 젠지는 이 동아리에 더 많은 사람이
모여 교류할 수 있도록 각종 행사를 제안하고 교내 인지도를 높이려
노력했다. 불과 몇 주 만에 기존 회장이었던 카라 마이클스를 끌어내
리고 자신이 그 자리를 꿰찬 뒤로는 더욱 적극적으로 동아리를 이끌
었다. 이번 금요일 저녁 피자 파티에서는 HAH의 향후 사명을 정하
기 위한 투표가 이루어질 예정이었다. 현장에 있기만 하면 누구나 투
표할 수 있으며, 파티 비용은 젠지의 부모님이 댔다. (피자로 몰표를
사줄 수 있는 부모란 얼마나 든든한가.) 분명 젠지가 HAH 활동에 공을
들이는 까닭이 있을 터였다. 내가 확신하는 유일한 사실은 그녀가 순
수하게 착한 마음으로 그런 활동을 하는 게 아니라는 것이었다. 젠지
는 착하지 않았다.

젠지의 컴퓨터에 접근할 기회를 노리던 내게 절호의 기회가 온 셈
이었다. 고맙다, 에이버리. 문자를 주고받은 끝에 우리는 금요일 6시
반에 이스트만 공원 다목적실에서 만나기로 했다. 에이버리가 차로
데리러 오겠다고 했지만 나는 '평범한 사람과 팔꿈치를 맞대고 가

---

37 그래도 확실히 CTE보다는 낫지만.

장 원초적인 인간미를 경험할 수 있는' 버스가 더 좋다는 핑계를 대며 거절했다. 실은 그와 어느 정도 거리를 두고자 한 것이었다. 서둘러서 좋을 게 없었다. 나의 목적은 그와 '진지하게' 사귀는 게 아니라 그를 이용해 용의자들에게 접근하는 것이었으니까. 솔직히 에이버리와의 스킨십에 욕지기가 날까 봐 걱정이기도 했다. (내가 연애 박사는 아니지만, 키스한 직후에 구역질하거나 토하면 상대방 얼굴에 찬물을 끼얹은 것이나 마찬가지라는 것쯤은 안다.[38])

그런데 에이버리가 버스 정류장에 나타났다. 무릇 여자애들을 반하게 할 행동이지만, 막상 나는 주머니 속 열쇠를 움켜쥐었다.

버스에서 내려 정류장 벤치에 나와 나란히 앉는 그에게 난 핀잔을 날렸다.

"이건 네가 몰고 다니는 테슬라가 아니야, 이 바보야. 버스라고! 평범한 사람들이 타는 버스! 에어컨에서 암내 나는 바람이 나오는 버스!"

그는 허리를 쭉 폈다.

"와. 말이 심하네. 데이트 많이 안 해봤구나, 너. 그렇지?"

그렇다. 별로 안 해봤다.

"미안. 넌 참…… 친절하구나, 날 만나려고 버스를 다 타다니."

"실은 두 번이나 갈아탔어. 그러니까…….'

음, 차라리 처음부터 테슬라를 타겠다고 할 걸 그랬다. 괜히 그에

---

38 내가 5학년 때 사귀었던 데이비드 루투라가 잘 알 거다. 미안해, 데이비!

게 싫은 소리를 한 데다 애초 계획보다 더 오래 같이 있게 되었다. 젠장. 다행히 퇴근 시간이라 버스에 사람이 많아서 그와 따로 앉아야 했다. 아니, 나만 앉았다. 에이버리는 임신부, 노인, 심지어 굳이 앉지 않아도 될 것 같은 우리 또래 애들한테까지 연달아 자리를 양보했다. 세상에, 그렇게까지 착하다고? 보기만 해도 피곤했다.

결국 나도 (죄책감에) 앉기를 포기하고 골목 열 개를 지나치는 동안 버스 기둥을 부여잡은 채 버스가 좌회전할 때마다 에이버리를 들이받지 않으려 안간힘을 써야 했다. 그는 아무렇지 않아 보였다.

마구 흔들리는 버스 안에서 그가 물었다.

"저기…… 파티장 들른 다음엔 뭘 하고 싶어?"

데이트에 할 만한 일을 머릿속으로 검색해 본 결과, 디저트를 포함하는 계획이 가장 덜 끔찍하리라는 결론이 나왔다.

"파이 먹자."

"좋아."

때마침 그가 잡아주지 않았다면 그의 가슴팍에 박치기를 할 뻔했다. 이어서 그는 파이 식당 일곱 군데를 줄줄이 읊었는데 그중 세 곳은 상당히 괜찮은 후보지였다.

파티 장소에 도착하자마자 젠지의 노트북을 발견했다. 노트북은 문 근처 접이식 탁자에 놓여있었고 젠지도 거기서 참석자를 표시하고 사람들에게 투표용지를 나눠주고 있었다. 자그마한 체구의 백인 여자애가 검은 생머리에 블레이저를 입은 모습은 고등학생이라기보단 서른 살짜리 제약회사 외판원처럼 보였다. 파티 주최자 역할에 열중하느라 절대로 그 자리를 떠나지 않을 기세였다. 어떻게든 그녀의 주의를 돌려야 내가 노트북에 접근할 기회도 생길 터였다. 가방에 NVMe 플래시 드라이브를 챙겨 왔다. 이걸 노트북에 꽂고 그녀의 하드드라이브에서 필요한 걸 복사해 내기까지 약 10분이 걸릴 것이다.

젠지가 우리를, 아니 에이버리를 직접 맞이하러 왔다.

"어머나, 왔네. 이렇게 반가울 수가! 우리가 한참 뒤졌거든. 피자 정리 좀 거들어 줄래? 빈 상자들 치워야 해."

피자가 있는 곳을 보니 그쪽은 방치된 상태, 한마디로 난장판이었다.

"우리가 정리할게."

에이버리가 선뜻 대답했다. '우리'라니. 졸지에 난 피자 상자 담당이 되었다.

"너무 좋다! 와줘서 고마워! 너희 둘 다!"

젠지는 절박한 얼굴에 억지 미소를 띠었다.

어딘가 이상했다. 내가 아는 젠지는 독선적이고 매정한데. 언제나 빌리 아일리시처럼 텅 빈 눈빛이고. 이 젠지는 쾌활했다. 분위기를 띄우고 싶어 안달하는 모습이었다. 낯설었다.

그녀는 가입 동의서를 가리키며 내게도 말을 걸었다.

"마고, 잘 왔어. 정말 멋진 선택을 한 거야. 네 연락처 좀 알 수 있을까? 다른 HAH 행사에도 와줄 거지?"

"그러고는 내 대화를 죄다 캡처하려고? 아니, 사양하겠어!"

난 코미디언 존 멀레이니가 구호를 외치듯 '아니, 사양하겠어!'를 과장되게 강조했다. 코믹한 말투가 단어 자체의 까칠한 어감을 덜어 주길 바라면서.

덜기는 개뿔! 대화 자체가 멎어버렸다. 못으로 철판 긁는 소리가 났어도 이보다는 나았을 것이다. 에이버리를 포함해 근처에 있던 모두가 경악한 표정이었다. 난 다급히 중얼대기 시작했다.

"난, 어…… 그러니까 난 당하기 싫거든…… 협박 같은 거. 그래서……."

이걸 변명이랍시고 주워섬기다니. 난 수렁에서 건져질 수 없었다.

젠지는 고개를 주억이며 입술을 깨물었는데, 어찌나 꽉 무는지 뚫리는 게 아닐까 싶을 정도였다. 심지어 눈에 눈물까지 살짝 고였다.

"알았어. 그럼 뭐, 이메일 주소만 적어줘. 단체 메일 정도는 받아줄 수 있잖아? 그 정도면…… 안심해도 될 것 같은데."

그녀는 심호흡을 한 뒤 에이버리에게 말했다.

"자, 그럼! 피자 정리 도와줘서 고마워. 투표 잊지 말고!"

에이버리는 방금 내가 새끼 고양이를 죽이기라도 한 것처럼 뜨악한 눈으로 날 쳐다봤다.

"진짜 인정사정없구나, 너? 절대로 봐주는 법이 없어. 그렇지?"

어떻게든 분위기를 바꿔야 했다. 기분이 나빴고 대답할 말도 떠오르지 않았다. 다행히 에이버리가 내쳐 말했다.

"음, 난 피자 정리하러 가야겠다. 넌 투표부터 하고 올래?"

내내 손에 있던 투표용지를 난 그제야 처음으로 들여다보았다.

'HAH가 앞으로 어떤 문제에 관심을 기울이길 바라십니까? 동물 학대. 지구 온난화. 총기 규제.' 이런 문제들이 노숙과 무슨 상관인지? 확실히 뭔가 있었다. 이 동아리도, 젠지도. 수상한 냄새가 풀풀 났다.

난 에이버리를 따라 피자 난장판으로 가서 그와 함께 상자들을 정리했다.

"쟤 젠지 맞아? 젠지 호프? 본인은 있지도 않았던 단체 대화방 캡처본을 공개해서 축구부 2군 전원을 다시는 주에서 선수로 못 뛰게 만든 그 애랑 동일인이라고?"

"응, 맞아. 하지만 마고, 쟤도 그런 짓 안 한 지 좀 됐잖아. 지금까지 정말 애쓰고 있는 것 같고……."

"무슨 애를 써?"

난 따지듯 물었다. 그가 왜 젠지 편을 드는지 의아했다.

"아마 더 나아지려고? 애초에 쟤가 HAH에 들어온 이유가 뭐겠어?"

"무슨 꿍꿍이가 있겠지. 회장이었던 카라 마이클스를 쟤가 끌어내렸잖아?"

에이버리는 진심 황당한 표정을 지었다.

"아냐. 다 같이 끌어내린 거야. 카라가 회의에 통 참석하지 않아서. 젠지는 HAH가 하는 일을 널리 알리고 활동 영역을 넓히는 데 열성을 다해왔어. 성실한 회장이야."

에이버리는 상자 정리를 마치고 드디어 한숨 돌리며 피자 한 조각을 입에 넣었다. 한참 만에 그는 말했다.

"사람은 변할 수 있잖아."

난 그의 말을 진지하게 고려해 보기라도 하는 듯이 잠자코 끄덕였다. 하지만 물론 고려 따위 하지 않았다. 에이버리처럼 부와 인기를 누리는 사람만이 인간은 본래 선하며 젠지 같은 인간도 변할 수 있다고 생각하는 게 가능한 법이다. 사람들이 온라인에서 무슨 짓을 하는지 아는가. 자기 신분이 노출되지 않는다고 여길 때 말이다. 온라인에서 벌어지는 일들을 난 수없이 목격했다. 그래서 말인데, 사람이 변한다고 해서 더 나아지는 것은 아니다.

그 후로 나는 자중했다. 더 이상 젠지나 그 누구도 인신공격하지 않았다. 사람들에게 피자를 권하거나 쏟아진 음료를 치우면서 쓸모 있는 인력이 되고자 했다. 그러는 내내 젠지의 노트북을 남몰래 주시했다. 젠지는 노트북에 투표 결과를 입력하고 있었고, 잠시 자리를 뜨더라도 노트북이 한눈에 보이는 곳을 벗어나지 않았다. 그쪽을 흘깃거리는 내 눈길을 두어 번 포착하고부터는 아예 노트북을 들고 다녔다. 이날 저녁의 내 계획도 물거품이 될 판이었다.

얼마 후 사람들이 하나둘 파티장을 떠났고 나는 웬일인지 나에게 감히 말 붙일 엄두를 못 내는 2학년생 몇 명과 함께 뒷정리를 시작했다. 전화기 알림음이 울려 확인해 보니 블라이 샘의 문자 메시지가 와 있었다. 나는 화장실로 숨어 들어가 답신을 보냈다.

블라이 어떻게 돼가니? 노래방 사진이 아직 있던데. 누가 토비한테 보여줄까 봐 불안해 죽겠어.

마고 죄송해요. 상대 쪽 핸드폰 뚫기가 만만치 않네요. 곧 해결할 거예요. 혹시 모를 사본들까지 전부 확인한 다음에 삭제하려고요.

블라이 아니, 내걸린 사진을 그냥 둔다고? 누가 보면 어떡해!

에이버리가 날 찾기 시작하면 곤란한데. 블라이 샘은 날 너무 닦달했다. 내가 이미 장문의 이메일로 충분히 설명했는데도 말이다. 조시 프랜지의 인스타그램 팔로워는 딱 열 명이며 혹 누가 그를 검색한다 해도 수많은 가짜 링크로 연결되게 조치해 두었다고.[39] 어쩌다 흘러 들어가면 모를까, 일부러 찾으려 해서는 절대로 그 사진을 찾지 못할 거라고. 내가 사진 원본을 입수해 제거할 때까지 당신은 안전하다고. 하지만 그녀는 읽지 않았나 보다. 그래서 메일 재전송 버튼을 누르려는 순간, 누군가 말했다.

"일거리가 있나 봐?"

퍼뜩 고개를 들었더니 화장실 거울에 비친 젠지가 보였다. 겁먹은

---

39 애리조나주 투손에 조시 프랜지라는 무명 마술사가 산다. 그러나 나의 자발적인 홍보와 태그 덕에 현재 그는 웹상에서 가장 많이 검색되는 조시 프랜지로 등극했다.

얼굴이었다. 배낭을 곰 인형처럼 꼭 안은 채로.

"일거리?"

"어밀리아 로페즈한테서 네 얘기 들었어. 너, 해커라며? 크레이그 레이턴네 아빠가 감옥에 간 것도 네가 한 일이라던데."

어밀리아, 무슨 소문을 퍼뜨리고 다니는 거야? 크레이그 레이턴 네 아빠가 감옥에 간 건 음주 운전을 하다 세 번째로 걸렸기 때문이다. 그 일과 나는 아무 상관도 없단 말이다!

젠지가 너무 겁에 질린 듯해 난 간단히 대꾸했다.

"일 얘기라면 하기 싫은데."

"그래, 네가 그렇게 말할 거라는 얘기도 들었어. 누가 시켰어?"

"무슨 말이야, 젠지? 아무도 아무것도 시키지 않았어."

미처 막을 새도 없이 그녀는 내 가슴팍에 배낭을 떠밀었다. 그 순간에야 나는 그녀가 얼마나 초조해하는지 깨달았다. 나에게 배낭을 떠넘긴 그녀는 두 팔로 자신을 감쌌다.

"난 이제 캡처도 안 하고 협박도 안 해. 예전에 하던 못된 짓은 다 끊었다고. 거기 내 컴퓨터랑 핸드폰이랑 다 있어. 얼마든지 뒤져 봐. 번거롭게 해킹할 것 없어."

난 망설이다 그녀의 룰루레몬 배낭[40]을 받아 들었다.

"젠지, 너 괜찮아?"

"괜찮아. 작년에 많이…… 힘들었지."

---

40 그렇다, 룰루레몬이 (돈이 남아도는 사람들을 위해) 가방도 만든다!

네가 캡처해 올린 게시물로 사람들이 얼마나 힘들어했는지 아느냐고 따져 묻고 싶었다. 하지만 이날 저녁만은 자제력을 발휘했다.

"사람들이 날 어떻게 생각하는지 알아. 진짜 나빴지, 내가. 하지만…… 달라지려고, 새사람이 되려고 진짜 노력하고 있는데."

"그래서 HAH에 들어와 열심히 활동하는 거라고?"

그녀는 끄덕였다.

"좋네. 네 덕에 이제 HAH는 지구 환경과 강아지들한테도 이로운 단체가 되겠어."

가시 돋친 내 말에 그녀는 발끈했다.

"그래, 나도 내가 뭘 하는지 모르겠어, 됐니?"

그러고는 울기 시작했다. 눈물을 줄줄 흘리는데도 새까만 아이라이너는 전혀 번지지 않았다.

"착한 일을 더 하면 예전에 한 나쁜 짓을 없던 일로 되돌릴 수 있지 않을까 생각했어! 말이 되는 생각인지는 모르지만…… 어쨌든 노력은 해봐야지."

난 끄덕였다. 설득력 있는 얘기였다. 돌연 젠지는 이만 가보겠다며 다목적실로 가서 청소를 진두지휘했다. 가장 끝까지 남아 뒷정리를 마칠 태세였다.

아, 이건 정말 뜻밖이었다! 용의자가 스스로 나에게 컴퓨터를 갖다 바치다니. 전에 없던 일이었다. 이렇게 얻어걸리는 때가 있나 보다. 신기했다.

문득 그곳을 벗어나고 싶어졌다. 이 노트북을 조사해 보면 젠지가 용의자 명단에서 빠지겠지 하는 생각에 마음이 급했다. 하지만 다른 이유도 있었다. 마음 한구석, 젠지가…… 안쓰러웠다. 하지만 그러면 안 되는 게, 걔가 한 짓이 있지 않은가! 피자 파티장에서 내가 그녀에게 가한 공격은 차라리 귀여운 축에 들었다. 그렇긴 해도…… 나 때문에 그녀가 받았을 상처가 못내 마음에 걸렸다.

그래서 에이버리에게 몸이 좋지 않다는 문자를 쏘고 조용히 파티장을 빠져나왔다. 즉각 답신이 왔다.

에이버리 택시 불러줄까?

마고 아냐, 알아서 갈게.

W22번 버스에 올라탔을 때 또 문자가 왔다.

에이버리 아쉽다. 파이 먹을 시간만 목 빼고 기다렸는데.

아, 맞다. 파이. 변변한 인사도 없이 그를 버리고 온 데다 함께 파이를 먹기로 한 계획도 완전히 날려버렸다. 젠장. 내가 연애 한 번 제대로 못 한 이유가 분명해지기 시작했다.

정말 아파서 어쩔 수 없었다는 사과 문자를 몇 통 보냈다. 내 위장에 대해 지나치게 자세한 설명까지 덧붙여 가며. 그는 어깨를 으쓱하는 강아지 짤방으로 답했다. 그러어어엄…… 화가 난 건 아닌가 보다? 아마도? 그에게 차일 때 차이더라도 어디까지나 해럴드와 대니에게 접근한 뒤여야 했다. 다음번 데이트는 더 잘해야지. 그러니까…… 중간에 내빼지는 말아야지.

집으로 돌아와 젠지의 핸드폰과 노트북을 켰다. 그녀 말대로 깨끗했다. 과제, HAH 소식지, 잔뜩 쌓인 이메일 말고는 별것 없었다. 일기도 있었다. 심리상담사나 그 비슷한 역할을 하는 누군가가 써보라고 조언한 것 같았다. 조금도 다듬지 않은, 지극히 개인적인 내용이었다. 이런저런 생각, 짧은 글귀, 심지어 시도 몇 편 있었다. '사과 여행'이라는 제목 아래 스물일곱 명의 이름이 적힌 명단이 눈에 띄었다. 이름에 가로줄이 그어진 열 명은 그녀가 제대로 사과를 한 사람들이겠지. 명단 아래에 이런 문구가 있었다. '오늘 사과하라. 내일은 이미 왔으니.' 윽. 꼭 고양이 포스터 같았다. 도대체 무슨 뜻인지, 원. 그나저나 젠지는 명단에 있는 사람들 모두에게 사과할 셈인가? 그렇게 많은 사람에게 일일이 사과해야 한다니 나로선 상상도 되지 않았다. 하기야 그렇게 많은 사람의 삶을 망치는 것도 상상할 수 없으니, 뭐…….

내가 본 내용을 종합해 보면 젠지가 꽃다운 열여섯 살 생일을 맞아 성대한 파티를 열었는데 아무도 오지 않았다. 그 일이 각성의 계기였다. 그녀는 친구를 원했다. 더는 '나쁜 년'이고 싶지 않았다. 그래서 자신에 대한 평판을 뒤집으려고 애썼다. 난 그 문서를 몇 줄씩 몇 쪽 읽다가 '끝내기' 버튼을 눌렀다. 남의 일기를 아무 이유 없이 훔쳐보고 싶지는 않았다. 젠지가 정말 변했는지 아닌지는 오로지 그녀 자신만이 알고 있을 터였다. 한 사람의 내밀한 본성이 진실로 바뀔 수 있을까? 솔직히 나는 여전히 미심쩍었다. 하지만 그녀가 노력하고 있는 건 사실이었다. 에이버리가 옳았다.

묘하게도.

난 퓨리 대화방에 메시지를 올렸다.

> **마고** 용의자 범위를 좁히는 중. 한 발짝 다가간 셈이지.

그러자 뜻 모를 이모티콘들이 득달같이 주르륵 올라오는 가운데 호프먼 한 명만이 해독 가능한 글을 올렸다.

> **호프먼** 우리가 도울 일이 있으면 얘기해 줘. 무단침입 정도야 기꺼이! 살인도 가능해. 그래야 하는 상황이라면!

무슨 뜻인지 알았고 그 마음도 갸륵했다. 하지만 용의자가 자기 컴퓨터를 그냥 내어준다면 무단침입이 왜 필요하겠는가.

난 젠지의 노트북을 끄고 용의자 명단에서 그녀를 삭제했다.

- 3월 13일, 오전 12시 31분 -

마고 오늘 저녁으로 올리브 피자를 먹었어. 내가 한 말 기억해? 올리브는 극혐이라고, 죽을 때까지 올리브를 좋아할 일은 없을 거라고 했잖아. 근데 먹었어. 어쩌다 보니. 의외로 괜찮더라.

CHAPTER 12

주말에 골프라니

이튿날 아침 7시, 연달아 울리는 메시지 도착 알림음에 잠에서 깼다.

> **블라이** 새로운 소식이 있는지 궁금해서……

> **블라이** 이메일 봤는데 그래도 인스타그램 사진은 삭제할 수 있지 않니?

> **블라이** 어딘가에 다른 사진들이 있건 없건 간에 일단 그게 사라져야 마음이 한결 놓이지

> **블라이** 메시지 확인 안 하니

> **블라이** 확인 좀

> **블라이** 확인 좀

환장하겠네, 진짜! 교사라는 작자가 이렇게 말귀를 못 알아먹다니! 인스타그램 사진은 당분간 그대로 두는 게 최선이라고 내가 몇 번을 설명했는데! 사진이 사라지면 조시 프랜지가 컴퓨터를 해킹당한 걸 눈치채고 기기 보안을 더 강화할 수도 있다고, 그러면 나머지 사진들은 영원히 우리 손을 떠나는 거라고 말이다.

> **마고** 장담하는데요, 문제 되는 사진들을 전부 확실히 제거하는 가장 안전한 방법이에요. 이따 시간을 정해서 통화하시죠. 전체 계획을 자세히 말씀드릴게요.

문자를 보내고 다시 침대에 누워 잠을 청했다. 하지만 머릿속이 복잡했다. 할 일이 너무 많았다. AP 정치학 과제, 블라이 샘과의 지긋지긋한 통화, 아직 읽지 않은 퓨리 대화방 메시지 서른일곱 개. 대화방 메시지를 확인하고 답변을 다는 건 정말 진 빠지는 일이었다. 다들 잠을 이루지 못했다. 성적도 뚝뚝 떨어졌다. 난 벌떡 일어나 앉아 핸드폰 화면을 스크롤하기 시작했다. 이브 브런즈윅과 케이샤 힐이 막 퓨리의 일원이 되었고 둘 다 공황 상태였다. 나머지 퓨리들이 둘을 위로하고 지지하는 움짤과 메시지를 퍼부어 주고 있었다. 어쩐지 나도 동참해야 할 분위기였다.

> **마고** 범인을 추적 중이야. 사이트가 아직 건재해서 다들 힘든 거 알아. 하지만 날 믿고 조금만 기다려 줘. 배후에 누가 있는지 알아야 그걸 영원히 없앨 수 있으니까. 범인을 찾아내는 데 시간이 좀 더 필요해. 반드시 제대로 부숴버릴 거야. 그 사진들이 다시는 여러분을 괴롭힐 수 없게.

이어서 난 배우 로라 던이 누군가의 얼굴을 걷어차는 움짤을 올렸다. 이래 봬도 슬슬 이 대화방 분위기에 적응하는 중이었다.

그러고 보니 섀넌이 부쩍 조용했다. 웬만하면 나는 고객들에게 일주일 단위로 그간의 진행 상황을 보고하려고 한다. 온갖 걱정과 질문을 담은 DM 폭탄(예컨대 현재 블라이 샘이 하는 짓)을 사전에 차단하고자 함이다. 하지만 섀넌은 여느 고객과 달리 나를 많이 배려했다. 내 보고를 듣고 나면 매번 "알려줘서 고마워!"라든가 "넌 진짜 프로야!"라며 날 추켜세웠다. 악랄한 사이버 범죄의 피해자임을 감안할 때 그녀의 쾌활한 태도는 실로 감탄스러웠다. 짐작건대 그녀는 언제나 상냥한 사람, 본인이 얼마나 착한지 증명하기 위해 이메일에 느낌표를 아낌없이 사용하는 그런 사람이 아닌가 싶었다!!!

섀넌에게 문자를 보내고 블라이 샘에게 이메일을 후딱 써서 보낸 뒤 나는 집을 나서기로 했다. 잠은 깼지만 아직 몽롱한 상태에서 AP 정치학 과제를 해치우는 게 좋겠다는 판단에서였다. 템스 샘은 교과서 내용을 그대로 옮긴 과제물을 선호했다. 그는 전형적인 근면을 실천하는 교사이므로 7시 5분의 내 의식은 그런 잡소리를 끼적이기에 적합했다.

새미에게 문자 메시지를 보냈다.

> **마고** 커피 한잔 어때? 내 방에서 나가고 싶네.

> **새미** 20분 후에 만나

> **마고** 앗싸! 제퍼슨 로드 스타벅스만 아니면 어디든 좋아요!

새미는 제퍼슨 로드의 작고 초라한 상점가에 있는 스타벅스를 고집한다. 그는 내가 스타벅스 커피를 좋아하지 않는다는 걸 안다. 트리니티 타워 근처의 스타벅스보다 800미터 먼 지점으로 가는 게 바보 같은 짓인 것도 안다. 그런데도 "제퍼슨 로드는 왠지…… 특별하다"며 꼭 거기로 가자고 우긴다. (오로지 날 약 올릴 목적으로 손끝을 모아 비벼대는 동작을 곁들이기도 한다.)

새미 하지만 제퍼슨 로드가 좋은걸

마고 난 싫어.

새미 그 거리는 왠지 특별하다니까 그러네

마고 전혀! 하나도 안 특별하다니까 그러네!

내가 어디든 상관없다고 아무렇지 않게 반응하면 이 무의미한 말씨름을 끝내고 결국엔 다른 데로 갈 수 있을 텐데. 더 널찍하고 커피 맛도 더 좋은 곳으로.

어쨌거나 몇 분 후 또다시 메시지 알림음이 울렸다.

새미 하하. 제퍼슨 로드 스타벅스에서 보자 내가 쏠게!

진짜 짜증 나는 인간이다.

늘 그렇듯 실내에는 빈자리가 없어서 야외석에 앉아야 했다. 새미는 추워 죽겠다면서도 콜드브루를 주문했다. (그는 콜드브루만 마신다.) 난 바나나를 주문했다. 아무리 스타벅스라도 바나나를 맛없게 만들 수는 없으니까.

난 놀리듯 말했다.

"아저씨, 좀 추워 보이시네요."

"아닌데요"라면서도 그는 티셔츠 후드 끈을 더 조였다.

"음, 덜덜 떠는 모습이 아주 가관이야. 난 이까짓 추위쯤이야 거뜬한데. 알다시피 강인한 선구자 체질이라."

"예, 예, 어련하시려고요."

내 자리에서 보이는 상점들은 대부분 한산했다. 화장품 가게, 전자담배 상설 할인점, 중고 옷가게를 비롯해 인적 없는 상점들이 늘어서 있었다. 어떤 여성이 뜨거운 커피 컵을 들고서 유모차까지 미느라 문 여는 데 애를 먹고 있는 장면이 눈에 들어왔다. 가서 문을 열어줄까 어쩔까 잠시 고민했는데, 다른 사람이 먼저 그리로 다가갔다. 그는 아기 엄마가 스타벅스를 무사히 빠져나갈 때까지 참을성 있게 문을 잡아준 다음 얼핏 우리 쪽으로 돌아섰다. 맙소사. 크리스 하인츠였다.

학교 밖에서 그를 보다니 어쩐지 아주 불쾌하고 섬뜩했다. 학교에서는 언제든 그의 소재를 알 수 있었고 나나 그가 할 수 있는 일에도 한계가 있었다. 하지만 바깥세상에서 그와 마주친다는 건…… 글쎄다, 예측도 통제도 불가능한 상황이랄까. 그의 얼굴을 보는 순간 분노가 치밀고 속이 뒤집혔다.

크리스는 더블 휩 크리미 모카[41]인지 뭔지를 주문하고는 잠시 후 음료를 받아 들고 나가려다 우리를 발견했다. 그리고 한 발짝 다가왔

---

41 초등학교 4학년짜리나 좋아할 법한 음료.

다. 와서 인사라도 할 것처럼. 심지어 입을 살짝 열기까지 했지만 순간 판단을 잘해서 그냥 되돌아 나갔다.

"저거 이상한데."

"어?"

새미는 노트북 화면에서 눈도 들지 않고 건성으로 대꾸했다.

"저 똥멍청이 크리스 하인츠가 우리 쪽으로 올 셈이었던 것 같아."

"어."

"오빠, 뭐 해 지금? 또 그 징그러운 촉수물 게임이지?"

"아냐. 그건 끊었어. 이건 '그림렉스Grimlex'야."

새미는 노트북을 돌려 나에게 보여 주었다.

"한국의 인디 게임. 그림렉스라는 아기가 은밀히 성범죄를 저지르는 인간들이나 자녀 양육비를 지급하지 않는 비정한 아빠들을 찾아다녀. 찾아서 죽이거나 국세청에 신고하지. 아직 베타 버전인데도 만듦새가 썩 괜찮아."

안다. 새미가 묘사한 내용은 아주 기괴하고 께름칙하다. 안타깝게도 그는 아무렇지 않게 이런 게임을 즐긴다. 내가 일거리를 주지 않았다면 어땠을지 상상이 되는가? 이게 그의 삶일 것이다.

난 새미와 대화하길 포기하고 에이버리의 인스타그램으로 들어갔다. 최근 게시물은 피자 상자 더미를 찍은 사진과 '착한 탄수화물'이라는 문구였다.

기발한걸.

바로 전 게시물은 세차 행사장 사진이었다. 문구: '호스 앞 형제들.' 그가 왜 이 사진을 올렸는지 나로선 전혀 모를 일이었다.

그의 엄마이거나 케리 워싱턴 닮은 꼴인 어떤 멋있는 여성과 함께 찍은 사진도 몇 장 있었다. 쇼핑몰 모델 같은 백인 남성과 함께 찍은 사진도 눈에 띄었다. 이 아저씨는 아빠겠지. 그다음엔 셋이 함께 찍은 사진이었다. 셋이서 하이킹하는 사진! 보드게임 하는 사진! 해변에서 스웨터를 입은 사진! 보아하니 그들은 자주 함께 양질의 시간을 보내는, 인스타그램에 딱 어울리는 가족이었다.

그의 스토리에는 매워 보이는 고추를 손에 든 클레어 쥬벨과 함께 있는 사진이 있었다. 사진 가운데에 '@clairejuby가 먹어보라고 부추김……. 날 위해 기도해 줘'라고 적혀있었다. 뒤이어 그가 고추를 씹으며 우는 짧은 동영상이 나왔다.

젠장. 내가 망친 건가? 내가 엊저녁 데이트를 바람맞히는 바람에 그가 클레어를 만난 건가? 클레어는 그의 전 애인 중 하나였고 내 눈엔 개중 가장 예뻤다. 둘은 (에이버리치고는 장장) 3개월이나 사귀었다. 아직 미련이 있는 것 아닐까? 가슴이 덜컥 내려앉았다. 대니와 해럴드에게 접근하려면 그가 꼭 필요한데.

문자를 보내볼까 싶어 적기 시작했는데 뭘 적어도 마음에 들지 않았다. 썼다 지우기를 45번째, 그나마 적당하다 싶었던 것이…….

> **마고** 그래서 집에도 버스 타고 갔어?

그래서 받은 문자는…….

에이버리　어제는 뭔가 순조롭지 못했네, 쩝.
우리 오늘 다시 한번 만나볼까?

에이버리　미니 골프 어때?

좋았어! 클레어는 아무 의미 없었나 보다. 그러니 다시 나한테 데
이트 신청을 했겠지. 정말 잘됐다! 그렇잖은가? 뭐, 물론 내 소중한
토요일을 에이버리와 데이트하는 데, 그것도 흔한 청소년의 흔한 데
이트 코스인 미니 골프를 치는 데 써야 한다는 뜻인 건 안다. '정말
잘됐다'라기엔 좀 뭣하긴 하지. 하지만 대니와 해럴드를 만나기 위해
해야만 하는 일이라면 얼마든지 감수하겠다.

마고　좋지! 근데 미리 경고할게. 나 완전 선
수야.

미니건 아니건 골프를 딱히 잘하는 건 아니지만, 그렇다고 허세도
부리지 말란 법은 없잖은가. 허세를 부릴 작정이라면 일찌감치 자주
하는 게 최고다.
답신이 왔다.

에이버리 귀엽군. 하지만 내가 철저히 밟아주지. 난 미니 골프계의 르브론 제임스거든.

난 르브론 제임스가 누군지 안다.[42] 하지만 모르는 척했다.

마고 누구?

에이버리 좋아. 그럼 미니 골프계의 마이클 조던.

마고 ??

새미 타이거 우즈.

마고 그게 진짜 사람 이름일 리 없잖아.

바로 그때 새미가 우리의 '배꼽 빠지는' 대화를 방해했다.

"됐다. 인정. 나 춥고 서러워. 집에 갈래."

그는 노트북을 탁 덮고 이어 말했다.

"이따 저녁에 또 만날까?"

어머나, 새미. 만나고 싶은 마음이야 굴뚝같지. 망작 영화를 같이

---

42 오하이오주 애크런에 공립학교를 세운 사람이다. 아, 농구도 하고.

볼 수 있고, 아줌마가 아침 같은 저녁을 만들어 주실지도 모르잖아. 있잖아 나, 아줌마가 만든 망구mangu(요리용 바나나인 플랜테인을 삶아 양념해 으깬 것으로 도미니카에서 흔히 아침 식사로 먹는다-옮긴이) '꿈' 도 꾼다니까?[43] 에잇.

"미안. 오늘 저녁은 안 돼."

"아. 가족 모임?"

그냥 에이버리 얘길 털어놓아야겠다. 어차피 금세 소문이 날 테니. 나한테 직접 듣는 게 낫겠지.

"그건 아니고. 에이버리 그린이랑 미니 골프 치기로 했거든."

내가 미니 골프를 친다는 것과 에이버리 그린을 만난다는 것 중 어느 쪽이 더 어이없을까. 모자 좀 썼다고 새미를 그렇게 몰아세웠으니 이번엔 내가 한바탕 놀림 받을 차례였다. 아니, 새미라면 이게 어디까지나 일 때문이란 걸 간파해 내지 않을까.

하지만 반응은 이랬다.

"아. 알았어. 그럼…… 안녕, 마아아고."

그는 어색하게 손 인사를 하고서 가버렸다. 흠. 이상한걸. 하지만 새미 아닌가. 본인이 그러고자 하면 언제든지 얼마든지 불가사의해질 수 있는 인간. 난 인스타그램을 닫았다. 그 바보 같은 교과서 베끼기 과제를 후딱 끝내고 젠지한테 갈 생각이었다. 그녀는 자기가 주최하는 HAH 행사 전에 컴퓨터를 돌려달라고 했었다.

---

43 이 '꿈'이란 게, 음식 꿈과 야한 꿈의 경계에 있다. 그렇다, 난 스탠퍼드와 플랜테인에 성적 흥분을 느낀다. 각자의 취향은 존중해 주자!

구린내 나는 버스를 타고 젠지네로 가서 15분간 어색한 잡담을 나눈 뒤 집으로 돌아와 '데이트' 준비를 했다. 에이버리가 굳이 집으로 데리러 온다고 했다. 내 부모님은 굳이 그를 만나겠다고 했다. 내가 에이버리랑 사귀는 사이도 아니고, 엄마 아빠는 그를 만날 필요가 없다고 분명히 말했는데도 부모님은 막무가내였다. 다들 막무가내였다. 기분 나빴다.

"안녕하세요, 아버님, 어머님."

에이버리가 악수를 청하며 인사했다. 부모님은 그를 보자마자 감탄한 기색을 감추지 못했다. 이 주연 배우급 미남은 그들이 딸아이의 데이트 상대로 예상했던 가녀린 팔뚝의 괴짜 소년과 거리가 멀어도 한참 멀었다.

"네가 에이버리구나."

엄마는 입이 귀밑까지 찢어진 상태로 간신히 말을 뱉었다.

"이거, 악력이 보통이 아닌걸! 드디어 나한테도 스포츠 얘길 나눌 사람이 생겼나 보다! 오, 제발, 제발, 제발!!!!"

아빠는 번뜩이는 눈빛으로 호들갑을 떨었다.

"예, 예, 됐네요. 이제 우린 나가볼게요."

내가 에이버리를 다시 밖으로 떠밀자 엄마가 다급히 외쳤다.

"목 좀 축이고 가렴! 탄산수 좋아하니, 에이버리?"

"네, 그럼요! 쿠키도 가져왔고요."

그제야 그의 손에 고급 마카롱 상자가 들려있는 걸 알았다. 아무렴. 에이버리가 쿠키라면 그중에서도 마카롱이지.

"우, 마캬형!"

아빠는 과장된 프랑스어 발음으로 호기롭게 외쳤다.

"미안하지만 시간이 없거든? 탄산수고 허세 쩌는 쿠키고 그냥 넣어둬. 우리 가야 돼!"

엄마가 능글맞은 미소를 지었다.

"애. 오늘은 통금 시간 같은 거 신경 쓰지 마라. 토요일이잖니."

"진짜? 아무리 늦어도 상관없어? 딸내미 걱정 안 돼? 심야의 살인마라든가?"

"뭐라니."

엄마는 어깨를 으쓱했다. 아이고, 엄마. 너무 필사적이시네요.

내가 팔을 잡아끌자 에이버리가 말했다.

"만나 봬서 반가웠습니다. 그런데 걱정은 좀 하셔야 할 거예요. 오늘 제가 미니 골프로 따님을 박살 내기로 약속이 돼 있어서요."

부모님은 웃음을 터뜨렸다. 그런 넉살에 이런 반응이라니.

"하하. 가자!"

그의 차로 걸어가면서 난 그를 팔꿈치로 콕 찔렀다.

"야, 너, 어른들 구워삶는 재주가 있더라?"

그는 어깨를 으쓱했다.

"외동아들이니까……. 아무래도 어른들하고 대화하는 법을 익힐 수밖에 없달까."

"나도 외동딸이지만 어른들 비위 맞추기는 잘 못하는데."

그러니까 말이다. 이모가 엄마한테 "앤 원래 이래?"라고 물은 게 몇 번이던가.

그는 고개를 갸웃하며 날 보더니 빙글빙글 웃는 얼굴로 실눈을 떴다.

"글쎄, 그 말은 못 믿겠는데."

"못한다니까!"

"어른 고객도 상대하잖아, 안 그래? 다시 말해 어른하고 대화할 줄 안다는 거지."

나도 실눈으로 그를 쏘아보았다. 그런데 듣고 보니 일리 있는 말이긴 했다. 나도 원하면 '어른 맞춤 말투'를 쓸 수 있었다.

"하지만 넌 일 얘긴 할 수 없다고 하니까, 뭐……."

그는 다시 어깨를 으쓱하더니 나를 위해 조수석 문을 열어주었다. 아니, 이건 무슨 상황? 《오만과 편견》? 이제 신부 지참금도 요구하려나? 하지만 그를 보니 만면에 흡족한 웃음을 머금고 있었고, 그래서 나도 굳이 딴지를 걸지 않았다. 왜냐면 어…… 좀 멋있었달까? 물론 여성에게 문을 대신 열어주는 행동은 수세기를 거슬러 올라가는 수많은 가부장적 관습의 하나겠지(이따 집에 가서 반드시 조사해 봐야겠다). 하지만…… 또한 누군가가 노력하고 있다는 걸 보여주는 행동이기도 하잖아? 노력하는 게 나쁜 일도 아니고. 에이버리에게 여자친구가 끊이지 않은 이유를 나 역시 아주 살짝 (눈곱 가루만큼 미미하게) 엿보았던 것도 같다.

안전띠를 매면서, 이번엔 제대로 해내야 한다고 나 자신을 다잡았다. HAH 행사장에서 좀 재수 없게 군 것을 만회하고 그와의 거짓된 '썸 타기'를 지속해야 했다. 그래서 공통의 관심사를 찾아 머리를 굴렸다. 넷플릭스가 떠올랐다.

"음, 욕먹을 각오해. 쇼페르가 말했듯 '난 돈을 벌려고 플레이해. 그리고 이기지.'"

내가 최대한 쇼페르의 말투를 흉내 냈는데도 에이버리는 진심으로 어리둥절한 표정이었다.

"뭐? 쇼페르가 누군데? 우리가 아는 사람이야?"

"그래, 〈바람의 섬〉에 나오는!"

봤잖아. 왜 모르는 척해? 애청하는 프로그램이 창피하니?

에이버리는 고개를 저었다.

"윽. 난 그 쇼 싫더라. 근데 엄마가 자주 보기는 해."

"엄마?"

"엄마는 엄청난 애청자야. 늘 그걸 틀어놓는다니까. 내 넷플릭스 계정으로 보면서 로그아웃을 안 해. 그래서 아주…… 짜증 나. 추천 작으로 〈섹스 콘도〉가 자꾸 뜨잖아. '아냐, 제발 추천하지 마. 난 〈섹스 콘도〉를 좋아하지 않을 게 확실해'라고 넷플릭스한테 말하고 싶다니까."⁴⁴

"아."

흠. '스트리밍은 한 사람의 영혼과 통한다'는 내 지론을 아무래도

---

44 정확한 제목은 〈섹스 콘도: 해변 편〉이지만 구태여 말하지 않았다. 내 평생 그보다 더 관심 없는 것도 없었기 때문이다.

재고해 봐야 할 것 같았다.

"내가 엄마 계정을 따로 만들어 줬는데도 엄마는 왜 굳이 계정을 따로 써야 하느냐는 식이야. 그건 아빠도 마찬가지."

"뭐, 혹 내가 너희 엄마를 뵙게 되더라도 얘깃거리가 궁하진 않겠네. 지난 시즌은 그야말로…… 막장이었거든."

"그래. 되게 좋아하실 거야."

에이버리는 미소를 지었지만 누가 봐도 '썩소'였다. 딱히 날 자기 부모님께 소개할 생각이 없는 것이다. 윽. 내가 너무 앞섰나? 난 '부모님 얘긴 두 번 다시 꺼내지 말기'를 머릿속에 입력했다.

트리니티 타워 주차장을 빠져나가며 그가 물었다.

"추워? 온도 조절 버튼은 이거야."

어김없이 재등장하는 기사도라니.

"사실 얼어 죽겠어."

난 무심코 말하며 버튼을 조정했다. 다음번 빨강 신호등 앞에서 그는 리버서블 다운재킷을 벗어 내게 건넸다. 난 다운재킷을 싫어한다. 너무 불룩불룩하고 못생겼다. 하지만 예의 바르게 받아 입었고 솔직히 꼭 마시멜로 속에 폭 안긴 느낌이었다. 가히 성스러웠다.

노스 웹스터에 두 군데뿐인 미니 골프장 중 두 번째로 인기 있는 '골프 만'에 도착했다. 각각의 홀이 세계의 유명한 만 모양이었다. 1번 홀은 멕시코만. 2번 홀은 페르시아만. 나머지도 다 무슨 무슨 만이었다. 아니, 멕시코만이 어떻게 생겼는지 알 게 무언가? 어쨌든 에이버리가 우겼다. 훨씬 인기 많은 '미니 골프 맥스' 말고 굳이 '골프 만'에 가자고! 홀 디자인이 '우수'한데(뭐라는 거야!) 절대 붐비는 법이 없다고(이건 인정!).

우린 골프채와 공 그리고 그 이상한 몽당연필과 점수표를 받았다. 이용료는 에이버리가 냈다. 나에게 "패배의 쓴맛을 안길 게 벌써 미안해서" 꼭 자기가 내겠다고 고집을 피웠다. 나는 "크게 이기는 게 뭔지 보여주기 위해" 첫 타를 내가 날리겠다고 선언했다.

이전까지 내 허세에 근거가 있는지 없는지 불분명했다면, 첫 타를 친 후에는 분명해졌다. 파3홀이었고 난 7타수를, 우리끼리 정한 홀 하나당 최대 허용 타수를 기록했다. 그러니까 실상 골프공을 먹어 없앴대도 같은 점수를 얻었을 거란 얘기. 난 에이버리를 향해 눈을 가늘게 떴다. 진짜 실력이 탄로 난 지금에도 허풍 떨기를 그만둘 생각은 없었다.

"몸 푸는 중."

그러곤 씩 웃었다.

에이버리 차례였다. 곧 재밌는 사실이 드러났으니, 에이버리의 골프 실력은 나와 비슷하거나 오히려 내 밑이었다. 그는 공을 연달아 세 번이나 물에 빠뜨린 끝에 나처럼 점수표에 7을 적어 넣어야 했다.

"이거 흥미진진한걸."

그는 말했다. 그러고서 네 번째로 공을 물에 빠뜨렸다. (코스는 끝났지만 자기가 원하면 공을 잔디에 올릴 수 있다는 걸 증명해 보이겠다며 굳이 한 번 더 쳤다. 그는 무엇을 증명한 것인가.)

두 번째 홀은 공을 적당한 세기로 짧고 낮게 쳐서 언덕으로 올리지 않으면 다시 굴러 내려오는 곳이었다. 우린 언덕에 공을 올리지 못했다. 둘 다 또 7점이었다.

3번 홀에서 내 공이 주차장으로 굴러 들어가 사라졌다. 베트남 통킹만을 본뜬 6번 홀에서 에이버리가 날린 공은 빽빽한 대나무 줄기 틈새에 떡하니 꽂혀버렸다. 공 관리를 담당하는 직원이 우릴 싫어했다. 4인 가족 두 팀을 앞세워 보냈는데도 우리 뒤로 대기 인원이 점점 늘었다.

정작 우리는 피차 밑천이 드러날수록 허세가 등등해졌다.

난 두 다리를 쭉 뻗고 스윙 자세를 잡으며 큰소리쳤다.

"잘 봐, 네가 하고 싶은 건 이거야. 몸을 진자처럼 흔드는 게 중요해. 넌 이걸 잘 못하더라."

빗맞은 공이 통통 튀다가 배수로로 빠졌다.

에이버리는 한껏 거들먹거리며 아는 척을 해댔다.

"골프는 반 이상이 머리싸움이야. 머리를 잘 써야 공을 넣을 수 있다고."

오르막을 오르던 공이 이내 힘을 잃고 파나마만으로 다시 굴러 내려왔다.

나도 얼마간은 인정하지 않을 수 없었다. 에이버리의 허풍 실력은 나의 호적수가 될 만했다.

17번 홀까지 그는 2타차 위, 아니 아래였다. 골프 점수 기록 방식은 진짜 희한해서, 점수가 낮아야 이긴다. 즉 내가 뒤지는 상황이었고, 이제 내겐 잔디 위의 기적이 필요했다. 마지막 홀, 그가 먼저 나서서 4타 만에 홀인에 성공했다. 그는 이번 홀에서 가장 좋은 점수를 기록했지만 그렇다고 나도 그러란 법은 없었다.

내가 타석에 서자 그가 말했다.

"어이 마고, 졌다고 너무 속상해하지 마. 넌 다른 재주가 많잖아."

재수 없어. 골프공 대신 그를 치고 싶었다. 하지만 꾹 참고 골프공을 겨냥해 채의 위치를 잡았다. 그러고서 고개를 들어 그와 정면으로 시선을 맞췄다.

"이거 바로 들어가면 넌 홀딱 벗고 지브롤터만으로 뛰어들기, 어때?"

"홀인원을 하시겠다? 좋아. 얼마든지. 알몸 입수는 물론이고 거기에 얹어서……."

난 그가 말을 맺길 기다려 주지 않았다. 방향도 재지 않고 무작정 채를 휘둘렀다. 공이야 어디로 가든 무슨 상관이랴?

공이 들어갔다. 홀에. 한 번 만에. 단 한 번에!

"됐다! 홀인! 원! 홀인원! 이겼어! 내가 이겼어! 이겼다고!"

난 흥분해 외치며 공을 향해 달려갔다.

어느 6인 가족이 '누구야?' 하는 얼굴로 두리번거렸다. 내가 좀 시끄럽긴 했지.

에이버리는 얼빠진 얼굴이 되었다.

"어라? 저게 뭐야? 저건…… 말도 안 돼! 저게 어떻게…… 있을 수 없는 일인데!"

난 한껏 뻐겼다.

"나 정도 되는 골프 실력이면 충분히 있을 수 있는 일이야. 자, 넌 지브롤터만으로 알몸 입수 실시! 지금 당장!"

6인 가족은 코스를 다 마치지 않고 골프장을 떠났다. 우리가 그들의 토요일 저녁을 망친 것이다. 하지만 신경 쓰이지 않았다. 내가 언제 또 홀인원을 해보겠는가? 평생에 다시없을 일이었다. 두 번 다시 미니 골프를 치지 않을 테니까. 미니 골프는 지독한 악취미니까. 그래도…… 제길…… 기분이 끝내줬다! 덤으로 에이버리를 실컷 약 올릴 수도 있게 됐다. 아아. 황홀해!

물품 대여소로 돌아가는 동안에도 에이버리는 점수표가 뚫어져라 확인에 확인을 거듭했다.

"7번 홀에서 정말 5타수였다고? 확실해?"

"솔직히? 확실하게 홀인원 한 거 말곤 이미 다 까먹었어."

난 어깨를 으쓱했다.

"아무래도 재대결을 강력히 요구해야겠는걸."

전혀 강력하지 않은 말투로 재대결을 운운하는 그의 입술을 손가락으로 막으며 난 말했다.

"잡소리는 그만. 알몸 입수 시작."

내 손가락이 지브롤터만을 가리켰다.

"진심? 농담 아니었어? 저 물 좀 봐, 파워에이드 색이잖아. 새파란 게 몸에 안 좋을 것 같은데."

"그러니까 넌 패배자일 뿐 아니라 거짓말쟁이기도 하다?"

에이버리는 '이봐, 감히 얻다 대고!'라고 항의하듯 눈살을 찌푸리더니 이내 셔츠 밑단을 움켜쥐고 올려 열십자로 갈라진 복근을 드러 냈다. 아직 옷에 덮인 복근은 뭐, 2열 10행 표 모양으로 갈라졌으려 나? 15번 홀에 있던 중학생 여자애 무리가 입을 헤벌린 채 그에게서 눈을 떼지 못했다. 그 애들은 우리 눈앞에서 여자로 거듭나는 중이 었다.

"알았어. 그 정도면 됐어. 근육 자랑 그만하고 셔츠 내려."

난 그의 셔츠를 잡고 아래로 당겼다.

"나더러 거짓말쟁이라며!"

그는 다시 셔츠를 올릴 듯이 위협하는 시늉을 했다.

"그냥…… 아이스크림 샌드위치나 하나 사주든지 해. 응? 그리고 평생 수치 속에서 살아라."

"그럼 그럴까."

그는 순순히 응했다. 몸을 기울여 나한테 바짝 붙고는 점수표를 들고 있는 우리 둘의 셀카를 찍었다.

"뭐 하는 거야?"

"마고 머츠가 나한테 패배와 치욕을 안겼다는 사실을 온 세상에 알리려고. 인스타그램 신들이시여, 자비를 베푸소서!"

그는 사진을 올리기 전에 나에게 보여주면서 필터를 고르라고 했 다. 그 사진은 뭐랄까…… 초현실적이었다. 사진 속의 나를 알아보지 도 못할 뻔했다. 내 얼굴에 함박웃음이 걸려있었다. 너무 크게 웃어 서 괴기스럽기까지 했다. 부모님이 내 학자금을 날리지 않았다면 내 인생이 이랬을 수도 있을까? 내가 이 역할극에 너무 심취했나? 아니면…… 진정으로 이 시간이 즐거운 건가?

그리고 이제 겨우 두 번째 데이트인데 함께 찍은 사진을 벌써 인스타그램에 올린다고? 그러면, 말하자면 우리 사이를 공식화하는 거 아니야? 우리끼리 얘기가 된 건 절대 아니지만, 즉각 '좋아요' 수가 쭉쭉 올라갔다. 허허.

골프채를 반납하러 온 우리에게 대여소 직원이, 내가 18번 홀(내 자랑이 아니라, 정말로 이 골프장에서 가장 어려운 코스)에서 홀인원을 했기 때문에 1회 무료 이용권을 얻었다고 알려주었다.

그렇다면야. 에이버리를 또 납작하게 눌러줄 수 있게 내심 한 번 더 겨루고 싶었다. 안 될 것 없잖은가? 오늘을 이렇게 보내고 있는 건 어제 틀어진 일들을 잘 수습하고 봉합해 에이버리가 날 여자친구로 삼아야겠다고 결심하게 만들기 위해서다. 한 판 더 치고 나면 그 목적을 이룰 수 있지 않을까?

"에이버리? 헤이!?"

소리가 들려온 쪽을 돌아보니 4인조 팀이 주차장에서 우리 쪽으로 걸어오고 있었다. 셰릴 그레이엄, 그레그 메이스, 처음 보는 금발의 깡마른 여자애, 그리고 부자연스럽게 핸드폰만 열심히 들여다보며 그들 뒤를 따라오는…… 대니 파스테르나크. 제2번 용의자가 제 발로 나에게 오고 있었다.

당장 무료 이용권을 쓰겠다는 생각은 보류해야겠다.

CHAPTER 13

대니 파스테르나크

대니 파스테르나크와 셰릴 그레이엄, 그레그 메이스와 브라이턴 학생이라는 금발 여자애는 더블데이트 중이었다. 그들은 나와 에이버리를 보고 적잖이 놀란 듯했다. 표정이 다 똑같았다. '에이버리가? 마고랑? 뭔데? 어쩌다?' 다행히 그 의아한 표정도, 거북한 순간도 오래가지 않았다. 에이버리를 존중하는 차원에서 (또는 내가 무서워서) 다들 대충 받아들이고 넘겼다.

서로 "너희가 '골프 만'에는 웬일?"을 묻고 대답하며 어색하게 대화를 트는 사이 난 재빨리 4인조의 관계를 파악해 냈다. 모든 면에서 평균치 백인 남학생인 대니는 셰릴이 무슨 말을 하건 사랑에 푹 빠진 눈빛으로 바라보는 반면 상아색 피부에 늘씬하고 무섭게 예쁜 셰릴은 꼭 억지로 끌려온 사람처럼 굴면서 거의 브라이턴 금발하고만 대화했다. 한편 브라이턴 금발은 술을 마시러 나온 듯했다. 많이 마셨다. 브라이턴 금발녀가 숨을 쉴 때마다 싸구려 보드카와 레모네이드 냄새가 풀풀 났다. 그녀는 맥도날드 컵에 담긴 그 음료를 홀짝이다가 몇 번인가 내게도 권하며 "실은 이거 보드카다?"라고 귓속말치곤 너무 큰 소리로 속삭였다.

그레그는 흑인치고 피부색이 옅고 고등학생 남자애치고 키가 작았으며 음악과 온라인 포커 그리고 가만 보니 에이버리에게도 집착하는 '덕후'였다. 어쨌든 스토커 기질이 다분해 보였다.

"야! 네 재킷 진짜 미쳤다. 방금 네 인스타에 댓글 달았는데. 어디서 샀냐? 나도 하나 살까 싶은데, 괜찮아?"

그렇게 계속 나팔을 불어대며 에이버리에게 알랑거렸다.

이 네 명이 모여서 재미있는 시간을 보낼 수 있을 리 없었다.

몇 분쯤 별 내용 없는 잡담이 이어지는 가운데 그레그가 "우리 여섯이 같이 한 게임?" 하고 제안했고 에이버리는 '얘들한테 붙잡히지 말고 나가자, 응?' 하고 애원하는 눈빛을 세 번 이상 나에게 보냈다. 나도 하마터면 "그래! 제발! 제발 나가자!" 하고 말할 뻔했다. 이 어색한 4인의 모임에 합류해 어색한 6인 모임을 이루고 싶지는 않았다. 치과 신경치료를 받는 것만큼이나 괴로운 시간이 되리라.

하지만 일단 대니 파스테르나크의 청회색 눈동자를 들여다보았다. 그저 사물함을 수상쩍게 꾸밀 뿐인 말수 적고 별 볼 일 없는 남자애일까, 루비의 무자비한 배후일까. 후자라면 내 손으로 진실을 밝혀내어 그를 십자가에 못 박아야 한다. 아무 생각 없이 미니 골프나 즐길 수는 없었다. 난 평범한 여고생일 수 없었다. 퓨리 대화방 알림음에 내 핸드폰은 불이 날 지경이었다. 퓨리들의 메시지 하나하나가, 그녀들이 평범한 학창 시절을 빼앗겼다는 사실을 상기시켰다. 그녀들은 내게 희망을 걸었다. 그렇기에 난 불행히도 에이버리가 아닌 그레그의 제안에 응했다.

"그래! 재밌겠다! 여섯이 같이 한판 돌자!"

에이버리는 조금 당황한 기색이었다. 살짝 서운한 듯도 했다. 하지만 반대하지 않았다.

우리는 아주 무난하고 재미없게 18홀을 다 돌았다. 대니는 거의 입을 열지 않았다. 누가 뭘 물을 때에나 "응" 또는 "아니"라고 답할 뿐이었다. 내가 관심을 끌어보려고 그가 만드는 앱에 관해 이런저런 질문을 던졌는데도 돌아온 대답은 "응", "좋은 앱이지", "미트펍"이 전부였다. 나에게 딴 뜻이 없었다면 그런 그의 모습이 흥미로웠을 것이다. 그는 희한하게 조용했다.

원래 이렇게 말이 없나? 그저 숫기가 없는 건가? 아니면 어두운 내면을, 이를테면 내밀한 여성 혐오를 감추려고 일종의 가면을 쓴 것인가? 그는 말뿐 아니라 표정도 없었다. 웃지 않았지만 찡그리지도 않았다. 눈빛으로 감정을 드러내지도 않았다. 도통 속을 알 수 없었다. 마치 스핑크스[45]를 보는 것 같았다.

대니 파스테르나크가 과묵하다는 얘기는 들어본 적이 없었다. 키

---

45 단 몸도 사람인.

가 훤칠한 데다 부자는 아니지만 옷을 꽤 잘 입고 다녀서 그런가. 그런 '멋쟁이'라면 성격이야 아무래도 상관없나 보다. 여자애가 그렇게 붙임성이 없으면 '못됐다'는 꼬리표가 붙을 텐데.

아덴만에서 대니는 셰릴의 스윙 자세를 바로잡아 주려고 팔로 그녀를 감쌌다. 그녀의 시큰둥한 반응에 그는 재빨리 물러섰다. 그의 내면에 자리한 수동공격성이 얼핏 드러난 것일까? 아니면 그저 몇 가지 신호를 잘못 해석하는 남자일 뿐인가? 그 행동을 어떻게 생각해야 할지 난 확신이 서지 않았다.

에이버리와 내 골프 실력은 여전히 형편없었고 나머지 애들이라고 더 나을 것도 없었지만…… 그레그 메이스만은 예외여서 12타 차로 우리 모두를 따돌렸다. 18홀을 다 돌고 나자 그레그는 "파티는 계속돼야 한다!"고 외쳤다. 이에 누군가가 (내가) 대니네 집으로 가서 계속 놀자고 했다.

대니는 놀란 기색이었다. 자기 집에 우리를 초대할 생각은 전혀 없었을 것이다. 하지만 거절하려면 그 이유를 설명해야 하고, 설명하려면 구구절절 말을 해야 했다. 그래서인지 그는 어깨를 으쓱하며 어김없이 한 단어만 뱉었다.

"그래."

에이버리가 또 한 번 내게, 아까보다 더 매섭게 눈총을 쏘았다. 그의 눈빛은 '우리가 왜 애들하고 계속 놀아야 해? 이거 무슨 벌칙이야?'라고 따져 묻고 있었다. 하지만 난 못 본 척했다.

에이버리가 마지못해 찬성하자 그레그도 냉큼 그러자고 했다. 이제 여자애들만 설득하면 되었다. 이번에는 고맙게도 대니가 나서서, 오늘 만나서 들은 중 가장 긴 문장을 말했다.

"부모님은 여행 가셨어."

고마워, 대니! 이제 브라이턴 금발은 너희 집에 가고 싶어서 안달일 거야.

"부모님이 안 계신다고? 야호! 집에 술 좀 있지?"

과연 그녀는 매우 반색하며 묻고서 또 한 모금 홀짝였다.

마지막 도미노 패인 셰릴은 대니를 흘끗 보곤 어깨를 으쓱했다.

"난 어딜 가든 상관없어."

오늘 나와줘서 정말 고맙다, 셰릴. 넌 정말 재미있는 애야.

그렇게 정해졌다. 에이버리와 나는 에이버리의 차로 4인조가 탄 대니의 도요타를 따라갔다.

에이버리는 도로에서 눈을 떼지 않은 채 말했다.

"이야, 머츠 너, 정말 끊임없이 날 놀라게 한다. 네가 이렇게 친화력이 좋은 줄은 짐작도 못 했지 뭐야."

"재밌잖아."

"거짓말!"

에이버리는 손끝으로 날 겨냥했다.

"뭐가, 누가 재밌어? 어디 보자, 대니는 셰릴을 좋아하고. 셰릴은 대니를, 아니 어쩌면 아무도 안 좋아하고. 그레그는 내 스토커가 아닌가 의심스럽고. 그리고 브라이턴 여자애는 뭐야, 점점 더 취해서 시끄러워지기만 하고."

우리는 대니의 차를 따라 시카모어로 좌회전했다.

난 변명거리를 지어내려 필사적으로 머리를 굴렸다. 하지만 에이버리가 눈치를 채고 얼른 내처 물었다.

"이거 해결사 일이야?"

이 인간, 제법인걸. 그새 내 헛소리를 간파해 내는 눈치를 갖게 되다니. 하지만 내가 감탄하기도 전에 그가 지레 스스로 감격하며 산통을 깼다.

"맞네, 내가 맞혔네, 그치? 역시 일이었어! 오오!"

급기야 빵빵, 빵, 경적을 울리기까지 했다.

"맙소사, 제발 그만."

"머츠가 당신의 오물을 치워드리러 갑니다!"

빠앙.

이대로는 참아줄 수 없는 지경에 이를 판이었다. 그냥 인정하는 편이 낫겠다.

"알았어! 그래 맞아, 일이야. 하지만 자세한 건 묻지 마."

"역시 그랬어! 세상에! 이거 너무 신나잖아! 세상에, 와!"

내가 데이트 도중에 딴짓을 해서 기분 나빠할 줄 알았는데 아니었다. 그는 오늘 저녁 시간을 통틀어 가장 기분 좋아 보였다. 참 희한한 놈이었다. 잠깐, 설마 내 팬이었나?

"그만 좀 해. '세상에'는 무슨, 그냥 일이라니까."

"그래, 그냥 일이지. 극비밀의 해커 스파이 일. 그 일에서 난 운전수 역할이고! 아님 '주먹' 역할? 나 태권도 좀 하는데. 초등학교 4학년 때…… 초록 띠까지 땄다고. 아마 아직도 유효할걸?"

"알았어, 하하. 그냥 대니네서 평소처럼 행동해, 알았지?"

"당연하지. 평소 중에서도 제일 평소처럼 행동할게."

그는 입이 찢어져라 씩 웃었다.

"좋아."

"아, 네 머니페니Moneypenny(영화 '007 시리즈'에서 제임스 본드에게 자료 및 정보를 제공하는 여비서-옮긴이) 역할도 괜찮겠다."

그를 연줄로 삼겠다고 작심한 것부터 모든 게 후회스러웠다.

"뭔지 몰라도 그러시든지. 무슨 역할이든 네 맘대로 하세요. 하지만 이 차에서 내리는 순간부터는 진정하고 평소의 에이버리가 되는 거야."

그래도 마음이 놓이지 않아 진지하게 설명을 덧붙였다.

"구체적인 것까지 말해줄 순 없지만 대니 컴퓨터에 내 고객에게 큰 타격을 입힐 수 있는 뭔가가 있을지도 몰라. 뭔가…… 진짜 심각한, 협박성 자료. 그러니까 절대로 장난처럼 여기면 안 돼."

에이버리는 허리를 똑바로 폈다. 끄덕끄덕.

"협박성. 그렇구나. 와우. 넌 정말 어둠의 세계를 상대하는 거야, 그렇지?"

"불행히도 그래."

우리는 짧지만 강렬한 눈빛을 교환했고 비로소 나는 그가 내 말을 진지하게 받아들였음을 알 수 있었다.

대니네 집에 도착해 앞마당 진입로에 차를 세웠다. 에이버리는 미리 약속한 대로 평소와 똑같이 쾌활하고 서글서글하고 느긋한 모습이었다. 뭔가 연기하는 티가 나거나 긴장한 기미가 보이지도 않았다. 그는 놀랍도록…… 믿음직스러웠다.

난 대니의 컴퓨터에 RAT^{Remote Access Tool}(원격 액세스 도구)를 설치할 계획이었다. 일단 설치하면 어디서든 인터넷으로 대니의 컴퓨터에 접속할 수 있지만, 언제고 주인이 발견하여 제거할 위험도 있다. 하지만 당장 외장 하드드라이브가 없는 현재로선 RAT가 최선이었다. 난 RAT 계획이 먹히길 빌면서, 대니의 방에 혼자 있을 기회를 만들어야 했다.

대니의 안내로 집에 들어서자마자 나는 그가 자기 집에 우릴 데려가길 꺼렸던 또 하나의 이유를 깨달았다. 소설 《파리대왕》 속 소년들의 무인도를 현실로 옮겨온 것 같았다. 부엌 개수대에 접시들이 쌓여 있고 바닥엔 양말과 속옷이 마구 흩어져 있었다. 부모님이 집을 비운 사이 대니는 정리나 청소와 담을 쌓고 지낸 게 분명했다. 그는 우리에게 음료를 권했다가(두 단어: "마고? 마실래?") 깨끗한 컵이 하나도 없는 것을 깨닫고(한 단어: "아.") 컵 몇 개를 쓱쓱 문질러 닦았다. 나는 비누 맛이 나는 물을 한 모금 입에 머금었다가 아무도 모르게 컵에다 도로 뱉었다.

대니가 우리를 거실로 데려갔다. 여기에도 빨랫감이 널브러져 있고 언제부터 있었는지 모를 (딱 하루 묵은 것이길!) 피자 상자도 보였다.

"포스터 멋진데. 이거 진짜 사인이야?"

에이버리가 가리킨 액자에 프로 미식축구 캔자스시티 '치프스' 팀 15번 선수의 사진 포스터가 있었다. 그가 진짜 감탄하는 기색인 걸 보니 꽤 잘하는 선수인가 보다.

"응"이 대니의 대답이었고 그것으로 끝이었다. 정말 흥미진진한 이야기였어, 대니! 곧이어 모두 소파에 앉았다. 대니는 셰릴 옆에 앉으려고 너무 애썼는데 그러거나 말거나 셰릴은 핸드폰으로 틱톡을 들여다보기 바빴다. 브라이턴 금발은 제멋대로 냉장고에서 꺼내 온 IPA 맥주를 홀짝이며 그레그에게 자긴 IPA가 느어어무 좋다며 혀 꼬인 소리로 자랑스레 떠벌렸다. 그레그는 에이버리에게 이런저런 짤방들을 보여주며 일일이 재미있는지 없는지 물었다.

에이버리가 내게 의미심장한 눈빛을 보냈다. '그러어어엄…… 멋진 스파이 작전은 언제 시작해?'라고 묻는 얼굴이었다. 이걸 어쩐다? 작전은 이미 시작했다. 그런데 멋지지 않았다. 따분하기 짝이 없었다.

밤새 이렇게 소파에 앉아있기만 해서야 원, 대니의 노트북을 건드리기는커녕 구경도 못 할 게 뻔했다. 뭔가 수를 써야 했다.

"우리 게임 할래?"

내 제안에 냉큼 브라이턴 금발이 외쳤다.

"우우, 쪼아! 술 마시기 게임!"

아이고, 분위기 파악 좀 해라, 이 브라이턴 술고래야! 에이버리와 대니는 달랑 한 캔씩도 다 못 비웠다. 나머지는 입에도 대지 않았고. 여기서 너 말고 누가 술 게임을 하고 싶겠니?

"몸짓말 달리기 게임 어때?"라면서 나는 벌떡 일어섰다. 반응은 그저 그랬다. 그나마 술 게임보다 손톱만큼 나았달까. 하지만 난 경험으로 알고 있었다. 몸짓말 달리기 게임은 막상 해보면 정말 재미있다. '규칙 이해시키기'라는 난관만 무사히 넘기면 된다. 규칙이 살짝 복잡하다.

"기본적으로 몸짓말 게임인데, 팀으로 하는 거야. 각자 열 개의 제시어로 목록을 만들어. 그리고 두 팀으로 나눠. 각 팀은 거점이 있고, 출제자는 다른 방에 있어. 방금 '출제자'가 있다고 했지? 제시어를 읽어주는 사람이야. 우린 그 사이를 달리는 거지! 무슨 말인지 알겠어?"

몰랐다. 설명이 이어질수록 다들 핸드폰만 만지작거렸다.

에이버리가 날 보더니 말 그대로 윙크를 했다. (거참, 평소처럼 행동하라니까! 하지만 다행히 아무도 눈치채지 못했다.) 그러더니 자기도 일어서며 말했다.

"자자, 다들 일어섯! 첫판이 끝나면 이해가 될 거야. 마고, 셰릴, 대니, 너희가 한 팀이야. 나랑 그레그, 안젤리카가 한 팀이고. (브라이턴 금발한테 이름이 있었어?! 대체 에이버리는 어떻게 알았지?) 마고, 네가 첫 번째 출제자야."

그러자 모두가 발딱 일어나 팀별로 모였다. 아니, 내가 설명할 때는 그렇게들 열심히 핸드폰만 들여다보더니 똑같은 설명을 에이버리가 하니까 갑자기 다들 게임을 하고 싶어졌어? 뭐, 에이버리가 최면이라도 건 거야?

"부엌까지 길 트게 좀 도와줘."

에이버리가 의자와 스툴을 치우자 대니는 흩어진 빨랫감을 주섬 주섬 주웠다. 이내 달리기 코스가 완성되었고 우리는 게임을 시작했다. 나, 마고 머츠라는 천재는 대니의 컴퓨터와 단둘이 있을 시간을 마련하고자 그의 방을 출제자 자리로 지목했다.[46] 에이버리가 빨리 찬성하면서 게임은 그대로 진행되었다.

난 대니의 방으로 가서 제시어 목록을 펼치고 에이버리와 셰릴에게 첫 번째 제시어를 알려주었다. 그들이 (팀원들에게 몸짓말로 전하러) 나가자마자 난 대니의 침대 위에 펼쳐져 있던 노트북으로 향했다.

전원 버튼을 눌렀지만 방전된 모양이었다. 게다가 이 집의 다른 모든 것이 그랬듯 이 노트북 역시 건드리기조차 싫을 만큼 더러웠다. 키보드 키가 죄다 끈적거리고 쿰쿰한 냄새가 났다. 나중에 손 씻으면 되잖아, 마고, 세균들 따위에 항복하지 마! 난 자신을 다그쳤다. 콘센트 선을 연결하자 전원이 들어왔다. 화면에 암호를 입력하라는 표시가 떴다. 내 핸드폰을 노트북에 연결하고 퍼즈워드를 돌려봤는데 결과는 '일치하는 암호 없음'이었다. 그가 설정한 암호는 사용 빈도 상위 2만 개의 암호에 속하지 않는다는 뜻이었다. 그래서 다음으로 그의 더러운 키보드에서 단서를 얻기로 했다. m, p, t, e, u 키가 상대적으로 약간 덜 더럽고 더 닳아 보였다. 삶은 콩 찌꺼기가 들러붙은 다

---

[46] 몸짓말 달리기 게임을 해본 적 있다면 이게 돼먹지 않은 아이디어임을 알 것이다. 당연히 출제자의 위치는 두 팀 거점의 중간 지점이어야 한다. 하지만 어차피 그날 저녁은 내내 돼먹지 않은 아이디어의 연속이었다.

른 키들과 달리 기름때가 들러붙어 있기도 했다. 그의 암호는 그 다섯 철자의 조합일 것이다. 'Muppet'? 땡. 'temptU'? 젠장. '명부'에 있는 그의 정보를, 이외에 내가 그에 대해 아는 것을 모조리 떠올려 봤다. 말수 적음. 사물함. 앱 개발. 잠깐! 그래, 앱이 있었지! 반려견들의 만남을 주선한다는 그 괴상한 앱! 그래서 'MeetPup'에 다양한 숫자를 붙여보다가 문득, 에이버리가 부러워하던 미식축구 선수 포스터가 떠올랐다. 'MeetPup…… 15.' 빙고! 드디어 바탕화면이 나타났다! 고맙다, 나야. 과연 성실히 공부한 보람이 있어!

재빨리 시크릿 모드로 새 창을 열고 외부 IP로 인터넷에 접속했다. 그러나 RAT를 다운로드하기 전, 누군가 계단을 급히 올라오는 소리가 들렸다.

내가 본능적으로 손을 거두자마자 브라이턴 금발이 뛰어 들어왔다.

그녀는 문틀에 기대어 선 채 혀꼬부랑 소리로 말했다.

"쪼오우아, 다음 제씨어 주쎄여여!"

이 술고래가 첫 번째 제시어를 벌써 맞혔다고? 에이버리가 몸짓말을 기막히게 잘 표현했나 보다. 난 다음 제시어를 알려주었다.

"조지 맥거번."(난 일부러 난이도 최상급의 제시어를 골라 목록을 만들었다. 그래야 대니의 노트북을 조금이라도 오래 만질 수 있으니까.)

브라이턴 금발은 끄덕였다. 그런데 나가지 않았다.

"왜?"

난 초조하게 물었다. 내 소중한 RAT 설치 시간을 그녀가 잡아먹고 있었다.

"너랑 에이버리랑, 어…… 사귀는 사이? 혹시 그게 아니면…… 잘 모르지만…… 걔는, 그러니까 되게……."

그녀는 엄지와 검지로 꼬집는 시늉을 해 보였는데, 한마디로 에이버리가 마음에 든다는 얘기인 것 같았다.

"응, 사귀는 사이야. 미안."

난 단호하게 말했고 그녀는 비틀비틀 물러섰다. 그런데 에이버리와 사귄다고 말하면서 기분이 상당히 좋았다는 사실에 난 내심 놀라고 있었다. 단지 브라이턴 금발이 그렇게 믿을 거란 생각에서 비롯된 쾌감이었으리라. '이제 썩 물렀거라, 이 주정뱅이 바보야. 계단에서 구르지 말고!' 난 비틀대며 멀어지는 그녀를 향해 속으로 외치되 한마디도 내뱉지 않았다.

한 팀이 제시어를 맞히면 보통 "그렇지!" 하고 목청껏 외치는 소리가 울려 퍼지기 마련이다. 곧이어 누군가가 다음 제시어를 들으러 올라온다는 뜻이고. 그런데 지금껏 아래층에서 아무 소리도 들리지 않았으니 내게는 아직 시간이 있었다. 난 크롬을 열고 내 드롭박스 계정(급히 필요할지 모를 유용한 프로그램들로 이어지는 링크를 여기에 항상 보관해 둔다)에 접속한 다음 평소 선호하는 RAT인 다크코멧 DarkComet을 다운로드하기 시작했다. 그러고서 고개를 들었는데 문가에 대니가 있었다. 깜짝이야.

현장을 들키고 말았다. 어쩌면 그렇게 아무 소리도 내지 않고 계단을 올라올 수 있었을까? 그리고 대체 그가 왜 여기에 있나?

"대니, 내가……."

"미안."

뭐라고? 네가 나한테 미안하다고? 그는 침대 발치에 쌓인 옷가지를 헤집기 시작했다. 내가 있든 없든, 자기 컴퓨터를 해킹했든 안 했든 다 상관없다는 듯이.

"대니, 너 뭐 해?"

"어…… 셰릴이 춥대."

맙소사. 그야말로 셰릴 말고는 눈에 뵈는 게 없구나.

난 노트북 화면을 힐끗 보았다. 아직 다운로드 중이었다. 일단 그냥 두자.

대니가 바닥에 떨어진 후드티셔츠를 발견했다. 냄새를 맡아보더니 그대로 들고 나가려 했다. 하지만 내가 붙잡았다. 도저히 그냥 보낼 수 없었다.

"대니. 한마디만 할게."

그는 문 앞에 우뚝 섰다.

"응?"

"춥다고 하는 여자애한테 옷을 가져다줄 거면 깨끗한 옷을 줘. 빨래해서 개어놓은 옷. 바닥에서 주운 옷은…… 안 돼."

그는 끄덕였다. 좋아. 쓸모 있는 조언이었어. 그는 옷장 서랍에서 다른 티셔츠를 꺼냈다.

"고마워"라면서 그는 그날 저녁 처음으로 웃는 표정을 지었다. 그러고는 잠시 망설이다 말했다.

"모, 모르겠어. 내가 뭘 하는지."

나도 그가 뭘 하는지 몰랐다. 그날 만난 이래 가장 말을 많이 하고 있다는 것 말고는.

"나…… 중3 때부터 셰릴을 좋아했거든."

이쯤 되니 그가 안쓰럽기까지 했다. 비록 내 기준에 셰릴은 매우 재미없는 여자애였지만.

"말을 좀 더 걸어보지? 네 감정을 알게 해줘. 아님 그냥…… 무슨 말이든. 좀 더 해봐."

그는 다시 주억였다. 내 말을 진지하게 곱씹어 보는 듯했다.

"응. 근데 내가…… 그래."

그러고서 더는 아무 말 없이 방에서 나가버렸다. 모르겠다. 내 말을 받아들이기 어려웠나?

RAT가 작동했다. 난 보안 설정 항목 몇 개를 초기화하고 DNS 캐시(인터넷 사용 시 컴퓨터에 남는 흔적-옮긴이)를 삭제한 뒤 시크릿 모드 창을 닫았다. 그러고서 노트북 전원을 껐다. 여기서 할 일은 끝났다. 이제 몸짓말 게임에 이기는 데만 집중하면 된다.

두 시간이 흘렀고 우리 팀이 졌다. 대패했다. 에이버리가 몸짓말 달리기를 무지막지하게 잘했다. 마임 학원 같은 데라도 다니는 게 아닌가(에이버리라면 충분히 그럴 수 있다!) 싶었다.

그러나 그는 이겼다고 우쭐대지 않았다. 어찌나 덤덤한지, 내가 미니 골프장에서 그를 약 올린 게 머쓱해질 정도였다. 대니네 집에서 나와 그의 차에 올라탈 때까지는 그랬다. 하지만 차 문을 닫는 순간 그는 돌변했다.

"어이. 혹시나 해서 말인데, 우리 팀의 압승에 너무 속 쓰려 할 것 없어. 이 몸이 타고나길 몸짓말 달리기에 출중한 것을 어쩌겠냐."

잘난 체에 심취한 나머지 그는 차 시동 걸기도 잊었고 난 이가 딱딱거리도록 추웠다.

"너무 잘난 것도 때로는 죄가 아닌가 싶어. 너희가 우리 발끝에라도 따라붙었음 오죽 좋아? 그렇잖아, 너희도 어떻게든 이겨보려고 무진장 애썼는데."

결국 나는 그가 던진 미끼를 덥석 물고 말았다.

"속임수를 썼겠지! 그렇지 않고서야 브라이턴 금발이 그렇게 빨리 맞힐 수 있었을 리 없잖아? 냉장고에서 탄산수 한 병 가져다 달라는 말도 못 알아먹던 애야. 그런 애가 '한여름 밤의 꿈'을 무슨 수로 맞혀?"

"흠, 나의 모친께서 파티 때마다 과음하시는 경향이 있어서 말이지……. 이 몸이 '꽐라' 다루는 데도 어느 정도 도가 텄달까."

앗. 우울한 이야기였다. 차라리 허풍이나 주고받는 편이 더 나은데.

"미안. 너도…… 쉽지 않겠다."

"응. 쉽지 않지."

그는 운전대를 만지작거리며 이를 악물었다.

"그나저나 아까는 미안했다. 네가 우리 엄마 만나는 얘길 했을 때 내가 좀…… 이상하게 굴었지?"

"아. 괜찮아. 어차피 어른들이 예뻐하는 유형도 아니고……. 네가 전에 사귀었던 애들에 비하면 난 크나큰 실망만 안겨드릴걸?"

아무렴, 클레어 쥬벨은 너희 부모님께 귀염둥이 그 자체였겠지.

"뭐? 아냐. 여자친구를 내 부모님한테 소개한 적은 없어. 그분들
은 딱히……."

그는 속으로 적절한 표현을 더듬어 찾다가 이어 말했다.

"알아, 다들 우리가 완벽한 가족인 줄 알지. 노스 웹스터의 오바마
일가쯤 되려나. 우리 아빠는 백인이지만. 물론 대통령인 적도 없고.
하긴, 반려견도 없구나……."

그는 말끝을 흐리더니 돌연 심각해졌다.

"하지만 어쨌든 우리 가족은 사람들 생각과 달라."

"아. 그럼…… 실제로는 어떤데?"

그의 표정이 굳는 걸 보자마자 아차 싶었다. 그다지 얘기하고 싶
지 않은 게 분명했다.

"글쎄다, 엄마 아빠가 서로…… 대화하지 않아. 가정보다 바깥일
이 훨씬 중요한 사람들이야. 두 분의 관계를 쉽게 표현하자면…… 왜
같이 사는지 모르겠는 사이랄까. 한참 전에 이혼했어야 하는데 말이
야. 이를테면…… 내가 태어난 이후에라도? 그런데 아직도 부부야.
그래서 엄마 아빠랑 같이 살기가……."

"쉽지 않아?"

"난 악몽이라고 말할 셈이었는데. 집에서는 거의 내내 평화로운 분
위기를 유지하려고 애써야 해. 그래서 되도록 집에 안 있으려 하지."

그래서 온갖 동호회에 다 가입했겠고.

그는 한동안 굳은 얼굴로 말없이 정면을 응시했다. 웃을 때마다 파이던 보조개는 흔적도 보이지 않았고, 다만 두 눈에 뭔가 음울하거나 슬픈 빛이 어른거렸다. 하지만 이내 그는 가라앉은 기분을 털어내듯 운전대를 손끝으로 가볍게 타닥 탁탁 두드렸다.

"아무튼 미안! 네 비밀 임무는 어떻게 됐어? 컴퓨터로…… 뭘 좀 건졌어?"

"응, 건졌어."

난 빙긋 웃었다. 이 얘길 함께할 사람이 있어서 솔직히 좋았다. 새미에게도 털어놓지 못하고 루비 일을 혼자서 진행하는 동안 꽤나 외로웠나 보다.

"그리고 너도 한몫했어. 네가 나서준 덕에 다들 게임에 몰두했고, 그래서 내가 몰래 작업하기 수월했어."

"그럴 줄 알았다니까! 역시 내가 한몫했네! 난 진짜 유능한 머니페니야!"[47]

우리는 한바탕 웃었다. 소기의 성과를 거두었기에 둘 다 의기양양했다. 그러다 갑자기 쥐 죽은 듯 고요해졌다. 차는 시동만 걸린 채 아직 출발 전이었는데 그 흔한 '부릉' 소리조차 나지 않았다(테슬라는 소름 끼치게 조용하다!). 불현듯 머릿속이 복잡해졌다. 아니, 왜 여태 서 있어? 그리고, 왜 이렇게 조용해? 그리고, 시간이 왜 이렇게 느리게 흐르지? 그런데, 왜 이렇게 손에서 땀이 나? 어머나, 설마 나한테

---

47 머니페니는 '제임스 본드' 시리즈에 나오는 사람인가 본데, 난 제임스 본드를 안 봐서 모른다.

키스하려는 건가? 키스하면 좋을 것 같기는 해, 루비 건 해결을 위해서. 그런데 맙소사, 정말 그가 내게 다가오잖아! 아주 미묘하지만 분명 그는 내 쪽으로 점점…… 삑! 삑! 삑!

"저기, 궁금한 게 있는데……."

난 불쑥 말했다. 뭐가 궁금한지 스스로도 잘 모르면서. 그는 약간 당황한 표정으로 나를 보았다.

"아까 말이야, 브라이턴 금발이랑 잠깐 얘기했는데……."

"안젤리카. 걔 이름은 안젤리카야."

"고마워, 근데 난 '브라이턴 금발'이 편해. 아무튼 걔가…… 너랑 나랑 사귀냐고 묻더라? 그래서…… 그렇다고 했어. 그게, 술 냄새 풍기는 입김에서 널 보호해 주려고 한 게 크긴 했는데…… 뭐…… 그랬다고."

에이버리는 한 1분쯤 내가 안절부절 진땀을 빼도록 뜸을 들이다가 이윽고 말했다.

"그럼 우리 사귄다고 소문 내야겠네."

난 가만히 미소를 지었다.

"그럼 브라이턴 술꾼도 알아서 떨어지겠지"라고 덧붙이며 그도 미소 지었다. 그러고는 내 손을 잡고 차를 출발시켰다. 집에 도착할 때까지 내내 손을 놓지 않았다. 그렇잖아도 추워서 손이 곱아들던 차에 솔직히 따뜻하고 좋았다.

- 3월 16일, 오전 8시 15분 -

마고 내가 말이야, (기대하시라, 두두두두……) 야한 꿈을 꿨어. 〈오피스〉 보다가 잠들었는데…… 짐 헬퍼트가 꿈에 나온 거 있지.

- 3월 16일, 오전 8시 15분 -

마고 알아, 알아. 짐 헬퍼트는 나한테 다섯 손가락 안에도 못 드는데 말이야!

- 3월 16일, 오전 8시 17분 -

마고 그래, 우리 둘이 체육관에서 마주 보고 서있었어. 졸업무도회였고 (아마 둘이 파트너였던 듯?) 주위에 사람들이 많은데도 다짜고짜 키스를! 그것도 격렬하게! 하다가…… 옷까지 벗어젖혔어. 홀딱. 진짜 사람들이 꽉 들어찬 실내였는데 뭔가 투명한 막이 있어서 아무도 우릴 못 보는 그런 상태였어. 그러니까 홀딱 벗어도 아무렇지 않았겠지? 그런데 갑자기 그가 멈칫하더니 묻더라고. "저기, 너도 동의하는 거야?" 그렇잖아, 짐 헬퍼트라면 당연히 먼저 묻겠지. 그런데 그 순간…… 잠에서 깼어!

- 3월 16일, 오전 8시 18분 -

마고 엄밀히 섹스를 한 건 아니니까 결국 '어설프게 야한' 꿈이었나 봐. 그러길 잘했지 뭐야. 짐은 유부남이나 다름없지 않나?

CHAPTER 14

당신이
조시 프랜지?

대니의 노트북에도 별다른 건 없었다. 셰릴 그레이엄을 그리며 쓴 '징그럽게' 열정적인 '시' 몇 편을 제외하면.[48] 그래서 일요일 아침 눈을 뜨자마자 나는 세 번째 용의자 해럴드를 집중적으로 조사하기 시작했다. 그의 인스타그램, 트위터, 틱톡을 샅샅이 훑었다. 하나같이 따분했다. 더 깊이 파보려 했는데 초인종 소리에 이어 엄마가 "마고, 네 손님!" 하고 외치는 소리가 날아들었다. 보나 마나 새미였다. 블라이 샘 건과 관련하여 계속 문자를 보내더니 기어이 찾아온 것이다.

"새애애ㅁ······."

그를 맞이하는 노래를 중단할 수밖에 없었다. 내 방 문가에 새미는 없었다. 블라이 샘이 있었다. 으악.

---

48 그가 딱히 시인 될 재목은 못 된다고만 말하겠다.

"블라이 선생님이 오셨네!"

엄마의 목소리에 좋으면서도 어리둥절한 심정이 다 드러났다. 이제야 알려줘서 고마워, 엄마.

"어, 그러네!"

난 다 예정된 일이라는 듯 최대한 태연한 말투로 대꾸했다. 반면 블라이 샘은 불안의 극치를 달리는 모습이었다. 손깍지를 말 그대로 비틀어 짜고 있었다.

엄마가 또 외쳤다.

"애노버 과학 경시대회에 참가할 생각이 있다는 얘긴 안 했잖아?"

난 '애노버 과학 경시대회'가 뭔지, 그런 게 세상에 존재하기나 하는지도 몰랐다. 하지만 일단 장단을 맞추기로 했다.

"엄마, 얘기했어. 1월부터였잖아. 그래서 그때 아빠랑 같이 공연 보러도 못 갔고. 대회가 매월 셋째 주 목요일이라서."

난 거침없이 거짓말을 주워섬겼다. 지난 두 달간 셋째 주 목요일에 내가 뭘 했는지 엄마가 기억할 리 없으니까.

"그래. 그랬지. 아유, 네가 요새 뭘 하도 많이 하니까 엄마가……
일일이 기억을 못 하잖니."

엄마의 목소리에 얼핏 창피한 기색이 느껴졌다.

난 부모님께 거짓말하는 걸 좋아하지 않는다. 웬만하면 거짓말하지 않는다. 두 분은 내가 회사를 차렸고 인터넷상에서 없애고 싶은 것이 있는 사람들을 돕는다는 걸 알고 있었다. 하지만 그 일을 어떻게 하는지는 내가 일부러 숨겼다. 해킹을 비롯해 불법이고 편법인 이 런저런 것들은. 성인 고객도 있다는 사실 역시 얘기하지 않았다. 하 지만 블라이 샘이 내 방에 있는 시간이 길어질수록 엄마는 교사가 학생 집에 들이닥친 것부터가 아주 의아한 일임을 깨달을 것이다.

난 후드 재킷 지퍼를 올려 여미고서 블라이 샘을 방문 밖으로 내 몰며 짐짓 크게 외쳤다.

"자, 그럼 나갈까요? 4월 결선 전에 할 일이 많잖아요. 제 머리가 최상의 상태로 팽팽 돌아가려면 커피의 카페인과 달걀의 영양분이 필요해요. 엄마, 닉스에서 뭐 좀 사올까?"

"제가 살게요! 당연히."

블라이 샘이 끼어들었다. 그러고는 불행히도 계속 말했다.

"제가 온 게 무척 이례적인 일인 건 알지만 예기치 않게 긴급한 일이 생겼거든요. 과학 대회 학생 대표가…… 레지오넬라병에 걸렸 다네요."

아이고, 선생님. 간호사인 우리 엄마한테 의학 용어를 들먹이며 거짓말을 하다니요. 긴급 상황! 긴급 상황!

"어머나 세상에! 감염 경로는 밝혀졌나요? 다른 감염자는 없었 어요?"

엄마는 여기에다 백만 가지 질문을 쏟아낼 기세였다.

난 블라이 샘을 현관으로 잡아끌면서 대신 대답했다.

"아직은 없는데…… 수 펠드먼이 위생 관념이 좀 없어. 한번은 누 가 부추긴다고 진짜 문손잡이를 혀로 핥더라니까. 과학 성적은 높아.

하지만 자존감이 낮지. 어떤 애인지 알겠지? 2시까지 돌아올게요."

그러고는 현관문을 쾅 닫았다.

"부재중 전화 확인했을 텐데 왜 전화 안 하니?"

재깍 따지고 드는 그녀의 면전에 난 손가락을 들어올렸다.

"장소부터. 옮기고요."

열 받기로 따지면 내가 블라이 샘보다 더했을 것이다. 그녀도 내 손가락질에 정신이 퍼뜩 든 모양이었다. '얘네 집 안까지 쳐들어가다니 내가 돌아도 단단히 돌았구나' 하는 생각이 이제야 들었나 보다. 카페에 도착해 주문한 요깃거리가 나올 때까지 우리 둘 다 입도 뻥 끗하지 않았다.

달걀, 치즈, 비스킷, 소시지, '닉 소스(붉고 걸쭉한 게 뭐가 들어갔는지 몰라도 신기하게 맛은 있었다)'로 이루어진 푸짐하고 느끼한 음식을 한동안 퍼먹다가 다시 한번 블라이 샘에게 조곤조곤 설명하기 시작했다. 샘 남편이 조시 프랜지의 인스타그램 계정을 보게 될일은 없으니 제발 안심하시라, 내가 (실은 나와 새미가) 장장 50시간에 걸쳐 소셜 미디어용 가짜 콘텐츠를 만들고 게시물을 무더기로 올려서 문제의 게시물을 아주 깊숙이 묻었다, 심지어 인스타그램에 @JoshFrange, @J.Frange, @frangejosh 등등 가짜 계정도 서른한 개나 만들었다[49], 쌤의 남편은 조시 프랜지와 아는 사이가 아니니까

---

49 게다가 전부 조시 프랜지의 진짜 계정과 똑같이 꾸몄다. 블라이 샘의 사진이 없는 것만 빼면, 아마 조시 프랜지 본인조차 어떤 계정이 진짜 자기 것인지 구분하지 못할 것이다.

콕 집어 @josh.frange를 검색할 리 없고 거의 판박이인 가짜 계정들과 구분할 수도 없을 것이다…….

"제가 묻은 사진이 발각된 적은 없어요. 사진이든 동영상이든 제가 숨기고자 하면 누구도 절대, 절대로 못 찾아요."

'절대, 절대로'를 말할 때 난 달걀이 꽂힌 포크 끝을 그녀에게 겨누었다가 내 입에 쏙 넣었다.

"하지만 아예 없애겠다고 한 거 아녔어? 원본, 사본 할 것 없이 싹 다 지운다며? 근데 아직 있잖아! 그 인간 인스타에 버젓이, 아직도 올라와 있다고!"

그건 그랬다. 보통 이쯤이면 원본도 손에 넣었을 시점이다. 피티 오태번스에서 정식으로 이 일을 맡은 지도 어느덧 2주를 넘어 3주를 향해 가고 있었다. 속히 해결되지 않으면 이 여자가 언제고 또 우리 집에 쳐들어올 것이다. 다음번엔 어쩌면…… 내가 샤워 중일 때 욕실로 들이닥칠지도?

"음, 일주일 내로 끝장을 볼 생각이에요. 금요일이면 쌤이랑 조시 프랜지가 같이 찍은 사진은 이 세상에 단 한 장도 존재하지 않을 거예요. 약속할게요."

블라이 쌤이 한숨을 푹 내쉬었다. 그녀는 나의 약속을 바란 게 아니었다. 실제로 끝장을 보기 전에는 결코 안심하지 않을 것이다. 그래도 어쩌겠나, 당장은 약속을 받은 것으로 만족하는 수밖에. 그럼 이제 얘기가 끝났나 싶었는데…….

"요즘 토비랑 잘해보려고 정말 노력하고 있단 말이야."

블라이 샘이 흐느끼기 시작했다. 난 얼른 냅킨을 한 장 뽑아 건 넸다.

"금방 끝날 거예요. 약속한다니까요."

그녀는 끄덕였다. 내 말을 믿었다. 난 필요할 때면 누구보다도 믿음직한 목소리를 낼 수 있다.

해서, 퓨리 방에 새 메시지가 58개나 있음에도 이제 나는 뒷전으로 밀어놓았던 블라이 샘 건을 앞전(?)으로 끌어와야 했다. 다시 말해 이 몸이 직접 브라이턴으로 출장을 다녀와야 한다는 뜻이었다. 조시 프랜지를 좀 더 조사해 보았다. 그의 피드는 대부분 학교와 관련이 있었다. 학생들과 함께하는 실험 사진, 브라이턴 응원전에서 그가 참여한 막간극 동영상, 판타지 풋볼Fantasy Football(미식축구 구단 운영 시뮬레이션 게임-옮긴이) 우승컵 사진 등등. 때마침 그가 새 동영상을 올렸다. D셀 건전지, 구리 전선, 못으로 전자석을 만드는 기초적인 실험 장면이었다. 보충 수업 때 찍은 게 분명했다. 교탁에 놓인 45V 전자석이 눈에 띄었다. 고전압 전자석으로 일종의 마술 쇼를 선보이려 했나 보다. 역시 과학 교사들에게 실험 교구란 최고의 장난감이다.

프랜지 샘의 SM 피드를 둘러보다가, 그가 졸업무도회 운영위원회를 맡았다는 사실을 알게 됐다. 루스벨트에서는 졸업무도회와 관련 있는 일은 학생회가 도맡았다. 졸업무도회를 위한 장소 물색과 경비 마련이 학생회의 유일한 업무나 다름없었다. 보아하니 브라이턴은 졸업무도회만 준비하는 위원회가 따로 있나 본데, 그렇다면 거기 학생회는 대체 뭘 하는지 궁금해지는 대목이었다.

아무튼 프랜지 샘에게 접근할 좋은 기회로 보였다. 위원회 회의가 수요일로 예정돼 있었다. 난 그 학교 학생인 척 살며시 끼면 될 것 같았다. 프랜지 샘은 학생들 이름을 외우는 부류의 교사가 아닌 듯했다. 적어도 내가 받은 인상은 그랬다.

수요일 7교시와 8교시 수업을 제치고 브라이턴으로 갔다. 브라이턴 졸업앨범을 뒤져본 끝에 나는 배구와 시를 좋아하는 4학년생 '일라이제 브라운'이 되기로 했다. 그녀는 무엇보다도 생김새가 나와 비슷했다.[50] 두꺼운 뿔테 안경을 쓰면 분간하기 어렵겠지 싶었다.

일라이제는 졸업무도회 위원이 아니었고 프랜지 샘의 수업을 들은 적도 없었다. 그래서 더 알맞았다. 그는 그저 내가 일라이제인 줄로만 알 것이다. 배경 정보를 바탕으로 철저히 준비할 시간은 없었지만 그녀로 행세하는 데는 얼추 닮은 생김새만으로도 충분할 듯했다.

꽤 괜찮은 계획이라는 확신을 안고 본관 건물로 향했다. 브라이턴 '출장' 경험은 전에도 몇 번 있었다. 심지어 홈커밍 축제 때 와서 마스코트의 컴퓨터를 해킹하기도 했다. 여기서 내가 길을 잃고 우왕좌왕할 일은 없었다. 그런데 뜻밖에도 정문 근처에 처음 보는 경찰관이 떡하니 앉아있는 게 아닌가. 하기야 잠재 총격범의 범행 의지를 꺾고 학교가 감옥처럼 느껴지게 만들고자(?) 학교에 경찰관을 배치하기도 하니까. 그는 흰머리에 친절한 인상이었는데 내가 다가가자 실눈으

---

50 나와 다른 점이라곤 죽도록 탐나는 눈썹과 눈부시게 하얀 치아 정도?

로 날 살폈다. 내가 누군지 모르는 눈치였다. 그야 이 학교 학생이 아니니까! 돌아 나가기엔 늦어버렸으니 난 도리어 당당하게 부딪히기로 했다.

그래서 곧장 그에게로 갔다. 책상 명패에 적힌 이름은 '경관 J. 해리스'였다. 하지만 브라이턴 학생들이 그를 어떻게 부르는지 알 수 없으니 호칭은 생략해야겠다. 난 대뜸 그의 책상에 폴짝 올라타 앉으며 애교 섞인 목소리로 말을 걸었다.

"저 머리 잘랐는데 알은척도 안 하기예요?"

그는 어리둥절한 얼굴이었다. 물론 내 머리는커녕 날 봤던 기억도 없겠지. 하지만 그는 여자의 머리 모양이나 옷차림 변화를 몰라보는 것이 곧 범죄인 세대가 틀림없었다. 마치 결혼기념일을 잊은 남편처럼 그는 허둥허둥 할 말을 찾았다.

"어…… 그래, 머리가 참…… 예쁘구나."

불쌍한 J. 해리스 경관님 얼굴에 언뜻 불안한 기색이 스쳤다. '예쁘다'는 표현이 괜한 오해를 일으켜 '미투Me Too' 가해자 대열에 합류하게 되는 건 아닌가, 하는 생각이 들었나 보다. 그는 의자를 뒤로 쭉 밀어 책상에서 멀어지며 덧붙였다.

"그러니까 봄에 잘 어울리겠다, 이 말이야!"

"알아봐 주셔서 고오맙네요."

나는 그가 먼저 알아봐 주지 않은 것에 '삐친' 티를 팍팍 내며 그를 지나쳐 갔다.

회의 시작 직전에 회의 장소인 프랜지 샘의 교실로 들어섰다. 아무도 몰래 뒷자리에 앉을 셈이었다. 하지만 대번에 들키고 말았다.

"일라이제! 네가 여긴 웬일이냐?"

젠장. 프랜지 샘이 일라이제를 아는군. 나를 그녀로 착각하지 않을 만큼 잘 알지는 못하는 듯하지만.

"죄송해요, 회의를 몇 번 빼먹은 건 알지만 이제부터라도 성실히 참석하려고요. 저기…… 안 되나요?"

"아냐, 돼. 되다마다. 그런데 너…… 선열에 걸린 거 아니었어?"

자 봐라, 일을 너무 서두르면 이렇게 된다. 사전 조사를 부실하게 해치우고 '전염성 바이러스 보균자 재학생'으로 위장한 채 라이벌 학교에 내처 들어가는 거다. 선열 환자를 모르는 사람은 없다. 두 달 동안 학교를 쉬어도 되는 행운아 아닌가. 내가 고른 단 한 명은 하필 모두가 막연하게라도 아는 사람이었다.

난 재깍 해맑게 받아넘겼다.

"아니에요! 알레르기랑 기관지염이 묘하게 섞인 것뿐이었어요. 게다가 제가요, 요로 감염증이 있어요. 선열 같지는 않지만…… 되게 불편하죠."

별일 아니라는 투로 모든 의심을 잠재우길 빌며 뒷자리로 향했다. 몇몇 학생이 키득거렸다. 프랜지 샘의 눈이 휘둥그레졌다. 아무렴, 얼른 화제를 바꾸고 싶겠지.

"그래. 그럼…… 돌아온 걸 환영한다!"

나로선 처음으로 그를 직접 본 순간이었고…… 여전히 이해가 되지 않았다. 푸석푸석하고 희멀건 피부에 갈색으로 염색한 콧수염과 짧은 머리칼이 도드라졌는데, 자세히 보니 분명 심은 모발이었다. 정말 이 남자가 누군가의 불륜 상대라고?

난 숱 많은 앞머리에 뻬딱한 자세로 앉은 여자애 옆에 자리를 잡았다. 그녀는 날 미심쩍게 살폈다.

"눈썹 뽑았어?"

"어, 응. 너어무 한가했거든."

뻬딱녀는 어깨를 으쓱했다.

"예쁘네."

거짓말. 누가 봐도 일라이제의 눈썹이 내 눈썹보다 훨씬 나은데. 뻬딱녀는 못 믿을 인간이었다.

프랜지 샘이 주의를 불러모았다.

"좋아, 여러분. 즐거운 무도회 만들기에 앞서, 새로운 절차가 생겼다. 다들 이 상자에 핸드폰을 넣도록 해. 회의 끝나고 나서 돌려줄 테니."

그가 빈 통을 들어 보이자 세 번째 줄에 앉은 누군가의 입에서 볼멘소리가 나왔다.

"샘! 방과 후에는 폰 허용되잖아요!"

프랜지 샘은 서류 한 장을 집어 들고 읽기 시작했다.

"교내에서는 금지라는데? 자, '방과 후일지라도 교내활동 중에는 학생들의 휴대전화기 사용을 금지한다. 휴대전화기는 활동 시작 시에 수거하고 종료 시에 반환한다.'"

프랜지 샘은 다시 플라스틱 통을 내밀었고, 학생들은 밀반입품을 들킨 죄수들처럼 툴툴대며 핸드폰을 넣었다.

"내가 만든 학칙이 아니야. 수업 시간에 너희가 문자질을 해도 난 좆도 신경 안 쓰잖냐."

알 만했다. 프랜지는 멋있는 척, 센 척하느라 비속어를 쓰는 부류의 교사였다.

툭, 툭, 유리와 플라스틱이 빚는 소음이 회의실을 돌아다닐 때 난 기회가 왔음을 알아차렸다. 난 오른손으로 문자를 찍기 시작하며 왼손을 번쩍 쳐들었다.

하지만 프랜지는 내 손을 보지 못하고 칠판 쪽으로 돌아섰다.

"오늘은 졸업무도회 주제를 투표로 정하도록 하자."

"쌤?"

난 그제야 다시 돌아보는 그의 눈을 똑바로 응시하며 물었다.

"저희는 핸드폰을 내놓는데 쌤만 폰을 가지고 계시는 건 좀 위선적이라는 생각, 안 드세요?"

내가 핸드폰에 찍은 문자는 '조시 프랜지한테 전화해요! 지금!'이었다. 수신인은 블라이 쌤. 내가 문자를 하면 그녀는 곧바로 답신했다. 날 고용한 이후로 그녀는 늘 핸드폰과 한 몸이었다. 과연 즉시 답신이 날아왔다.

> **블라이** 뭐? 내가 왜?

"든다. 하지만 넌 열여섯 살이고 난······ 너보다는 오래 살았으니까 언제든 핸드폰을 갖고 있을 자격이 있다고 보는데. 게다가 너희 세대랑은 다르게 난 핸드폰에 정신이 팔리지 않거든."

그는 삐기는 웃음을 날렸다. 잘나셨어요, 꼰대 아저씨.

"그럼 만약 폰에 정신이 팔리면 쌤도 상자에 폰을 넣겠다는 말씀이시죠?"

그는 내 위협 따위 우습다는 듯이 어깨를 으쓱했다.

"그래. 그런데 내 폰엔 신경 끄고 일단 네 폰이나 넣으렴."

핸드폰 수거통은 내 바로 앞줄까지 와있었다.

블라이 쌤의 문자가 또 왔다.

> **블라이** 그 인간이랑 말 섞을 일 없으려고 널 고용한 건데! 우리 그이가 통화 기록을 보면 어떡하라고!

> **마고** 통화한 다음에 삭제해요!

> **블라이** 어떻게 하는지 몰라!

아이고 맙소사, 어른이 이렇게 사람 복장 터지게 할 수도 있구나. 통화 기록 삭제하는 법을 모른다고?! 어떻게 몰라?! 매일 15분씩 알렉사Alexa(인공지능 스피커-옮긴이)랑 언쟁을 벌이겠구먼.

> **마고** 제가 삭제해 드릴게요! 일단 전화하세요. 꼭 하셔야 해요. 중요하다고요. 일단 걸고, 실수로 걸었다고 말씀하세요.

수거통이 내 자리로 왔다. 난 손가락에 쥐가 나도록 빠르게 문자를 찍었다. 프랜지 샘 표정에 짜증이 어렸다.

"일라이제. 어서. 미련을 버려. 전화기 넣어라."

내 손가락이 자판을 두드리는 동안 그는 점점 화가 치미는데 티를 내지 않으려 애썼다. 그가 내 쪽으로 걸음을 옮기기 시작했다.

> **마고** 전화해요! 지금 지금 지금!

프랜지가 내 앞에 서는 순간 난 핸드폰을 통에 던져 넣었다.

"죄송해요, 엄마한테 제가 어딨는지 보고하느라……. 죄송합니다."

핸드폰이 아니라 뜨거운 감자를 잡았다 놓은 듯 두 손바닥을 들어 보였다. 프랜지 샘은 한숨을 내쉬었다.

바로 그때, 그의 전화기에서 〈언더 프레셔〉가 울려 퍼졌다. 설마 블라이 샘만의 벨소리를 따로 지정해 놓았나? 역겨운 인간.

그가 얼어붙었다. 머릿속은 엄청나게 바쁘겠지. 한 달 전에 하룻밤을 함께 보낸 여자가 전화를 걸었다. 이걸 받아, 말아? 받으면 이 여자랑 또 잘 수 있을지도 몰라. 아냐, 이 전화를 무시해야 일라이제가 틀렸음을 증명하고 교사의 권위를 지킬 수 있는데……. 당연히,

남자들이 대개 그렇듯 그는 섹스를(이 경우, 확률은 낮으나 섹스할 가능성을) 택했다.

"어…… 미안, 이 전화는 받아야겠다."

프랜지는 발신자 번호를 들여다보며 웅얼거렸다.

"정말요?"

난 날카롭게 외쳤다. 반격의 신호탄이었다. 학생들이 일제히 목청을 높였다.

"집중력이 남다르신 줄 알았는데요!"

"뭐예요?!"

"불공평해요!"

분노의 교향곡.

"미안하다, 이건…… 아주 중요한 전화야. 하지만 알았다! 통화 마치고 돌아오면 내 전화기도 수거통에 넣으마! 됐지?!"

그는 말 그대로 뛰쳐나갔다.

난 의자에 드러눕듯 걸터앉은 자세로 느긋하게 기지개를 켰다. 와, 기분이 째졌다. 이제 슬슬 삐딱녀와 대화를 터볼까. 어쩌면 우린 단짝이 될 운명인지도.

삐딱녀가 말했다.

"쌤들이 자기 발등 찍을 때마다 짜릿해 죽겠다니까."

"무시무시하네. 하지만 어, 무슨 말인지 알아."

난 그녀에게 슬쩍 몸을 기울였다.

"프랜지 쌤은 어때? 괜찮은 인간 같아?"

삐딱녀는 깨알이라도 세듯 인상을 쓰고서 나를 쳐다봤다. 괜찮건 안 괜찮건 그 중간 어디쯤이건 간에 교사를 '인간'으로서 생각해 본 적 없었던 모양이다. 이내 그녀는 어깨를 으쓱하며 대답했다.

"몰라. 뭐, 화학을 가르치는 인간이지."

거참 대단한 통찰력이네. 아무래도 너랑 내가 단짝이 되기는 어렵지 싶다.

곧 프랜지 샘이 돌아왔다. 역시 당황한 기색이었다. 한 번 잔 여자와 한 번 더 잘 수 있다는 기대가 너무 빨리 무너진 탓이었다.

"미안, 아까도 말했지만…… 중요한 전화여서……."

아무도 관심 없었다. 학생들은 입을 모아 소리치기 바빴다.

"핸드폰 압수! 핸드폰 압수!"

"알았어, 알았다고. 자! 됐냐?"

프랜지 샘은 그 징그럽고 낡아빠진 핸드폰을 수거통에 넣고는 그 수거통을 책상 서랍에 넣었다. 내 계획이 본 궤도에 들어섰다. 이제 어려운 일을 해치울 차례였다.

이후 20분 동안, 혀에 피어싱을 한 여자애와 땋은 머리를 한 여자애가 졸업무도회 주제를 두고 설전을 펼쳤다. 난 피어싱 한 애를 '반항아', 땋은 머리는 '초록 지붕 집의 금발 머리 앤'이라 부르기로 했다. 반항아는 영화 〈백 투 더 퓨처〉에서 착안한 '브라이턴 투 더 퓨처'를 제안했고, 금발 머리 앤은 '베첼러Bechelor(한 남성이 약 25명의 여성 중 한 명을 선택하는 과정을 보여주는, 미국의 인기 리얼리티 쇼-옮긴이)'를 내세웠다. 그렇다면 참가자들이 속마음 인터뷰를 하고 무도회 킹이 장미를 건네는 식? 앤은 '브라이턴 투 더 퓨처'가 억지스럽고 촌스럽다고 지적했다. 반항아는 '베첼러'가 여성을 비하한다면서 "그렇게 성차별적인 졸업무도회를 원하면 그냥 주제를 '루스벨트'로 정하지?"라고 쏘아붙였다.

한 무리 아이들이 낄낄대며 "와 씨, 또 그 얘기야?" 따위를 쑥덕거렸다.

난 삐딱녀에게 은근히, 단 '브라이턴 학생다운' 자세로 물었다.

"쟤네 왜 저래? 뭐, 루스벨트가 구린 거야 당연하지만!"

"소문 못 들었어? 리벤지 포르노 사이트가 있다잖아. 그 학교 좆됐지 뭐. 거기에 미셸 브루크너도 올라갔대."

어디서 들어본 이름인데……? 아, 브라이턴 졸업앨범에서 봤다. 일라이제 브라운 바로 옆에 있던 사진의 주인 이름.

난 책상에 이마를 쿵 찧었다. 입안이 비릿했다. 브라이턴 학생이 올라갔어? 루비가 다른 학교까지 마수를 뻗었다고? 다른 동네에? 도대체 어디까지? 속이 울렁거렸다. 이제부터 하루도 빠짐없이 그 사이트를 확인해야겠어.

앞쪽에 있는 어떤 주근깨 남자애가 '주제 없는 무도회'라는 아이디어를 내놓았고, 곧이어 첨예한 찬반 토론이 벌어졌다. 이 틈을 타서 나는 화장실에 다녀온다는 핑계를 대고 나가 비상용 선불폰으로 새미에게 전화를 걸었다. 벨소리가 두 번 울리기도 전에 그가 받았다.

"무슨 일?"

"나 작업 중. 지금. 프랜지 핸드폰을 벽돌로 만들 거야."

"잘됐네. 드디어."

마치 나한테 잘된 일이라는 투였다.

"내가 표적을 없애는 대로 오빠도 그 인간 하드드라이브랑 클라우드에 있는 사진들 싹 지워줘."

그는 잠시 망설이다 대답했다.

"알았어, 근데 지금 내가 밖에 있어."

뭐가 어째? 수요일에 웬 외출? 수요일에 새미는 학교 끝나면 무조건 집으로 직행해 다시 나오지 않는다. 말 그대로 하루걸러 하루는 학교 아니면 집인데.

"뭐? 장난해?"

"10분 안에 돌아갈 수 있어, 마고. 그럼 되잖아."

"집에 없을 거라고 미리 일러주지 그랬어."

"너야말로 오늘 프랜지 폰에 작업 들어간다고 미리 귀띔해 주지 그랬냐!"

맞는 말이었다. 귀띔했어야 했다. 하지만 이제껏 필요할 때 그가 없었던 적은 없었다. 내가 언제 어디서 뭘 할지 일일이 알려준 적도 없고, 그럴 필요도 없었다.

"10분이면 돼. 작업 들어가면 문자 줘."

"알았어."

계획대로라면 내가 프랜지의 전화기를 무용지물로 만드는 동시에 새미도 프랜지의 인스타그램 계정에 들어가 사진을 지워야 했다. 기껏 인스타그램 사진을 지운들 다시 올릴 수 있다면 무슨 소용이겠는 가. 일종의 버그로 인해 핸드폰이 먹통이 되면서 사진도 영영 사라진 것처럼 보여야 했다. 프랜지는 그것이 누군가의 사주를 받은 해커들 의 소행임을 절대로 알지 못할 것이다.

때가 되었다. 난 회의실로 돌아가는 대신 브라이턴 주차장 후문으 로 향했다. 자전거 보관소 부근에 피어싱을 잔뜩 한 아이 둘이 있었 다. 그들에게 20달러를 주고 화재경보기를 울리게 했다. 5분 뒤, "따 르르르르르르!" 요란한 소음이 교내 전체에 울려 퍼졌다.

다양한 모임이 한창이던 동아리실, 교실에서 다양한 학생들이 몰 려나왔다. 엉성한 무대 의상 차림의 연극부 애들, 정책 서류철을 손 에 든 모의 유엔 학생들 등등. 나는 다른 길을 택해 이제는 빈 교실이 된 회의실로 돌아갔다. 곧장 뒤로 가서 프랜지가 전날 실험에 썼던 전자석을 집어 들었다.

그러고는 프랜지의 책상으로 달려갔다. 멍청하게도 그는 서랍을 잠그지 않았다. 난 핸드폰 수거통에서 그의 전화기를 꺼냈다. 그 자 리에서 박살 낼 수도 있었지만 내겐 훨씬 더 나은 (아울러 훨씬 더 복 잡한) 계획이 있었다. 누군가 일부러 망가뜨린 것처럼 보이지 않게 망가뜨릴 셈이었다. 그래서 전자석을 챙긴 것이다.

전자석 코일 위에 프랜지의 핸드폰을 올려놓고 스위치를 켰다. 5~10분이면 바짝 익은 통구이가 될 것이다. 잘 가, 블라이 샘의 사 진들(그리고 다른 모든 것들)아. 그렇지만 폰 겉면은 말짱하다. 누군가 조작했다고는 꿈에도 알지 못하겠지. 이런 게 바로 완전 범죄다.

나머지 핸드폰들이 들어 있는 수거통이 전자석과 1미터 이상 떨어져 있는 걸 확인한 뒤 시간을 재기 시작했다. 방송 스피커가 지직거리더니 반갑지 않은 소식이 흘러나왔다.

"자 여러분, 화재경보기가 오작동한 것 같습니다. 모든 방과 후 활동과 동아리 모임을 재개해도 좋습니다."

젠장. 젠장, 젠장, 젠장. 타이머를 확인해 보았다. 이제 겨우 2분 지났다. 밖을 살폈다. 이번에는 다들 건물 안으로 몰려들고 있었다. 시간이 없었다. 난 전자석 전원을 끄고 프랜지의 핸드폰을 집어 들었다.

전원 버튼을 눌러 보았다. 먹통이었다. 재부팅을 해보았다. 먹통이었다. 다시 한번 해보았다. 먹통이었다. 이 폰은 죽었다.

복도 쪽의 시끌시끌한 소음이 교실로 흘러들었다. 서둘러야 했다. 전자석 플러그를 뽑고 프랜지의 핸드폰을 수거통에 던져 넣은 다음 수거통을 책상 서랍 맨 아래 칸에 넣었다. 서랍을 쾅 닫고서 고개를 들었는데…….

삐딱녀가 보였다. 문가에 서있었다. 무표정한 얼굴에선 아무것도 읽어낼 수 없었다. 조용히 따져보고 있는 건가? 프랜지에게 날 일러바칠지 말지?

우린 가만히 서로를 쳐다봤다. 그녀의 눈길이 수거통 서랍을 향했다가 나에게로 돌아왔다. 곧이어 그녀는 고개를 까딱하고서 말없이 자기 자리로 갔다. 안심하라는 듯이. 난 교실에서 나왔다. 밀려드는 학생들 물결을 거슬러 건물 밖으로 계속 걸었다.

버스 정류장으로 가는 길에 새미에게 문자를 보냈다.

마고 전자석 작전 성공! 핸드폰 죽였어.

마고 이제 오빠가 공을 잡을 차례야. 오빠 야구 좋아하잖아.

새미 가끔 네 계획은 참 쓸데없이 복잡해. 그냥 부숴버렸음 간단한걸.

마고 내가 천재인 걸 어떡해. 이렇게 해야 핸드폰이 저절로 고장 난 것처럼 보이지. 범인이 있으리라곤 아무도 의심할 수 없게.

잠시 후……

새미 그래도 복잡해. 나라면 부숴버렸을 거야.

마고 그냥 사진이나 지워주세요.

몇 분 후……

새미 삭제 완료.

블라이 샘에게 문자를 보내 일이 다 끝났으니 잔금을 치르셔도 된다고 알렸다. 후유, 해결했다. 마음이 한결 가벼워졌다.

어느새 버스 정류장이었다. 빠르면 15분, 늦어도 45분 안에 집에 도착할 것이다. 엄마가 남겨둔 게 뭐든지 간에 데워 먹고 실제 범죄 사건을 다루는 팟캐스트를 찾아 듣다가 침대에서 기절해 버릴 테다. 확인차 루스벨트 비치스에 들어가 봤다. 미셸 브루크너 말고 새로운 피해자는 없었다. 다행이군.

핸드폰 알림음과 함께 화면에 에이버리의 문자 메시지가 떴다.

> **에이버리** 오늘 못 봐서 서운했어. 내일 학교까지 태워다 줄까?

> **마고** 그래.

간단히 몇 마디 덧붙이려 했는데 새미에게서 문자가 왔다.

> **새미** 다음 일거리 들어오면 알려줘.

기분이 순식간에 가라앉았다. 나도 너무너무 알려주고 싶었다. '실은 일생일대의 대사건을 맡았는데, 잘 안 풀려서 미칠 것 같아! 제발 해럴드 밍의 컴퓨터 좀 해킹해 줘!' 하지만 그럴 수 없었다. 약속은 약속이고 약속이니까. 그래서 대신에……

마고 당연하지.

　그러고는 핸드폰을 비행 모드로 돌려놓았다. 오늘 밤 더 이상 핸드폰을 들여다볼 일은 없다.

CHAPTER 15

해럴드 밍은
암실에

새벽 6시에 눈을 떴다. 한쪽 콧구멍에 공기가 통하지 않았다. 머리가 지끈거리고 목구멍이 칼칼했다. 프랜지 작전의 성공으로 분출했던 아드레날린은 효력을 다했고 이제 내 몸은 모종의 감기 또는 독감 바이러스의 숙주가 되어 구석구석 안 아픈 데가 없었다. 이런 상태로 학교에 갈 수는 없었다. 집에서 쉬면서 길 끝에 있는 평균 이상의 베트남 식당에서 쌀국수를 배달시키고 블라이 샘 건을 회계 프로그램에 입력해야 했다. (중소기업을 운영하면서 무척 짜증 나는 일 중 하나는 장부를 정리해야 한다는 거다. 이건 뭐, 아무리 해도 끝나지 않는 숙제 같다.)

에이버리에게 오늘 태워다 줄 필요 없다는 문자를 보내려 했는데 그가 선수를 쳤다.

> **에이버리** 오늘 사진부 모임 있는 거 깜빡했다. 우린 토요일에 만나도 될까?

　내 본능은 '그래'라고 답한 뒤 침대로 기어 들어가 3일 동안 나오지 말라고 했지만…… 뭔가 께름칙한 느낌이 엄습했다. 왠지 사진 동아리가 중요한 것만 같은, '제기랄, 오늘도 마음 놓고 몸져눕긴 다 틀렸네' 하는 불길한 예감. 난 젖은 휴지처럼 무거운 몸을 끌고 책상으로 가서 해럴드 파일을 열었다. 그러면 그렇지. 해럴드 밍도 사진부 소속이었다.

　에이버리와 해럴드는 겹치는 관심사가 많지 않았다. 거의 모든 동아리에 소속된 에이버리지만 서포트 그룹만은 은근히 피했다. 모임에 한 번 갔었는데 분위기가 좀…… 강압적이었다면서. 에이버리는 그렇게 표현했지만 아마 섬뜩했다는 얘기였을 것이다. 게다가 그 독실한 청년은 꼬박 세 시간 동안 통기타를 퉁겼다고 한다. 장장 두 시간 57분에 걸쳐 한 번도 쉬지 않고.

　아무튼 에이버리와 해럴드는 결코 친한 사이가 아니었다. 조만간 둘이 어울릴 일이 또 있다는 보장은 없으므로 누가 뭐래도 내게는 사진부 모임이 절호의 기회였다. 모임은 한 달에 한 번뿐이니 이번 기회를 놓칠 수 없었다. 난 이렇게 답신했다.

> **마고** 나도 끼면 안 돼?

에이버리 어디, 사진부 모임?

마고 응. 내가 사진에 관심이 많거든. 내년에 가입할까 싶은데.

에이버리 좋지. 알았어.

에이버리는 7시에 날 데리러 왔다. 비가 와서 비옷을 걸쳤는데도 아파트 현관에서 그의 차로 가는 사이에 난 흠뻑 젖었다. 에이버리에게 고맙다고 말하고 싶었지만 기침이 터져버린 데다 자꾸 콧물이 흐르려 해서 아무 말도 할 수 없었다.

에이버리가 걱정스러운 표정을 지었다.

"너 괜찮아?"

젠장. 증상을 잘 감추든지 제대로 둘러대든지 하지 않으면 4교시가 되기도 전에 집으로 쫓겨나올 판이었다.

"어, 괜찮아. 미안, 그냥…… 알레르기야."

난 미소를 날리며 별일 없이 건강한 사람으로 보이려 해봤지만 실패했다.

"알레르기? 확실해?"

그는 눈살을 찌푸렸다.

"있잖아, 나 오늘은 학교 빠지면 안 돼. 시험도 잔뜩 있고, 진짜 사진부 모임에 꼭 가고 싶어. 네 인스타그램은 멋지잖아? 내 건 그냥 발 사진들밖에……. 사진 잘 찍고 싶단 말이야."

아이고. '두서없는 의식의 흐름 표출하기'도 이 감기의 증상인가 보다. 난 눈을 질끈 감았다. 학교에 도착할 때까지 뜨지 않을 작정이었다.

"시트 온도는 괜찮아?"

에이버리의 말을 듣고 보니 엉덩이가 따뜻했다. 헉, 나 오줌 싼 거야? 그 정도로 몸 상태가 안 좋다고? 아니다, 열선 시트였다. 아무렴, 이 멋들어진 자동차에 멋들어진 열선 시트가 없으면 쓰나.

"어, 좋아. 그게, 트리니티 타워의 우리 평민들은 '엉따' 되는 차에 탈 일이 별로 없거든. 이러니까 뭔가 대접받는 기분인걸."

웃음소리가 들리지 않았다. 재치 있는 말대꾸도 없었다. 한쪽 눈을 슬며시 뜨고 에이버리를 곁눈질했다. 정면의 도로를 응시하는 그의 얼굴은, 우리의 빈부 격차를 명쾌하게 상기시키는 내 발언에 딱히 감탄한 것 같지 않았다. 이런.

에이버리는 학생 주차 구역에 차를 세우고 잠시 멀거니 있었다. 나는 그가 먼저 나가서 내 쪽 차 문을 열어줄 줄 알았다. 그는 기사도 정신이 투철하니까. 하지만 그는 운전석에 앉은 채 이렇게 말했다.

"흠. 내가 계획을 딱 세워놨거든? 아빠가 쓰는 그…… 커다란 '회장님 우산'을 씌워서 정문까지 모시고 가려 했다고. 그런데…… 우산 챙기는 걸 까먹었네."

그는 입술 사이로 휴, 한숨을 내쉬었다.

"그랬음 되게 멋있었겠네."

"내 말이!"

"우리, 뛰어가야겠지?"

나도 우산을 가져오지 않았다.

"너 아프잖아. 건물 앞에서 내려줄게."

"아냐. 난 괜찮아."

실은 괜찮지 않았다. 진짜 너무 아팠다.

"달리기 시합 한판?"

뭐라고? 제정신이니, 마고?

"좋아……. 하지만 미리 경고하는데 나…… 되게 빨라."

그는 삼두근을 과시하며 뻐겼다. 거만하기는.

건물 정문까지 거리는 45미터 남짓. 에이버리는 한눈에도 무척 비싸 보이는 모직 스웨터를 입고 있었다.

"뭐래, 난 반칙왕이거든?"

그가 뭐라 반응할 틈도 없이 난 그의 열쇠를 잡아채어 뒷좌석으로 던지고서 정문을 향해 냅다 뛰었다.

부리나케 뒤따라오는 소리가 들렸다. 그가 신은 '최고의 신발'이 철벅철벅 흙탕물을 튀겨댈 때마다 그의 입에선 "으악! 악!" 하는 비명이 터져 나왔다.

정말 웃겼다. 먼저 도착한 나는 의기양양하게 "이겼다!"고 외치며 문을 잡아당겼는데…… 열리지 않았다. 아직 잠겨있었다.

그가 울부짖었다.

"나한테 왜 이래, 머츠! 문 열어!"

난 소리쳤다.

"아직 잠겼어!"

"당연하지! 미치지 않고서야 누가 이렇게 이른 시각에 학교에 오겠어!"

우린 내리는 비를 고스란히 맞고 있었다. 그가 안돼 보여서 난 비옷을 벗어 우리 둘의 머리 위에 걸쳤다.

"가자, 본관 쪽 문은 열려있을 거야."

작은 비옷을 나눠 걸친 채로 몇 걸음 놓았다. 박자가 어긋나면 물세례를 맞게 되는 이인삼각 같았다. 에이버리는 한 손으로 내 허리를 감싸고 다른 손으로 비옷을 받쳐 들었다. 키가 작은 내 쪽으로 빗물이 흘렀다. 그래서 그가 날 더 바짝 당겼다. 그가 '일부러' 우산을 놓고 온 게 아닐까 의심스러울 정도였다. 하지만 솔직히 그는 그런 수를 쓸 수 있는 사람이 아니었다. 나라면 그런 수를 썼을 거란 생각에 아주 조금 기분이 나빠졌다.

우린 물에 빠진 생쥐 꼴이 되어 본관 출입문에 도착했다. 머리칼이 얼굴에 납작하게 들러붙은 게 둘 다 몰골이 엉망이었다. 눈이 마주치자 누가 먼저랄 것도 없이 웃음을 터뜨렸다. 유쾌하고 달콤한 순간이었다. 내가 그의 얼굴에 대고 재채기를 하기 전까지는.

심한 두통을 이기지 못하고 4교시와 5교시 내내 잠을 잤다. 그 외에 별다른 일은 없었다. 음, AP 정치학 시간에 맨디 틸먼이 세상에서 가장 우렁찬 방귀를 내뿜고서 울어버린 사건이 있긴 했다. 맨디는 방귀 뀐 사실을 들키느니 차라리 죽음을 선택할 도도한 '요조숙녀' 과 인데 그 크고 독한 방귀는 너무나 명백하게 그녀가 뀐 것이었다. 나는 원래 타인의 불행을 즐기는 사람이 아니지만 이건 도저히 저항할 수 없었다. 모두 박장대소했다. 이 일은 죽을 때까지 모두의 기억에 남지 않을까 싶다.

하지만 그뿐이었다. 그 외에는 아무 일도 없었다.

마지막 종이 울렸고 난 재빨리 유명한 사진작가 몇 명을 검색했다. 에이버리의 사진에 대해 흥미로운 논평을 몇 마디 건네야 하니까. 이를테면 "스티글리츠의 사색적인 분위기가 있는데 애니 레보비츠의 대담함도 엿보여"라고.[51] 2시 35분, 사진부실 앞에서 에이버리를 만났다. 그는 정체 모를 액체가 든 컵을 두 개 들고 있었다. 하나는 뜨겁고 하나는 차가웠다. 그는 컵 두 개를 다 내 손에 들리며 말했다.

"차가운 거 먼저 단숨에 들이켜. 그다음에 뜨거운 걸 천천히 마시고. 당장 효과가 나타나진 않겠지만 내일쯤이면…… 씻은 듯이 나을 거야."

간호사 엄마를 둔 나는 감기에 걸리면 잘 자고 이미 다 본 TV 드라마를 다시 보는 것이 상책임을 알고 있었다. 하지만 우린 말하자면 '사귀는 사이'였으므로 난 그에 알맞게 행동했다. 차가운 액체를 들이켰다. 아니, 노력은 했는데 단숨에 삼키진 못했다. 너무 역했다.

---

51 스티글리츠Stieglitz고 애니 레보비츠Annie Leibovitz고 간에, 사진가가 되려면 이름 철자에 E와 I가 꼭 붙어있어야 한다는 규칙이라도 있나. 에잇, 꺼져라.

"이거 독약 아냐? 맛이 왜 이래?"

"어린애처럼 굴지 마. 한 번에 쭉 마시지 않으면 효과가 없다고. 독약 아니고 케일이랑 아연이야."

"설마 너…… 백신 기피자?"

부자들 중엔 백신을 불신하는 사람이 제법 많다.

"마셔!"

그는 짓궂게 재촉했다. 그래서 마셨다. 한 모금 한 모금 삼킬수록 고약했다. 난 그나마 덜 역한 컵(뜨거운 차)을 들고서 사진부실로 들어가 에이버리 옆에 앉았다. 그날 사진부 임시 감독은 포웰 코치였다. 농구공을 손에서 놓은 지 오래인 중년의 배불뚝이 백인 아저씨. 그는 단 1초도 고개를 들지 않고 독서에만 열중했다. 그래도 토니 모리슨Toni Morrison(흑인 여성 최초로 노벨문학상을 수상한 미국의 소설가-옮긴이)의 작품이었다. 존경할 만했다.

"너 여기서 뭐 해, 마고?"

태라였다. 어렴풋이 기억났다. 1학년 기하학 수업을 같이 들었던 애. 하긴, 부원도 아니면서 모임에 끼다니 상당히 이상한 일이지.

난 딴소리로 대꾸했다.

"교정기 뺐어? 입매가 달라졌네! 치열이 완벽한걸!"

답하기 곤란한 질문을 받았다면 칭찬으로 답을 대신하라. 그 즉시 상대방은 자기가 뭘 물었는지 잊을 것이다. 사람들은 대체로 허영심이 아주 많고 자기 얘기 하기를 무척 좋아한다.

과연 태라의 눈이 반짝 빛났다. 그녀의 일방적인 '교정기 이야기'[52]가 시작될 참이었는데 누군가가 방해했다.

"마고 머츠! 뜻밖의 손님이 오셨네?"

휙 돌아서는 나를 웬 카메라가 조준하고 있었다. 그 뒤로 해럴드 밍의 육중한 체구가 보였다. 해럴드는 키가 큰 데다 레슬링(그리고/ 또는 아마도 스테로이드?)으로 몸집을 키웠다. 모래색 피부에 머리는 헤어 제품으로 떡칠을 했다. 그가 멈칫하더니 이어 말했다.

"아, 미안. 사진 찍기 전에 허락이 필요한가?"

"실은 안 찍었으면 좋겠어. 몸이 좀 안 좋거든."

난 0.5초간 해럴드의 얼굴에 스친 분노를 놓치지 않았다. 그는 금세 엉터리 판매원의 미소를 지으며 카메라를 내렸다.

"알았어. 괜찮아. 우린 누구든 안전하고 든든하다 느끼길 원하니까. 마고 네가 여길 오다니, 이거 너무 흥분되는걸!"

그가 주먹을 내밀었고 난 마지못해 주먹을 맞부딪쳤다. 이유 없이 그를 싫어하는 천하의 쌍년처럼 보이고 싶지 않았다(아울러 감기야 옮아라, 하는 심산도 있었다).

해럴드는 정식 사진부원들에게로 관심을 돌렸다.

"좋아, 오늘은 태라, 에이버리, 벨라의 사진을 현상하고 각 작품에 대해 얘기하는 시간을 갖도록 하자. 포웰 코치님, 오늘 감독이시니까 암실에 같이 들어가실래요?"

"됐다, 밍. 네가 알아서 해."

---

[52] 교정기를 꼈던 사람이라면 누구나 '교정기 이야기'가 있기 마련인데, 모든 사연이 한결같다. 교정기를 꼈다, 예상보다 오래 꼈다, 아팠다, 그러다 교정기를 뺐다, 끝.

포웰 코치는 책장을 넘기며 무심히 말했다. 곧이어 "가장 소중한 건 당신 자신이오"라고 중얼거리며 그 문장에 펜으로 밑줄을 그었다.

"멋지네요. 그럼…… 시작해 볼까?"

해럴드는 주일학교 교사처럼 쾌활하게 외쳤다. 내가 엉거주춤 일어나자 해럴드가 말했다.

"어어 이런. 미안해, 마고. 너는 암실에 들어가면 안 될 것 같아. 보건 안전 연수 과정을 전부 이수하지 않으면 안 돼. 우리 부원들은 연초에 다 이수했거든."

그는 마치 나에게 암을 선고한 의사라도 되는 듯 안타까운 표정을 지었다. 한마디 한마디 내뱉기 조심스럽다는 투였다.

에이버리가 나섰다.

"형, 앤 가만히 구경만 할 거야. 보안경을 쓰면……."

"사실……."

해럴드가 그의 말을 끊었다. 안전 수칙이 어쩌고저쩌고, 구구절절 설명을 늘어놓을 게 뻔했다.

그래서 이번엔 내가 해럴드의 말을 끊었다.

"걱정 마. 난 여기 있을게. 사진부 규율을 어기고 싶진 않아."

해럴드는 대단히 마음 아픈 척 가식적으로 얼굴을 찡그리며 끄덕였다.

"이해해 줘. 연수를 받은 다른 부원들이 억울하면 안 되잖아."

난 그에게 두 엄지를 들어 보였다. 괜찮아, 멍청아. 난 그냥 바로 여기서 네 하드드라이브를 복사할게.

해럴드가 부원들을 데리고 암실로 들어갔다. 에이버리는 한동안 들어가지 않고 머뭇거렸다.

"정말 괜찮겠어? 그냥…… 집으로 갈래? 시간이 꽤 걸릴지도 몰라."

"됐어, 괜찮아."

난 콧물을 참으며 대답했다.

에이버리는 실눈을 떴다. 상황이 어떻게 돌아가는지 눈치챘다는 듯이.

"알았어. 그럼…… 뭐가 됐든 넌 할 일을 해. 나도 금방 나올게."

"좋아. 네 사진 빨리 보고 싶다. 내가 아주 신랄하게 평가해 주겠어!"

"우우! 피드백! 기대되는걸!"

그는 빙글빙글 웃으며 암실로 향했다.

나도 미소를 지어주다가 그가 시야에서 사라지자마자 작업에 들어갔다. 먼저 내 가방을 해럴드 자리로 옮겨다 놓았다. 내 물건을 그의 것 옆에 놓았다. 그런 다음 후드티를 벗어 노트북을 덮었다.

외장 하드드라이브를 그의 노트북에 연결하는데 갑자기 피로감이 몰려들었다. 하드드라이브를 추적하고 그걸 다양한 방법으로 샅샅이 뒤지는 일이 지긋지긋했다. 그 고생을 하고도 아무것도 밝혀내지 못하는 것 역시 신물이 났다. 게다가 지금은 몸까지 아팠다. 제발 해럴드가 마지막이길. 이것으로 끝낼 수 있기를. 간절히 빌면서 그의 노트북을 열었더니 다행히도 전원이 켜진 상태였다. 해럴드는 보안용 암호를 걸어두지도 않을 정도로 자신감 넘치는 놈이었다. 그가 사물함을 잠그지 않는다 해도 난 놀라지 않을 것이었다. 거만한 자식!

내가 챙겨 온 'FAST-D[53]'라는 프로그램은 하드드라이브를 35분 안에 복사할 수 있었다. 사진 현상에 대해서는 아는 게 전혀 없지만 암실에서 사진을 현상하는 장면을 영화로 본 적이 있었다. '화학약품이 든 통에 사진을 넣는다. 그 사진을 다른 통으로 옮긴다. 그런 다음 오랫동안 걸어둔다.' 적어도 한 시간은 넘게 걸리는 과정 같았다. 그렇다면 시간은 충분했다. 포웰 코치는 아직도 모리슨 여사의 빼어난 산문에 푹 빠져있었다. 난 시계를 봤다. 다운로드 시간을 확인했다. 9분 남았다. 엎드려서 몇 분만 쉴까. 나쁜 생각인 건 알지만 책상이 너무…… 편안해 보였다. 더구나 머리가 너무…… 무거웠다. 너무나…… 많이…….

문소리가 들렸다. 눈이 번쩍 뜨였다. 에이버리가 암실에서 나오고 있었다. 그는 방금 현상한 사진 두 장을 들고서 그야말로 목청이 터져라 소리쳤다.

"어이, 마고! 사진 나왔어. 어디 신랄하게 평가해 봐!"

해럴드가 바짝 뒤를 따랐다. 갓 깨어난 내 두뇌가 사태를 파악하기 시작했다. 너 잠들었어, 마고! 네 외장 하드가 해럴드의 노트북에 연결돼 있고! 뭐라도 좀 해!

---

[53] 댁들 생각해서 하는 말인데 검색해 보지 마라. 나로선 안 본 눈을 사고 싶은 심정인 포르노의 한 분야이기도 하더라.

난 벌떡 일어섰다.

"벌써 왔어? 잘됐다! 빨리 끝났네!"

콧물을 삼키며 지나치게 열정적으로 그들을 맞았다.

해럴드가 말했다.

"한 시간도 넘게 걸렸는데?"

"그래?"

믿을 수가 없었다. 열 때문에 정신이 나갔나 보다. 벽시계를 보았다. 그랬다. 3시 50분이었다. 해럴드와 에이버리는 그새 내 앞으로 와 서 있었다. 아직 내 후드티를 덮어 쓴 해럴드의 노트북 앞에.

"왜 자리를 바꿔 앉았어?"

해럴드의 물음에 선뜻 답할 말이 떠오르지 않았다.

"어⋯⋯."

나 땀 흘리고 있어? 놈은 알고 있나? 다들 알아?

"난 그냥, 어⋯⋯ 좀 더 편한 자리를 찾느라."

해럴드가 이맛살을 찌푸렸다. 내 원래 자리는 철제 의자, 옮긴 자리도 똑같은 철제 의자였다. 더 그럴싸한 거짓말을 해, 마고!

그가 입술을 일그러뜨리며 오른손을 앞으로 뻗었다. 곧 후드티를 벗겨내고 그의 노트북과 내 외장 하드를 발견하겠지. 거짓말쟁이 도둑이라 욕하며 날 내쫓을 거야. 지금 당장 분위기를 바꿔야 해.

"나 꼭 할 말이 있어!"

난 왼손으로 책상을 쾅 내려치며 고함을 내질렀다(그러면서 오른손을 후드티 밑으로 넣어 해럴드의 노트북에 꽂혔던 USB를 잡아 뺐다).

모두가 얼어붙었다. 해럴드도 얼음이 되었다. 모두 나를 주목했다. 하지만 난 할 말이 없었다.

"한 시간이 넘도록 여기 있었어. 너희가 사진을 가지고 돌아오길 기다리면서. 그런데 한 번도! 단 한 번이라도!"

소매 안에 내 외장 하드를 숨긴 후드티를 해럴드의 노트북에서 낚아채듯 올리면서 자연스럽게 열변을 토했다.

"누구든…… 태라한테…… 교정기를 빼니까 얼마나 예쁜지 얘기해 준 적 있어?"

이제 모두의 시선이, 얼굴이 붉어진(그러나 관심이 싫지 않은) 태라를 향했다.

"너희는 교정기를 착용한다는 게 어떤 건지 전혀 몰라! 얼마나 불안한데! 입이 얼마나 아픈데! 태라는 자그마치 3년이나 교정기를……."

"실은 2년……."

태라가 수줍게 끼어들었다.

"그래, 2년! 하지만 마치 3년 같은 2년이었지! 치아를 조이고! 놀림 받고! 너희가 알아? 그, 그……."

난 손끝을 딱딱 튕기고서 해럴드를 지목했다. 그가 내 말을 맺어 주길 바라며.

"고통을?"

"그래! 그래, 고통을! 그럼 적어도 우리는 태라를…… 알아봐 줘야지. 그렇잖아, 여기 사진부 아니야? 사진가의 사명이란…… 그러니까⋯⋯ 삶을 포착하는 거 아니냐고!"

모두 수군대기 시작했다. 몇 명은 고개를 끄덕였다. 또 몇 명은 태라에게 사과했고 괜찮다는 대답을 받았다. 태라는 감격한 표정으로 나를 보며 입모양으로 "고마워"라고 말했다. 정말이지 난 그런 인사를 받을 자격이 없는데.

현기증이 일었다. 책상을 짚고 버텼다. 주변을 둘러보았다. 포웰 코치마저 책을 잠시 내려놓고 이 또라이 여학생이 다음엔 무슨 말을 할지 지켜보고 있었다.

"좋아, 음, 다들 조금만 더 노력하자. 그러니까⋯⋯ 알아볼 수 있도록."

웅변을 마친 나는 에이버리를 돌아봤다.

"우린⋯⋯ '엉따' 되는 네 근사하고 비싼 차에서 보자. 안녕."

그러고서 고개를 빳빳이 쳐들고 홱 돌아 사진부실에서 당당하게 걸어 나갔다.

10분 후 에이버리의 차 앞에서 그를 만났다. 차에 올라탔지만 둘 다 한동안 아무 말도 하지 않았다. 난 너무너무 졸렸다. 목이 꺾이지 않게 버티는 데만도 온 힘을 다해야 했다. 그에게 사과를, 최소한 설명이라도 해줘야 옳겠지. 하지만 이번에도 그가 선수를 쳤다.

"그래서 일은 잘됐어? 해럴드 밍 노트북에서 필요한 걸 건졌어?"

난 눈을 부릅떴다. 에이버리는 화난 게 아니라 그저 궁금한 표정이었다. 나도 시치미를 떼기엔 너무 지쳐있었다.

"그 인간 드라이브를 복사했어. 살펴봐야지. 그런데 어떻게 알았어?"

"축구 경기나 공연을 보고 싶어 하는 여자친구는 많았어. 하지만 사진부 모임에 데려가 달라고 한 여자애는 네가 처음이었거든. 그러니까 내 말은, 물론 난 괜찮지만…… 그렇게까지 괜찮지만은 않다고."

이해할 만했다.

"미안해. 미리 말했어야 하는데 난 그냥……."

난 말끝을 흐릴 수밖에 없었다.

그가 말했다.

"괜찮습니다, 머츠 양. 기꺼이 당신의 오른팔이 되어드립죠. 근데 있잖아, 다음번엔 미리 귀띔 좀 해줘. 더욱더 유용한 오른팔이 될걸?"

"더욱더?"

"내가 시간을 끈 거야! 일부러 사진을 망치기까지 했는걸. 그 바람에 해럴드 밍의 '약품 용기 사용 수칙' 강의를 들어야 했다고. 굉장히 굴욕적이었어. 부디 나의 굴욕이 헛되지 않았으면 좋겠다."

"큰 도움이 됐어. 고마워."

난 진심 어린 미소를 지었다.

에이버리는 조작용 터치스크린을 만지작거리기 시작했는데 상당히 긴장한 기색이었다. 나로선 처음 보는 모습이었다.

"저기…… 너한테 부탁할 일이 있어."

"아하, 역시 속셈이 있었네. 날 도와줬으니 빚을 갚아라?"

"절대 아냐, 그런 거. 아니야."

그는 잠시 침묵하다가 말을 이었다.

"그냥 말이나 해보자 싶었어. 그러니까…… 역시 부탁이겠지, 아마? 꼭 들어달라는 건 아니야. 하지만…… 어……."

"아유, 뭔데 그래?"

그에게 신장 따위가 필요한 게 아닌지 슬슬 걱정이 되기 시작했다.

"좋아. 우리 엄마 병원에서…… 참, 엄마가 병원에서 일한다고 말한 적 있던가?"

"네 부모님이 누군지 모르는 사람은 없어, 에이버리."

"아. 그런가."

그는 불편한 표정으로 고개를 주억거렸다.

"음, 엄마 병원이 '노바NOVA'라는 상을 받았어. 이 상은…… 잘 모르지만, 음, 좋은 병원에 주어진다나 봐. 아무튼 엄마가 대표로 상을 받아. 그…… 갈라 행사장에서."

"그렇구나……."

"거기에 나도 가야 해. 그래서 말인데…… 너도 같이 가줄래?"

그는 말 그대로 숨을 죽이고 덧붙였다.

"실토할게. 되게 지루하고 따분할 거야."

"잠깐 실례. 지금 날 무도회에 초대하는 거야?"

어쩌면 난 정말로 제인 오스틴의 소설 속에 들어왔나 보다.

"무도회는 아니야. 갈라라니까. 나한텐 너무 스트레스야. 가기 싫어 죽겠어."

나중에 찾아봤다. 무도회나 갈라나 그게 그거다. 좌우지간 그는 생각만 해도 사무치게 불편한 모양이었다.

"그냥 안 가면 안 돼? 굳이 네가 왜 가야 되는데?"

"재밌는 사실. 정작 엄마는 딱히 상관하지 않아. 날 굳이 거기로 보내고 싶은 사람은 아빠야."

내 표정에서 혼란을 읽은 그가 내처 말했다.

"그런 자리에 섞일 기회를 절대 놓치지 않으셔. 언젠가 정계에 진출할 뜻이 있거든. 아직은 비밀인 것 같지만."

"후아. 엄청나다."

"아빠는 진보주의 백인이라서, 공식 석상에서 번듯한 흑인 아들과 함께 사진 찍히길 무척 좋아하지. 말했다시피 정말 재미없을 거야. 하지만 할 일은 일찌감치 해치우고 너랑 같이 시간을 보내면 그나마…… 재미있을지도."

지금껏 여자친구를 부모님께 소개한 적은 없다더니. 그런데 나를 부모님과 만나게 하겠다고? 심지어…… 화려한 부자들의 행사장에서? 도무지 이해가 되지 않았다. 그런데 에이버리의 불안이 시시각각 불어나는 게 내 눈에도 보였다.

"있잖아, 내가 너무했다. 미안해. 내가 어떻게 널 거기로 끌고……."

난 애써 침착한 표정을 유지하며 다급히 말했다.

"아냐, 아냐! 내가 미안. 좀 놀랐거든. 실은 입고 갈 옷이 마땅치 않아서 걱정스럽기도 했고. 근데 괜찮아, 네가 원하면 갈게. 당연하지. 듣자 하니…… 뭐, 재미는 없겠네. 하지만 경험이 되겠지."

그렇잖은가, 우린 '사귀는 사이'인데. 그와 나를 잇는 게 오로지 은밀한 MCYF뿐일 리 없었다. 이 부탁에 내가 흔쾌히 응하는 게 그를 행복하게 하는 것 같기도 하고. 저리도 환하게 헤벌쭉, 얼굴 가득 미소가 번지고 있지 않은가.

"와, 세상에. 넌 최고야, 마고. 농담 아니고, 그런 자리가 난 진짜 말도 못 하게 싫은데 네가……."

"기꺼이 간다니까."

난 그의 커다랗고 기쁨에 찬 두 눈을 보며 말했다. 그는 운전대를 손가락으로 두드렸지만 차를 출발시키지는 않았다. 다시금 조용해졌다. 대니네 집 앞에서처럼. 배 속이 굳는 듯한 느낌에 당황한 나는 얼른 외쳤다.

"아, 사진!"

에이버리는 두리번거렸다. 내가 무슨 암호라도 대는 건지 난데없는 뇌졸중 증상인지 모르겠다는 듯이.

"미안. 그게…… 네가 현상한 사진들, 정말 보고 싶다고. 네가 보여준다면 말이지만."

그제야 고개를 끄덕이고서 그는 뒷좌석에 놓아둔 가방에서 사진을 끄집어냈다. 먼저 건넨 사진은 트리니티 타워의 현판을 '왠지 있어 보이게' 찍은 것이었다. 어설프게 20세기 초의 아르누보를 흉내 낸 장식적 서체로 '트리니티 타워 아파트, 어서 오십시요'라고 적힌 연갈색 나무 현판. (문법 얘기라면 꺼내지도 마라.)

"트리니티 타워는 임대료 규제가 적용되는 거대한 흉물이야. 이런 걸 뭐 하러 찍어?"

내 핀잔 섞인 질문에 에이버리는 잠시 입술을 잘근대다가 대답했다.

"솔직히? 난 네 사진을 찍고 싶었어. 하지만 그럼 넌 날 진부한 놈, 구닥다리, 가부장적인 놈이라고 여기겠지. 위대한 마고 머츠에게 깊은 인상을 주려면 내가 좀 더 노력해야 한다고 생각했고…… 최선을 다한 결과물이 이거야. 네가 사는 아파트. 흑백. 미안해."

맙소사. 이 녀석, 날 꿰뚫었어. 암, 내 사진을 찍었다면 틀림없이 그를 맹비난했을 것이다. 냉소적이고 날카롭게 비수 꽂는 말을 지껄였겠지. 그가 나의 그런 면을 알고 있었다는 사실이 너무나도…….

그의 얼굴을 두 손으로 감쌌다. 해롤드의 노트북 때문인지 두통약과 감기약을 섞어 마신 탓인지 그저 평범한 사춘기 호르몬의 농간인지, 무언가에 취한 나머지 그러고 싶어졌다. 그래서 그의 얼굴을 감쌌다. 멍청하게 각진 아름다운 얼굴을. 그 얼굴에 내 얼굴을 가까이 들이밀고 말했다.

"내 사진을 찍지 않아줘서 고마워. 내가 싫어할 거란 걸 알아줘서 고마워. 내가 지금 볼썽사나운 전염병에 걸리지만 않았어도 너한테 키스했을 거야."

그러자 그가 내게 키스하며 몹쓸 바이러스의 다음 숙주가 되길 자처했다. 내 얼굴은 퉁퉁 부었고 콧물이 줄줄 흘렀지만 그는 개의치 않았다. 그게 나는…… 놀랍게도…… 싫지 않았다. 아무 냄새도 나지 않는 그의 숨결은 그 어떤 향보다 무한히 더 좋았다. 내 어깨를 잡은 손아귀 힘도 더없이 적당했다. 그래서 그랬다. 숨이 통하는 콧구멍이 하나뿐인데도 나 역시 그의 키스에 응했다. 얼마 동안 키스를 나눴는지는 모르겠다. 3초였을 수도, 3분이었을 수도 있다. 난 마냥 몽롱한 상태였다(내가 첫 번째 숙주였음은 확실하다). 얼마 후 그가 입술을 뗐고, 우린 그저 서로를 바라보았다. 그러다 내가 분위기를 깨뜨렸다.

"바보니? 이제 네가 아플 거야."

그가 드라이브 기어를 넣으며 씩 웃었다. 왼쪽 뺨의 보조개가 깊게 파였다.

"그건 걱정 마. 내 면역력은 타의 추종을 불허하거든. 2학년 때부터 하루도 결석한 적이 없다니까."

거만하기는!

집에 들어서는 순간부터 그저 침대로 기어 들어가 내 코가 더러운 분수 노릇을 그만둘 때까지 누워만 있고 싶었다. 하지만 해럴드 밍의 노트북에 뭐가 들어있는지 확인하는 게 급선무였다. 에이버리와의 데이트와 해럴드를 조사하느라 뜬눈으로 지새운 밤들이 마침내 결실을 보게 되었다. 그 징그럽게 상냥한 변태 자식이 루비의 배후라는 증거를 찾기만 하면 그놈과 그 사이트를 철저히 무너뜨릴 수 있다. 먼저 퓨리 방에 올릴 메시지를 작성했다. 해럴드의 소름 끼치는 졸업 사진을 첨부하고 그대들 마음껏 훼손해도 좋다고도 썼다. 그러나 마지막 순간에 자제력을 발휘해 '전송' 버튼은 모든 게 확실해진 뒤에 누르기로 했다.

그의 하드드라이브를 열었다. 대충 훑어보기에 그의 컴퓨터는 무고해 보였다. 대부분의 폴더가 순 과제 자료로 채워져 있었다. '서포트 그룹' 폴더에는 일정표, 대량 발송용 이메일, 원시 코드와 베타 버전의 앱뿐이었다. 해럴드는 영리했다. 자기 말고는 아무도 몰랐으면 하는 파일은 전부 확장자를 변경해 두었을 것이다. 다시 말해 난 모든 디렉토리를 압축 해제하고 '그렙'('grep'이라는 명령어를 이용해 '데이터 내에서 특정 텍스트를 검색해 찾는다'는 뜻-옮긴이)'해야 했다.

몇 시간이 걸렸지만 결국 '1학년 과제 폴더'에서 '불룩이 전투'(우엑!)라는 압축 아카이브를 발견했다. 노다지였다. 그가 여자애들한테 보냈던 익명의 음란 메시지와 성기 사진 사본이 가득했다. 두고두고 보면서 감탄하려고 보관 및 저장해 놓았나 보다. 그뿐 아니라 그는 포르노 창고도 만들었다. 포르노가 너무너무너무 많았다. 포르노를 스트리밍하는 이 시대에 군이 다운로드해서 보관하는 일부 남자들의 심리를 난 도통 모르겠다. 하지만 해럴드는 자신을 '포르노 연구가'로 여기는 게 분명했다. 언젠가 박물관이라도 열 셈인지 그 많은 포르노를 일일이 분야별로 나누어 정리하고 날짜까지 기록해 놓았다.

계속 파고들다가 드디어 찾아냈다. 파일명 '루비.' 그 안에는······ 사진과 동영상이 잔뜩 있었다. 사이트를 통째로 다운로드한 것이나 다름없었다. 그런데 그게 다였다. 어라? 프로젝트 파일나 업로드 스크립트, 어쨌든 그가 실제로 그 사이트를 설계한 흔적은 전혀 없었다. 뭐야? 어디 있냐고?!?

그래, 물론 숨겼거나 암호화했겠지. 그래서 더 깊이 파보았다. 밤새도록 해럴드 밍의 음란한 하드드라이브를 샅샅이 뒤졌지만 루비 관련 코드는 단 한 조각도 찾을 수 없었다. 즉 해럴드는 루스벨트 비치스를 만들지 않았다는 뜻이었다.

젠장. 빌어먹을.

세수를 하고 타이레놀을 두 알 먹은 다음 이불에 몸을 묻었다. 내 몸을 잠식한 건 감기가 아니라 독감 바이러스였나 보다. 아니면……흑사병이거나. 몸을 둥글게 말고 잠을 청했다. 내일, '명부'를 뒤져야 할 것이다. 또다시. 처음부터 끝까지. 한 명도 빠짐없이.

으윽. 처음부터 다시 시작해야 한다고 생각하니 속이 울렁거렸다. 아님 이것도 독감의 한 증상인가. 어느 쪽이건 간에 금방이라도 토할 것만 같았다.

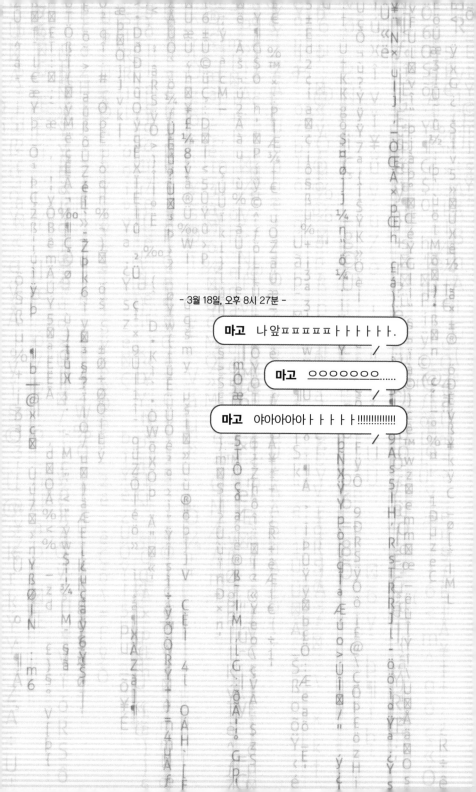

- 3월 18일, 오후 8시 27분 -

마고 나앞ㅍㅍㅍㅍㅍㅏㅏㅏㅏㅏ.

마고 ㅇㅇㅇㅇㅇㅇㅇ……

마고 야아아아아ㅏㅏㅏㅏ!!!!!!!!!!!!!!

CHAPTER 16

그리고
아무도 없었다

고열에 시달리며 내리 3일을 침대에 누워 보냈다. 영감을 주는 여성들을 다룬 넷플릭스 프로그램과 팟캐스트를 실컷 보고 들었다. 루스벨트 비치스도 꼬박꼬박 확인했다. 지금까지 추가 피해자는 없었다. 일단은 다행스러웠지만 이 상태가 오래갈 리 없었다. 이따금 핸드폰을 집어 들고서 엄청나게 쌓인 퓨리 방 메시지를 읽거나 에이버리에게 '템페와 생강을 갈아 만든다는 너의 특제 수프는 정말로 필요 없다, 그게 아연 주스랑 비슷한 거라면 더더욱!'이라고 누누이 일렀다.

　나흘째 되던 날 열이 내렸고 내 몸은 일상을 재개할 준비가 됐다. 하지만 엄마에게 아직 아프다고 엄살을 피웠다. 학교를 하루 더 쉬고 밀린 일을 해야 했다. 해럴드마저 용의선상에서 제외됐으니 앞으로 갈 길이 멀디멀었다.

우선 왓츠앱 퓨리 방을 훑었다. 세라 응우옌이 식음을 전폐했다. 다른 여자애들은 그녀의 기운을 북돋워 주려 애쓰고 있었다. 미셸 브루크너를 포함한 세 명의 브라이턴 애들이 대화방에 들어와 자기들 사연을 공유했다. 나는 간단히 그간의 상황을 알렸다. 용의자 세 명이 모두 범인이 아닌 것으로 확인됐다, 조사 범위를 확대하려 한다, 해결 중이다……

내 메시지에 '좋아요' 표시가 쇄도했다. 거의 모두가 누른 것 같았다. 섀넌만 빼고. 의아했다. 지난번 상황 보고 때를 돌이켜 보니 섀넌의 태도가 이전과는 너무도 달랐었다. 그때도 느낌표를 잔뜩 붙인 명랑한 글줄이 '좋은 듯'이라는 짧은 문구와 '엄지 척' 이모티콘으로 대체되었다. 심지어 그녀는 일주일 넘게 퓨리에 들어오지도 않았다. 난 그녀에게 조만간 시간을 맞춰 따로 만나자고 문자 메시지를 보냈다. 그녀가 괜찮은지 확인하고 싶었다.

침대에 털썩 누워 눈을 감았다. 이 일로 인한 스트레스가 날 집어삼킬 것만 같았다. 물론 모두에게 '해결 중'이라고 했지만 사실 내겐 아무런 단서도 없었다. 범인이 누구일지, 아니 용의자로 점찍을 만한 인간이 있을지 짐작조차 되지 않았다.

그러다 문득, 열병을 앓으며 들었던 수많은 팟캐스트 내용 중 하나가 떠올랐다. 여성 기업인과 권한 이양에 관한 프로그램이었지만 어느 프로그램인지는 몰랐다. 〈이 시대와 모든 시대의 여성〉이었던가? 〈아래 말고 위로 밀기〉였나? 모르겠다. 하지만 잠이 들락 말락 하던 순간, 게스트였던 케이트 어쩌고가 한 말이 마음에 확와 닿았던 기억은 확실했다.

"편견이란 (······) 개인의 인식과 경험에만 있는 게 아닙니다. 빅데이터에도 편견은 존재해요. 데이터란 크면 클수록 좋다는, 그리고 연관성과 인과성의 가치가 동일하다는 문제적 믿음이 있지요."

제기랄, 뉘신지 모를 케이트 어쩌구 씨.[54] 어쨌든 데이터에 편견이 존재한다면 어쩌면 내 접근 방식 자체가 틀렸는지도 모른다. 어쩌면 내가 만든 '명부'가 편견 덩어리인지도.

다시 명부를 열어 목록을 스크롤했다. 내가 무얼 착각했나? 내게 어떤 편견이 있었던가? 한 번 더 살펴야 했지만 무심코 지나쳤던 사람은?

브라우저를 열고 주소창에 www.rooseveltbitches_69.onion을 입력했다. 루비에 갈 때마다 사이트를 훑으며 피해자가 더 생겼는지 찾아보다가 머리 꼭대기까지 화가 치밀어 노트북에 분풀이하듯 힘껏 탁, 닫아버리곤 했다. 더 꼼꼼히 살펴야 하는지도 모른다. 내가 전에 놓쳤다는 건 무슨 의미일까? 도착 페이지는 일반적인 학교 사이트의 졸업앨범 페이지와 흡사했다. 다만 페이지 상단에 '루스벨트 비치스! 가장 섹시한 몸들의 집합소!'라 적혀있었다. 그 역겨운 상단 문구와, 사진마다 달린 천박하고 노골적인 제목을 제외하면 페이지 디자인은 꽤 세련되고 명료했다. 레이아웃도 단순했다. 필터 및 제안 기능을 갖춘 검색창이 있었고, 사진들이 있었다. 가슴, 가슴, 가슴, 엉

---

54 열이 내린 뒤 다시 들어봤다. 케이트 크로퍼드, 사회 변동 및 매체 발달 전문가였다. 이번엔 농담이 아니다. 있는 그대로, 그녀의 이름이다.

덩이, 엉덩이, 엉덩이. 이만 나가야겠다 생각하던 중 페이지 하단에 시선이 갔다. 뭔가 달랐는데 뭐가 다른지 콕 짚을 수 없었다.

섀넌 파일을 찾아 그녀가 첫날 나에게 보내줬던 루비 스크린숏을 화면에 띄웠다. 게시물 섬네일이 다를 뿐 언뜻 지금 사이트와 똑같아 보였다. 하지만 페이지 하단에 깨알보다 작은 글씨로 뭔가 적혀있었다. 사이트 둥지를 옮기면서 삭제한 문구였다. 확대해 보니 이러했다. '내놔, 내놔, 내놔 제작Gimme, Gimme, Gimme Production('Gimme'는 'Give me'를 줄인 말로 '내놔', '나한테 줘요' 등 일상적인 표현으로 쓰인다-옮긴이)'

이건 저커버그가 낳은 폐해였다. 페이스북을 처음 만들었을 때 그는 모든 페이지에 '마크 저커버그 제작A Mark Zuckerberg production'이라는 문구를 넣었다. 열아홉 살에도 과대망상에 젖어서, 자신이 특별하다는 사실을 온 세상에 알려야 했던 것이다. 내 직감으로는 '내놔, 내놔, 내놔 제작'도 그런 의도로 넣은 일종의 명함이었다. 하지만 이 사이트를 만든 놈들은 이게 불법임을 뒤늦게 깨닫고 그 문구를 지우기로 했을 것이다. 나는 책상에 잔뜩 쌓아둔 공책 중 하나에 '내놔, 내놔, 내놔'를 적었다.

좋아, 이것도 단서라면 단서지. 그런데 무슨 뜻일까? '내놔, 내놔, 내놔'를 검색했더니 1970년대에 나온 '아바'의 노래 〈김미! 김미! 김미!(자정이 지나면 남자를)Gimme!Gimme!Gimme!(A Man After Midnight)〉가 압도적이었다. 구두점은 달랐지만. 아바는! 김미! 다음에! 느낌표를! 썼다! 왜냐면…… 아바니까.

더 깊이 파보았다. '내놔 내놔 내놔(이번엔 구두점 없음)'는 BBC에서 1999년부터 방송한 TV 시트콤 제목, 매사추세츠주 브루스터의 샌드위치 가게, 1990년대의 대규모 게이 축제에서 인기를 끌었던 춤이기도 했다. 그동안 내가 '내놔, 내놔'를 수없이 휘갈겨 놓은 공책은 마치 사이코패스의 일기장처럼 보일 지경이었다.

그랬는데도 '내놔, 내놔, 내놔'는 루스벨트의 특정인을 지목해 주지 않았다. 난 '명부'를 다시 열어 거짓말쟁이로 알려진 인물 목록을 추렸다. 개중에 '내놔, 내놔, 내놔'와 연결되는 인물이 있지 않을까? 그들의 SNS를 뒤지면서 '내놔, 내놔, 내놔'를 찾아 헤맸다. 헛수고였다. 조엘 코르델로가 브리트니 스피어스의 옛 노래 〈김미 모어Gimme More〉에 맞춰 괴상한 틱톡 영상을 만들어 올렸고, 브렌던 버클러가 고1 봄방학에 LA의 '김미, 김미 레코드'를 방문했다. 그 정도로 그들과 '내놔, 내놔, 내놔'를 연관 지을 수는 없었다.

다시 한번 '명부'를 열었다. 이번에는 검색 기준을 폭넓게 잡았다. 거짓말이나 바람기는 잊자. 코딩을 할 줄 아는 인물을 찾자. 서른다섯 명이 나왔다. 그중 한 명이 아주 뜻밖이었다. 코리 세일스? 얘가 왜 여기 있어? 가슴골에 얼이 빠진 '코레이 콤비'의 반쪽이 코딩 능력자일 수는 없잖아? 그러나 명부를 자세히 보니 코리가 축구부 웹사이트 디자인을 했다는 내용이 있었다. 심지어 학생들이 흔히 떠올리듯 무료 제작 플랫폼에 숟가락만 얹은 엉성한 사이트도 아니었다. 세상에, 어떻게 내가 이걸 놓쳤지!

그러고 보니 코리는 세차 행사장에 '리얼리티 마고'로 나타난 나를 보기 전까지 날 인간 취급도 한 적이 없었다. 드러난 가슴골과 짧은 반바지를 대면하는 순간 그는 나에게 축구공 묘기 실력을 보여주고 싶어 안달하는 남자애로 돌변했다. 나는 그와 레이를 '무해한 두 명청이'라 기록해 놓았었다. 바로 그게 내 편견이었나! 어쩌면 코리는 그렇게 명청하거나 무해하지 않을지도 모른다! 희망의 빛이 보였다.

그의 SNS를 샅샅이 뒤졌다. 그 인간 인스타그램 계정이 일곱 개나 돼서 저엉말 오래 걸렸다. 하지만 마침내, 스핀스타[55]에서 찾아냈다. 축구공을 받아낸 그의 사진. 그리고 사진 밑에 달린 글. '저 공 받으려고 '내놔 내놔 내놔'를 외쳤다.'

황홀했다. 마음의 짐을 하나 덜었다. 아무래도 '그놈'을 발견한 것 같았다. 난 축하 샤워로 나 자신을 대접하기로 했다. 4일 동안 제대로 씻지도 못하고 앓기만 한 터라 샤워는 필수이자 기분 전환이었다.

코리 세일스라니. 정말 놀랍지 아니한가. 나는 멍하니 생각에 잠겨서는 샤워를 마친 뒤 수건을 몸에 두른 채 부엌에 들렀다. 아무것도 못 먹은 지 한…… 여섯 시간 됐나? 여덟 시간인가? 요깃거리를 찾아 찬장을 뒤졌다. 아빠가 이번에야말로 기필코 살을 빼겠다고 작정했는지, 맛대가리 없는 저지방 크래커와 당근 스틱 말곤 씹을 만한 게 전혀 없었다. 그나마 후무스(병아리콩을 으깨서 만든 중동 음식-옮긴이)가 아빠의 '건강식' 목록에 포함된 게 얼마나 다행인지 모른다.

거실에서 엄마가 뛰어 들어왔다.

---

55 '스포츠 인스타.' 자기가 하는 운동과 관련된 사진만 올릴 용도로 판 계정. 팔로워는 셋, 모두 같은 팀 선수였다.

"한결 나아 보이네! 좀 어떠니?"

엄마는 손목을 내 이마에 댔다. 아직 수술복을 걸친 채였다. 수술복 차림의 엄마는 전문가의 분위기를 풀풀 풍긴다.

"많이 괜찮아졌어."

"36.6도!"

엄마는 손목만으로도 체온을 0.1도 단위까지 정확히 잴 수 있다고 자신한다.

"말도 안 돼. 손목만 대고 그걸 어떻게 알아?"

"오, 그러셔? 네 간호사 자격증은 어딨고?"

내가 뭐라 반박하기도 전에 초인종이 울렸다. 핸드폰을 내려다봤더니 블라이 샘한테서 온 문자 메시지가 몇 개나 있었다. 아이고 맙소사! 또 왔어? 도대체 또 뭐가 문제야? 엄마가 현관으로 향했지만 내가 가로막았다. 내가 직접 블라이 샘을 맞이하는 동시에 돌려보낼 셈이었다.

"내가 갈게."

"얘, 수건 바람으로 어딜!"

엄마는 날 말렸지만 난 잘됐다고 생각했다. 알몸에 수건만 두른 나를 블라이 샘에게 보여주자. 샘, 굉장히 불편하시죠? 그러니 더는 집으로 찾아와 날 괴롭히지 마세요.

"언제부터 그렇게 보수적이었어? 내가 홀딱 벗은 것도 아니고."

기세 좋게 현관문을 벌컥 열었더니…… 새미가 있었다. 아무렴. 그는 급히 눈을 돌리더니 내 과제물을 가져왔다고 벽등에 대고 말했다.

"고마워, 오빠."

"어머, 새미 왔구나!"

그새 뒤따라 온 엄마가 반갑게 그를 맞아들여 부엌으로 이끌었다.

"마고가 옷 챙겨 입는 동안 넌 이리 와서 간식 좀 먹으렴."

그는 이제 바닥 카펫에 시선을 고정한 채 손을 저었다.

"아니 괜찮아요, 어차피 바로 가려고 했……."

"그냥 가면 서운하지. 오트밀 건포도 쿠키가 있는데!"

뭐, 집에 오트밀 건포도 쿠키가 있었어?

"5분만 기다려."

난 새미에게 이르고서 옷을 입으러 갔다. 그가 부모님과 함께 있
는 자리를 불편해한다는 걸 알기에 최대한 서둘렀다. 리바이스 청바
지와 티셔츠를 꿰입고, 젖은 머리는 그대로 한데 모아 올려 질끈 묶
었다. 돌아와 보니 웬걸, 그는 전혀 불편해 보이지 않았다. 쿠키를 먹
으며 내 엄마에게 레딧이 뭔지 설명해 주고 있었다. 나는 그를 곧장
내 방으로 데려갔다.

방문이 닫히자마자 새미는 양키스 모자를 벗고 머리칼을 탈탈 털
었다.

"머리 가렵지? 모자를 쓰면 머리에 땀이 차고 냄새도 나니까. 모
자는 어색하고 쓸데없으니까. 한마디 덧붙이자면 지금 오빠 머리 되
게 이상해."

그는 피식 웃으며 끄덕였다. 그러고선 마치 '지금 이게 나야. 받아

들여'라고 선언하듯 그 바보 같은 모자를 단단히 머리에 눌러썼다.

새미는 그동안 내가 놓친 과제들을 꺼내놓았다. 그런 다음 나를 쳐다보았다. 내가 무슨 말을 하길 기다리는 눈치인데 정작 난 할 말이 없었다.

결국 그가 운을 뗐다.

"음…… 그러니까…… 돈은 언제쯤……? 블라이 쌤 건 말이야……."

이런! 일을 하나 마치면 이틀 내로 새미에게 수고비를 지불하는 게 내 원칙이요 자랑이었다. 먼저 돈 얘기를 꺼내자면 얼마나 난처하겠는가. 그를 그런 상황에 놓이게 하다니. 난 부리나케 책상 서랍에서 200달러를 꺼냈다.

"정말 미안해, 오빠. 그동안 앓느라 정신이……."

"괜찮아. 안 그래도 며칠 학교에서 안 보이길래 아픈가 보다 했어. 역시나……."

그는 내 침대와 책상을 가리켜 보였다. 여전히 내 방엔 여기저기 코 푼 휴지가 나뒹굴고 있었다.

"심하게 앓았나 보네."

그러다 갑자기 내 책상에 그의 시선이 머물렀다.

"뭐 하던 중이었어?"

MCYF 일인 걸 알아챘을 것이다. 모르려야 모를 수가 없었다. 노트북이 나와있고 공책들도 마구 널브러져 있었다. 점들을 빨간 실로 연결한 살인사건 수사용 화이트보드만 빼고 모든 게 다 있었다.

"영어 프로젝트."

또 거짓말을 해야 했다. 역시, 몸서리치게 싫었다.

"그래그래."

그는 끄덕였다. 내 말을 곧이곧대로 믿는지는 알 수 없었지만.

이만 돌아 나가려는 그를 불러 세웠다.

"오빠. '내뇨, 내뇨, 내뇨' 하면 오빠는 뭐가 떠올라?"

그는 고개를 홱 돌려 나를 향해 실눈을 떴다.

"이거 일 얘기지?"

"아냐."

거짓말. 거짓말.

"별거 아냐. 《호밀밭의 파수꾼》에 대한 리포트를 쓰는 중이거든. 홀든이 '내뇨, 내뇨'라고 말한 적 있는 것 같은데 언제 그랬는지 못 찾겠어. 가만 생각하니 다른 책이었나 싶은데, 그게 또 어떤 책인지 기억이 안 나. 미치겠다고."

이번엔 진짜 믿는 눈치였다. 지극히 나다운 일이었으므로. 쓸데없이 시간만 잡아먹는 이상한 토끼 구멍으로 무작정 뛰어들기.

그는 방을 나서며 말했다.

"아바 노래 아냐? 딴 사람은 몰라도 넌 알아야지."

새미는 떳떳하게 아바를 추종하는 열성팬이 날 길렀다는 사실을 알고 있었다.[56]

---

56 짜잔! 우리 아빠다! 엄마가 아니라. 당연히 엄마일 거라 생각한 당신은 성 편향주의자!!!!!

그가 현관으로 가면서 우리 엄마에게 인사하고 다시 한번 포옹당하는 소리가 들렸다. 현관문 닫히는 소리까지 듣고서 난 안심했다. 다시 일할 시간이다. 코리, 널 파헤쳐 주마!

코리의 SNS를 샅샅이 살펴본 다음 그의 핸드폰을 염탐했다. 당연히 그는 내 테디페이스 앱을 다운로드했으니까. ('학교부심'이 넘치는 학생이었다!) 결정적인 증거는 없었다. 루비를 몇 차례 방문한 기록이 있었지만 문자 메시지나 이메일 등 그가 사이트 관계자라고 믿을 만한 단서는 찾을 수 없었다. 사실 레이와 주고받은 문자 중에 루비 이야기가 몇 번 나오기는 했다.

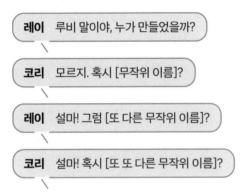

이런 식으로 한참을 시시덕거렸다. 다시 말해…… 쓸데없는 대화였다. 내게도 전혀 도움이 되지 않았다. 코리가 만들었다면 둘도 없는 단짝인 레이에게 당연히 말했을 텐데.

안 돼. 안 돼. 안 된다고. 또다시 막다른 골목이라니. 난 마음의 준비가 안 됐단 말이야. 혹시…… 내가 의심하지 못하게 이런 대화를 일부러 심은 것 아닐까? 어쩐지 억지스럽잖아. 하지만 그것 또한 내 편견이 낳은 인상일 수 있었다. 엄연히 축구부 웹사이트를 만든 놈이다! 계속 파보자!

이튿날 아침, 닷새 만에 학교에 갔다. 그러나 (샘들이 진심으로 반겨줄) 수업에 들어가는 대신 거의 온종일 애비 더빈을 쫓아다녔다.

애비는 코리가 가장 오래 사귄 여자친구였다. 작년 봄에 사귀기 시작해 10월에 코리가 그녀를 차버릴 때까지 내내 함께였다. 신기한 한 쌍이었다. 애비는 왜소하고 창백하며 머리에 비해 눈이 너무 작아 보이고, 극도로 내성적이다. 코리는…… 뭐, 코리다. (덧붙이자면 그렇게 항상 레이와 붙어 다니면서 어떻게 따로 연애를 했는지 정말 의문이다. 둘이 아니라 셋이 연애한 건가?) 정말 코리에게 포르노 사이트를 제작할 비밀스러운 능력이 있고 그 사실을 알 만한 사람이 있다면 애비일 거란 게 내 생각이었다. 애비 아니면 레이. 하지만 레이는 소중한 우정을 배반할 리 없었다.

막상 쫓아다니고 보니 애비는 말 한번 붙이기 어려운 애였다. 행여 다음 수업에 늦을세라 교과서를 가슴에 꼭 끌어안고 교실에서 교실로 뛰어다니는, 시간 엄수에 집착하는 괴짜 범생이었다. 움직이는 표적이었으므로 좀처럼 붙잡을 수 없었다. 그래서 5교시에 상담실로 뛰어 들어가는 그녀를 본 나는 경제학 수업을 땡땡이치고 상담실 문밖에서 어슬렁대며 그녀가 나오길 기다렸다. 아무렴 대학 진학 상담을 영원무궁토록 하진 않겠지!

핸드폰 알람음이 울리면서 화면에 에이버리가 보낸 문자가 떴다.

> **에이버리**　공사다망하신 줄은 알겠습니다. 통보이지 않으시네요.

> **에이버리**　하지만 식사는 하셔야죠. 오늘 저녁 어때?

내가 바쁜 걸 눈치채고 보채지 않는 게 고마웠다. 하지만 언제까지고 그를 무시할 수는 없었다.

"마고!"

클레어 쥬벨이었다. 그녀가 함박웃음을 지으며 나에게 다가왔다. 도자기처럼 매끈한 피부에 찰랑이는 금발 생머리. 살아 숨 쉬는 무해한 바비 인형.[57] 불현듯 내 셔츠에 묻은 커피 얼룩이 신경 쓰였다.

"어, 언니 안녕. 무슨 일?"

좀 더 친근하게 인사하고 싶었지만 상담실 문에서 눈을 뗄 수는 없었다.

"아 그게, 내가 곧 생일이라 조촐하게 모이려 하거든. 너도 초대하고 싶어서. 4월 25일. '게타노'에서."

---

[57] 말하자면 인문학도 바비?

"좋아. 게타노 좋지."

여전히 내 눈길은 상담실 문에 붙어있었다.

"야호! 너무 잘됐다!"

그녀가 반색했다. 그런데…… 가지 않았다.

눈치 없이 몇 초를 더 머뭇거리더니 목소리를 깔고 말했다.

"있잖아, 난…… 그냥 알려주고 싶었어. 나랑 에이버리 말이야……. 둘 다 같은 생각이야, 우린 친구 사이인 게 어울린다고. 걔가 너랑 사귄다는 얘길 들었을 때…… 솔직히 기뻤어. 걔한테 아주 잘된 일 같아서."

비로소 내 눈길이 상담실 문을 벗어났다. 아군인 척하는 적군의 헛소리가 아닌가. 하지만 클레어의 완벽한 하늘색 눈동자를 보고 확인한 그녀의 진심은…… 그녀 말대로인 것 같았다.

"정말?"

"당연하지. 에이버리랑 사귄 애들은 많잖아. 진짜야, 다들 하는 말이……."

얼씨구나 신난다. 어쩌다 보니 나까지 '에이버리 전 여친 모임'에 합류하게 됐구나. 켁.

"나도 그랬지만 다들 걔랑 사귀는 건 마치…… 위성이 된 기분이랬어. 한동안 에이버리의 궤도에서 공전하는 거지. 사귀는 동안 재미는 있었지. 하지만 걔는 누구도 더 가까이 끌어당기지 않았어. 이쪽에서 다가가도 어쩐지 보이지 않는 벽이 있는 것 같았고. 그러다가…… 위성이 튕겨나가면 그냥 떠나가게 됐어."

그녀는 상냥하게, 초연한 듯 미소를 지었다.

"그런데…… 나로선 상상이 안 돼, 너 같은 애가…… 그저 에이버리 주위를 맴돈다는 건. 그러니까 걔 생에 한 번은, 걔가 다른 누군가의 주위를 맴돌아야 할 거야."

어설픈 은유는 둘째 치고, 아무리 해도 난 클레어의 큰 그림에 동의할 수 없었다. 연애에 태만한 가짜 여자친구 노릇에 들일 시간조차 부족한 판이었다.

"그래. 맞는 말인 것도 같다. 고마워, 언니."

상담실에서 애비가 태엽 장난감처럼 튀어나와 복도를 종종종 걸어갔다. 어찌나 재빠른지 하마터면 그녀를 시야에서 놓칠 뻔했다. 젠장! 어쩜 저렇게 가늘고 연약한 다리가 저리도 빨리 움직이는 거지?

"어우씨! 가야겠다! 초대해 줘서 고마워!"

클레어에게 소리치며 허둥지둥 애비를 뒤쫓아 달렸다.

"애비!"

그녀를 목 놓아 부르며 간신히 따라잡았다. 어떻게 벌써 숨이 차나? 이 일이 끝나는 대로 트리니티 타워의 '체력단련실'에 있는 낡아빠진 러닝머신을 알차게 이용해야겠다.

애비가 가녀린 목소리로 대답했다.

"미안. 다음 수업에 늦을 것 같아!"

"아냐, 안 늦어. 넌 늦는 법이 없잖아."

"미안해, 마고. 진짜 시간이 없어서 그래."

"시간 내야 해. 교장 쌤이 자기 대신 어떤 일을 좀 조사해 달라고 하셨어. 코리 세일스가 관련된 일이야."

'교장' 얘기가 나오자 드디어 애비의 발걸음이 멎었다. 그녀는 권위에 매우 약했다.

"교장 쌤이 너한테 코리를 조사하라고 시키셨다고?"

"또래 중재[58]의 연장선이야. 학교는 징계 전 조사에 학생들이 더 관여하길 바라거든."

애비는 '또래 중재'에 참여해 달란 요청을 받지 못해 기분 나쁜 기색이었지만 순순히 고개를 끄덕였다. 난 그녀를 빈 교실로 데려갔다. 문을 닫은 뒤 핸드폰을 꺼내어 그녀에게 루스벨트 비치스 스크린숏을 보여주었다.

"너도 우리 학교 이름으로 된 미성년 음란물 사이트가 있다는 걸 알 거야."

그녀는 끄덕였지만 곧바로 시선을 돌려버렸다.

"우린 이 루스벨트 비치스의 배후에 코리가 있다는 합리적인 의심을 하고 있어."

애비는 얼떨떨한 얼굴이었다.

"코리? 코리 세일스?"

"응. 너희 둘이 사귄 적 있지? 한 여섯 달쯤?"

---

58 또래 중재란 학생들 사이에 분쟁(대개 불미스러운 일, 예컨대 주먹다짐)이 있을 때 학교가 정한 '학생 중재자'가 당사자들을 만나 문제를 해결하게 돕는 것을 말한다. 성인 상담 교사나 심리학자처럼…… 대학을 나왔고 자기가 뭘 하는지 아는 사람을 중재자로 세우는 게 아니다. '또래 중재자 되기'에 관한 30분짜리 동영상을 본 학생에게 시킨다. 난 중학교 1학년 때 그 동영상을 봤고 딱 두 번 중재에 임했다. 그리고 아무것도 해결하지 못했다.

난 법정 드라마에서 본 변호사를 최대한 흉내 내며 신문했다.

"응. 사귀었어. 그럼…… 그래서 걔가 날 거기에 올렸을까?"

애비의 눈에 눈물이 그렁그렁 차올랐다. 오 이런. 애비가 거기에 있어? 오늘 아침에도 사이트를 확인했는데! 망할 개자식들! 이젠 사이트를 만든 게 누구든 날 가지고 노는 것 같은 느낌이 들기 시작했다. 내가 로그아웃하길 기다렸다가 새로운 인물을 더하는 거다.

"어…… 어떡하니. 네가 거기 올라갔어? 언제부터?"

"2교시 끝나고 트리시가 문자로 알려줬어. 끈팬티 입은 내 사진이 거기 있다고. 그런 사진은…… 원래 딴 사람한테 보내고 그러지 않는데, 코리가 자꾸 졸라서……."

그녀는 바들바들 떨고 있었다.

"나한텐 헤어지고서 지웠다고 했는데."

그녀는 너무나 수치스러운 듯했다. 이건 누구에게나 악몽일 테지만, 애비는 워낙 얌전하고 조용한 아이였다. 코리든 누구든 내가 그 개자식의 거시기를 스테이플러로 벽에 박아버릴 테다.

"음, 루비 배후가 코리라고 하니까 놀란 것 같던데. 넌 걔가 아니라고 생각해?"

"응. 내가 알기론…… 코리는 핸드폰 쓰는 법도 잘 몰라. 걔가 어떻게 그런 사이트를 만들겠어?"

"걘 축구부 웹사이트도 만들었어."

그녀는 믿기지 않는다는 듯 말했다.

"아냐. 걔 아빠가 만들었어. 전에 마이크로소프트에서 일하셨거든. 코리가 만들었다는 얘긴 누구한테 들었어?"

"글쎄, 기억이 잘……."

코리였지, 아마도? 제기랄.

"그럴 리 없어. 코리 세일스가 웹사이트를, 어떤 웹사이트든 만들 줄 알면 나, 걔랑 다시 사귈 거야. 이 정도 발언이면 너한테 정보가 되겠니?"

애비는 좀 격앙된 듯했다.

"이제 가도 될까?"

"어, 응. 그리고 너도 알다시피 거의 한 달째 내가 루스벨트 비치스 배후에 있는 쓰레기 새끼들을 찾는 중이거든? 사이트는 무너뜨릴 거야. 더는 이런 일이 없게 할 거야. 근데 그게…… 생각보다 어렵네."

애비는 끄덕였다. 요즘 또래 중재가 갖는 자유재량에 감탄하면서.

"어쨌든 코리 얘기든 다른 누구 얘기든…… 듣게 되거든 나한테 DM 해줄래?"

"알았어."

애비는 얼굴을 훔친 뒤 일어섰다.

"아, 하나만 더……."

내 말에 애비는 문손잡이를 잡은 채 멈칫했다.

"내가 상관할 일이 아닌 건 알지만, 네가 코리랑 헤어져서 다행이야. 걔랑 사귀기엔 네가 너무 아까워."

애비는 끄덕였다. 내 말을 믿는지는 알 수 없었지만.

난 가장 가까이 있는 의자에 털썩 주저앉았다. 갑자기 몸이 천근만근 무겁게 느껴졌다. 교실 정면의 화이트보드를 물끄러미 바라보았다. '점기울기형: (y-y1) ='

난 정답을 몰랐다. 저 문제만이 아니라 그 어떤 것에도 답을 알지 못했다. 정녕 다시 또 원점인가?

코리가 아닌 게 확실해졌다. 하지만 더 괴로운 건 내가 확신했었다는 사실이다. 도대체 왜? 또 해럴드나 대나나 젠지가 범인이라고 확신했던 이유는? 난 이 일에 소질이 없는 건가? 전에도 여러 번 막다른 골목을 경험했지만 이토록 의기소침해지기는 처음이었다.

이어진 영어 시간에 난 전교생 명단으로 돌아가 내가 명백히 알기로 무고한 애들을 하나씩 삭제했다. 나 자신을 지웠다. 사이트에 올라간 여자애들을 지웠다. (피해자 중에 범인이 있을 가능성도 없지 않았겠지만, 그럴 가능성은 너무나 희박했다. 범인이 이를테면 섀넌으로 밝혀진다면 그야말로 애거사 크리스티급 반전이리라.) 나머지 모두는 '무죄가 입증될 때까지 유죄'였다.

그날 학교가 끝날 때까지 난 '우드워드와 번스타인(1972년 워터게이트 사건을 합동 취재 및 보도해 퓰리처상을 받은 워싱턴 포스트 기자들-옮긴이)'이었다. 쉬는 시간에 복도에서 마틴 디시코, 조시 핼러웨이, 트레이던 리드와 잡담을 나누었다. 농구부 애들은 아무것도 모르는 듯했다. AP 정치학 시간에 거슨 쌍둥이와 얘기해 봤다. 영화예술 수업이 있는 교실 밖에서 개비 알바레스를 기다렸다. 그녀가 아는 거라곤 숀태 윌리엄스가 접속 방법을 알게 됐다는 사실뿐이었다. 난 자기 사물함에 들른 이마니 왓킨스에게 말을 걸었다. 6교시엔 티퍼니 스파크스와 같은 자리에 내 점심 도시락을 툭 내려놓았다. 루스벨트에 다니는 네 명의 멜라니 모두와 대화했다! 멜라니 슐츠, 멜라니 홉킨스, 멜라니 샤피로, 멜라니 데이비스. 심지어 학교 환경미화원과도 수다를 떨었다. 전부 헛수고였다.

루스벨트 비치스를 무너뜨리지 못한 날은 곧 그 사이트가 규모를 늘리는 날이었다. 애비가 피해자 명단에 이름을 올리면서, 내가 아는 한 본인 동의 없이 사이트에 올라간 여자애 수가 서른 명을 찍었다. 자그마치 서른. 내가 이 타락한 학교의 학생들을 일일이 붙잡고 대화하며 그저 헛물이나 켜는 동안 서른에서 더 얼마나 늘지 누가 알까? 내겐 돌파구가 절실했다. 그런데 그때 에이버리의 문자가 또 날아들었다.

> **에이버리** 그래서...... 저녁은?

웬 저녁? 이제 겨우...... 6시 22분이네. 그렇군. 저녁 먹을 시간이로군.

> **에이버리** 저녁 먹으면서 내내 공부만 해도 돼. 넌 네 할 일만 해. 나는 거들떠보지 않아도 괜찮아.

중단하고 싶지 않았다. 데이트도 원하지 않았다. 언제나 그렇듯 할 일이 너무 많았다. 하지만 그의 말이 옳았다. 마고 머츠, 오물 해결사이자 여성 옹호자인 이 몸도 끼니는 때워야 했다.

'누들타운'에서 그를 만났다. '전 세계의 맛있는 전통 가정식 면 요리[59]를 만든다고 주장하는, 영혼 없는 체인점이다. 처음엔 갈 생각이 없었지만, 음식값이 싸고 우리가 널찍한 자리를 차지할 수 있다는 에이버리의 설득에 넘어갔다.

삼각법과 라틴어 시험을 앞두고 공부할 게 산더미였다. 함께 있으면서도 우리는 미지근한 맛이 나는 미지근한 라면을 가끔씩 후루룩 삼키면서 대체로 말없이 각자 공부만 했다. 그러나 어느 순간 난데없이 에이버리가 그 오만방자한 손을 뻗어 내 교과서를 덮어버렸다.

"무슨 짓이야!"

내가 그의 목을 조를 태세로 윽박지르자 그가 두 손을 반짝 들었다.

"미안, 미안! 너도 잠깐 쉬면서…… 얘기나 좀 하고 싶어 할 줄 알았지. 머리도 식힐 겸."

"다들 똑같은 말만 해. 쉬어라, 긴장을 풀어라, 머리를 식혀라, 그리하면 정답이 떠오를 것이다. 글쎄, 청하지 않은 충고는 고맙지만

---

59 천만에, 맛있지 않았다.

나한텐 소용없어. 나나 대부분 여성에게 먹히는 방법이 뭔지 알아?"

"뭔데?"

"미친 듯이 파고들고 절대 멈추지 않기."

그는 눈을 굴렸다.

"흠……. 나랑 같이 식사하는 영광을 베풀어 주심에 대단히 감사합니다. 오늘 밤 헤어지는 순간까지 두 번 다시 말 걸지 않을게."

"고마워. 이제 다시 공부할까?"

"그래."

이렇게 거짓말해 놓고 그는 이어 말했다.

"근데 하나만, 미안……."

"에이버리! 1분도 안 지났어."

"알아. 진짜 미안! 엄마 시상식 때문에…… 성가시겠지만 너한테 말해줘야 할 게 좀 많아서. 내가 널 명단에 넣어야 하고 넌 신분증을 지참해야 해. 엄마가 네 복장을 미리 알아야 자긴 다른 색으로 입는다며 꼭 아셔야겠대. 난 통 이해를 못 하겠지만. 귀띔하자면 엄마는 네가 자길 좋아해야 직성이 풀릴 거야. 그게 엄마의 사명이거든. 아, 혹시 알레르기 있어? 그런 데서는 모든 음식에 새우가 들어가."

"아이고."

나도 모르게 탄식이 나왔다. 부자들은 온갖 데에 새우를 넣는다는 내 개인적인 고정관념이 더욱 확고해지는 순간이었다.

"금방 끝날 거야. 약속해. 아빠가 나더러 자길 소개해 달라시니까, 내가 잠깐 마이크를 잡아야 할 것 같아. 그래도 10시쯤, 늦어도 11시엔 빠져나올 수 있을 거야."

그가 말하길 멈추고 내 표정을 살폈다. 식겁한 속내가 얼굴에 다 드러났을 것이다.

"그래서…… 안색이 어둡구나. 미안해. 가기 싫으면 안 가도 돼, 정말이야."

"아냐! 내가 미안해. 누가 봐도 눈부신 네 엄마랑 나란히 사진 찍히는 게 딱히 기대되진 않아서 말이지. 그래도 갈 거야. 간다고 했잖아. 나, 말하면 지키는 사람이야. 딱 기다려, 내가 간다."

호기롭게 외치고 손가락권총으로 그를 쏘는 시늉을 했다. 세상 누구도 그런 짓은 하면 안 되는 건데.

에이버리는 고개를 끄덕였다.

"음, 정말 고마워. 진심이야. 의미가 크다."

그는 잠시 침묵하더니 "넌 내 구세주야"라고 덧붙였다.

잘은 몰라도 부모 문제가 그를 심히 괴롭히는 것 같았다. 몇 번인가 그 문제를 막연히 얘기했을 때, 에이버리 특유의 자신감 과시는 자취를 감추었고, 그런 그에게서 난 뭐랄까…… 슬픔 같은 걸 얼핏 엿보았다. 슬픔 그리고 분노. 그는 자신의 감정을 구분하는 데 매우 능숙해져야 했을 것이다. 솔직히 그건 나도 십분 공감할 수 있다. (정말 정말 솔직히 말하면 공감을 넘어 야릇하게 흥분되기도 한다.)

에이버리는 보조개가 폭 파이도록 웃는 얼굴로 고개를 들었다.

"내친김에 하나 더 부탁해도 돼? 나름 진지한 건데."

"그래, 해."

난 체념했다. 하던 공부를 마치겠다는 희망을 깨끗이 접었다. 그는 비닐 코팅 된 테이블 매트를 들어 올렸다. 거기엔 100가지가 넘는 면 요리 목록이 인쇄돼 있었다.

"난 우리가 면 순위를 매겨야 한다고 봐. 1등부터 치티ziti(지름 1센티미터 정도의 기다란 관 모양 파스타-옮긴이)까지, 모든 면을 다."

이미 대화에 너무 많은 시간을 썼다. 노닥거릴 시간은 없었다. 하지만 그가 치티를 '꼴찌'에 놓은 건 엄연히 이단이었다.

"잠깐. 난 치티 엄청 좋아해."

그러나 그는 내 말을 일축했다.

"치티는 객관적으로 최악이야. 대신 나머지 순위는 너한테 양보할게. 팟씨유(태국의 볶음 쌀국수-옮긴이)는 몇 등? 토르텔리니tortellini(작은 만두 형태의 파스타-옮긴이)는? 제일 중요한 거, 1등 자리는 어떤 면한테 줄 거야? 에인절헤어angel hair(매우 가늘고 긴 파스타-옮긴이) 아님 에그누들egg noodle(달걀과 밀가루를 반죽해 만든 면-옮긴이)?"

이 짧은 시간에 그렇게 많이 틀리기도 쉽지 않을 텐데.

"에인절헤어? 세상에 에인절헤어를 좋아서 먹는 사람도 있어?"

에이버리는 내 순위를 적겠다며 공책을 잡더니 한 장 쭉 찢었다.

"처음부터 시작하자."

그는 볼펜을 두 번 딸깍딸깍함으로써 자기가 얼마나 진지한지 강조했다. 하지만 다음 순간 멈칫하더니 종이를 뒤집었다.

"왜 여백에…… 온통 '내놔, 내놔, 내놔'를 적었어?"

마치 자기가 연쇄 살인마와 사귀고 있는 건 아닌가 의심하는 듯한 말투였다.

"아, 그거…… 회사일 하다가. 암것도 아니야."

사실 그것이 전부였지만, 그에게 털어놓을 생각은 없었다.

그는 어깨를 으쓱하고서 넘어가는 듯하더니 무슨 생각에선지 뜬금없는 질문을 던졌다.

"설마 크리스 하인츠한테서 받은 일은 아니지, 그치?"

내가 방금 뭘 들은 건가? 그는 난데없이 왜 그런 소리를 하지? 때마침 후룩 입에 넣은 라면에서 갑자기 분필 맛이 났다. 씹지도 않은 라면을 도로 그릇에 뱉었다.

"왜, 머리카락이라도 들었어?"

난 그의 이번 질문은 무시했다.

"뭐가…… 어…… 왜……?"

문장 하나 만드는 게 이렇게 어려울 일인가. '크리스 하인츠한테서 받은 일'이라는 말에 뇌가 정지된 모양이었다.

"왜…… 그런 말을 해?"

"아니, 저기, 네가 고객 정보니 뭐니 그런 걸 보호하는 건 존중해. 하지만 크리스 하인츠한테서 일거리를 받은 거라면……."

"크리스한테 의뢰받느니 차라리 이 싸구려 플라스틱 젓가락으로 내 눈을 찌르겠어! 난 그 자식 혐오한다고!"

난 거의 고함을 치고 있었다. 식당 안에 있던 다른 사람들이 일제히 우리 쪽을 쳐다봤다.

"그래, 그래, 내가 잘못했다. 그런 줄도 모르고. 난 그냥······."

"혹시 넌 '내놔, 내놔'에 대해 뭘 좀 알아서 그런 거야?"

난 묻고서 두 귀를 쫑긋 세웠다.

"그게, 그거 크리스 형이······ 잘 쓰는 말이거든. 말하자면 그 형이 미는 유행어랄까. 그 말을 입에 달고 살아. 전에 같이 축구를 했거든? 골을 넣을 때마다 그러더라고. '내놔, 내놔, 내놔, 이년들아.' 파티에서 물구나무서기로 생맥주 통 비우기 도전할 때도 그랬고. 글쎄다, 혼자서 피자 먹을 때도 그랬던 것 같고. 딴에는 스스로 멋있다고 느낄 때마다 허공에 돈 뿌리는 시늉을 하면서 '내놔, 내놔, 내놔'라고 해. 그러다 결국 축구부에 다른 부원들도 그 말을 쓰더라고."

난 노트북을 덮고 공책을 노려보았다. 내놔, 내놔, 내놔. 그건 코리의 것이 아니었다. 아바의 노래도, 음반 가게 이름도 아니었다. 유행어였다.

크리스 하인츠였다. 내내 그놈이었다. 놈이 모든 페이지에 자기 이름을 새겨 넣은 셈이다.

내게 잠깐의 시간이 필요했다.

CHAPTER 17

씨ㅂ*#$*%$#*#!!!!!!!!!!!

크리스 하인츠였어! 내내 그놈이었어! 내 단짝 친구의 인생을 망친 개쓰레기 강간범 새끼!!!!! 사물함이나 두들겨 패고 아이폰이나 박살내는 관종 새끼!!! 인스타그램에 올리는 거라곤 순 어디선가 퍼 온 헐벗은 여자 사진이랑 헐벗은 제 사진밖에 없는 놈!!!! 그 새끼가 루스벨트 비치스의 배후였어!!! 장막 뒤에 숨은 범인이었다고!!!! 크리스?!?!?!?! 하인츠!?!?!?!?!!!!!!!! 뭐어!!!!!!!!!!

씨발.

씨발.

씨ㅂㅏㄹ.

씨발.

씨발놈의 개새끼!!!!!!! 빌어먹을 씨발 새끼!!!!! 씨발! 씨ㅂ 씨ㅂ

쓰ㅂ 쓰ㅂ 쓰ㅂ 쓰ㅂ 쓰ㅂ!!!!! 씨발! 좆같은 새끼! 좆만도 못한 새

끼!!!!!!!!

CHAPTER 18

그러면 그렇지

"마고? 마고? 너 괜찮아?"

서서히 누들타운 풍경이 다시 또렷해지면서, 물끄러미 나를 쳐다보는 에이버리가 눈에 들어왔다.

"어어. 꽤, 괜찮아."

얼마나 괜찮은지 보여주려고 라면을 한 젓가락 집었다. 그러나 면이 입에 닿는 순간 구역질이 나서 화장실로 직행해 그 날 먹은 걸 모조리 게워냈다.

변기 물을 내리고 입을 닦은 뒤 뿌연 거울을 들여다봤다. 크리스는 유해한 수컷의 저열함을 오히려 무기 삼아 내 절친에게 성폭력을 가하고도 뒤탈이 없었고, 그 무기를 질병처럼 인터넷 세상에 퍼뜨렸다. 나는 견딜 수 없이 화가 났다. 크리스처럼 잔인한 인간이 세상에 존재하다니. 그저 존재할 뿐 아니라 아주 잘 먹고 잘 살기까지 하다니! 그에겐 친구들이 있었고 '인기'가 있었다. 대학에 낙방하고 직장에선 무능력하며 주변 여자들 모두를 불편하게 만들면서도 근거 없는 자신감과 부당한 공격으로 번번이 실패를 딛고 일어서는 그런 부류의 인간이었다. 크리스 하인츠, 그는 알코올 중독으로 죽거나 차기 대통령이 될 것이다.

입을 헹구고 이를 닦은 뒤(난 언제나 가방에 칫솔을 가지고 다닌다), 누구나 예상할 만큼만 청결한 누들타운 화장실에서 나왔다. 내가 돌아오자 에이버리는 냅킨을 들고 벌떡 일어나 괜찮으냐고 물었다. 난 괜찮다고, 뭔가 잘못 먹어 탈이 난 모양이라고 말했다. 그는 괴로워 보였다. 내가 갑작스레 토하는 바람에 에이버리의 구세주 콤플렉스 수치가 11까지 치솟았다. 계산을 마친 그는 날 집에 데려다주겠다고 했다.

달리는 차 안은 한동안 조용했다. 어떤 소리나 느닷없는 움직임이 내 구역질을 자극할세라 에이버리가 무척 조심하는 게 느껴졌다. 아닌 게 아니라 나도 불안했다. 날 가만히 내버려 둬야 할 때를 언제나 귀신같이 감지해 내는 그의 육감은 놀라웠다. 눈을 감고 등받이를 젖힌 상태에서 엉덩이까지 뜨끈뜨끈해지니 속이 한결 나아졌다. 곧 집에 도착한다. 곧 크리스를 잡고 루비를 무너뜨릴 테다. 영원히.

한쪽 눈을 뜨고 에이버리를 엿봤다. 그걸 또 그가 알아채고 입을 뗄 기회로 삼았다.

"거기 가자고 해서 미안."

"괜찮아."

"아냐, 안 괜찮아! 완전히 나 때문이잖아. 넌 오늘 작정하고 공부할 셈이었는데 괜히 내가 우기는 바람에 누들타운에 가서는 크게 탈이나 나고……."

"진짜 괜찮다니까."

"아냐, 내가 맘이 너무……."

"에이버리. 미안할 것 없어. 너 때문에 탈이 난 게 아니야. 네 잘못 아니라고. 사과 좀 그만해라, 엉?"

난 허리를 세우고 그의 팔을 주먹으로 톡 쳤다. 이제 배 속이 거의 정상으로 돌아온 것 같았다. 그는 싱긋 웃었다. *끄덕끄덕*. 메시지 수신 완료.

트리니티 타워에 도착하자 그는 차를 세워두고 내려 나를 정문까지 부축해 주었다. 그러더니 헐거워져 흔들흔들하는 보도블록 한 조각을 발끝으로 쿡쿡 차기 시작했다.

"또 사과하고 싶은 거야?"

"딱 한 번만 더. 네가 상한 라면을 먹은 건 순전히 내 잘못이니까. 딱 한 번만 더 사과하게 해주라. 그럼 더 안 조를게."

난 눈동자를 굴렸다.

"알았다, 이 변태야."

"괜히 쉬게 하고 토하게 해서 미안해."

"사과 받아들일게."

우린 피식 웃으며 그 자리에 서있었다. 둘 다 각자 가야 할 방향으로 몸을 틀지 않았다.

그가 물었다.

"키스해도 돼?"

"나 토한 건 기억하지? 한 시간도 안 지났는데."

그가 손을 뻗어 내 뺨을 만졌다.

"지금 토하는 것도 아닌데 뭐."

난 뭐라고 대꾸해야 하나. 그는 미소 지은 채 기다렸다.

"그러니까, 좋다고."

양치질하길 정말 잘했다.

우린 키스했다. 저번보다 콧물이 100퍼센트 덜 흐르는 상황에서. 그의 손은 내 뺨을 어루만졌고 어느 결엔가 내 손은 그의 목덜미를 감싼 채 짧게 돋은 머리털의 까슬한 감촉을 느끼고 있었다. 상대가 에이버리지만 인정할 건 해야겠다. 솔직히 꽤 훌륭한 키스였다. 아마 풍부한 연애 경험을 통해 완성한 실력일 테지만, 그 순간 나는 그가 어떻게 키스 실력을 갈고닦았는지 전혀 신경 쓰이지 않았다. 그저 눈을 감고 그 순간을 즐길 뿐이었다.

"뭐 하나 물어봐도 돼? '루스벨트 비치스'라고, 들어본 적 있어?"

내 입에서 튀어나온 질문에 그는 흠칫 놀란 듯했다. 실은 나도 놀랐다. 그가 내 얼굴에서 손을 거두었다.

"응."

오답이야, 에이버리. 속이 다시 메스꺼워지려 했다.

"그러니까 너도 거길 가봤다는 얘기야?"

사이트를 만들지 않았더라도 그곳에 방문했다면 죄목만 다를 뿐 역시 유죄다. 침 흘리며 구경하는 놈들이 있으니 루스벨트 비치스가 존재하는 것 아니겠는가.

그는 도리어 상처 입은 표정을 지었다.

"내가 그런 델 왜 가! 코리랑 레이가 언젠가 연습 끝나고서 보여 줬어."

글쎄다, 과연?

"그래, 알았어. 넌 루비를 알면서도 가보진 않았다 이거지?"

"안 갔어. 안 가. 더러운 사이트야. 코리하고 레이한테도 말했어. 그런 걸 보다니 너흰 쓰레기라고."

그는 진심으로 화가 나는 듯했다.

난 그를 믿었다. 이유는 모르겠다. 아니, 이유가 있었다. 이제껏 에이버리가 거짓말을 하거나 거짓된 행동을 하는 걸 본 적도, 들은 적도 없었으니까. 그는 거짓말을 하지 않는다.

난 그의 눈을 들여다보았다.

"그럼 만약 내가 네 인터넷 방문 기록을 본다면……?"

"야동 사이트가 나오겠지. 나도 야동은 봐! 내가 무슨 수도승도 아니고."

그는 '나한테 화내지 마'를 뜻하는 에이버리식 표현으로 두 손을 어깨높이로 들어 보였다.

"하지만 그 사이트는 못 찾을 거야. 왜냐면 그 사이트는…… 나쁘니까."

"음, 솔직하게 털어놔 줘서 고마워."

루비를 본 그에게 화를 내고 싶었다. 포르노를 본다는 사실에도. 그러나 최소한 그는 그 사이트가 나쁘다는 걸 알고 있었다. 적어도 일종의 도덕 기준을 갖고 있었다.

"내일 보자, 마고."

"내일 봐, 에이버리."

그는 어정쩡하게 손 인사 비슷한 걸 하고는 돌아섰다.

자기 차로 향하며 그는 어깨너머로 외쳤다.

"근데 부디 치티에 대한 네 평가는 재고해 보길 바란다!"

갑자기 긴장이 탁 풀렸다. 메스껍던 속도 가라앉았다. 불쾌감이 사라졌다. 다른 사람도 아니고 크리스가 루비를 만든 걸 내가 여태껏 까맣게 몰랐다는 사실은 한없이 참담했지만, 적어도 이제 나는 그를 철저히 응징하는 데 온 시간과 에너지를 쏟을 수 있다. 더는 다른 용의자도 파티도 없다. 제삼자가 함께하는 어색한 데이트에 에이버리를 끌어들이는 짓도 더 이상 할 필요가 없다.

'더는 에이버리를 어색한 데이트에 끌어들일 필요가 없다.'

흠. 방금만 해도 별생각 없었지만 지금 생각하니 그랬다. 내겐 더 이상 에이버리가 필요하지 않았다. 조금도. 애초부터 이렇게 길게 끌고 올 뜻은 없었다. 그러니 이제 이 거짓된 관계를 되도록 빨리 청산해야 할 것이다. 에이버리는 괜찮은 남자였다. 그를 속이고 이용하는 건 부당했다. 한때 나는 그를 의심했지만 실제 그는 절대로 사기꾼에 연쇄 살인마가 아니었다.

집 열쇠를 꺼내려고 주머니에 손을 넣으며 두 가지 사실을 깨달았다. 첫째, 손이 이상하게 떨렸다. 내 기억에 마지막으로 이런 식으로 손이 떨렸던 때는 중학교 1학년 때 YMCA 올스타가 제작한 〈지붕위의 바이올린〉 무대에서였다. (뮤지컬 무대에 서기는 난생처음이었다. 비록 재봉사 모틀의 여동생 역이어서 노래를 부르지 않는데도 어쩌나 긴장되던지!)

둘째, 주머니에 열쇠가 없었다. 가방에도. 다른 주머니에도. 아무데도 없었다.

제기랄.

목요일은 부모님 모두 야근을 하는 날이라 초인종을 눌러도 문을 열어줄 사람이 없었다. (알면서도 열 번쯤 눌러봤다.) 다음으로 새미네 초인종을 눌렀다. 응답이 없었다. 이번엔 그의 핸드폰으로 연락했다.

과연 그는 대번에 받았다.

"여보세요?"

"초인종 소리 못 들었어? 문 열어줘, 열쇠를 잃어버렸어."

"열쇠가 없다고?"

새미는 진심으로 놀란 말투였다.

난 물건을 잃어버리는 법이 없었다. 아빠는 툭하면 열쇠를 잃어버리는데 개중 절반은 바지 주머니에서 찾아낸다. 난 그렇게 허술한 인간이 아니다. 물건들이 집 안 어디에 있고 누가 맨 나중에 건드렸으며 언제부터 그 자리에 있었는지 안다. 말하자면 포토그래픽 메모리를 가진 셈인데 애플 TV 리모컨이나 딱 하나 남은 썬칩 봉지처럼 하잘것없는 물건들에 한해서다.

"응, 문 열어달라니까?"

"미안. 난 영화 보러 나왔어. 바로 돌아가도 20분은 걸려."

"영화를 극장에서 본다고? 당신 누구야?"

그가 외출했다는 것만도 충분히 이상한데 하물며 영화관에 갔다고? 영화 감상과 불법 복제를 동의어로 취급하는 사람이?

"그래, 마고. 나도 극장에서 영화를 봐."

한바탕 잔소리를 더 늘어놓고 싶었지만 그럴 기운이 없었다. 피곤하고 춥고 갑자기 배도 고팠다.

"어, 내 걱정은 마. 다른 집 초인종이라도 눌러보지 뭐. 영화 재밌게 봐."

"정말 괜찮겠어?"

"나중에 전화할게."

그러고서 전화를 끊었다. 오랜만에 새미와 대화했다. 물론 언제든 전화 한 통이면 그가 어떻게 지내는지 알 수 있었다. '[섹시한 엘프들이 돌아다니는 웬 희한한 롤플레잉] 게임에서 무슨 레벨에 올랐다'든가 '심심해서 방금 패스트푸드 체인점 본사 데이터베이스를 해킹했다'든가. 하지만 그래도, 그가 그리웠다.

데브라 언니가 사는 옆집 초인종을 누르자 공동 현관문이 열렸다. 하지만 집 열쇠가 없으니 어쩔 수 없이 공동 현관 계단에 앉아 컴퓨터를 꺼냈다. 엄마는 빨라도 밤 9시는 넘어야 올 테고, 난 일할 수 있는 시간을 그냥 내버릴 생각은 없었다.

새년 건을 맡은 지 5주가 지났다. 5주 동안, 나와 같은 학교에 다니는 여학생들의 사진이 본인 동의도 없이 남자들의 음흉한 시선에 노출되었다. 그동안 나는 가짜 데이트를 하고 루스벨트 비치스와 아무 연관도 없는 컴퓨터를 해킹하며 헛발만 짚고 다녔다. 하지만 이제 범인이 크리스 개쓰레기 하인츠라는 걸 알았으니 더는 헤매면 안 될 것이다. 놈은 사이트의 규모를 계속해서 불리고 있었다. 놈은 블랙홀이니까. 공허하니까. 멋있다거나 축구를 잘한다고 추켜세워 주는 사람이 아무리 많아도 결코 채워지지 않는……. 그래, 축구! 크리스는 지난가을 시즌 중에 십자 인대가 파열돼 아직까지 경기를 뛸 수 없었다. 그래서 남아도는 시간에 그 사이트를 만들고 운영한 것인가?

크리스가 사이트를? 아무래도 상상이 잘 되지 않았다. 크리스가 루스벨트 비치스의 배후라는 건 여러모로 명백해 보였다. 도덕관념이라면 아무런 죄의식 없이 미성년자 음란물 사이트를 운영하고도 남을 놈이었다. 하지만…… 과연 코딩을 할 줄 알까? 어떻게 그가 루비 같은 사이트를 만들었지? 크리스 하인츠가 PHP[60]를 익힐 수 있는 ASS[61]를 소유했다곤 믿을 수 없었다. 하다못해 컴퓨터 앞에 앉은 그를 상상하기도 어려웠다. 기껏 떠올린 장면이 프리우스 운전석에 앉은 래브라두들(래브라도 리트리버와 푸들을 교배한 견종-옮긴이) 짤방이니 더 말해 무엇하랴. 게다가 난 크리스의 핸드폰에 접근할 수 있

---

60 PHP는 웹 개발자들이 사용하는 컴퓨터 스크립팅 언어다.
61 ASS는 '엉덩이'라는 뜻이다.

지 않은가![62] 어떻게 줄곧 내 감시망에 걸리지 않을 수 있었지!?

테디페이스를 열고 크리스의 핸드폰에서 루비의 흔적을 찾아보았다. 몇 번의 방문 기록이 남아있을 뿐이었다. 이 핸드폰으로는 그 사이트나 그와 비슷한 무엇도 만들지 않았다. 난 그의 문자 메시지를 살펴보기 시작했다. 이번에도 허탕이었다. 루스벨트 비치스를 언급한 문자는 단 한 개도 없었다. '내놔, 내놔, 내놔 제작'이 그를 가리키는 게 아닐 가능성도 있을까? 루비는 정녕 아바 광신도가 만든 것인가?

한 가지 더 시도해 보았다. 서버가 감당할 수 없을 만큼 과도한 트래픽을 일으켜 사이트를 마비시키는 디도스DDos(분산 서비스 거부) 공격을 감행하기로 했다. 이건 일회성 작전이었다. 트래픽이 비정상적으로 급증한 사실을 인지하는 즉시 사이트 관계자는 클라우드플레어 같은 디도스 방어 서비스로 내 봇넷을 차단할 테고, 그러면 곧바로 사이트도 복구될 것이다. 하지만 이 문제로 크리스가 문자 메시지를 사용할지도 모른다. 루스벨트 비치스는 약 15분 만에 다운되었다. 금세 크리스에게 카일 커클랜드의 문자 메시지가 날아왔다.

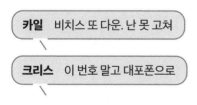

카일 비치스 또 다운. 난 못 고쳐

크리스 이 번호 말고 대포폰으로

---

62 모두에게 콧수염과 코안경을 얹어 주는 앱 덕분에.

카일 ㅇㅇ근데 네가 연락할래?

크리스 대포폰 ㅂㅅ아!

대포폰? 크리스가 이렇게나 세심하다고? 공범들에게 사이트 운영과 관련된 대화는 대포폰을 사용하라 이를 정도로? 그럴 리 없잖아! 내가 그동안 놈을 잘못 봤던가. 증오심에 사로잡혀 평소 그를 오로지 인간 말종으로만 보았다. 안하무인. 꼴통. 강간 미수범. 그런 놈이 최첨단 웹 디자이너, 리더, 능력자이기도 하다고는 꿈에도 상상할 수 없었다. 하지만 실은 내 생각보다 똑똑한 놈이었나? 놈이 뭔가를 주도한 적이 있기는 한가? 크리스가 졸업무도회에서 DJ를 맡을 거란 소문이 있었다. 졸업무도회 위원장을 꼬드겼다나 뭐라나. 아마 약간의 노력이 필요했겠지. 하지만 루비 수준의 노력은?

글쎄. 그런데 문득 장난 주간이 떠올랐다.

해마다 겨울방학 직전은 루스벨트고등학교의 비공식 장난 주간이다. 보통은 친구들끼리 그다지 해롭지 않은 장난을 친다. 사물함에 면도 크림을 채워 넣거나 쓰레기통에서 별안간 튀어나와 상대방을 놀라 자빠지게 하거나. 그러나 크리스의 장난은 항상 도가 지나쳤다. 어느 해에는 밤중에 학교에 침입해 다섯 군데에 변기를 시멘트로 붙여놓았다. 체육관, 본관 로비, 화학 실험실, 식당, 심지어 교장실에도! 원래 크리스 하인츠다운 무식한 짓으로 치부했지만 지금 다시 생각하니…… 꽤나 어려운 장난이었다. 변기를 어디서 구했을까? 시멘트는? 어떻게 경보를 울리지 않고 교장실에 들어갔지? (나도 해봐서 안다! 결단코 쉽지 않다!) 그러니까 어쩌면 놈에게 루스벨트 비치스 같은 사이트를 운영할 능력이 있는지도? 하지만 그가 직접 사이트를 만들었을 리는 없다. 문자 메시지 내용을 보면 그건 카일 담당이었다. (그래서 카일의 전 여친인 섀넌이 초창기 루비에 올라간 것이다.) 짐작건대 그들 일당의 비공식 3번 떨거지인 P-보이도 한통속일 것이다. 그런데 놈들이 그렇게나 코딩에 빠삭하다고? 사이트 하나를 완전히 구축할 만큼?

"열쇠 안 챙겼어?"

눈을 들어 보니 엄마가 있었다. 수술복 차림에, 자몽이 한가득한 봉지를 손에 든 채였다.

"엄만…… 착즙기 안 챙겼어?"

아무 말 마라. 내 말발이라고 언제나 주옥같을 수만은 없다.

엄마는 자몽 봉지를 들어 보였다.

"환자한테서 받았지! 별장이 있는 플로리다에 갔다가 내 생각이 나서 챙겨 오셨다지 뭐니. 왜냐, 내가……."

엄마는 집까지 걸어 올라가는 동안 내게 그 여자의 인생사를 전부 들려주었다. (내 부모님은 엘리베이터를 타지 않는다. 왜냐, 계단이 '건강에 매우 이로우므로.') 여전히 크리스 하인츠 생각에 빠진 나는 엄마 얘기를 한쪽 귀로 흘려보냈다. 다행히 엄마가 일터에서 가져오는 사연은 딱 두 종류다. 마음 따뜻해지는 이야기 아니면 공포물. 어조로 미루건대 이번 이야기는 전자에 해당하는 듯했다.

"진짜 좋았겠다, 엄마."

"좋아? 그분은 다리를 절단해야 했다고!"

이런, 잘못 짚었군. 공포물이었나 보다.

"미안해, 엄마. 피곤해서 헛소리가 막 나오나 봐. 할 일이 너무 많…… 어? 엄마 어디 가?"

엄마 옷차림이 수술복에서 청바지와 스웨터로 바뀌어 있었다. 보통은 수술복에서 곧장 잠옷(역시 수술복)으로 갈아입는데.

"네 아빠가 새로 나온 폴 토머스 앤더슨 영화를 보고 싶으시단다."

"엄마 야근하고 바로 온 거잖아."

엄마는 입술에 립스틱을 살짝 바르고 손가방을 집어 들었다.

"그러게나 말이다. 쓰러지기 일보 직전이지. 하지만 네 부친께서 꼭 개봉일에 봐야 한다시잖니. 스포일러는 사양이라며. 너도 같이 갈래?"

"됐네요. 아니, 엄마는 굳이 왜 가야 하는데?"

"나도 몰라, 마고. 근데 엄만 네 아빠를 사랑한단다. 상대방을 위한 일을 하는 것도 사랑의 일부고. 그래서 네 아빠가 날 위해 테니스에 관심 있는 척하는 거야."

난 눈동자를 굴렸다. 정말이지 이해가 안 된다. 단지 애인이나 남편의 행복을 위해 시간을 들여 내가 싫어하는 일을 할 수는 없다. 절대로. 하지만 내 부모님에겐 나와 같은 야망이 없다. 현실에 안주하기로 했달까. 엄마가 스무 살에 임신하면서 두 분은 서로를 부양하기 위해 인생행로를 크게 틀었다. 원래 엄마는 의사가 되어 말라위의 진료소에서 의료 봉사를 하고 싶었다. 아빠는 영화학교 2학년생으로 학비 마련을 위해 세탁소 아르바이트를 하고 있었다. 하지만 나의 등장으로 두 분은 자신의 꿈과 영원히 작별해야 했다. 후회하지 않는다고 하지만 정말인지는 모르겠다. 아빠만 해도 그렇다. 이렇게 개봉일 밤에 엄마를 영화관으로 끌고 가는 미친 짓을 서슴지 않는데. 실은 영화 관계자 시사회에 가고 싶은 것 아닐까? 본인이 감독한 영화 시사회? 한편 엄마는 내가 대학을 졸업하고 안정된 생활을 하게 되면 아프리카로 날아가겠다고 큰소리친다. 하지만 과연?

"자정쯤 돌아올 거야. 심심하면 새미를 부르렴. 에이버리는 안 돼. 알았지?"

"알았어."

딸내미의 연애에 너무 몰입하지 마, 엄마.

"사랑한다, 딸!"

엄마가 나가고 문이 닫힌 뒤 난 소파에 앉아 크래커를 오물거렸다. 아까보다는 나았지만 아직도 한 번씩 손 떨림이 느껴졌다. '신경 손상', '혈전', '수전증'을 검색해 봤지만 도움 될 만한 정보는 없었다. 결국 나는 노트북을 꺼내어 크리스의 전화기를 다시 한번 확인했다. 새로운 문자 메시지가 있었는데 이번에는 그가 여러 단체 대화방에 DM을 보내고 있었다.

> **크리스** 다음 주 토요일. 막장 생파. 우리 집. 멋있지만 나쁜 복장 필수. 개나 소나 다 데려와.

크리스의 연례행사가 된 '막장 코스튬 생일 파티'가 열릴 참인가 보다. 여기서 '멋있지만 나쁜 복장'이란 '아주 천박하고 충격적인 복장'이라는 뜻이었다. 작년 파티에 대해 들은 적 있었다. 여러 명이 한물 간 가수이자 미성년자 성폭행범 R. 켈리로 분장했고, 나머지도 '2000년대 초에 알게 모르게 퍼져있던 차별적 전형'부터 '1950년대의 스트롬 서먼드Strom Thurmond(인종 차별 철폐 정책을 적극 반대했던 미국의 전 상원의원-옮긴이)'까지 온갖 인종 차별주의자로 꾸몄다고 한다. P-보이는 제프리 엡스타인Jeffrey Epstein(미국의 금융가로 막대한 부와 막강한 인맥을 자랑했으나 미성년자 성범죄로 유죄 판결을 받고 복역 중 사망했다-옮긴이)이었다.

감이 오는가? 앞으로 두 달 내로, 사람들은 이 파티에서 찍힌 사진들을 없애달라며 날 찾아올 것이다. 보나 마나지 뭐.

물론 그 역겨운 파티 자체에는 아무 관심도 없었다. 다만 그 파티가 내게 안길 기회에 마음이 동했다. 크리스네 집은 시끌벅적 북새통을 이룰 테고 크리스는 정신없이 놀며 거나하게 취하겠지. 난 조용히 들어가 놈의 노트북에서 모든 정보를 훔쳐내고 놈의 명줄을 거머쥔 채로 조용히 빠져나오면 된다.

문제는 놈이 아무리 '개나 소나 다 데려오라' 했어도 내가 파티를 즐기지 않고 술도 마시지 않는 걸 모두가 안다는 점이었다. 게다가 크리스는 내가 자길 얼마나 혐오하는지 알고 있었다. 내가 나타나면 다들 의아하게 여기고 경계할 것이다. 에이버리와 함께 가면 훨씬 자연스러울 텐데. 하지만 그때쯤 우리는 이미 헤어진 뒤일 것이다.

아니, 꼭 그래야 할까? 거짓된 관계가 길어질수록 그에게 너무 잔인한 일이겠지만, 에이버리는 더할 나위 없이 유용했다. 그가 없었으면 내가 무슨 수로 사진부 모임에 끼었겠는가? 대니네 집에서도 그가 게임에 열의를 보여주었기에 다른 애들 주의를 돌릴 수 있었다. 어쩌면 크리스네 집에서도 똑같이 해줄 수 있지 않을까?

난 이별을 미루기로 했다. 적어도 크리스의 생일 파티가 끝난 다음에 헤어지자. 난 에이버리에게 문자 메시지를 썼고 이후 약 한 시간 동안 그와 DM을 주고받았다. 그는 몇 번을 더 사과했다. 네가 미안하다고 할 때마다 다시 속이 안 좋아진다는 내 말에 그는 또 사과했다. 그러고서 우린 매우 중요한 주제(기후 변화)와 전혀 중요하지 않은 주제(사람들이 팔씨름은 하는데 왜 발씨름은 안 할까?)를 두고 이야기했다.

어느덧 새벽 2시였다. 에이버리에게 잘 자라고 마지막 문자를 보냈다. 자기 전에 온라인 의학 정보 사이트를 뒤져볼 생각이었는데 그러고 보니 손 떨림이 완전히 멎었다. 저녁 때 토한 여파로 잠깐 그러고 만 건가? 알 수 없었다.

다음 날 아침, 내 몸과 마음은 놀랄 만큼 개운했다. 드디어 일에 진전이 있었고 더는 속이 메스껍지도 않았다. 심지어 아빠가 다이어트를 중단한 모양인지, 집에서 45분 거리에 있는 단골 도넛 가게 '더 홀'의 사과즙 도넛 열두 개들이 상자가 부엌에 있었다. (다이어트를 중단한 아빠는 음식을 가리는 법이 없다.)

그러나 학교 건물로 들어서자마자 기분을 잡치고 말았다. 동쪽 복도의 분위기가 심상치 않았다. 팔머 교장과 두 교감까지 와있었다. 사람들이 둘러싼 가운데 미화원이 누군가의 사물함 겉면에 신문지를 붙이고 있었다. 교장은 학생들이 사물함에 적힌 글자를 보지 못하게 막으며 얼른 교실로 들어가라고 애원하다시피 했는데, 글자는 너무나 크고 선명했다. '쌍년.'

켈시……[63] 호프먼이 내 옆에 섰다.

그녀가 이를 악물고 말했다.

"내 사물함 봤어?"

"저거 네 사물함이야? 이런 미친……. 누구 짓인지는 알아?"

"저스틴일 거야. 내 전 남친. 커밍아웃하기 전에 사귄 마지막 남자애였어. 내가 동성애자여서 자기 꼴이 우스워졌다고 여기는 것 같아. 그때부터 아주 날 못 잡아먹어서 안달이야."

난 저스틴 스피처를 그리 잘 알지 못했지만 머릿속 '명부'에 '속 좁게 앙심 품은 똥개 자식'이라고 기록해 두었다.

"사이트 없애는 날이 가까워 오긴 한 거야? 이런 일이 전보다 잦아졌어. 대화방에 있는 애들 전부 겁에 질렸다고."

쓰레기 자식들의 '공개 저격'이 잇따르고 있다는 사실은 나도 모

---

63 '키 작은' 켈시. 키 작은 배우는 더스틴 호프먼. 호프먼! 앤 켈시 호프먼이다.

르지 않았다. 누군가가 타이라 마이클스의 가슴 노출 사진을 인쇄해 그녀의 차 앞유리에 붙여놓았다. 제스 린드의 체육관 사물함엔 이름 대신 '개년'이라 적힌 이름표가 달렸다. 그리고 이제는 켈시 호프먼이 당했다. 난 복도를 꽉 채운 인파를 둘러보았다. 다들 정말 구경만 할 거야? 여자애들이 괴롭힘 당하고 있는데? 쌍년이니 개년이니 낙인찍히고 있는데? 지금 시대에 이런 '주홍 글씨'가 말이나 돼?

"미안, 가봐야겠다."

난 웅얼거리고는 구경꾼 무리를 헤집으며 그곳을 벗어났다.

좆같은 놈들. 좆같은 학교. 좆같은 루비. 좆같은 크리스 하인츠. 컴퓨터 앞에 앉은 놈의 모습이 눈앞에 선했다. 놈은 사진을 업로드하며 낄낄대고 있다. 자기가 만드는 혼돈이나 상처 입는 여자들에 대해선 아무 생각도 없다. 난 놈의 빌어먹을 내장을 찢어버리고 싶었다. 1센티미터 단위로, 가능한 한 천천히.

상념에 잠긴 채 내 사물함으로 갔다. 에이버리가 누구 것인지 모를 자물쇠 다이얼을 만지작거리며 초조하게 날 기다리고 있었다. 하지만 난 그가 있는 줄도 몰랐다가 그가 내 뺨에 뽀뽀하며 말을 건 순간에야 소스라치게 놀랐다.

"안녕. 우리, 다음 주 토요일 얘기를 좀 해야겠는데."

그의 계획이 무엇이건 간에 다음 주 토요일에 난 그를 크리스의 파티로 이끌어야 했다.

"어? 안 그래도 그날……."

"우리 엄마 행사인 건 맞는데……."

1초쯤 지난 뒤에야 다음 주 토요일은 에이버리 엄마가 상을 받는 화려한 갈라 행사의 밤이기도 하다는 걸 깨달았다. 젠장. 그가 이어 말했다.

"같이 가겠다고 해줘서 다시 한번 고마워. 그런데 따져보니까, 다음 주 토요일은 우리 한 달 기념일이기도 하더라?"

맙소사. 뭐가 많은 날이네.

"그래?"

아니, '한 달 기념'이라는 건 연애가 아니라 금주를 시작한 이들이 챙기는 거 아닌가?

"너라면 한 달 기념 따위를 챙기는 게 바보 같다고 하겠지. 하지만 그게 얼마나 바보 같은 짓인지를 따지기 전에, 내 얘기부터 들어봐."

그는 애교라도 부리듯 씩 웃었다. 하지만 내게는 통하지 않았다. 여자애들 사물함에 '쌍년'과 '개년'이 버젓이 나붙는 동안에는. 그의 말이 이어졌다.

"부모님 행사는 11시에 끝나. 우린 10시 반에 빠져나올 수 있을 거야. 그다음에는…… 자, 효과음 주세요……."

내 표정을 보아 '두구두구두구' 소리를 내줄 리 없다고 빠르게 판단한 그는 더 이상 시간을 끌지 않았다.

"팔라듐에서 10시 45분에 〈미저리〉를 상영한대. 우린 그걸 볼 거야!"

그는 핸드폰을 내밀어 재상영관 영화표 두 장을 띄운 화면을 보여주었다.

"정말?"

"네가 제일 좋아하는 영화이자 굉장히 오래된 영화인데도 지금 상영하는 곳을 찾아낸 나한테 감동했지?"

감동했다. 정말 재미있을 것 같았다. 캐시 베이츠가 커다란 쇠망치로 한 남자의 다리를 부러뜨리는 장면을 초대형 화면으로 보고 싶지 않을 사람이 있을까! 아주 잠깐, 크리스네 집 침입 작전을 미룰까 하는 생각까지 들었다. 하지만 그뿐이었다. 그 망할 사이트, '쌍년'이 적힌 사물함, 참여 인원수가 점점 늘어나는 퓨리 대화방, 그 모든 게 내 피를 끓게 했다.

"그래. 근데 에이버리……."

"1시까지 집에 데려다줄 수 있을 것 같긴 한데, 너희 부모님이 허락하실까? 마카롱이라도 좀 싸 들고 가서 허락을 구해볼까? 마카롱이 필요할 거란 예감이 들어."

"나도 좀 말해도 될까?"

다소 날카로운 내 말투에 그는 놀란 듯했다.

"그럼! 미안. 무슨 얘긴데?"

"나 못 가. 네 어머니 행사. 미안해."

그는 억지 미소를 지었지만 한 방 얻어맞은 듯한 표정을 숨기지는 못했다.

"아. 알았어. 무슨…… 다른 일이 생긴 거야?"

적당한 핑곗거리가 없었다.

"크리스네 파티에 가야 해."

그는 혼란스러운 얼굴이었다.

"그 코스튬 파티? 넌 크리스 하인츠를 좋아하지도 않잖아. 그 형한테 일거리를 받았느냐고 물었다는 이유로 어제 나한테 고함까지 쳤으면서."

"그랬지. 저기, 네 엄마 일은 미안해. 하지만 난 갈 수가 없⋯⋯."

그는 나에게서 한 걸음 물러섰다.

"머츠, 넌 너무 헷갈려. 내 말은, 그래, 그래도 대체로 괜찮아. 내가 널 좋아하니까! 네가 경계심 많고 치열하고 기 세고 나보다 훨씬 똑똑한 게 좋아. 실은 그게 네 매력이라고 생각해! 하지만 이건⋯⋯ 이건 중요한 일이야. '말하면 지키는 사람'이라고, 네가 네 입으로 말하지 않았어?"

내가 뱉은 말로 도리어 나를 공격하다니. 속으로 휘청하면서 동시에 짜증이 일었다.

"그래⋯⋯ 그랬지. 우리, 행사 끝나고 크리스 파티에서 만나면 어떨까?"

"그냥 그 전에 네가 우리 엄마 행사장에 오면 안 돼? 이미 부모님께 말씀드렸어. 네 이름이 이미 명단에 있어. 그러니까⋯⋯."

"내 이름을 명단에서 빼, 그럼! 난 못 가니까!"

난 팩하고 쏘아붙였다. 아마 발끈한 티가 났을 테지만 어쩔 수 없었다. 실제 트라우마를 가진 실제 사람들이 내게 기대어 있었다. 난 부유한 병원 사람들과 함께 새우를 먹기보다 크리스의 컴퓨터를 손에 넣는 데 집중해야 했다. 에이버리도, 그와의 관계도 어디까지나 내가 루비를 무너뜨릴 수 있도록 도움을 주는 존재일 뿐이었다. 더구나 지금 그는 너무 완고하게 굴고 있었다.

"왜 네가 소리를 질러?"

에이버리가 얄밉도록 차분한 말투로 물었다. 오히려 그의 목을 조르고 싶어질 만큼.

"혹시 일하고 관련이 있는 건가? 크리스 형 컴퓨터를 해킹한다거나 뭐 그럴 셈이야?"

1학년생 몇 명이 고개를 쭉 빼고서 두리번거렸다. 에이버리의 황당한 심정은 알겠는데, 그렇다고 이렇게 함부로, 민감한 정보를 흘려도 되는 건 아니지 않나.

"목소리 좀 낮춰줄래?"

난 그의 옆으로 다가가 속삭였다.

"그리고, 그렇다면 어쩔 건데?"

"꼭 그때여야만 해? 네가 일을 사랑하는 거 알아. 하지만…… 약속했잖아……."

그는 턱을 앙다물었다. 이가 다 으스러지는 게 아닐까 싶을 정도였다.

"뭘 바라니, 에이버리? 너한테 집착하는 여자친구? 그래서 네 부모님의 지루한 파티에 따라가는 여자? 그리고 네 축구 경기를 보러 가는? 봄 뮤지컬 공연에서 네가 조명을 쏘는 동안 곁에서 응원해 주는?"

"아니……."

난 그에게 반격할 틈을 주지 않고 사물함 문을 쾅 닫았다.

"왜냐면 난 할 일이 산더미거든. 단지 네가 부모님과 함께 있는 자리를 혼자서는 견뎌내지 못한다는 이유만으로 내가 모든 걸 내팽개칠 수는 없거든!"

불필요한 얘기였다. 순전히 그의 신경을 건드리고자 내뱉은 말이었다. 그 점에서는 주효했다.

그의 목소리가 격해졌다.

"너 왜 이래? 왜 이렇게……."

"내가 뭘! 아직도 모르겠어? 내 뜻은 분명히 전달했다고 보는데!"

난 사납게 소리쳤다. 정말이지 지금 이러고 싶지는 않았지만 그가 날 구석에 몰아넣고 아까운 시간을 빼앗고 있었다.

"에이버리, 솔직히 난 네가 뭘 하든 관심 없어. 어쨌든 난 크리스네로 갈 거니까. 너랑 함께든 아니든 상관없이."

차마 그를 볼 수 없었다. 난 너무 모질게 굴고 있었다. 하지만 다른 길은 보이지 않았다. 더는 그가 필요 없다는 것, 그것이 진실이었으므로.

그가 대답했다.

"그래……. 음, 이젠 어떻게 반응해야 할지도 모르겠다. 하지만 네 마음이 정 그렇다면……."

사실 내 마음은 그렇지 않았다. 에이버리가 나와 함께 크리스네로 가주길 바라는 마음이었다. 그가 크리스의 주의를 딴 데로 돌려주길, 그런 다음 내가 좋아하는 영화 재상영관에 데려가 주고 어쩌면 닉스

파이를 함께 먹을 수 있기를 바랐다.

하지만 그런 내 마음을 털어놓지 않았다. 단 한 번 망설이는 기색도 없이 매몰차게 말했다.

"됐네, 그럼. 다음에 보자."

난 홱 돌아 걸으며 후드티 주머니에 손을 힘껏, 이러다 천이 뚫리겠다 싶을 정도로 깊숙이 찔러넣었다.

"잠깐! 이러고서 그냥 간다고? 정말 너⋯⋯."

그가 몇 걸음 뒤쫓아 왔다.

"나 참, 에이버리! 기어이 그 말을 들어야 속이 시원하겠어?"

주머니 속에서 손이 다시 미친 듯이 떨리기 시작했다. 에이버리의 입이 멍하니 벌어졌다. 방금 내가 이별을 고했음을 마침내 깨달은 것이다.

"와. 그래."

그는 고개를 흔들더니 뒤돌아 걸어갔다. 1교시 체육도 아니면서 체육관 방향으로 쭉.

난 손을 내려다봤다. 겉으로는 말짱해 보였지만 안은 또다시 저릿저릿 따끔거렸다. 나는 심호흡을 했다.

내 가짜 연애가 진짜 끝을 맞이했다.

마고 얍. 요새 내가 친구 노릇을 잘 못한 것 같아. 매주 너한테 문자를 보내기로 다짐해 놓고 선 사정이 있다는 핑계로 스스로 한 약속조차 못 지켰어. 다시는 안 그럴 거야. 초심으로 다시 인 사할게. 안녕?

마고 질문. 일방적으로 네가 헤어지자고 한 적 있어? 거기 가서 한두 번은 연애를 해 봤을 거 아냐. 아니다, 한두 번 정도겠니? 네 앞에 열 명도 넘게 줄을 섰을 텐데! 약간 소심하지만 널 여왕 처럼 받드는 갈색 머리의 깡마른 남자애 열 명.

마고 어쩌면 거기 어딘가에 사는 빨강 머리 남자애랑 사귀었을 수도? 다양성 추구 차원에 서. 아마 걘 나쁜 남자, 단 '섹시하게 나쁜' 남자 겠지?

마고 아무래도 내가 너무 몰입했나 보다.

마고 아무튼 헤어질 때 어땠어? 그러니까 관 계를 끊는 건 늘 어색하잖아. 그치? 아님 이상하 거나. 슬프거나.

마고 잘 자! 보고 싶다!

CHAPTER 19

막장 파티

이제 나는 혼자였으므로 크리스 하인츠의 파티가 한창 무르익을 무렵에 가는 게 최선이라고 판단했다. 너무 일찍 도착하면 모두가 날 알아보고 '쟤가 왜 여길?' 하며 쓸데없는 관심을 보일 테니 크리스의 방에 잠입하기가 어려울 것이다. 그렇다고 너무 늦게 가면 대책 없는 낙오자들만 남은 가운데 크리스가 자기 방에서 뻗어있을 가능성이 크다. 따라서 난 가장 알맞은 시각, 이 파티가 오레오라면 하얀 크림 시간대인 10시 30분에 파티 장소에 도착했다.

실컷 취할 수 있는 큰 파티가 열린 건 꽤 오랜만이어서 그야말로 '개나 소나 다' 모인 꼴이었다. 파티라는 학창 생활 속 의식에 가끔 내가 참여하는 건 오로지 일 때문이다. 언제나 흡사 동물학자의 시선으로, 나와 같은 청소년들을 멀찍이서 관찰하고 남몰래 재단한다.[64]

현관문을 열고 슬그머니 들어갔다. 예상한 대로 시끄럽고 난잡했다. 운이 따라준다면 곧장 크리스의 방으로 가서 그의 하드드라이브를 복사하고 아무도 모르게 빠져나갈 수 있을 것 같았다. 그러나 운이 따라주지 않았다.

"마고!!!"

일회용 플라스틱 컵을 든 레이 에반스와 코리 세일스가 전쟁터에서 갓 돌아온 사람 대하듯 나를 반겼다. 어지간히 취한 두 녀석은 세차 행사장에서 봤던 맹한 '리얼리티 마고'의 재등장에 심히 흥분해서는 앞다퉈 떠들어 댔다.

"이야, 어떻게 네가 여길 왔냐! 한잔할래?"

"에이버리가 너희 헤어졌다더라? 왜 그랬어, 슬프게! 한잔할래?"

"여기로 술집 하나를 통째로 옮겨 왔다고 보면 돼. 물도 가져다줄 수 있어, 네가 술 별로면. 부담 갖지 마."

"네 코스튬 진짜 재밌다!"

그게 내 관심을 끌었다. 내가 입은 건 코스튬이 아니었다.

"그거, 체육 쌤한테 살해당한 등산객 아니야?"

맙소사. 내가 피살자로 보인다고? 거참 언짢네. 그렇지만 난 맞장구를 쳐주기로 했다. 그들이 알고 좋아 죽는 마고, 재미있고 사근사근한 마고가 되어야 했다.

난 비명을 질렀다.

"맞아! 오오, 눈썰미 인정!"

---

64 동물학자가 실제로 동물을 '재단'하느냐고? 내가 뭘 알겠느냐만, 그러지 말란 법도 없잖은가? "저 펭귄은 아주 막돼먹었네." "저 기린은 참으로 오만하군." 이런 식?

팔 만지기. 머리칼 넘기기. 깔깔깔 웃기.

"알아보는 사람이 많지 않은데 어쩜 너희는 한눈에 맞혔네!"

두 녀석은 훈련된 바다표범처럼 머리를 끄덕거렸다.[65] 난 마실 생각이 없는 매우 복잡한 음료를 주문하여("콜라, 예거마이스터, 탄산수, 아이스커피를 조금씩 섞은 음료에 라임즙을 짜서 넣고 박하 잎과 비터스를 곁들여 줘.") 둘을 보낸 다음, 거실 구석에 쌓인 빈 플라스틱 컵을 손에 들고서 현장을 둘러보았다. 부엌에선 사람들이 삼삼오오 모여 음악을 들으며 와자지껄 떠들고 있었다. 거실 TV로 닌텐도 게임을 즐기는 무리가 있었다. 밖에는 비어퐁 테이블이 여러 대 설치돼 있고 온수 풀에서 사람들이 공놀이를 하고 있었다.

집 뒤편 테라스에서는 각자 이마에 붙인 단어 맞히기 게임이 한창이었다. 고만고만한 애들 가운데 에이버리가 보였다. 보아하니 그가 게임을 주도하고 있었다. 그레그 메이스와 셰릴 그레이엄(어…… 둘이 사귀는 것 같은데? 어떡하니, 대니!) 그리고 어김없이 취해 흐느적거리는 브라이턴 금발도 보였다. 멀리서 봐도 그녀는 몸 바쳐 에이버리에게 들러붙고 있었다. 아무리 그래도 넌 안 될 텐데. 넌 에이버리 취향이 아니라고. 하지만 실은 나도 그의 취향을 몰랐다. 그가 이 파티에 온 것부터 나로선 좀 의외였다. 그 갈라 행사장에서 일찍 나왔나 보지? 알 게 뭐람. 에이버리가 어디서 뭘 하든 이제 내가 상관할 일이 아니었다. 내겐 더 중요한 일들이 있었다.

---

65 "끄덕끄덕하는 바다표범은 너무 야하다." 알았다, 여기서 그만.

크리스의 방을 찾아야 했기에, 계단에서 뭉그대는 사람들을 비집고 2층으로 오르기 시작했다. 계단참부터 쌍쌍이 늘어선 줄이 있었다. 개중 여러 쌍이 진한 애정 행각을 벌였다. 뒤쪽에서 쪽쪽대던 한 쌍의 입술이 떨어진 잠깐을 틈타 얼른 "저기, 이거 무슨 줄이야?"라고 물었다. 그들은 낄낄낄, 웃음으로 답했다. 그들 앞에 있던 남자애(아이작 올리버, 나와 AP 정치학 수업을 같이 듣는 애)가 이쪽을 돌아보며 "방 잡는 줄"이라고 알려주고서 크레이그 레이턴과 격렬히, 요란하게도 키스를 해댔다.

계단참에 이르러 아래를 내려다보았다. 각자의 '막장 코스튬'을 서로 평하고 논하며 모두가 즐기는 것 같았다. 지난달 재활원에 자진 입원해서 거의 죽다 살아난 팝가수 버네사 블랙으로 분장하고 온 애들이 여기저기 눈에 띄었다. (하하! 바로 그게 재능과 약물 남용 문제를 겸비한 대가야!) 블랙을 택한 애들이 많은 까닭은 그녀를 대표하는 짧은 반바지와 홀터넥 상의 등 '섹시한 의상'을 입을 핑계가 되기 때문이기도 했다. 다섯 명의 버네사 블랙이 어느 무자비한 사신을 둘러싸고 이야기 나누는 모습이 보였다. 저 인기 높은 사신은 우리 새미랑 좀 닮았⋯⋯ 잠깐. 새미인가? 새미잖아! 새미가 파티에 왔어? 이게 무슨?! 모자도 모자지만, 사촌 결혼식에 억지로 끌려갔던 때를 제외하면 내가 아는 한 그가 사교 모임에 참석할 일은 절대, 절대로 없었다.

당장 내려가 새미 앞에 설 뻔했지만 일단 참았다. 새미가 납치당한 게 아닌지 캐물어 확인하는 건 좀 미뤄도 된다. 여기 온 목적을 이루는 게 우선이었다.

크리스의 부모님 방이나 여동생 방에서 보낼 둘만의 시간을 참을성 있게 기다리는 연인들 옆으로 거의 게걸음질을 해서 복도 안쪽으로 더 갔다. '방 잡는 줄'에 이어 '화장실 줄'이 있었다. 줄 앞쪽에서 존 파이퍼가 문지기 노릇을 하고 있었다.

"화장실에선 애정 행각 금지! 사람이 쉬어야 할 공간은 있어야지!"

복도 끝에 이르자 드디어 아무 줄도 없는 네 번째 방문이 보였다. 여기가 크리스의 방이렷다. 방문은 살짝 열려있었고, 사람들 수다 떠는 소리에다 아래층에서 쿵쿵 울려대는 음악 소리까지 몹시 시끄러운 와중에도 방 안에서 새어 나오는 목소리를 들을 수 있었다.

여러 명이 다투는 것 같았다. 아니면 열띤 토론 중이거나. 극도로 조심스럽게 문틈을 약간 더 벌리고 안을 엿보았다. 놈들이 있었다. 크리스, 카일, P-보이. 컴퓨터 앞에 앉아 미친 듯이 자판을 두드리는 카일 뒤에 P-보이가 서서 같이 화면을 들여다보고 있었다. 크리스는 침대에 앉아 '마법의 8번 공Magic 8-Ball(포켓볼 8번 공 모양의 장난감으로, 질문을 던진 후 공을 흔들면 무작위로 점괘가 나타난다−옮긴이)'을 흔들어 던졌다가 받기를 반복했다. 놈들의 코스튬은…… 누구누구인지 내 입으로 말하긴 싫지만 좌우지간 '재미있는 막장'이 아니었다. 그들은 규제 없는 온라인 익명 게시판 수준의 막장에 가까웠다.

크리스가 불평했다.

"어이, 왜 이렇게 오래 걸려? 고칠 수 있다며?! 아무래도 내가 따로 연락을……"

카일이 손놀림을 멈추지 않은 채 말했다.

"아냐! 내가 고쳐. 단순한 버그 문제야. 다운된 뒤로 계속 이러네."

역시 내 디도스 공격이 계속해서 말썽인 모양이었다.

P-보이가 보챘다.

"오늘은 그냥 술이나 마시고 월요일에 고치면 안 돼?"

"안 돼, 이 병신아! 오늘밤이 진짜 대목인 거 모르겠냐?! 저 밖에 버네사 블랙들이 엉덩이랑 가슴이랑 반은 내놓고 놀잖아! 잘하면 여기 올릴 자료가 대략…… 30퍼센트는 늘어날 거라고!"

실제로는 그의 입에서 나오는 말끝마다 '씨발'이 붙었지만 그대로 옮기면 읽기 어려우므로 생략하기로 한다.

"그런데 사이트가 먹통이면 어떡해? 아무도 올릴 수 없잖아!"

그는 8번 공을 P-보이의 다리로 냅다 던졌다.

"아이씨, 야! 아프잖아!"

P-보이는 공 맞은 다리를 움켜쥐었다 놓고는 절뚝거리며 방 안을 거닐었다.

"재밌을 거라며. 근데 뭐야, 이젠 이게 꼭…… 일이 된 것 같아. 온통 여기에만 매달려서는."

카일이 거들었다.

"그래, 예쁜 년들은 거의 다 잡았잖아. 들키기 전에 그만두자, 우리."

크리스의 얼굴이 일그러졌다. 공 말고도 뭐든 손에 잡히면 두 똘마니에게 던질 기세였다. 그러나 그러는 대신 그는 책상 의자로 가 앉았다.

"들어봐, 원래 이 얘긴 안 하려고 했었는데……. 베니라고, 내 사촌 형이 LA에 살거든? 그 형 말이, 우리가 이걸 팔 수 있을 거 같대."

"잠깐. 뭐라고?"

카일이 급히 관심을 보이며 허리를 곧추세웠다.

"그래. 이게 돈이 될 거라고. 베니 형이 '포르노 슬래시'에서 일하는 사람을 안대."

P-보이의 얼굴에 미소가 번졌다. 돈 얘기를 듣고 보니 당구공에 얻어맞은 보람이 있다는 생각이 들었나 보다. 세 사람이 중구난방으로 "예!"와 "LA!"와 "돈이다!"를 외치는 순간 난 가슴이 쿵 내려앉았다. 큰일이다. 루비가 포르노 슬래시 같은 사이트로 들어가면 이내 전 세계로 퍼질 것이다. 그러고 나면 내가 할 수 있는 일이 아무것도 없다.

새롭게 의욕이 차오른 카일이 부지런히 자판을 두드려 기어이 사이트를 다시 정상화했다. 곧이어 "이제 나가자"는 말소리가 들려서 나는 얼른 근처의 벽장에 몸을 숨겼다. 놈들이 방에서 나오고 크리스가 "서둘러. 그 브라이턴 년이 왔어. 걘 내 거야. 에이버리한테 선수를 빼앗기면 안 돼"라고 말하는 소리가 들렸다. 똘마니들이 "좋아!" "얼른 가자!"고 외치는 소리에 이어 놈들의 인기척이 멀어졌다.

걔한테도 이름이 있어, 크리스! 안젤리카라고!

곧 취하고 흥분한 애들이 크리스의 방으로도 밀려들 것이다. 나도 서둘러 움직여야 했다. 벽장에서 빠져나와 태연한 척 크리스의 방으로 향했다. 하지만 내 망할 손을 망할 문손잡이에 얹는 순간, 웬 목소리가 귓전을 때렸다.

"워. 머츠. 너 어디 가냐?"

돌아볼 것도 없이 목소리만으로 알 수 있었다. 허우대만 멀쩡한, 건방진 개쓰레기 자식. 크리스 하인츠. 난 휙 돌아 놈의 흐리멍덩한 푸른 눈동자를 똑바로 쳐다봤다.

"여기가 '쉬어 가는 방' 아니야?"

그가 미심쩍은 눈초리로 나를 살폈다.

"그럼…… 누구랑 같이 쉬시려고?"

얼마든지 둘러댈 수 있었다. 이름을 대면 그만이었다. 아무나! 남자든 여자든! 그러면 놈은 기꺼이 나에게 자기 방을 내어줄 것이었다. 하지만 난 대답하지 않았다. 그냥 서있었다. 돌연 가슴이 답답해졌다. 눈물이 났다. 빌어먹을. 지금은 안 돼.

"그래. 그럴 줄 알았다. 머츠, 이 방은 커플 전용이야. 너처럼 경험 없고 외로운 괴짜 아가씨가 쉬는 곳이 아니지."

복도에 있던 사람들 몇 명이 쿡쿡 웃었다. 난 놈의 목구멍을 찢어 버리고 싶었다. 놈을 난간 밖으로 밀어 저 아래 외투 걸이에 몸통이 꿰뚫리게 하고 싶었다. 하지만 그러지 않았다. 그 대신 가만히 서서, 놈이 우람한 팔로 나를 감싸고 복도 반대쪽으로 이끄는 동안 심각한 공황 발작에 빠지지 않으려 안간힘을 썼다.

"긴장 좀 풀어, 머츠. 파티잖아."

그러더니 놈은 내 엉덩이를 잡고 꽉 쥐었다. 아프도록 세게.

"그만해!"

내가 밀치자 그는 즉시 물러나면서, 그곳에서 줄 서서 기다리는 사람들 보란 듯이 두 손을 번쩍 들어 올렸다.

"알았어! 알았어! 나 참! 이러다 '미투' 당하겠네! 항복!"

놈은 손으로 싹싹 비는 시늉을 하며 종종걸음으로 계단을 내려갔다. 더 많은 애들이 웃었다. 개중엔 여자애들도 있었다. 웃지 않는 애들은 그저 발끝만 내려다볼 뿐이었다.

난 난간을 붙잡고 베스가 알려준 대로 심호흡을 하며 이 순간이 지나가기를 기다렸다.

이런 거지 같은 일은 항상 이런 식으로 흘러간다. 크리스가 내 엉덩이를 움켜쥔다. 그러고는 자기가 방금 한 짓에 기분 나빠하는 나를 유별난 사람으로 몰아간다. 그것도 모자라 '미투' 운동을 운운하며 도리어 자기가 피해자인 것처럼 군다. 이 과장된 연극의 목적은 본인이 재미있고 무해한 남자라고 알리는 한편 나를 스스로 모자란 인간처럼 느껴지게 하려는 것이다. 채 1분도 안 되는 시간에 놈은 나를 예민하다 일축하여 창피를 주고 가스라이팅 하면서, 어디에서나 오해받는 남성들의 억울함을 호소했다. 효과적이었다. 그리고 몹시 분했다.

다행히 난 분노가 치솟을 때 가장 뛰어난 기량을 발휘하는 사람이다. 호흡이 정상으로 돌아온 뒤 나는 성큼성큼 아래층으로 향했다.

좋아. 크리스의 방에 '같이 들어갈' 누군가가 필요하다면, 누구든 데려가겠어.

키스 상대를 찾아 눈에 불을 켜고 돌아다니다 수영장 근처에 있는 새미를 발견했다. 완벽한 상대였다. 그러면 안심해도 된다. 그와 입을 맞춰도 뒤탈은 없을 것이다. 서둘러 뒷문으로 가다가 누군가와 부딪쳤다. 에이버리였다. 아무렴 그렇지. 저 바보 같은 튼실한 몸통이 언제나 내 앞길을 가로막지. 그는 클레어 쥬벨과 함께였다. 하기야 둘은 '참으로 잘 어울리는 친구 사이'니까. 둘 다 여러 차례 나한테 강조한 사실 아닌가. 에이버리는 '가족계획연맹Planned Parenthood(낙태권을 옹호하는 비영리 국제 단체-옮긴이)' 티셔츠를 입었고 주머니를 겉으로 빼놓았다. 클레어는 왜인지 몰라도 섹시한 엘프의 모습이었다.

에이버리가 물었다.

"괜찮아?"

"응. 고마워. 그냥…… 여기서 널 볼 줄은 몰랐어."

난 새미에게서 눈을 떼지 않은 채 대답했다.

"갈라 행사가 일찍 끝났어."

그는 태연하게 어깨를 으쓱했는데 동시에 얼핏 원망하는 티가 났다. 하지만 이내 그는 미소 지었고, 평소의 친절하고 악감정 없는 그로 돌아왔다.

사귀다 헤어진 사람과 어쩌다 마주쳐 피차 아무렇지 않은 척하는 짧고 어색한 순간. 에이버리와 나에게 예정되었던 그 순간이 바로 지금이었다. 거기에 오늘따라 특별히 더 예쁜 클레어 쥬벨이 나를 빤히 쳐다보는 상황까지 더해서.

"얘, 마고! 네 코스튬 마음에 쏙 든다! 너무 슬프긴 하지만!"

아이고. 정말 내 꼬락서니는 영락없이 그 등산객인가 보네.

"그래…… 슬프지……. 음, 그럼, 둘 다 반가웠어."

난 이만 그곳을 벗어나려다 말고 덧붙였다.

"너희 코스튬도 근사해. 섹시한 엘프랑…… 가족계획연맹 지원 중단?"

"맞았어!"

에이버리가 빙긋 웃었다.

"그거 진짜 막장이네."

그러고서 그곳을 벗어났다.

등 뒤로 "그거였어, 너?"라고 묻는 클레어의 목소리가 들렸다.

난 뒷문 발코니로 나갔다. 새미는 수영장 건너편에서 음료를 홀짝이며 비어퐁 테이블을 구경하고 있었다. 난 휘파람을 불고 손을 높이 흔들며 "새미 오빠!" 하고 큰 소리로 불렀다. 그도 손을 흔들었다. 난 다시 휘파람을 불었다. 그는 인상을 구겼지만 결국 호주머니에 두 손을 깊숙이 찔러 넣고서 이쪽으로 왔다.

그가 퉁명스럽게 말했다.

"왜?"

"왜긴, 오빠 도움이 필요해서지!"

난 인상 펴라는 뜻으로 그의 팔을 찰싹 때렸다.

"알았어. 근데 곧 내 차례거든. 한판 하고 나서 도와도 될까?"

"한판? 뭘…… 비어퐁?! 날 제쳐놓고 비어퐁을 하겠다고!?"

바로 그때 누군가 탁구공을 컵에 넣었고 모두가 환호했다.

"응. 그러려고 저기 서있었던 거야. 게임하려고."

마, 마, 말도 안 돼! 새미는 술을 마시지 않는다. 파티 게임도 하지 않는다. 물론 술 마시기가 핵심인 파티 게임도 하지 않는다.

"그게 얼마나 터무니없는 소리인지 따지는 건 내가 다음으로 미룰 테니까 일단 나랑 같이 가. 우리 키스해야 돼. 어, 지금 당장."

새미는 갑자기 무척 조용해졌다.

"어, 그래애……."

"좋아. 이리 와!"

난 그의 손을 잡았다. 뻣뻣하고 축축했다. 그를 질질 끌다시피 하며 집 안을 가로질렀는데 현관에 이르자 그가 "잠깐"이라며 우뚝 멈춰 섰다. 그새 취기가 다 날아갔는지, 말똥한 얼굴로 모자를 벗고서 머리를 벅벅 긁었다.

"이거…… 이거 뭐야? 에이버리한테 복수라도 하려고?"

에이버리가 위층에서 우리를 내려다보고 있었다. 잠깐. 저기는 방 잡는 줄이잖아. 쟤가 저기에 있어? 클레어랑? 그래. 그렇구나. 에이버리한테 미안해할 일이 아니었어. 저렇게 잘 지내는걸.

난 다시 새미를 봤다. 사정이 이러하니 그에게 섀넌 일을 털어놓을까? 일이 해결되지 않은 채 제법 오랜 시간이 흘렀으니 이제는 섀넌도 '아무에게도 말하지 말라'는 조건에 예외를 두는 걸 허락할 거야. 하지만…… 어디까지나 그녀의 허락을 구하는 게 먼저였다. 지킬 건 지켜야 한다. 좀처럼 이해할 수 없어도. 지키든 어기든 그걸 아는 사람이 나 말곤 아무도 없다 해도. 지킬 건 지킨다는 점에서 우리가 이 세상의 수많은 크리스 하인츠와 다른 것 아니겠는가. 그러니 난 계속 거짓말을 해야 했다.

"응. 에이버리가 얄미워서 그래. 질투하게 만들 거야."

난 나라별 수도를 암송하듯 단조롭게 대답하고서 내처 말했다.

"상관없잖아? 대학교 가기 전에 여자랑 키스해 보고 싶지 않아? 빼지 마, 오빠! 재밌을 거야!"

하지만 그는 억지로 손을 빼며 뒷걸음질 쳤다.

"아니야. 난 됐어."

그러더니 주춤주춤 몸을 돌려 가버리려 했다.

"오빠! 왜 이래! 이건 그냥 가볍게……."

"그래……, 근데 난 싫다……. 너무 이상해. 미안한가? 미안하다."

그는 나가는 길에 놓인 맥주 통을 아슬아슬하게 피해 소중한 비어 퐁 대기석으로 되돌아갔다. 가는 내내 공포와 연민이 섞인 눈으로 힐끔힐끔 나를 돌아봤다. 난 그런 그를 탓하지 않았던 것 같다. 하기야 새미와 키스하는 건 마치 친척 오빠나 어린 시절 아끼던 인형과 혀를 주고받는 것 같겠지.[66]

음, 안 하느니만 못한 일이었다.

거실을 죽 둘러보았다. 새미는 아웃이었지만 여전히 내겐 크리스의 방으로 끌고 갈 입술이 필요했다. 냉장고 옆에서 잔뜩 취해 권투 흉내를 내는 코리와 레이가 눈에 띄었다. 코리(와 더불어 레이)에 대해서는 웬만큼 시간을 들여 조사했었고, 비록 루비를 만들진 않았지

---

66 실은 5학년 때 해봤다. 연습 삼아서. 입에 솜털이 좀 씹히긴 해도 딱히 해롭지는 않은 것 같았다. 하지만 두 번 다시 내 곰돌 씨를 예전과 똑같이 바라볼 수 없게 됐다.

만 그렇다고 썩 괜찮은 인간들도 아니라는 사실을 확인했다. 난 둘 중 아무와도 키스하고 싶지 않았다. 그러나 더 큰 선을 억지로 떠올렸다. 섀넌, 켈시와 켈시, 애비, 세라, 제스. 그녀들 모두가 날 믿고 기다리는 중이었다. 이제 조금만 더 가면 그 믿음에 보답할 수 있다. 그래서 난 싫어도 견디기로, 썩 괜찮지 않은 인간의 입술을 훔치기로 마음먹었다.

"어, 어머, 어머, 얘들아……."

난 비틀비틀 넘어지는 척, 두 녀석이 축구부원의 튼튼한 팔로 날 받칠 수 있게 했다.

"이거 미친 생각일까? 있잖아, 나……."

하려던 말이 기억나지 않는 척 일부러 말끝을 흐렸다. 왜냐면 난 지금 어어어어어어어엄청 취했으니까.

잠시 뜸을 들였다가 혀 꼬인 소리로 외쳤다.

"생각했어, 숫자! 더 가까운 숫자를 대는 사람이 나랑 키스하기. 어때, 할래? 좋지?"

난 주먹으로 둘을 동시에 퉁 쳤다. 둘은 뒤로 휘청하며 냉장고에 부딪혔다가 다시 섰다. 코리는 트림을 했고 둘 다 눈도 제대로 뜨지 못했다. 휘유우우.

"좋아, 준비됐니?"

"됐어!"

레이가 소리쳤다. 코리는 그저 가까스로 서있을 뿐이었다. 쓰러지지 않으려고, 혹은 토하지 않으려고 온 힘을 다해 버티는 모양새였다.

"그럼 맞혀봐!"

"25!"

레이가 손을 번쩍 들고(아니, 누가 불렀습니까?) 외쳤다. 난 입 떼기도 힘겨워 보이는 코리를 기다려 주었다.

이윽고 코리도 간신히 대답을 뱉었다.

"즈어언부 다아아아……."

"2였어! 그러니까 코리 승!"

나로선 그나마 코리가 나았다. 방에 데려다 놓으면 즉시 기절할 것 같았다. 레이를 데려가면 난 정말로 그의 복숭아 향 위스키 숨결에 키스해야만 할 것이다.

"어, 기…… 기다려 봐! 쟨 아예……."

레이의 다급한 항변을 난 여유롭게 물리쳤다.

"'전부 다'라고 했잖아. 그건…… 그러니까…… 뭐, 좋은 전략이었지."

난 보나 마나 파티 내내 레이와 붙어있었을 코리의 팔을 붙잡고 계단으로 이끌었다. 코리가 계단 꼭대기에서 발을 헛디뎠다. 힘내, 친구. 방까지만 무사히 가면 코 자게 해줄게.

녀석은 다행히 쓰러지지 않았고, 난 몸으로 그를 지탱하며 크리스의 방으로 이어지는 복도를 힘겹게 걸었다. 녀석의 취한 손이 난데없이 내 몸을 더듬기 시작했다. 허리, 엉덩이, 가슴까지. 녀석의 뜨거운 숨결이 내 목덜미에 훅훅 끼쳤다. 이래서 내가 애초에 새미를 원했던 거다. 다른 남자들은 하나같이 이렇듯 미처 예상치 못한 저질 수작을 부리기 마련이다. 술에 취했을 때는 더더욱.

난 그의 팔을 움켜잡고 아기 걸음마 연습시키듯 한 발 한 발 걷게 했다.

"잠깐, 기다려, 기다려야지. 착하게 기다리는 아이한테만…… 상을 줄 거예요!"

자, 난 야한 대화에 약하다. 방금 한 말이 유혹보다 보육에 더 어울린다는 것도 안다. 하지만 코리는 용케 알아들었나 보다. 그는 얌전히 끄덕였다. 우린 새치기를 해가며 크리스의 방으로 직행했다.

존 파이퍼가 야구방망이를 들고서 사람들을 화장실로 들여보내거나 내보내고 있었다. 우리가 지나쳐 가려 하자 그는 방망이를 척 내밀어 우리 앞을 가로막았다.

"워, 워, 워. 어디들 가시려고?"

"보면 몰라? 나 참! 그쪽이야말로 여기서 뭐 하는 건데? 왜 야구방망이를 흔들고 난리야?"

"크리스가 나한테 '은밀한 만남'을 감독하라고 했거든."

그는 방망이를 슬렁슬렁 흔들며 자랑스레 말했다. 은밀한 만남을 감독한다고? 크리스는 대체 어디서 이런 인간들을 찾아내는 걸까? 마치 크리스의 친구들 전부가 스탠퍼드 감옥 실험의 교도관들 같았다.[67]

"음, 크리스 오빠가 우리한테 자기 방을 쓰라고 했어. 그러니까……."

---

67 아아, 스탠퍼드.

난 거짓말하며 존을 옆으로 밀치려 했다. 그는 꿈쩍도 하지 않았다.

"크리스가? 너희 둘한테?"

"우린 줄 서지 않아도 된댔어. 내가 그 오빠 수학 숙제를 대신 해줬거든."

역시 거짓말이었다.

"비켜, 인마. 거사를 막지 마라!"

코리가 거들었다. 결국 존도 마지못해 받아들였다. 그는 방망이를 치웠다.

난 코리를 크리스의 방으로 끌고 가 침대로 던졌다. 녀석은 풀썩 드러누웠다. 난 차마 녀석의 몸 위로 올라탈 수는 없었지만 그 대신 잠시 녀석의 머리칼을 어루만져 주었다.

"음악 좀 틀게."

그에게 속삭이고서 크리스의 컴퓨터로 갔다. 음악 핑계로 FAST-D로 놈의 하드드라이브를 복사하기에 충분한 시간을 벌 수 있기를 바랄 뿐이었다.

"이거…… 침대?"

코리는 갓 태어난 프랑켄슈타인 괴물처럼 멍하니 웅얼거렸다.

난 크리스의 책상 의자에 털썩 앉아 내 외장 하드드라이브를 놈의 노트북에 연결했다. 다운로드가 이루어지는 동안 다른 증거를 찾아 크리스의 책상을 훑었다. 그러나 펜 몇 자루, 포장 뜯긴 전자담배 몇 갑, 아이폰 충전기뿐이었다. 쳇. 다운로드가 완료되어 외장 하드

를 뽑고 티셔츠 주머니에 쑤셔 넣은 다음 획 돌았는데…… 쥐 죽은
듯 고요했다. 눈앞의 일에 너무 몰두한 나머지 코리가 침대에서 완전
히 뻗은 것도 알아채지 못했다. 쯧쯧쯧, 때로는 기회를 잡을 줄 알아
야 하는 법이거늘.

돌연 "쾅! 쾅! 쾅!" 방 안을 울리는 소리에 놀라 벌떡 일어섰다.

"아직이야!? 여기 밖에 사람들 기다리거든?"

존이었다. 커플 감독관 역할에 너어어어무 심취하셨군그래.

문 두드리는 소리에 코리가 깼다.

"어, 이거…… 뭐…….."

"일어나, 코리. 나가야 돼!"

난 녀석에게 베개를 던졌다.

"그럼 우리…… 어?"

"아니. 네가 취해서 뻗었잖아. 아무 일 없었어. 밖에서 헛소문 퍼
뜨리기만 해, 내 폰에 죄다 녹음해 놨으니까."

"뭐? 녹음?"

그는 굼뜨게 몸을 일으키다 갑자기 배를 움켜쥐었다. 방문을 열었
더니 존 감독관께서 팔짱을 낀 채 바투 서 있었다. 바로 그때 코리가
허리를 푹 숙이더니 바닥 깔개에 속을 게워냈다.

고맙다, 코리, 아주 자알했어. 네가 그렇게 만취 상태에다 더럽지
않았더라면 너랑 키스했을 거야.

존이 사태를 수습하러 황급히 뛰어 들어오는 틈에 나는 재빨리 나
갔다. 그대로 아래층으로 내달리며 엄마에게 문자 메시지를 날렸다.

엄마는 자지 않고 기다리겠다고, 문자하면 데리러 오겠다고 했었다.

현관문을 나서기 전에 마지막으로 한 번 더 파티 현장을 둘러보았다. 내가 있는 지점에서는 거실과 부엌이 훤히 보였다. 분위기가 확 다른 두 무리를 아주 똑똑히 볼 수 있었다.

부엌에는 화기애애하게 서로 웃고 떠들며 모두가 천천히 취해가는 무리가 있었다. 한편 거실에 모인 애들은 얼른 코리의 뒤를 이어 토하고 싶다는 듯 부어라 마셔라 하며 빠르게 취해갔다. 부엌 무리 가운데 웃는 얼굴로 한 친구를 손가락질하며 뭔가 말하는 에이버리가 보였다. 거실 무리에는 빨간 플라스틱 컵을 홀짝이며 고개를 끄덕끄덕하는 새미가 있었다. 지난 몇 달간 나는 다른 누구보다도 저 두 남자와 많은 시간을 보냈다. 그런데 지금은…… 이 파티에 온 다른 모든 사람만큼 멀게 느껴졌다. 지금 그들은 나의 관찰용 유리벽 이쪽이 아닌 저쪽에 있었다.

내가 떠나는 것도 둘은 전혀 알아채지 못했다.

마고 믿을 수 없겠지만 믿을 수밖에 없는 일이 벌어졌어.

마고 크리스 하인츠가 내 엉덩이를 만졌어.

마고 걔 기억해?

마고 개쓰레기 새끼.

마고 항상 상상했어. 그 새끼가 감히 날 건드리면 내가...... 놈의 목젖을 가격할 거라고. 아님 전기충격기로 불알을 지져버리든가.

마고 그런데 안 되더라. 그냥 멍청하게 서있었어. 공황 발작이 올 것 같아서, 네가 가르쳐 준 대로 숨쉬기를 했어. '코로 들이마시고 코로 내쉬기'였나 '입으로 내쉬기'였나? 기억이 안 나서 코로 내쉬기랑 입으로 내쉬기랑 번갈아 했어. 잘했지? 어쩔 거냐, 불안증아!

마고 가끔은 생각한 것만큼 용기가 안 나기도 해.

CHAPTER 28

고마워요, 대부

새벽 1시를 조금 넘겨 집에 도착했다. 온몸이 쑤셨고, 코리한테서 묻어 온 지독한 향수 냄새를 씻어내기 위해서라도 샤워를 해야 했다. 하지만 크리스의 하드드라이브를 보고 싶은 마음이 앞섰다. 외장 하드를 연결하자 금세 나왔다. '루비치스'[68] 파일에 여러 베타 버전, 사진, 스크립트, 코드 등등 크리스가 사이트의 배후라는 명백한 증거가 가득 담겨있었다. 성공이다.

말했다시피 난 코딩 황제가 못 되지만 이걸 만든 놈이 고맙게도 파이썬을 썼다. 그래서 내가 살펴봤고, 상당히 인상적이었다. 개발자 커뮤니티 게시판에서 긁어다 붙인 것도 아닌데 코딩이 깔끔했다. 와,

---

68 그럴싸하군.

심지어 주석도 있었다. 제기랄. 카일과 P-보이가 숨은 실력자였다니.

자, '누가 이 비열한 여성 혐오 포르노 사이트를 만들었나'라는 수수께끼가 풀렸으니 이제 다음 단계인 '사이트 무너뜨리기'로 넘어가자. 루스벨트 비치스는 아마 세 대의 노트북(각각 크리스, 카일, P-보이의 것)에 존재할 것이다. 아울러 주기적으로 전부 서버에 동기화하고 있을 것이다. 다시 말해 사이트를 완전히 제거하려면 세 대의 노트북 사본과 서버 사본을 동시에 삭제해야 한다는 얘기다. 그러지 않으면 이 문제는 영원히 끝나지 않는 '두더지 잡기'가 되고 만다. 쉽지 않겠다.[69] 이를테면 우리 엄마에게 틱톡을 설명하는 수준의 난이도랄까.

우리 골목으로 들어오는 쓰레기차 소리가 들렸다. 그러고 보니 밤을 꼴딱 새웠지만 피곤하지 않았다. 오히려 힘이 났다. 마침내 이 답답한 사건에 돌파구를 찾아내고 쓸모 있는 진전을 이루어서 한시름이 놓였다. 내 손이 루비의 덜미를 잡았으니 조만간, 아주 가까운 미래에 숨통을 끊어버릴 것이다.

왓츠앱을 보니 섀넌이 14일간 접속하지 않았다. 나는 그녀에게 긴히 보고할 일이 있다고 문자 메시지를 보냈다. 응답이 없었다. 그제야 따져보니 학교에서 그녀를 못 본 지 꽤 됐다. 마지막으로 본 게…… 일주일 전? 아니, 한 달 전이었지, 아마? 그동안 학교에 나오지 않은 건가?

다섯 번째 문자에 드디어 답신이 왔고 우리는 만날 약속을 정했

---

69 방문자들이 다운로드해서 개인 핸드폰이나 컴퓨터 따위에 저장한 사진들은 계산에 넣지도 않았다. 일단 이 대규모 집단 성폭력 문제는 나중에 해결하기로 하자.

다. 잘됐다. 상황 보고도 보고지만 새미가 합류해도 되냐고 그녀에게 다시 한번 물어볼 생각이었다. 역시 조력자가 필요한 상황이기도 하고, 직접 만나서 부탁하는 편이 허락을 구하는 데 더 유리할 거란 계산에서였다.

섀넌은 3시 반쯤 그린바움에 나타났다. 전보다 더 여위었고, 본래 자기 것인 아름다운 빨강 머리를 갈색으로 염색했다. 하지만 정말 걱정스러운 건 그녀의 눈빛이었다. 예전의 겁먹고 간절한, 금방이라도 울 듯한 눈빛이 아니었다. 지금 그녀의 눈은 텅 비어있었다. 눈동자가 나를 향했어도 실제로는 나를 보고 있지 않은 것 같았다.

지금까지 알게 된 것들을 전부 그녀에게 이야기했다. 뛸 듯이 기뻐할 줄 알았는데 정작 그녀는 기뻐하는 '척'할 뿐이었다. 선웃음을 지으며 끄덕끄덕. 그러다 한 번씩, "잘됐네."

난 루겔락을 집으며 말했다.

"물어볼 게 있어."

이번에도 끄덕끄덕.

"다음 단계는 어려울 거야. 나 혼자 감당할 수 있을지 솔직히 자신이 없어. 아무래도 기술적으로 도움을 많이 받아야 할 것 같아. 그래서 말인데, 언니가 이미 안 된다고는 했지만⋯⋯."

"안 돼."

"언니, 그냥⋯⋯."

"안 된다고!"

"새미 오빠라면 믿어도 돼. 처음부터 나랑⋯⋯."

섀넌은 손바닥으로 테이블을 탁 치며 단호하게 속삭였다.

"마고! 걔도 남자야! 나한테 자기 성기 사진을 보내는 남자가 얼마나 많은지 알아? 내가 학교 복도에서 '젖꼭지 예쁘더라, 섀넌!'이란 말을 얼마나 많이 들었는지 아냐고! 마치 학교에서 마주치면 으레 하는 인사처럼! 남자는 다 똑같아, 하나같이 징그럽고 끔찍해. 알겠어?"

그녀의 눈에 눈물이 고이더니 또다시 눈빛이 아득해졌다. 그녀가 지금 여기 나와 함께 있는지조차 확신할 수 없었다.

"여간 신경 쓰이는 일이 아닌 건 알아. 하지만 맹세하는데 새미 오빠는 순진한 어린애 같은 사람이야. 오빠는……."

"그렇다고 걔가 포르노를 보지 않는다고 생각하니? 걔는 거기 안 가봤을 것 같아?"

그의 하드드라이브를 봐서 나도 알고 있었다. 그렇다, 새미도 포르노를 본다. 그러나 루스벨트 비치스를 방문한 적은 없다.

한숨이 나왔다. 답답한 게, 사실 내가 섀넌 몰래 새미를 고용해도 큰일이 나지는 않는다. 새미와 함께 일하면서 섀넌은 끝까지 모르게 할 수도 있었다. 하지만 내가 알겠지. 또한 나를 향한 그녀의 신뢰를 깨뜨릴 수도 없고.

"알았어. 난 그저…… 어쨌든 물어는 봐야 했어. 내가…… 다른 방법을 찾아볼게."

그녀는 끄덕였다. 시선을 내리깔고 애꿎은 냅킨만 잘게 찢으면서.

난 루겔락 좀 먹어보라고 권하면서 내처 물었다.

"요즘 학교에서 통 안 보이더라?"

그녀는 어딘지 모를 허공으로 시선을 던졌다.

"안 갔으니까……. 그렇잖아, 뭐 하러 가? 대학엔 이미 합격했는데."

난 끄덕였지만 그녀 말을 곧이곧대로 믿어서는 아니었다. 그녀는 몇 초쯤 냅킨을 더 만지작거리다 이어 말했다.

"많이 힘들었어. 그냥…… 사람 많은 데가 싫더라. 누구랑 말 섞기도 싫고. 난 사람 만나길 그만뒀어."

"나 같아도 딱히 미련은 없겠네."

그녀는 힘없이 웃었다.

"얼른 이 지긋지긋한 동네를 뜨고 싶을 뿐이야."

뭔가 더 말하고 싶은 눈치였다. 아마 속마음을 털어놓고 싶은 것이겠지.

"마고."

그날 처음으로 그녀가 내 눈을 바라보았다. 그러더니 진심으로 걱정 어린 표정으로 말했다.

"넌 괜찮니? 난 네가 걱정된다."

나더러 괜찮냐니? 슬픈 눈에 슬픈 염색을 한 사람은 쟤년인데! 하지만 그때 쿠키 진열대 유리에 비친 내 모습이 얼핏 보였고 비로소 그녀의 말뜻을 이해했다. 크리스의 파티에 다녀온 후로 여태 씻지 않았다. 아직도 내 몸은 코를 찌르는 코리의 향수 냄새를 풀풀 풍기고 있었다. 아이고 이런.

마고. 넌 프로잖아! 지킬 건 지켜야지!

"그럼, 괜찮지! 너무 바빠서 그래, 바빠서. 이 건이 좀 많이…… 복잡하잖아."

난 그녀를 안심시키고 가방을 챙겨 일어섰다. 난 그녀가, 사건이 전환점을 맞았으니 앞으로 더 자주 상황 보고를 해달라고 요청할 줄 알았다. 크리스가 대가를 치를 때까지 애써달라고 독려할 줄 알았다. 하지만 그녀는 그저 두어 번 고맙다고 하고는 재빨리 옆문으로 빠져나갔다.

이 일이 다 끝나고 크리스와 놈의 똘마니들이 철저히 망신을 당하고 나면 섀넌도 예전의 모습을 되찾을 수 있겠지. 난 사교적이고 당당한, 재미있고 천진한 섀넌을 다시 만날 수 있길 바랐다. 이렇게 잔뜩 움츠러든…… 패배자의 모습을 한 그녀를 보는 게 싫었다. 세상에 지치고 실망한 어른을 보는 것 같았다. 나는 그녀가 머잖아 돌아올 수 있기를 희망했다.

봄방학이 되어 학교 일로 낭비하는 시간이 줄었다. 다행히 루비도 조용했다. 놈들이 고급 휴양지에서 스키를 타느라 바빠서일 것이다. 나는 방에 틀어박혀 한쪽 벽을 꽉 채우는 제법 그럴싸한 사건 관계도를 만들었다. 일단 이만큼 크게, 공들여 관계도를 만들어 놓으면, 만들어 놓기만 하면 새미의 도움 없이 루비를 없앨 방법을 찾아낼 수 있으리라 믿었다. 관계도가 모든 걸 알려주리라!

그러나 결국…… 헛수고였다. 보다시피, 내가 만드는 사건 관계도의 문제점은 당최 도움이 되지 않는다는 것이다. 사진을 인쇄해 붙이고 끈으로 연결하는 과정이 엄청난 만족감을 안겨주기는 한다. 정교하게 짜인 모자이크 전체를 한눈에 담고 돌이켜 보면 "아하!" 하는 순간이 오겠지. 하지만 그건 희망 사항일 뿐이다. '아하'의 순간은 오지 않는다. 지난 2년간 단 한 번도 그런 적 없었다. 이번 건도 예외가 아니었다.

루비를 없애는 일은 결코 쉽지 않을 것이다. 사이트가 토르에 있어서 추적이 불가능했다. 그래도 방법이 아주 없는 건 아니었다. 가장 쉬운 방법은 (물론 전혀 쉽지 않지만) 고대디GoDaddy건 윅스Wix건 뭐건 간에 이 사이트가 사용하는 호스팅 업체를 알아내서 내가 크리스인 척하고 전화하는 것이다. "안녕하세요, 사이트 제작자인데요, 제 사이트를 내려주셨으면 합니다, 고맙습니다"라고. 그런 데는 보통 한 10단계에 걸친 본인 인증을 요구한다. 즉 내가 크리스 엄마의 결혼 전 성, 크리스의 사회보장번호와 신용카드 번호 마지막 네 자리 숫자, 거기에 아마 놈의 어릴 적 상상 친구까지 알아내야 한다는 얘기.

그렇게 해서 설령 호스팅 업체가 루비를 없앤다 해도, 여전히 크리스와 똘마니들의 노트북 문제가 남는다. 이런 동기화 스크립트는 결국 실행되고 사이트를 다시 업로드하니까. 언제든. 어디서든. 따라서 난 호스팅 계정과 노트북에 있는 데이터를 한꺼번에 몽땅 없애버려야 한다. 바로 이 부분에서 막히고 만다. 쓸모없는 관계도를 아무리 들여다봐도 방법을 모르겠다.

이후에도 나는 사건 관계도를 손보고 방법을 궁리하고 곰돌 씨에게 펜을 던지며 일주일을 더 보냈다. 이따금 크리스, 카일, P-보이를 소소하게 '신상 털기' 하거나 '만성 발기 부전자 모임'에 가입시키는 등 휴식 차원에서 지극히 하찮은 해코지를 하기도 했다. 하지만 그 외에는 오로지 일에 집중했다. 문자와 전화도 일절 무시했다. 내 인생에서 멀어진 두 남자, 즉 새미나 에이버리에게서 연락이 와도 받지 않았다.

새미와의 연락을 끊는 건 어렵지 않았다. 그와 키스하려 한 일을 사과해야 하는 건 알고 있었다. 단지 알맞은 표현법을 찾지 못했고 도리어 더 어색해질까 봐 걱정스러웠다. 차라리 잠시 거리를 두고 지내다 보면 그가 알아서 날 용서하겠지 싶었다. 그는 언제나 그런 식이니까.

한편 에이버리는⋯⋯. 전화 벨소리가 딱 한 번 울리고선 끊어졌다. 애초에 왜 전화했는지조차 모를 일이었다. 아직도 나한테 화가 났나? 그저 '착한' 사람이라 내 안부를 묻고 싶었나? 아님 '우리 이제 친구로 지내자, 하지만 진짜 속마음은, 다시 사귀고 싶어'인가?

2분 후 그가 보낸 문자에 난 제2의 관계도를 제작할 뻔했다.

> **에이버리** 미안. 잘못 눌렀어.

이어서 사이드쇼 밥Sideshow Bob(미국 애니메이션 시리즈 〈심슨 가족〉의 등장인물로 악당이지만 번번이 당하는 역할이다-옮긴이)이 갈퀴 자루에 얼굴을 얻어맞는 움찔이 떴다.

어쨌거나 토요일이 되었고, 난 어떻게 해야 '돌멩이 하나로 네 마리 새를 때려잡을지' 감도 잡지 못한 상태였다. 문제의 기기들을 한 방에 모두 처리할 묘책을, 고상한 해결책을 떠올리고 싶었다. 하지만 나의 천재성이 한사코 나타나 주질 않았다. 난 침대에 드러누운 채 모서리 밖으로 머리를 늘어뜨렸다. 사건 관계도를 거꾸로 보면 문제가 풀리려나 싶어 한참을 그러고 있는데, 엄마가 방문을 두드렸다. 일주일 내내 내가 들은 체도 하지 않는데 엄마 아빠는 번갈아, 주로 식사 시간에 내 방문을 두드렸다. 이번에는 야단도 칠 기세였다.

"마고!"

"왜!"

난 신경질적인 고함으로 받아쳤다. 머리끝이 바닥을 향하는 자세로 하도 오래 있었더니 좀 어질어질했다.

"토요 가족 모임 시간이다!"

난 에이버리와 헤어진 사실을 부모님께 숨기려 했었다. 하지만 두 분은 빠르게도 눈치채고 득달같이 가족 모임을 부활시켰다.

"가족 모임! 영화 감상!"

엄마는 즉흥 구호를 외치며 문을 벌컥 열어 내 두통을 심화했다.

"나 바빠, 엄마. 봐, 저거……."

난 사건 관계도를 가리켰다. 엄마의 시선이 내 손가락 끝을 따라갔다가 되돌아왔다. 표정은 심드렁했다.

"쉬었다 해도 되겠네. 네 심리학 프로젝트가 하룻밤 사이에 어디

가겠니."

평소라면 좀 더 저항할 텐데, 이건 내가 봐도 한심했다. 쉬지 않고 계속한들 뭘 하겠나. 끽해야 사건 관계도 제7차 수정?

오늘 밤 가족 모임에서 볼 영화는 〈대부〉였다. 아빠가 최애하는 영화 중 하나로, 내 기억에 존재하는 가장 어린 시절부터 아빠는 나에게 〈대부〉를 보여주고 싶어 했다. 그러니 아빠에게는 아주 중요한 밤이었다.

〈대부〉가 얼마나 '훌륭'하고 '중요'한 영화인지 꼭 알려주고 싶었던 아빠는 영화가 흐르는 동안 "그래, 이 장면!" "저기 저 조명 쓴 것 좀 봐라!" "캬! 역시 고전이야!" 등등 감탄에 감탄을 거듭했다. 그러면 엄마는 인상을 쓰며 "쉿!" 하거나, 본인도 이 영화를 다섯 번 넘게 봤으면서 "어, 저 사람이 누구라고?" 했다.

이게 우리 집 영화 감상 시간의 전형적인 광경이다.

아직 안 본 이들을 위해 설명하자면 〈대부〉는 어느 마피아 가문의 이야기를 다룬 1970년대 영화다. 전반부에는 볼살이 축 늘어진 늙은 이가 가문의 우두머리, 즉 '돈 콜레오네'다.[70] 영화는 엄청나게 길고 놀랍도록 폭력적이다. 브란도의 연기는 좋았던 것 같지만 난 그가 읊는 대사를 대부분 알아들을 수 없었다. 말투가 꼭 꼬부랑 할머니 같았다. 나머지 배우들의 연기는 좋았고, 음악은 아주 마음에 들었다. 그러나 이 영화에는 '여성'이 없었다. 아니다, 세 명이 있기는 했다.

---

70 놀랍게도 이 콜레오네를 연기한 배우가 말론 브란도(내 항만 노동자 환상의 주인공!)란다. 몰라보게 변했더라. 가차 없는 세월이 야속했다.

그런데 셋 중 한 명은 대사가 없다. 아예 한 마디도! 그렇다, 이 영화는 '성 평등성' 면에서 낙제감이었다. 그래도 영화는 괜찮았다. 아빠가 늘 주장하듯 '역대 최고의 걸작'까지는 아니어도…… 썩 괜찮은 영화였다.

그렇지만 인정하건대 영화의 마지막은 정말 훌륭하다. 주인공인 마이클이 경쟁자를 쓸어버리고 새로운 권력자로서의 입지를 굳히는 대대적이며 극적인 시퀀스가 있다. 대단히 영리하게도 그는 조카의 세례식이 이루어지는 사이에 그 모든 일을 해치운다. 그가 사제와 함께 제단에 서서 갓난아기가 세례 받는 모습을 지켜보는 동안, 그가 고용한 조직원들이 도시 전역에서 사람들을 잔인하게 살해한다. 한 남자는 침대에서 기관총 총알받이가 된다. 또 다른 남자는 눈에 총알이 박힌다. 탕! 탕! 탕!

탕! 난 거실 한가운데서 벌떡 일어나 외쳤다.

"조직원이 필요해!"

그러고 나서야 정신을 차렸다. 부모님이 모 그린 편에 선 프레도를 보듯 날 쳐다봤다.[71]

그래서 얼른 딴소리를 주워섬겼다.

"진정한 걸작이야, 아빠! 보여줘서 고마워요!"

당신의 최애 영화가 딸내미 마음에도 들었다는 사실에 너무나 기쁜 나머지 아빠는 내가 방금 조직원을 부르짖었다는 걸 까맣게 잊었

---

71 〈대부〉를 보면 무슨 뜻인지 알 것이다. 한마디로 미친 사람 보듯 날 쳐다봤다는 얘기다.

다. 그러니 굳이 내가 나서서 해명할 필요도 없었다.

난 다시 앉았다. 나 역시 흡족했다. 드디어 답을 찾았다. '조직원'이다! 콜레오네 가문처럼 '머츠파 조직'이 필요하다! 내가 크리스의 호스팅 계정을 닫는 동안 내 조직원들은 카일, P-보이, 크리스의 컴퓨터를 죽이는 거다. 일거에 쓸어버린다. 마피아 스타일로. 우리의 표적은 홀연히 이 세상에서 사라지리라. 고상하지도 않고 묘책도 아니었다. 피 튀기는 전쟁이었다. 구식이었다. 암살 조직이라니!

섀넌은 남자를 고용하면 안 된다고 못 박았지만 유능한 여성 조력자[72]를 구하지 말라는 얘기는 하지 않았다. 또 놈들의 컴퓨터를 난도질해 줄 유능하고 믿을 만한 여성들을 찾는 일이 대단히 어려울 것 같지도 않았다.

그날 밤 나는 몇 달 만에 단잠을 잤다. 머릿속에 맴도는 생각은 단 한 가지뿐이었다.

'조직원을 구해야 해애애애······.'

---

72 여성 조직원 또는 여살수.

- 4월 18일, 오전 1시 02분 -

마고 해결책을 찾았어!

마고 드디어. 끝이 보이는구나. 아아 기쁘다!

- 4월 18일, 오전 1시 07분 -

마고 미안, 넌 지금 남친 열 명 중 하나랑 즐거운 시간을 보내고 있을 텐데. 내가 입이 근질근질해서 말이지. 왜냐면 그동안 이 건 때문에 골치가 다 썩었거든! 일상생활이 불가능했다고!

마고 너무 다행이야!

- 4월 18일, 오전 10시 00분 -

마고 네 이모랑 같이 교회에 갔다가 목사(집사?) 앞에서 웃음이 터졌던 때 기억 나? 우리 앞에 있던 여자가 조용히 하라고 해서 네가 "아이고 주여, 거참 죄송하네요!" 했잖아. 좋을 때였어.

CHAPTER 21

흠이라면 블라이

조지이이이익워어어언!

월요일 아침, 도서관의 내 자리에 앉아 누굴 조직원으로 끌어들일 수 있을지 생각하던 중에 핸드폰에서 메시지 도착 알림음이 울렸다. 그때 문득 깨달았다. 조직원이 나한테 오게 할 수 있다면 굳이 내가 조직원 모집에 나설 필요가 없잖아?

> **척** 타샤 아마디가 남친한테 차인 얘기 들었어? 걔가 루비에 있는 게 감당 안 된다고 했대. 나쁜 자식.

켈시들. 그렇지. 아직 1학년이지만 활기차고 똑똑하며 의리 넘치는 애들. 게다가 둘 다 그 사이트의 피해자였다. 그 애들이라면 마땅히 분노하고 의욕을 불태울 게 확실했다.

종이 울렸다. MCYF 근무 시간이 끝났다. 켈시들에게 통화 가능하냐고 문자 메시지를 보냈다. 둘은 턱을 문지르는 노인 머리 위로 '흥미롭군'이라는 생각 말풍선이 달린 똑같은 이모티콘을 보내왔다. 맙소사, 켈시들아, 똑같은 이모티콘이라니? 어쩌면 게네는 한사람인지도 몰라.

노트북과 공책들을 주섬주섬 챙겨 가방에 쑤셔 넣었다. 그리고 애비처럼 5교시 교실로 바삐 달려갔다. 수업 종이 울리기 직전에 빈자리에 앉았다. 오늘 쪽지 시험을 본다고 했는데 공부를 하지 않은 나는 펠레티 샘이 출석을 부르고 자기 아이의 농구 경기 얘기를 하는 5분 동안 벼락치기를 해야 했다. (아이 얘기만 나오면 펠레티 샘은 거의 틀림없이 곁길로 빠진다. 뛰어난 교사의 유일한 약점이다.)

"쌤! 엊저녁 경기에서 브라이턴이 완패했다면서요?"

내가 던진 미끼에 펠레티 샘의 눈이 반짝 빛났다. 그의 딸은 펜브룩 선수였다. 구글에 따르면 펜브룩이 브라이턴의 약한 수비를 장악해 압승을 거뒀다. 그러나 그의 즐거운 회고는 시작도 전에 방해를 받았다.

"어, 펠레티 선생님? 교장 선생님께서 마고를 부르시는데요."

내 이름이 들려 고개를 들었더니 새미가 문가에 있었다. 순한 양의 얼굴로 가짜 사유를 대고 나를 교실에서 끌어내려 했다. 우린 어쩌다 한 번씩 이런 짓을 하는데 어디까지나 MCYF 일로 꼭 필요할 때에 한해서였다. 우리가 언제든지 결석계를 제시하고 수업을 빼먹을 수 있다는 사실이 이목을 끌게 되는 건 둘 다 바라지 않았다.

지금 새미를 따라 나가면 펠레티 샘의 쪽지 시험을 방과 후에 치러야 할 텐데 내겐 그럴 시간이 없었다. 난 새미에게 아주 단호하게 '지금은 안 돼' 티가 팍팍 나는 눈빛을 보냈다. 그는 '늦었어, 이미 결석계를 제출했는걸'의 뜻으로 어깨를 으쓱해 보였다. 오, 새미 오빠, 단지 크리스 파티에서의 일로 얘기나 좀 하자고 이러는 거면 진짜 내가 가만두지 않을 거야.

난 다시 한번, 이번엔 더 분명하게 말로 거절했다.

"교장 쌤이 꼭 지금 날 보셔야 한대? 수업 끝나고서 가면 안 돼?"

이건 새미와 나 사이에만 통하는, '이 위조 결석계 작전을 중단하라'는 암묵적 신호였다. 펠레티 샘이 한쪽 눈썹을 치켜올렸다.

"안 돼. 당장 데려오라고 하셨어. 나도 어쩔 수 없어, 마고."

새미는 내 신호를 무시하고 '우리 둘 다 정학당하기 전에 냉큼 튀어나와' 하는, 사정과 협박이 뒤섞인 표정을 지었다. 펠레티 샘은 팔짱을 끼고 뺨 안쪽을 빨았다. 내가 졌다.

"알았어. 펠레티 쌤, 아마 오래 걸리지 않을 거예요. 금방 돌아와서 시험……."

"방과 후에 봅시다, 머츠 양."

난 짐을 챙겨 새미를 따라나섰다. 위조 결석계를 남용하지 말아야 하는 이유를 조목조목 따져줄 셈이었다. '아무 때고 오빠 맘대로 날 교실에서 끌어낼 순 없어!'로 시작하려고 입을 뗐다. 그러나 '아'에이어 내 입에서 나온 건 다른 말이었다.

"아……니, 여기서 뭐 하세요, 블라이 쌤?!"

왜냐면 그녀가 내 앞에 있었기 때문이다. 퉁퉁 부은 눈으로, 두 팔로 자신을 감싼 채.

그녀는 낮은 목소리로 그러나 울부짖듯 말했다.

"사진이 또 있어! 다 지운 게 아니었어. 사진이 또 있다고!"

"무슨 말씀이세요? 쌤이랑 조시 프랜지가 함께 찍은 사진 한 장을 삭제해 달라고 저흴 고용하셨잖아요. 그렇게 해드렸고요."

난 일단 방어적으로 대꾸했다.

"하지만 아직도……."

그녀는 두 손을 공중에 던지며 짧은 거리를 서성거렸다. 비탄에 빠진 여배우가 따로 없었다.

"쌤. 좀 진정하시고, 무슨 일인지 설명해 주시겠어요?"

난 슬쩍 새미를 보았다. 그는 눈동자를 굴리며 딴청을 피웠다. 무슨 사달이 났건 간에 블라이 쌤이 벌이는 이 촌극을 정당화할 정도는 아니라는 뜻이었다.

"내 컴퓨터에 사진이 또 있더라고! 어떻게 된 일인지 몰라! 돈을 더 청구해도 좋아. 얼마든지 줄게."

그때 저스틴 첸이 걸어왔다. 크고 두꺼운 안경을 쓰고 '미래의 중간 관리자' 기운을 온몸으로 뿜어내는 1학년 학생. 그가 어슬렁어슬렁 곁을 지나쳐 가는 동안 우리 셋은 일제히 입을 다물었다. 자기 때문에 우리 대화가 중단된 걸 눈치챈 그는 이쪽을 돌아봤다. 아무래도 신경이 쓰이겠지. 우리도 그랬다. 걷는 속도는 그대로였지만 그가 복도 끝까지 걸어가 시야에서 사라지기까지의 시간이 영원처럼 길게 느껴졌다.

"음. 이해가 안 되는데요. 무슨 사진인데 그러세요?"

블라이 샘은 크게 심호흡을 하고 재킷 밑단을 당겨 편 뒤 한결 차분하게 상황을 설명했다.

"어젯밤 남편이랑 '랑글로스의 전설'을 했어. 아주…… 복잡하고 이상한 보드게임이야. 하지만 우린 서로의 취미에 관심을 보여주려고 애쓰거든."

"네."

요새 다들 왜 이러지? 으윽. 안 그래도 별로였던 결혼이 더 싫어졌다.

"거실에서 했는데, 토비가 TV에 컴퓨터 사진이 나오게 설정해 놨더라고. 그이 컴퓨터랑 내 컴퓨터랑. 어떻게 했는지 모르겠는데…… 컴퓨터에 저장된 사진이 TV에 무작위로 나와."

난 끄덕였다. 그건 화면 보호기 설정이었다.

"아무튼 보드게임을 했어. 내가 막 코르셋 홀을 주우려고 할 때였는데, 사진이 뜨는 거야. TV 화면에. 조시 프랜지의…… 성기가."

그녀는 잠시 이야기를 멈추고 다시 손을 휘저으며 서성였다.

"우리 집 TV에! 나도 모르게 비명을 질렀어, 마고! 게임하다 난데없이! 토비가 고개를 들었는데, 오 하느님 감사합니다, 그새 사진이 바뀌어서 그이가 본 건 다행히도 우리 신혼여행 사진이었어! 그래도! 이런 일이 또 생기지 말란 법은 없잖아."

새미는 하품이라도 할 태세였다. 블라이 쌤의 문제에 대한 그의 생각도 내 생각과 같다는 뜻이었다. 뚝딱 해결 가능한 문제였다.

"쌤, 상황 파악을 위해 하나만 여쭐게요. 조시 프랜지가 언제 성기 사진을 보냈어요? 최근이에요 아님……?"

"그날, 노래방 갔던 날 밤에 보낸 거야. 다시는 이런 짓 하지 말라고 내가 따끔하게 일렀었어. 이런 건 진짜 딱 질색인데……."

그녀는 생각하기조차 싫다는 듯 말끝을 흐렸다.

"네. 그런데, 그럼 왜 저장까지 하셨어요?"

"그러니까! 그랬나 봐, 내가! 나도 모르게. 분명 지운 줄 알았는데 그게 왜……."

사건의 경위를 시간 순으로 파악하는 데 집중해야 했다.

"잠시만요, 정리 좀 할게요. 그러니까 쌤은 실수로 그걸 컴퓨터에 저장하셨어요. 그런데 어젯밤 그게 쌤 집 TV 화면에 떴죠. 화면 보호기가 쌤 컴퓨터에 있는 사진들을 무작위로 불러와 슬라이드 쇼 형식으로 보여주니까요."

"응. 그런 것 같아."

"그 사진, 아직 있어요?"

"모르겠어. 어젯밤에 바로 삭제했어. '나의 사진 스트림'에서. 내 건 물론이고 토비 컴퓨터도 확인했어."

"그럼 괜찮은 거예요. 사진을 삭제하셨으니 다시는 TV 화면에 뜨지 않아요."

"하지만 TV에 남았을 수도 있잖아!"

그녀는 언성을 높였다.

"아뇨, 그럴 리 없어요."

난 단언했고, 새미는 어깨를 으쓱 올렸다.

"얘 말대로예요. 그럴 리 없어요, 쌤."

그녀는 초조하게 발끝으로 바닥을 두드리며 두리번거렸다. 우리 말을 못 믿거나 우리가 귀찮아한다고 여기는 게 분명했다.

"너희가 우리 집 TV를 봐줬으면 해. 혹시 모르잖아, 그러니까 너희가 확인 좀 해줘."

우리 MCYF는 수고랄 것 없는 사소한 일로 요금을 청구하지 않는다. 설령 기술적인 면에서 고객이 이해하지 못하는 경우라 해도. 아니, 그런 경우에는 더더욱. 내가 얼토당토않게 '마이크로-프로세싱 디지털 스크러빙 서비스 요금'을 청구해도 컴맹에 가까운 어른 고객들은 순순히 돈을 지불할 것이다. 하지만 난 그러지 않는다. 우리는 윤리 경영을 추구하며, 고객의 신뢰를 무엇보다 중요시하기 때문이다.

그런데 블라이 쌤이 이 철칙을 고수하기 어렵게 만들고 있었다.

"쌤, 그건 정말 간단한……."

"얘, 나한테 건방지게 뭘 가르쳐 달라고 널 고용한 게 아니야. 이것만 확실히 해. 해결해 줄 거야, 말 거야?"

논리가 통하지 않았다. 오늘 오후는 꼼짝없이 블라이 쌤의 집에서 'TV 문제'를 해결하는 척해야 우리가 놓여날 수 있다는 뜻이었다. 체념한 나는 그녀가 원했던 대답을 해주었다.

"좋아요. 해드릴게요. TV 화면에 성기 사진이 떴다면 데이터가 재조각화했을 가능성도 있어요. 기본적으로 수십 번 복사를 하는데, 숨겨진 가상 짚Zip 드라이브로 조각들이 들어갔으면 찾기가 무척 어려울 거예요."

블라이 샘의 얼굴이 사색이 되었다. 생각했던 것보다 심각한 상황으로 들렸을 것이다. 내 입에서 흘러나오는 순 엉터리 헛소리에 새미는 입술을 꽉 깨물었다.

"그게 무슨 말이니? 사진이…… 복사를 해? 수십 개가 됐다고?"

"그럴 가능성도 있다고요. 그렇다 해도 저희가 전부 찾을 수 있어요. 새미 오빠는 말하자면 가상 파일 탐지 전문가예요. 하지만 시간이 좀 걸릴 거예요. 이 오빠가 직접 개발한 특수한 '조각 모으기' 프로그램을 사용해야 해요."

블라이 샘은 고개를 끄덕였다. 화는 나지만, 존재하지도 않는 문제에 복잡한 해결책을 얻어 비로소 안도한 눈치였다.

블라이 샘이 우리를 데리고 나가며 조퇴 승인서에 서명했다. 행정실에는 지역 과학 박람회에서 우리가 우수한 성적을 거둔 데 대한 포상이라고 보고했다. 거짓말은 아니었다. 올해 박람회에서 새미의 태양열 에너지 프로젝트가 우수 전시상을 받았으니까. 나 또한 태양전지판을 만들고자 하는 그의 노력에 정서적 지원을 아끼지 않았으니까. 우린 블라이 샘의 차 뒷좌석에 앉아 10분 거리에 있는 그녀의 집으로 향했다. 말 한마디 오가지 않았지만 새미와 나는 부지런히 문자를 주고받았다.

새미 블라이 쌤 컴퓨터에 '숨겨진 가상 파일'을 정확히 어떻게 찾아야 되는 거지?

마고 그러게

새미 원칙을 깨는 거야? 솔직히 이건 일도 아니잖아! 왜 우리가 쌤 집엘 가냐고!

마고 그야 오빠가 저 쌤 기기에 깃든 음란 마귀를 제거해야 하니까!

우리 둘은 동시에 쿡쿡 숨 죽여 웃었다. 블라이 쌤이 실습 현장에서 말썽 부리길 일삼는 문제아들 보듯이 룸미러로 우리 둘을 쏘아봤다. 하기야 뭐, 우리가 모범생은 아니지. 난 문자를 하나 더 날리고 핸드폰을 주머니에 넣었다.

마고 적당히 만지작거리면서 뭐가 있나 대충 구경하다가 지겨워지면 나오자고.

블라이 쌤은 놀랍도록 호화로운 튜더풍 주택 앞에 차를 세우고 우릴 현관으로 안내했다. 집 안은 윌리엄스 소노마 매장을 그대로 옮겨다 놓은 듯했다. 새미와 나는 '우와, 토비 블라이가 뭐 하시는 분이기에?' 하는 얼굴로 서로를 쳐다봤다.

블라이 샘이 우리에게 신발을 벗으라 이르고서 신발 보관대를 내려다보다 헉, 숨을 들이켰다.

"어머 어떡해. 그이가 집에 있어!"

"이런, 불륜녀와 함께 있는 게 아니어야 할 텐데요. 그럼 또 상황이 아이러니하겠지만."

속으로만 할 말을 나도 모르게 겉으로 뱉었다. 블라이 샘의 얼굴이 험하게 구겨졌다.

"죄송해요. 농담이 지나쳤어요. 긴장이나 좀 풀까 해서 한 말이었는데."

아니나 다를까, 거실 TV에서 흘러나오는 소리가 들렸다.

"제가 남편분을 붙잡아 둘게요. 그동안 샘은 오빠를 컴퓨터 있는 데로 데려가세요."

"두 명이 붙어서 해야 하는 일이라며!"

그랬다. 내가 그렇게 말했었다. 그저 장난이었지만.

"상황이 이러니 어쩔 수 없잖아요. 오빠, 혼자서 할 수 있겠어?"

"지난주에도 비슷한 일을 했지. 아무것도 장담할 수는 없지만, 운만 조금 따라준다면…… 가능할 거야."

새미는 옛날 드라마 배우처럼 진지하고도 느끼하게 대답했다. 하마터면 웃을 뻔했다. 내 장단에 맞춰주는 그를 보니 어쩐지 마음이 놓였다. 어쩌면 내 어색한 키스 시도가 우리 사이를 완전히 망쳐놓은 건 아닌지도 모르겠다.

둘 다 웃음이 터지려는 찰나에 토비 블라이가 계단을 돌아 나왔다.

"어쩐지 당신 목소리가 들린다 했어!"

"자기, 집에 있었네."

블라이 샘은 얼른 남편을 껴안으려 다가갔다.

"안 돼! 안지 마! 나 지금 중환자야!"

내 눈에도 그래 보였다. 잠옷 바람에 담요까지 걸치고 나왔으니.

그가 콧물을 들이켜고 사과했다.

"미안! 당신 일찍 왔네."

"학생들 점심 사주려고. 얘네가 올해 과학 박람회 화학 부문에서 애노버 상을 받았거든.[73] 근데 지갑이 안 보이더라고. 혹시 자기는 못 봤어?"

토비는 거실 쪽으로 시선을 던졌다.

"으음. 못 봤어. 미안."

그러고서 팔로 입을 막고 재채기를 했다.

난 불쑥 끼어들었다.

"죄송한데요, 화장실 좀. 실은 저희 둘 다 급해요!"

토비는 미안하다며 부엌에 딸린 화장실을 가리켰고, 난 쏜살같이 그리로 뛰어 들어갔다. 새미는 2층에 있는 다른 화장실로 향했고 블라이 샘도 '지갑을 찾는다'는 명목으로 새미를 따라 올라갔다. 얼추 볼일 마칠 시간에 맞춰 나왔더니 토비가 부엌에서 주전자 물 끓기를 기다리고 있었다. 시간을 끌어야 했기에, 난 그가 반겨 마지않을 게

---

[73] 아무래도 내가 정말 올해 애노버를 빛낸 인재였나 보다!

분명한 화제를 던졌다. 이래 봬도 난 '덕후'의 세계를 웬만큼 공유해 온 사람이다. 새미가 슈퍼 덕후 아닌가. 심지어 나도 중3 시절에 잠깐 〈왕좌의 게임〉 팬 픽션을 끼적였더랬다. 덕후란 자기가 파는 분야에 대한 질문이 딱 하나만 들어와도 상대방이 흥미를 잃건 말건 제풀에 신나서 끝없이 수다를 늘어놓는 족속이다.

"쌤한테 들었는데요, 롤플레잉 보드게임을 좋아하신다면요?"

토비는 깜짝 놀란 표정을 짓더니 도리어 나를 진심으로 당황케 했다.

"와. 캐런이 그렇게 말해? 그래, 음…… 내가 게임을 많이 좋아하기는 하지. 하지만 게임을 딱히 좋아하지 않는 사람이라면 대개는……."

그는 곯아떨어지는 시늉을 했다.

미끼를 물지 않았다. 뭐지?

그가 말을 이었다.

"그나저나 과학 박람회에서 수상했다고? 신나겠네."

난 거짓말할 수밖에 없었다.

"네. 전 과학이 재밌어요. 대학교 전공도 그쪽으로 선택할 것 같아요."

"어느 대학으로 갈지 생각은 해봤니?"

"스탠퍼드요."

너무 급하고 단호하다 싶게 대답이 튀어나왔다. 난 스탠퍼드 덕후였다.

그는 빙긋 미소 지으며 컵에 끓는 물을 부었다.

"좋은 학교지. 그럼 앞으로 뭘 하고 싶은데? 연구? 암 치료법 개발?"

"컴퓨터요."

"아. 그럼 네가 차세대 페이스북을 발명하겠구나?"

"페이스북 같은 건 절대로 만들지 않을 거예요. 민주주의를 좀먹는 사회악이라고요. 마크 저커버그는 소시오패스예요."

그는 너털웃음을 터뜨리며 티백을 컵에 넣었다.

"그래, 그렇지. 음, 어쩌면 너의 미래는, 어…… 셰릴 샌드버그 쪽인가?"

"마크 저커버그가 되기 싫은데 설마하니 그 사람 직원이 되고 싶겠어요?"

난 타박하듯 되물었다.

"그야 나도 모르지! 그 여자가 그 뭐냐, '린 인Lean In(샌드버그가 쓴 자기계발서 제목으로 여성의 적극적인 자세를 강조하는 문구-옮긴이)'을 주장하지 않았나?"

"예, 훌륭하신 분이죠. 하지만 페이스북에 백인 우월주의 페이지가 생기기 시작했을 때 그분은 왜 '린 인' 하지 않았을까요? 페이스북이 미얀마에서 벌어진 대학살극에 원인을 제공할 때 왜 '린 인' 하지 않았죠? 댁의 개념은 어디로 '린 인' 하나요, 셰릴?"

그래도 잘 모르겠다면 확실히 알려주겠다. 난 셰릴 샌드버그가 싫다.

"그래, 그래! 알았다! 항복! 난 일개 치과 의사야! 이메일 한 통 보낼 때도 버벅거리는! 아휴, 내가 잘 알지도 못하면서 떠들었네!"

토비는 내 예상과 달랐다. 블라이 샘 얘기만 듣고 상상한 그의 모습은 아내를 무시하는 거만한 덕후였다. 아울러 왠지 못생겼을 것 같았다. 하지만 아니었다. 머리숱은 적었지만 얼굴은 동안이었다. 통찰력이 엿보이는 푸른 눈동자에, 피부는 (결근할 만큼 아픈데도!) 희고 깨끗했다. 몸매 관리도 적당히 하는 듯했다. (내가 아는 유부남은 열이면 열, 관리하길 포기하고 '아빠 몸매'에 정착하는데 말이다.) 하지만 무엇보다도, 그는 상냥했고 내가 하는 일에 진심으로 관심을 보였다. 그래서 나도 블라이 샘을 돕는 일에 보람을 느끼게 됐다. 그녀는 짜증나게 날 들볶았지만, 내 도움으로 두 사람이 행복한 결혼 생활을 유지할 수 있다면…… 까짓것, 내가 좀 들볶여 주지 뭐!

우리는 편하게 대화를 이어갔다. 고등학교 생활, 스탠퍼드(그의 전애인이 거길 다녔단다), 요즘 애들도 〈프렌즈〉를 즐겨 본다는 게 그가 보기에 얼마나 기가 찬 일인지에 대해 얘기했다. (나도 기가 찼다. 〈프렌즈〉는 옛날 옛적 드라마인 데다 동성애를 비하한다.) 그러다 보니 어느새 새미와 블라이 샘이 부엌으로 돌아왔다. 그녀가 손에 든 지갑을 흔들어 보였다.

토비가 싱긋 미소 지었다.

"오 좋아! 찾았네!"

"응! 책상 뒤에 있더라고. 내가 어쩌다 그리로 떨어뜨렸나 봐."

"찾았으면 됐지 뭐. 참, 화장실은 쓸 만하던?"

그렇다, 새미도 한참 동안 위층에 머물렀었다. 그래서 내가 대신 나섰다.

"새미 오빠는 내일 애노버 시상식에서 연설을 해야 해요. 근데 이 오빠가 긴장하면 꼭 설사를 해서……."

난 빙긋 웃었다. 이제 '업무'도 끝났겠다, 쓸데없이 더러운 장난으로 새미를 골탕 먹여도 괜찮겠지.

새미는 이를 악물고 내 거짓말을 거들어 주었다.

"예. 죄송합니다. 제가 긴장하면 배탈이 나요. 그래서…… 오래 걸렸네요."

이어서 내려앉은 어색한 정적을 토비가 자비롭게 깨뜨렸다.

"인마. 그럴 수도 있는 거지!"

이후 몇 분간 (새미가 다시 슬그머니 빠져나가 핸드폰이 초음파 막대인 양 TV 앞에 대고 훑으며 '단말기에 박힌 사진 데이터 조각들을 샅샅이 찾아 제거'하는 동안) 예의 바르게 잡담을 주고받은 뒤, 우리는 떠났다. 우리의 노고를 치하하는 뜻에서 블라이 샘이 '치폴레'에서 부리토를 포장 주문해 주었다.

새미와 나는 8교시를 건너뛰고 극장 기술실에서 부리토를 먹었다. 잠시간 에이버리 생각이 났다. 그는 면 요리 순위 매기기에서 '밥'을 8위에 올렸다. 그는 밥도 엄밀히 따지면 면에 속한다고 했고, 난 그런 그가 엄밀히 따지면 내가 만난 가장 무식한 남자라고 받아쳤다.

이 시점에 왜 에이버리가 떠오르지? 우리의 '관계'는 끝났는데 어째서 그는 내가 밥을, 혹은 그의 표현대로라면 '매우 짧고 조밀한 면'을 즐기지도 못하게 방해하는가? 에잇. 이건 아니지. 난 그를 머릿속에서 몰아내고 부리토를 목구멍으로 밀어 넣었다. 새미가 블라이 샘 집에서 한 일을 내게 늘어놓았다. 그녀의 노트북을 여기저기 찔러 보고 "오염된 파일 조각들이 온 데 다 흩어졌네요!" 하는 식으로 허풍을 날리며 미친 듯이 하나하나 찾아 삭제하는 척했다나 뭐라나. MCYF에서는 가끔이지만 이렇게 정말 재미있는 일도 생겼고, 그럴 때마다 새미와 나는 밤새 그 일을 두고 낄낄대며 수다를 떨고는 했다.

마지막 종이 울렸다. 우리는 부리토 포장지를 버리고 기술실에서 내려왔다. 이만 헤어질 참이었는데 어쩐지 망설여졌다. 크리스네 파티 때 이후로 우린 제대로 대화를 나누지 못했다. 그에게 해명을 해야 할 것 같았다.

"오빠. 잠깐만. 저번 크리스 파티 때 말이야……."

"에이버리랑 클레어를 보고 어지간히 약이 올랐나 봐, 그렇지?"

아니, 그렇지 않았다. 전혀.

"응. 그랬나 봐. 헤어진 지 얼마 되지도 않았는데 거기서……."

"이해한다. 기분 나쁘지, 당연히."

그는 그날 있었던 일은 더 이상 신경 쓰지 않는다는 듯 말하고서 히죽 웃었다.

"재밌는 게, 실은 걔가 우릴 태워주겠다고 한 날 난 네가 걜 좋아하는구나, 했었어. 그래서 둘이 만난다는 얘길 들었을 때도 놀라지 않았고. 그렇지만…… 역시 에이버리는 의외였어. 내가 아는 네가 사퀼 남자는 아니었거든."

"왜? 걔는 내 취향이 아니고 아무 특징도 없이 따분한 남자라서?"

"아니, 그냥 네가 부자를 싫어하니까."

"싫어하지 않아. 오히려 순하다고 생각하는걸."

"그렇구나."

잠시 생각에 잠겼던 그가 덧붙였다.

"아무튼 난 네 취향을 잘 모르나 보다."

"나도 모르겠는데 뭐."

자신의 취향을 알고자 한다면 일정 기간에 걸쳐 다양한 사람을 사귀어 봐야 한다. 그런데 내가 사귄 사람은…… 없다.

"그래도 내 취향을 아는 사람이 있다면 오빠겠지. 다른 누구보다도 오빠가 날 제일 잘 알잖아."

교실 문이 벌컥벌컥 열리고 학생들이 우르르 몰려나왔다. 다들 집으로 가거나 방과 후 활동 장소로 이동하려고 부산스레 움직였다. 나도 펠레티 샘의 쪽지 시험을 치르러 가야 했다. 새미에게 잘 가란 인사를 건네려 했는데 갑자기 그가 모자를 벗고 머리를 긁적였다. 뭔가 마음에 걸리는 게 있는 눈치였다.

"오빠, 무슨 일 있어?"

"아니, 아무 일 없어. 그냥……."

새미는 눈을 내리깐 채 말했다.

"혹시 너…… 졸업무도회 안 갈래? 나랑 같이?"

CHAPTER 22

크리스에 대해
알아내야 할 열 가지

인정하겠다. 정말이지 깜짝 놀랐다.

새미가 나한테 졸업무도회에 같이 가자고 했어? 나의 새미가? '와우WoW(월드 오브 크래프트)'에 딱히 빠지지도 않았고 '입문용 게임'이라고 하찮게 여기면서도 홈커밍 기간을 그 게임과 더불어 보낸 사람이?

새미는 내가 학교 무도회를 어떻게 여기는지 알고 있었다. 학교 무도회란 하나같이 진부하고 무의미하며 유치하기 짝이 없다. 몸에 잘 맞지도 않는 정장과 형편없는 음식. 볼썽사나운 '부비부비'와 곁땀 얼룩이 선연한 턱시도. 오래된 신부 들러리 드레스를 입고 돌아다니며 아이들을 감독하고자 하는 샘들과 어떻게든 그들 눈을 피해 술을 마시고자 하는 아이들. 아니, 크리스 하인츠가 빌어먹을 DJ인 행사에 가고 싶어 할 사람이 진정 있을 수나 있나? (뜬소문이 아니었다. 그 개쓰레기 자식이 진짜로 DJ 자리를 꿰찼단다.) 싫다! 때려죽인대도 안 간다. 생각만 해도 귀에서 피가 나는 것 같다! 게다가 학교의 바보란 바보들은 죄다 거기 모일 것이다.

'학교의 바보들이 죄다 거기에 모인다.'

바로 그거다. 루스벨트 비치스를 제거하려면 크리스와 카일, P-보이가 각자 컴퓨터를 딴 데 두고 한데 모이는 시간, 더 욕심내자면 다들 어딘가에 정신이 팔리는 시간이 필요하다. 놈들이 모두 한 장소에 있고 아마도 거하게 취할 졸업무도회야말로 내게 다시없을 기회였다. 그리고 크리스가 DJ 역할을 맡는다면 그건 그의 컴퓨터도 거기에 있을 거라는 뜻이었다! 완벽해도 너무 완벽했다. 제기랄. 너무너무 싫지만, 퓨리들을 위해 난 반드시 졸업무도회에 가야 했다!

그렇다고 무작정 혼자서 졸업무도회에 갈 수는 없었다. 난 졸업반이 아니었다. 나 혼자 갔다간 "마고 머츠는 무도회를 싫어하는 줄 알았는데?"라든가 "네가 왜 여기 있어?"라든가 "설마 여길 불태워 버릴 건 아니지?" 따위의 얘기를 듣게 될 게 뻔했다. 새미와 함께라면 지극히 자연스러운 위장이 가능했다.

하지만 새미의 '파트너'가 되자니 아무래도 기분이 좀 묘했다. 내가 주저하는 걸 새미도 느꼈는지 그가 불쑥 말했다.

"있잖아, 내 생각이 짧았다. 엄마 때문이었어. 내가 딴 애들 다 하는 평범한 일을 하면 엄마가 기뻐할 테니까. 너라면 그냥 가벼운 마음으로 같이 갈 만하겠다, 어쩌면 재밌을 수도 있겠다 싶었고. 둘이

서 쫙 빼입고 '스바로'에 갔을 때처럼 말이야."

"어머나. 나 완전히 이해했어."

난 속으로 가슴을 쓸어내리며 명랑하게 대답했다. 그가 나와 함께 졸업무도회에 갈 생각을 하게 된 건 그의 감정이 아니라 엄마 때문이었다. 그러니 나도 은근히 그를 유혹했다거나 하는 죄책감을 느낄 필요가 없었다.

"맞아. 재밌을 것 같아."

"정말?"

"정말. 같이 가."

난 어디까지나 순수한 우정에서 우러난 대답으로 들렸길 바라며 그의 팔을 툭 쳤다.

"가서 놈들을 잡자고! 아자!"

그러고는 홱 돌아 힘차게 발걸음을 놓았다. 새미는 '가서 놈들을 잡자!'가 무슨 의미인지 잘 모르겠다는 듯 얼떨떨한 표정으로 서있었다.

솔직히 말하면 나도 긴가민가했다. 하지만 쾅쾅 못 박듯이 선언해야 내가 그의 제안을 어색하게 여기지 않는다는 걸 그가 알 것 같았다. 사실 조금은 어색했지만. 어쩌면 많이.

아무튼 새미가 즉흥적으로 파트너 신청을 해준 덕에 루비 제거 작전을 실행할 때와 장소가 정해졌다. 5월 1일, 졸업무도회. 날짜마저 특별한 느낌이었다. 5월 1일에…… 역사적으로 유명한 전투가 벌어졌던가? 아니면 부활절인가? 부활절 날짜는 왜 해마다 바뀌는지, 원.

그럼 이제 조직원 모집에 박차를 가할 차례였다. 방과 후 쪽지 시험은 교과서에서 뽑은 쉬운 문제들이어서 후딱 풀었다. 난 답안지를 펠레티 샘에게 제출하고서 켈시 척에게 전화를 걸었다. 극비 사항임을 강조 또 강조한 뒤, 루비를 만든 놈들을 속이는 작전에 가담할 생각이 있는지 물었다. 내 질문에 두 켈시가 모두 "당연하지!"를 외쳤다. (때마침 호프먼도 척의 집에 있었는데 왜냐면…… 진지하게, 둘은 같은 사람인 게 틀림없다.)

난 그 사이트를 어떻게 무너뜨릴 계획인지 두 사람에게 자세히 설명했다. 일명…… '지니어스바Genius Bar(애플사의 A/S 센터─옮긴이) 뒤엎기 작전.' (글쎄다, 아직 이걸로 확정한 건 아니다.)

난 졸업무도회에 가는 게 너무 좋은 마고라는 이름의 여자애로 위장하고 간다. 술 마시다 걸려 끌려가든 어쩌든 간에 크리스가 노트북을 두고 어디론가 사라진 틈에 난 유유히 DJ 부스를 지나쳐 걸어가며 부스 전원과 연결된 멀티탭에 전자석을 꽂는다. 이내 크리스의 노트북은 리벤지 포르노 사이트 업로드도, 끔찍한 음악 재생도 불가능한 1.3킬로그램짜리 알루미늄 덩어리에 지나지 않게 될 것이다. 그사이 나는 화장실로 이동, 내 핸드폰을 사용해 클라우드에서 루비를 삭제한다. (알고 보니 루비는 여전히 AWS에 있었다. 내 신고로 아마존이 그 사이트를 내렸지만, 크리스가 다른 계정으로 AWS의 토르 서버에 다시 올렸다. 호스팅 업체를 바꾸지 않다니 너무 안일한 거 아닌가? 하긴, 그러거나 말거나.)

"진짜? 언니가 직접 호스팅 서버에서 루비를 삭제한다고? 그거…… 어렵지 않을까?"

척이 물었다. 그렇다. 어려울 거다. 얼마나 어려운지 켈시들에게 꼭 설명해야 했냐고? 아니다. 그럴 필요 없었다. 하지만 설명했다. 왜냐고? 내 실력을 알려주고 싶어서.

내가 직접 AWS에서 루비를 제거할 것이고, 그러려면 열 가지 인증 정보가 필요하다고 설명했다. 무려 열 가지를, 그것도 한꺼번에 알고 있어야 한다고. 인증 절차에 시간 제한이 있기 때문이다. 4분 안에 본인 인증을 마치지 못하면 계정이 막힌다. 인증 정보를 총 3회 이상 잘못 입력해도 계정이 막힌다. 나도 안다. 그야말로 '미션 임파서블'이다. 따라서 우리에게 필요한 건…….

크리스 하인츠를 삭제하기 전에
크리스 하인츠에 대해 알아내야 할 열 가지

1. 핸드폰 번호
2. 이메일 정보
3. AWS 비밀번호
4. AWS 계정 아이디
5. 사회보장번호 마지막 네 자리 숫자
6. 계정을 만들 때 사용한 신용카드 번호 마지막 네 자리 숫자

아울러 본인 인증을 위한 질문들에 대한 답:

7. 어머니의 결혼 전 성은?

8. 어릴 적에 키웠던 반려동물 이름은?

9. 내가 다녔던 초등학교 이름은?

10. 첫 키스 상대 이름은?

"아이고."

호프먼이 탄식했다. 난 내쳐 말했다.

"알아. 아주 쪼잔하지. 지극히 사적이고! 첫 키스 상대? 아니, 태어나서 처음 수치심을 느꼈던 때가 언제였냐, 사람들 앞에서 울어본 경험은 몇 번이냐, 그런 건 왜 안 묻는데?"

"어떻게 그걸 다 알아내지? 멋있다, 언니."

척이 날 추어올렸다. 둘 다 감탄한 기색이었다. 아무렴, 감탄해야지. 난 참 멋있으니까.

"다른 놈들 컴퓨터에도 다 그렇게 해야 하는 건 아니지?"

"그럼…… 정확히 우리는 뭘 하면 돼?"

척과 호프먼이 차례로 물었다.

그렇다. 난 아직 그들이 할 일을 얘기하지 않았다.

"내가 너희한테 선불폰을 하나씩 줄 거야. 크리스 컴퓨터를 죽이고 AWS에서 사이트를 삭제한 다음 문자를 날릴게. 그때 너희는…… 어떻게든 카일과 P-보이의 노트북을 망가뜨려야 해. 전동 드릴로 구멍 세 개쯤 뚫으면 될 거야. 하지만 다른 방법을 써도 상관없어."

호프먼이 물었다.

"그럼 다른 사진들은 어떡해? 그러니까, 사이트 방문자들이 다운로드해서 저장해 놓은 것도 있지 않을까? 그런 건 어떻게 처리하지?"

"그것도 일단 생각해 둔 계획이 있긴 한데……."

사실 거기까진 생각하지 못했지만 굳이 실토할 필요는 없겠지.

"아무튼 당장은 뱀의 머리를 잘라내는 게 중요해. 그다음에…… 뱀이 퍼뜨린 새끼들을 모조리 잡아다…… 죽여야지. 사진들 말이야. 그 사진들이 뱀 새끼들이고……."

고맙게도 호프먼이 내 말을 잘랐다.

"알아, 알아들었어."

척이 덧붙였다.

"다 죽었어, 씨. 언니, 우릴 끼워줘서 진짜 고마워. 어쩐지 내가 막…… 능력자가 된 것 같아!"

아주 기운이 넘쳤다. 얼마 전부터 커피 카페인에 눈을 떴다더니.

"그렇게 말해주니 내가 더 고맙다. 솔직히 남의 물건에 손대는 짓이라서 조금은 망설일 줄 알았어. 근데 이렇게 흔쾌히 받아주는 걸 보니까 마음이 놓이네."

"에이. 그 새끼들 노트북만이 아니라 머리에도 드릴을 박아버리고 싶은걸. 내 맘 알지?"

농담인지 진담인지, 호프먼은 정말 아무렇지도 않게 말했다. 좀 무섭긴 해도 역시 내가 썩 괜찮은 조직원을 고른 것만은 분명했다.

켈시들과의 통화를 끝내고 나니 저녁 먹을 시간이 훌쩍 지나있었다. 부모님은 내가 바쁜 걸 알아서 굳이 식사하라고 부르지도 않았다. 난 짜고 몸에 나쁘지만 맛있고 저렴한 맥앤치즈를 한 그릇 데워 내 방으로 가져왔다. 크리스의 본인 인증용 정보를 얻으려면 많은 일을 해야 할 것이다. 오늘 밤에 인터넷으로 최대한 많이 알아내야 했다.

크리스의 이메일과 전화번호처럼 이미 아는 정보도 있었다. 심지어 그의 사회보장번호 뒷자리 숫자도 알고 있었다. 그가 컴퓨터의 로그인 정보 자동완성 기능을 'on'으로 설정해 놓았으므로 AWS 비밀번호와 아이디도 쉽게 찾을 수 있었다. 신용카드 번호 뒷자리 숫자를 알아내기가 좀 난감하기는 했지만 불현듯 그의 신용카드는 하나밖에 없다는 사실이 생각났다. 그래서 그의 이메일을 뒤져 전자 명세서를 찾아냈다. 카드 번호가 *로 표시돼 있었는데 다행히도 마지막 숫자 네 개는 그대로 나와있었다! 점점 자신감이 차올랐다. 벌써 열 개 중 여섯 개나 알아냈다!

그가 나온 초등학교를 알아보고자 그의 엄마의 페이스북 페이지로 갔다. 고맙기도 하지, 그녀는 페이스북 헤비 업로더였다. 나는 열심히 (아주 오오오오오래, 와인 마시는 크리스 엄마의 무수한 사진을 위로 날리며) 스크롤하여, 그녀의 아들이 초등학생이던 시절의 게시물로까지 거슬러 갔다. 그가 다녔던 초등학교 이름은 농담이 아니라 진짜 '월트디즈니'였다. 우리 동네에 실존하는 초등학교의 실제 이름이다. (애석하게도 월트디즈니 초등학교는 마법이 통하거나 재밌는 곳이 아니다. 학부모회 페이스북 페이지에 따르면 곰팡이 문제가 있다고 한다.)

크리스 엄마의 결혼 전 성은 유전자 혈통 분석 결과를 통해 알 수 있었다. 보아하니 하인츠네 가족 전원이 작년 크리스마스에 '앤세스트리DNA^AncestryDNA' 키트로 유전자 검사를 했나 보다. 크리스 엄마가 그에게 보낸 이메일에 결과지 아이디와 비밀번호가 있었다.

> 엄마: 크리스. 지난 크리스마스 때 네 아버지 덕에 받은 유전자 검사 결과가 나왔어! 너도 이 링크로 들어가서 꼭 확인해 봐, 재밌어! 엄마는 22퍼센트 네덜란드인이래! 누가 알았겠니! 네 계정은 엄마가 만들어 놨다. 아이디: ChrisHeinz 비밀번호: ChrisHeinzis#1!!! 혹 비밀번호가 너무 뻔하거나 그냥 맘에 안 들거든 얼마든지 바꾸렴!
>
> 크리스: ㅇㅇ.

(두 달 후)

> 엄마: 유전자 검사 결과 안 볼 거니? 진짜 흥미진진한데. 사랑한다, 아들! 네가 최고, #1이야!

이메일 스레드 끝.

내가 확인하기로 크리스는 끝내 그 아이디와 비밀번호를 사용하지 않았지만 난 아주 확실히 사용했다! 결과지를 보고 크리스 엄마의 결혼 전 성이 '파워즈'였다는 걸 쉽사리 알아냈다. (하인츠보다 훨씬 좋은

성이다!) 아울러 그가 11퍼센트 콥트계 이집트인이라는 사실도!

8번과 10번 질문의 답, 즉 그의 '첫 번째 반려동물'과 '첫 키스 상대'는 온라인이나 그의 컴퓨터로 캐낼 수 있는 정보가 아니었다. 어쩔 수 없이 오프라인 탐문에 나서야 할 것이다. 게다가 밤이 깊었으므로 나는 이만 침대에 몸을 던졌고, 매트리스에 닿기도 전에 뇌가 잠들어 버렸다. 네 시간이라도 자고 내일 학교에서 예리한 정신을 유지할 수 있기를 바랄 뿐이었다.

헛된 바람이었다. 이튿날 4교시 점심시간에 숀태 윌리엄스를 발견했을 때 난 정신이 몽롱하고 머리도 욱신거렸다.

숀태는 늘 달고 다니는 애들, 즉 연극부 샌님 1, 2, 3과 함께였다. (숀태가 대장이었는데, 아마 뮤지컬 〈디어 에반〉[74]에서 그녀는 조이 역이고 샌님 1, 2, 3은 무대에 오르지도 않는 코러스이기 때문인 듯했다.)

난 다가가서 다짜고짜 숀태 옆에 앉았다. 비건 초콜릿바 포장지를 뜯으며, 어젯밤 여덟 시간 푹 잔 사람처럼 생기발랄하게 인사를 건넸다.

"숀태……와 친구들! 모두 안녕? 잘들 지냈어? 점심은 맛있고?"

샌님 1, 2, 3이 모두 불안한 얼굴이었다. 내가 기억하는 한, 난 이날 이때껏 그들 중 누구에게도 말을 건 적이 없었다.

숀태가 조심스레 대답했다.

---

[74] 〈디어 에반〉은 코어먼 선생이 〈디어 에반 핸슨〉을 각색해 만든 비공식 단막극의 공식 제목이다. 공연 일정과 상관없이 아직도 표가 남아돈다!

"어, 마고. 우린…… 잘 지내."

"어머 잘됐다. 나도 잘 지내거든. 우리 모두 잘 지낸다니 너무 기쁜걸!"

난 초콜릿바를 한 입에 넣고 우물거리며 말을 이었다.

"음, 우리 이렇게 안부 인사도 나눴겠다, 숀태, 좀 뜬금없겠지만 부디 너만의 비밀이 아니길 빌면서 내가 질문을 하나 던져도 될까?"

숀태는 친구들 눈치를 살폈다. 모두 걱정스러운 표정이었지만 워낙에 얌전한 아이들이라 그저 아무 말 못 하고 각자의 잡곡빵 샌드위치만 내려다보았다.

이윽고 숀태가 대답했다.

"아마……도?"

"크리스 하인츠가 중1 때 너랑 사귀었다고, 네가 첫 여자친구였다고 하던데. 사실이야?"

"어…… 응. 하지만 알잖아, 중1이었는걸. 겨우 몇 주 사귄 데다 몇 번 만나지도 않았어."

확실히 그녀는 그와 모종의 관계가 있었다는 사실이 창피해서 별 것 아닌 과거로 치부하려고 했다. 바람직한 자세야, 숀태.

"알지! 중학생 남자친구! 그야말로 비교 불가한 존재들이지!"

중학교에서든 어디에서든 남자친구라는 존재를 둬본 적이 없었지만[75] 난 그냥 열심히 맞장구를 치고서 다음 질문으로 넘어갔다.

---

[75] 에이버리를 제외하면 말이다. 어디까지나 일 때문이었지만 사귄 건 사실이니까. 5학년 초딩의 연애도 연애라 친다면 (난 안 치지만) 데이비 루투라도 있기는 하고.

"그럼 있잖아, 크리스랑 사귀는 동안 둘이…… 키스했어?"

숀태는 들릴락 말락 하게 "그건……"이라고 중얼거리곤 말을 잇지 못했다. 난 더 강하게 밀어붙였다.

"미안, 나도 알아! 자꾸 이상한 질문을 해대는 것 같지? 그래, 내가 이러는 이유를 설명해 줄 수도 있어. 하지만 왜? 시간만 잡아먹을 텐데? 오래 끌면 다들 싫잖아, 그치?"

나는 동의를 구하듯 샌님 2를 쿡 찔렀다. 동의하기는커녕 2는 내게 찔린 것도 달갑지 않은 기색이었다. 아무래도 내가 마신 커피 세 잔(못 이룬 수면 한 시간당 한 잔)의 각성 효과가 다소 과하게 나타나는 것 같았다.

"그러니까…… 난 네 대답만 듣고 사라질 거야. 그럼 우리 모두 각자의 삶으로 돌아갈 수 있어. 끽해야 복도에서 마주치면 서로 눈인사나 하는 사이로."

"그래, 키스했어. 딱 한 번."

숀태가 약간 발끈하며 대답했다. 이로써 내 황당한 질문 공세에서 벗어날 수 있기를 바랐을 것이다.

"좋아. 네가 바로 크리스의 첫 키스 상대였구나! 그걸 알고 싶었어! 고마워, 숀태!"

용무를 마친 나는 이만 딱딱한 플라스틱 의자에서 엉덩이를 뗐다.

"아. 그건 아닌데. 엄밀히 말하면."

숀태의 말에 난 엉덩이를 다시 중력에 맡겼다.

"무슨 말이야? 엄밀히 말하면 그게 아니라니?"

"그러니까 그게…… 걔가 태어나서 처음으로 키스한 여자애는 멀리사 맥닐이라고 했거든. 초등학교 2학년 때. 아니, 사실인지는 나도 모르겠는데, 애들이 크리스한테 멀리사랑 뽀뽀하라고 부추겼나 봐. 애들 등쌀에 결국 했대. 그랬더니 멀리사가 '까악! 야! 징그러워!' 하면서 도망갔대. 애들은 낄낄대며 놀리고. 그 바람에 울음이 터져서…… 자기도 집으로 도망쳤다고 했어."

"크리스가 너한테 그런 얘길 했어?"

샌님 3이 물었다. 크리스도 한때는 괴물이 아닌 그저 어린이였다는 사실에 나만큼이나 놀란 모양이었다.

"응. 의외지? 하지만 중1 때 크리스는 지금이랑…… 달랐어. 뭐랄까, 정말 다정했어. 잘생긴 인기남이 되기 전이었지."

"사춘기가 오면서 확 변했나 봐."

샌님 1, 2, 3이 모두 고개를 끄덕였다. 하지만 속으로 생각하는 게 '그래, 그래서 지금은 천하의 개쓰레기인지'인지 '그래, 그래서 지금은 최고의 몸짱이지'인지는 알 수 없었다. 어느 쪽으로도 해석 가능한 표정들이었다.

"그럼 난 이만. 시간 내줘서 고마워!"

난 발딱 일어나 휙 돌았다. 어쩌면 춤추는 것처럼 보였을지도 모르겠다. 목표한 열 가지 중 아홉 가지를 얻어냈다!

다음 표적은 크리스네 옆집에 사는 샬럿 셰필드였다. 첫 번째 반려동물 질문에 대한 답을 그녀가 줄 수 있을 것 같아서였다. 5교시 생물학 교실로 가는 그녀를 붙잡으려면 서둘러야 했다. 나는 구내식당 앞쪽에 설치된 복도 모니터에 잡히지 않으려 뒷문을 향해 슬금슬금 뒷걸음질 쳤다. 하지만 불행히도 문가 구석자리를 차지한 트리즈 포 프리즈 애들 곁을 지나가야 했다. 물론 거기엔 클레어 쥬벨과 에이버리 그린이 있었다.

그 사실을 깨달았을 땐 이미 늦은 후였다. 그들을 피할 길이 없었다. 적어도 인사는 해야 했다.

"안녕 여러분! 여기서 뭐 해?"

에이버리가 대답했다.

"먹지, 주로. 뭐, 분위기도 즐길 겸. 뭐랄까, 난 이 데코타일 바닥과 오래된 케첩 냄새가 그렇게 좋더라."

그는 특유의 넉살과 친화력으로 내 질문의 어색함을 덜어주었다. 이야, 헤어진 남자친구 노릇을 이토록 잘할 수 있나.

하지만 그 후로는 아무도 입을 열지 않았다. 그러다 클레어와 내가 동시에 말을 꺼내고 서로 경쟁하듯 사과한 다음 대화를 이어가려 애쓰길 반복하는 유감스러운 상황이 펼쳐졌다. 침 튀기는 예의의 소용돌이에 말려들어 한없이 뱅뱅 돌 듯한 바로 그 상황 말이다.

"그래, 넌……."

"저기……."

"앗! 미안!"

"아니, 내가 미안! 언니 먼저 얘기해."

"아냐, 너 먼저 해. 진짜로. 아이, 미안해."

하지만 누구도 먼저 얘기하지 않은 채 한 5초쯤 침묵이 이어졌다.

결국 클레어가 용감하게 소용돌이에서 빠져 나왔다.

"그러니까 내가 하려던 말은, 저기, 이번 주말에 만나자고! 게타노에서!"

그러고는 생긋 웃었다. 아, 맞다! 클레어의 생일. 에이버리를 찼으니 자연히 초대도 취소인 줄 알았는데 아니었구나. 역시 이 언니는 착하다. 그러니 내가 알아서 물러야겠지.

"아. 미안해. 난 못 가. 깜빡했는데 그날…… 미룰 수 없는 일이 있었더라고."

'미룰 수 없는 일'이라는 말에 에이버리가 날 쳐다보았다. 한껏 비웃는 눈빛이, 여차하면 콧방귀라도 내뿜을 기세였다. 그러나 약삭빠르게도 그는 한숨 비슷하게 바꿔 내쉬고서 시선을 돌려 다른 테이블에 있는 누군가에게 손을 흔들었다.

"어머, 안 돼!"

클레어가 어찌나 안타깝게 외치던지, 내심 안도하고 있는 것 맞는가 하는 의심이 들 정도였다. (안도하는 게 당연하지 않은가! 내가 가면 자기 생일 파티 자리가 얼마나 어색해지겠는가!)

"그러니까. 나도 너무 아쉽다. 어쨌든 다시 한번 고마워, 초대해 줘서. 진심이야."

정말로 진심이었다. 아무리 이리 살피고 저리 뜯어보아도 클레어는 그저 좋은 사람이었다. 하지만 그렇기에 더더욱, 이 삼각관계가 더 불편해지기 전에 내가 빠져줘야 했다.

"그럼, 조만간 다시 볼 수 있기를……. 식당이나 복도에서, 아님 졸업무도회나……."

그러자 클레어가 반색하며 끼어들었다.

"와! 잘됐다! 너도 가는구나!"

아니, 내 몸에 귀신이라도 들렸나. 이 시점에서 졸업무도회 얘기가 왜 튀어나와?

"그래, 역시 내가 가는 게 이상하긴 하지? 근데 맞아. 나도 졸업무도회에 참석하기로 했어."

"'참석'은 무슨. 그냥 간다고 하면 되지. 선생이냐?"

방금 '애늙은이' 에이버리 그린이 나한테 고루한 어휘를 쓰지 말라고 가르친 거야? 세상이 뒤집어졌나?

"충고 고맙다. 암, 학생이 학생다워야지! 그러어어엄…… 난 이만 갈게. 또 보자!"

그렇게 마침내 나는 그 자리를 벗어났다.

클레어가 내 등에 대고 소리쳤다.

"좋았어! 우리도 가니까 거기서 만나!"

'우리'도 가니까……? 둘이 같이 간다고? 난 고개 돌려 다시 그들을 보았다. 겉으로만 봐서는 둘의 사이가 불분명했다. 손을 맞잡고 있지는 않았지만 음식을 나누어 먹었다. 그런데 친한 친구끼리 보통 그러지 않나? 에이버리에게 상처를 줬나 싶어 걱정했었는데, 정작 그는 너무나 잘 지내고 있었다. 또, 톡 까놓고 말해 클레어는 누가 봐도 에이버리에게 딱 어울리는 여자였다. 착하고, 사교적이고, 짜증 날 정도로 예쁘고. 그러니 잘된 일이었다. 좋아. 다 잘됐어. 나한테도.

저 둘한테도. 다.

생물학 교실로 들어가는 샬럿을 가까스로 붙잡을 수 있었다. 그녀는 크리스의 첫 반려동물에 대해 알지 못했다. 하지만 자신의 반려견 루퍼스에 대해 할 말은 차고도 넘쳤다. "세상에 둘도 없는 귀염둥이"이니 나도 "팔로우해야 한다"고 했다. 샬럿은 '애묘인' 기질이 다분한 애견인인 듯했다. 한마디로 극성이었다.

마지막 문제에서 막혔다. 짜증 났다. 하지만 괜찮았다. 금방 알아낼 것이다.

이 일을 하다 보면 반드시(적어도 열에 아홉은), 말하자면 '긍정적인 일촉즉발'의 순간이 온다. 내가 행한 모든 일, 탐문과 조사와 문서 작업과 해킹으로 보낸 시간들이 마침내 결승선을 향해 폭포처럼, 눈사태처럼 맹렬한 질주를 시작했다는 느낌. 짜릿한 기분. 나의 방식과 직업 윤리가 정당했다는 확신. 바로 지금이 그 순간인 것 같았다.

심호흡을 하고, 계속해서 나아가자고 다짐했다. 곧 모든 게 끝난다. 이제 크리스의 첫 반려동물 이름을 알아내기만 하면 된다.

CHAPTER 23

네 개의 이름은

개 이름 하나 찾는 게 이토록 어려울 일인가!?

사흘이 지났다. 사흘 동안 크리스의 SNS와 그놈 엄마의 SNS, 친척들과 친구들과 지인들의 SNS까지 이 잡듯 뒤졌지만 아무것도 찾아내지 못했다. 그의 첫 번째 반려동물 이름은 그 어디에도 없었다.

다섯 살 때부터 현재까지 크리스는 총 세 마리의 개를 키웠다. 지금 키우는 핏불의 이름은 로저, 그 전에 키웠던 골든리트리버는 코브였다. 하지만 첫 번째 개 이름은? 여섯 살, 일곱 살, 아홉 살 생일을 맞은 크리스와 함께 사진을 찍었던 그 녀석은…… 아무래도 이름이 없었나 보다! 어째서 아무도 녀석의 이름을 불러주지 않는가! 아무도, 단 한 번도! 크리스 엄마가 올린, 크리스와 개가 함께 있는 사진 아래에 노랫말을 변형한 글이 달려있을 뿐이었다. '우리 집 사는 개 이름 귀요미라지요, 오!' 이게 뭐야! 안 돼! 진짜 이름을 썼어야지!
진짜 이름을, 오!

속이 바짝바짝 탔다. 이틀 후면 졸업무도회인데 끝내 이걸 알아내
지 못한다면 '머츠의 3인'[76] 작전은 절대로 성공할 수 없다. 이 빌어
먹을 반려동물 질문이 내 삶의 다른 모든 것을 희생시키고 있었다.
난 켈시들을 만나 마지막으로 계획을 점검해야 했다. 새미가 언제 날
데리러 올 것인지 알아야 했고, 쓰러지거나 미쳐버리기 전에 정말이
지 이제부터라도 밤마다 네 시간 이상은 자야 했다!

AWS 아이디나 사회보장번호 마지막 네 자리 숫자까지 알아낸 마
당에 겨우 개 이름 알아내기 같은 전혀 위험할 것 없는 일에서 막히
다니! 파면 팔수록, 생각하면 할수록 과연 온라인 어디엔들 그의 개
이름이 있기나 할까 하는 의심이 피어올랐다. '첫 번째 반려동물 관
리국'이나 '우리 동네 반려동물 데이터베이스' 같은 건 없다. (있으면
오죽 좋아!)

"머츠 양? 생각할 시간이 더 필요한가?"

템스 샘이 날 빤히 쳐다보고 있었다. 교실의 다른 학생들도 내 쪽
으로 고개를 돌렸다.

이런 제길.

AP 정치학 수업 시간이었다. 그런데 또 '백일념'에 빠졌다. 엄연
히 백일몽은 아니다.[77] 하지만 이따금 일 생각에 너무 몰두한 나머지

---

76 〈오션스 일레븐Ocean's Elevn(오션의 11인)〉처럼. 모르겠다. 이것도 확정은 아니다.
77 그건 시간 낭비다.

주위의 모든 걸 지우고…… 내가 어디 있는지 또는 어떻게 왔는지조차 잊고 만다. 바람직한 습관이랄 수는 없다.

템스 샘이 나에게 무슨 문제를 냈나 보다. 분명 '어, 여긴 어디?' 하는 내 흐리멍덩한 눈을 보고 지금껏 수업에 집중하지 않았다고 확신한 것이다. 루비 건을 맡고 나서 내 AP 정치학 성적이 7점은 떨어졌다. 템스 샘은 '어디 한번 당해봐라'라는 듯 한쪽 입꼬리만 올려 심술궂은 미소를 날렸다. 흥, 당하긴 누가! 난 그의 잘난 떠보기식 질문에 대담한 반격으로 응수했다.

"전 방금 말씀하신 전제 자체에 동의하지 않는데요!"

"그럼 넌 루이지애나 매입이 우리나라에 이롭지 않았다는 거냐?"

난 '루이지애나 매입'이 현명한 선택이었는지 아닌지 깊이 생각해본 적 없었다. 그러나 학생들을 함정에 빠뜨리고자 하는 템스 샘의 허튼 수사적 질문이라면? 그건 나를 도발하기에 충분했다. 그리하여 나의 화려한 열변이 시작되었다.

"루이지애나 매입 덕에 미국 영토가 4제곱미터당 단돈 3센트에 두 배로 늘었냐고요? 예, 맞습니다. 하지만 우린 그 땅을 나폴레옹한테서 샀어요. 전제 군주와 거래를 하다니요! 그건 비민주적인 행위였습니다. 둘째, 부채요! 당시 미국이 감당할 수 있는 수준을 넘어서는 금액이었어요. 그 결과 우리나라는 오랜 세월 재정 적자에 허덕였지요. 셋째, 전 인간이 땅을 소유할 수는 없다고 믿습니다. 따라서 땅을 사고판다는 개념부터가 제 윤리적 신념에 맞지 않아요."

내 주장은 산으로 갔다. 하나의 논지 안에서 히피 공산주의와 국고 보수주의 사이를 오갔다. (미국의 식민지 확장으로 아메리카 원주민이 삶의 터전을 옮겨야 했다는 점은 언급하지도 않았다. 차라리 그게 내 논지의 전부였어야 하는데.) 그래도 템스 샘에게 내가 사실 수업에 집중하고 있었다고 믿게 하는 데는 성공했다. (사실 집중하고 있지 않았지만.)

"그래. 머츠 양 자네가 그렇게 적자 반대 강경파인 줄은 미처 몰랐군."

그는 중얼거리고서 뒤돌더니 이번엔 루이지애나 매입 후 이루어진 루이스-클라크 탐험에 대해 단조롭게 설명하기 시작했다.

난 다시 생각의 동굴로 들어갔다.

어쩌면 간단한 해결책이 있는지도 모른다. 그냥 크리스한테 직접 물어보면 어떨까? '저기, 크리스 오빠, 오늘 기분 어때? 티셔츠 멋있다! 어릴 적에 동물 키워봤어?' 그래도 될까? 아니다, 아마 안 될 것이다. 일부러 말을 섞을 일은 없고 어쩌다 섞는다 해도 피차 으르렁대기 바쁜 사이다. 그럼 나 대신 물어봐 줄 제삼자를 찾아볼까? 그의 의심을 사지 않을, 이를테면 예쁘고 섹시한 여자애. 안 된다, 크리스 근처에 여자애를 보내는 건 못내 꺼림칙하다.

템스 샘이 내 책상 위로 반쪽짜리 종이를 슥 밀었다. 깜짝 쪽지 시험이었다. 얼씨구? 뭐, 이참에 골치 아픈 생각을 잠시 쉬고 (99퍼센트 백인이 쓴 교과서에서 발췌한) 미국의 영토 확장 정책에 관한 어쭙잖은 문제 여섯 개나 후딱 풀자는 심산으로 손가락 마디를 우두둑 꺾었다. 그러다 번쩍, 크리스 문제의 해답이 말 그대로 내 코앞에 있음을 깨달았다.

템스 샘이 방금 내게 준 것과 같은 반쪽짜리 종이를 전교생에게 뿌리자. (조회 시간에 교실에서 설문지나 확인서 따위를 나눠주는 일은 흔하다. 달리 할 일이 없어서 그렇겠지, 아마?) 학생 자치회나 교내 동아리 활동에 필요한 것처럼 설문지를 만들어 교사들 우편함에 넣어두면 그들이 학생들에게 나눠줄 것이다.

수업이 끝나자마자 컴퓨터실로 가서 설문지를 만들었다. 서두에 '루스벨트 명예 친목회'가 진행하는 설문이라고 적어넣었다. (루스벨트에 '친목회'라는 모임은 없지만, 앞에 '명예'가 붙으면 샘들은 절대 의심하지 않는다.) 그리고 무의미한 질문 네 개와 진짜 질문을 자연스럽게 섞었다.

1. 올해 루스벨트 경기를 몇 번 관람했습니까?
   0회, 1~5회, 5~10회, 10~20회, 20회 이상
2. 학년은 다르지만 친한 친구가 있습니까?
3. 당신은 어느 쪽? 스키틀즈 vs. 엠앤엠즈?
4. 어린 시절을 함께했던 반려동물의 이름은?
5. 형제나 자매가 있습니까?

의미 없는 질문을 잘도 뽑아낸 내가 퍽 자랑스러웠다. 가상의 친목회에 몸담은 가상의 회원이 떠올려 낼 법한 질문들이었다.

설문지를 500장 인쇄했다. 크리스의 담임인 럼리 샘에게만 주면 수상쩍어 보일지도 모른다. 하지만 담임을 맡은 샘 모두가 이걸 받으

면 다들 그저 또 어느 모임이 배포한, 고작 10분을 잡아먹는 정도지만 상당히 귀찮은 설문지겠거니 할 것이다.

이미 방과 후였지만 나는 30분쯤 더 기다렸다. 가장 헌신적인 샘들을 제외한 모두가 퇴근했으리란 확신이 들 즈음에 '서점(잡동사니 창고를 용도 변경하여 사탕, 공책, 지우개 따위를 판다)'으로 가서 4.5달러짜리 사탕 한 봉지를 샀다. 그런 다음 교무실로 달려가 고등학교 4학년 담임 모두와 3학년 담임 일부의 우편함에 설문지 묶음을 하나씩 넣었다. 럼리 샘의 우편함에는 사탕 봉지와 '설문지 응답을 마친 친구들에게 사탕을 나눠주세요'라 적은 쪽지를 함께 넣었다. (혹시 모르니 소소한 유인책을 쓰는 것도 나쁘지 않겠지.) 설문에 응해준 모든 이에게 사탕을 줄 수 있으면 참 좋았겠지만, 이게 한 봉지만도 4.5달러였다.

다음 날 아침 일찍 등교해 교무실에 '친목회 설문지 수거함'이라 표시한 빈 서류함을 갖다 놓았다. 그러고서 결과를 기다리기로 했다.

쉬는 시간마다 교무실 앞을 배회하며 창문 안쪽을 기웃거렸다. 과연 상자가 제 몫을 해내고 있었다. 샘들은 서류 봉투를 상자에 넣고서 잠깐 행정 직원과 잡담을 나누거나 교사용 싸구려 커피를 리필했다. 샘들에게 가욋일을 시키는 재미가 은근히 쏠쏠했다. 꼭 복수하는 기분이었다.

5교시와 6교시 사이, 드디어 럼리 샘이 상자에 서류 봉투를 넣었다. 난 수업 종이 울리기 직전에 잽싸게 들어가 상자를 챙겨 나왔다. 결과를 보기 위해 기술실로 직행했다. 럼리 샘의 봉투를 찢어 열고 설문지를 한 장 한 장 넘겼다. 이름들, 루스벨트 경기들, 스키틀즈, 엠앤엠즈……. 앗, 있다. 설문지 더미에서 삐죽 나온 종잇장 윗부분에 '하인츠'라 휘갈겨 쓴 글씨가 보였다. 좋았어. 놈이 설문에 응했다. 마침내 개의 이름이 내 손안에 들어왔다!

종잇장을 쑥 빼냈다. 놈은 설문에 응하지 않았다. 대신 연필로 아주 커다랗게, 종이 전체에 걸쳐 지렁이 기어가는 듯한 필체로 이렇게 흘려 썼다. '좆까.'

이 자식은 뻔뻔한 거야, 용감한 거야? 학교에서 이런 문자를 쓰고 버젓이 제 이름을 밝히다니. 좌우지간 이건 사탕을 받고 싶은 사람이 할 행동이 아니었다.[78] 화가 치밀었다. 내가 얼마나 수고했는데. 또 하루를 공치고, 그 망할 개 이름 근처에도 가지 못했다니![79] 난 꼬질꼬질한 기술실 소파에 털썩 주저앉았다. 이가 옳든 말든 신경 쓸 정신이 아니었다. 절망감과 더불어 분노가 치솟았다. 개 이름 하나에 무너지진 않을 테다! 지금은 안 돼!

남은 방법이 하나 있기는 했다. 훌륭한 계획이라긴 뭣하지만 마지막으로 질러나 보기로 했다.

선불폰을 꺼내어 크리스의 집으로 전화를 걸었다.

신호 두 번 만에 그의 엄마가 받았다. 크리스의 엄마 로라 하인츠는 루스벨트에서 꽤 유명했다. 아들내미 과제를 전부 대신 해주고 행정 처분에 자주 개입하는 엄마로. 크리스는 수차례 정학 기록이 있는

---

78 나중에 알았는데 럼리 샘이 사탕을 나눠주지 않고 혼자 다 먹었다.
79 미안하다. 개는 죄가 없다. 개는 완벽한 동물이다. 망할 놈은 크리스다.

D급 학생이어야 했다. 그러나 엄마가 자신의 학위를 와인 마시기와 괴물 키우기에 사용한 덕에 현재 그는 기록상 A-급 학생이었다.

나는 최대한 전화 상담원 말투로 운을 뗐다.

"안녕하세요. 로라 하인츠 고객님 되십니까?"

"네."

"'스펙트럼 인터넷'입니다. 잠시 통화 가능하실까요?"

"예, 뭐……."

로라는 온종일 혼자 집에 있었다. 그러니 누구든, 하다못해 전화 상담원이어도 대화할 사람이 생긴 것 자체가 반가울 것이다.

"감사합니다. 즐거운 금요일이네요, 그렇죠?"

"예에……."

어쩐지 떨떠름한 말투였다. 그녀가 전화를 끊기 전에 얼른 수습해야 했다.

"오늘 고객님 댁 인터넷 사용에 대해 몇 가지 여쭐 수 있을까요? 저희가 고객 서비스 개선을 위한 간단한 설문을 진행 중인데요, 고객님께서는 세 가지만 응답해 주시면 됩니다. 참여해 주시는 분들께 3개월치 무제한 케이블 이용권을 드리고 있어요." (유인책!)

"음. 그래요, 괜찮네요. 물어보세요."

"감사합니다, 고객님. 설문에 앞서 본인 계정이 맞는지 확인이 필요합니다."

"그래요……. 그런데 2시에 일이 있어서요."

"아, 예. 단 2분이면 끝납니다. 그럼, 고객님 주소지가 모슬리 코트

741번지로 나오는데요. 맞습니까?"

"예."

답하는 목소리에 슬쩍 짜증이 묻어났다. 와인을 홀짝이며 〈바람의 섬〉을 봐야 하는데 나 때문에 놓치게 생겼다는 듯이.

"고객님의 스펙트럼 아이디는 782-42309고요?"

"그건 잘…… 모르겠네요. 찾아봐야 돼요."

제가 압니다, 고객님. 당신 이메일을 해킹했거든요.

"아, 괜찮습니다. 이 번호가 고객님 계정과 연계된 걸로 확인되네요. 그럼 마지막으로 보안 인증용 질문을 드리겠습니다. 계정을 개설할 때 입력하신 항목이에요. 고객님의 첫 반려동물 이름은 무엇이었습니까?"

"어릴 때 처음 키웠던 반려동물? 네드요."

"네드! 멋진 개 이름이네요! 네드!"

난 거의 환호성을 올렸다.

"아뇨. 네드는 토끼였어요. 일곱 살 생일 때 선물로 받은."

그렇구나. '그녀'의 첫 반려동물이었어. 아이, 이게 아닌데.

"흐으음……. 일치하지 않는다고 나오네요. 혹시 현재 가족 구성원과 함께 처음 키우셨던 반려동물 이름을 입력하셨을까요?"

"제가 왜요?"

"왜냐면…… 글쎄요……."

그러잖아도 수면 부족으로 혼미한 정신이 한층 더 아뜩해졌지만 난 기필코 답을 얻어야 했다.

"많이들 그렇게 하시니까요. 생각하지 않아요. 그냥 답하는 거죠. 그러니 고객님도 그냥 답해주실 순 없을까요? 개 이름요. 이름이 뭐였지요?"

이런. 세상에 어떤 상담원이 이렇게 말하는가. 너무나 절박한 나머지 나도 모르게 말에 감정이 실렸다.

물론 크리스 엄마는 기분이 상했다.

"뭐라고요?"

"그냥…… 댁에서 처음 키운 개 이름을 말씀해 주세요! 저희가 더 나은 서비스를 제공하려고 하잖아요, 예? 그러니까 그 망할 개 이름을 대시라고요!"

그래서 그길로 당연히 통화가 종료되었다.

난 선불폰의 SIM 카드를 뽑아 둘로 쪼개버렸다. 기어이 눈물까지 찔끔 나왔다. 흔치 않은 일이었다. 하지만 미치도록 분했다. 무력감이 밀려들었고, 솔직히 너무너무 피곤하기도 했다.

하릴없이 설문지를 팔락팔락 넘겼다. 건성건성 응답들을 훑었다. 켈시 척은 1번부터 4번까지 답하곤 5번 질문 뒤에 이렇게 썼다. '친목회가 뭐야? 우리 학교에 이런 게 있었어?' 한편 젠지 호프는 '퓨처'라는 이름의 이구아나를 키웠다. (좀 멋있다.) 어쩌다 보니 에이버리가 답한 설문지도 눈에 띄었다.

그의 필체는 내 것보다 훨씬 보기 좋았다. 극도로 반듯반듯한 글씨였다. 그는 모든 질문에 간결하고도 진솔하게 답했다. (보나 마나 '친목회'에도 가입할 생각이었으리라.)

1. 올해 루스벨트 경기를 몇 번 관람했습니까? → **20회 이상**

2. 학년은 다르지만 친한 친구가 있습니까? → **예(많음)**

3. 스키틀즈 vs. 엠앤엠즈? → **엠앤엠즈**

4. 어린 시절을 함께했던 반려동물은? → **존(래브라두들)**

5. 형제나 자매가 있습니까? → **있으면 좋겠네요.**

당연히 래브라두들(대표적인 부잣집 개)을 키웠겠지. 게다가 '존'이라니! 누가 개 이름을 존이라고 짓냐고. 웃겨, 사람한테나 어울리는 이름을 왜 개한테……

아니 잠깐, 존? 그래, 존! 어머나 세상에. '스토리 챌린지'!!!

2주 전에 이 놀이가 학교 애들 인스타그램 스토리를 한바탕 휩쓸었다. 챌린지 주제는 '당신의 포르노 가명을 쓰고 친구 세 명을 태그하라'였다. 에이버리도 참여하고 나를 태그했다. 그의 포르노 가명은 존 하버빌, 그래서 내가 '이게 무슨 포르노 배우 이름이냐, 꼭 영국 식민주의자 이름 같다'며 놀렸더랬다. 하지만 에이버리 입장에선 어쩔 수 없는 선택이었다. 챌린지 공식을 따라야 했으니까.

포르노 가명 = 어릴 적에 키웠던 반려동물
+ 어릴 적에 살았던 거리

어릴 적에 키웠던 반려동물!

내가 바보였다. 내 뒤로 이어졌을 십수 개의 피드를 날린 것도 모자라 연결점을 파악하지도 못했다니. 나는 냉큼 에이버리의 설문지를 옆으로 치우고 인스타그램을 열었다. 크리스라고 항상 챌린지 놀이에 가담하는 건 아니었지만 틀림없이 이건 했을 것이다. 그렇 잖은가, 포르노 사업가인 그가 어떻게 이걸 무시할 수 있었겠는가? 하지만 이걸 하이라이트에 저장했을까? 자기 가명이 재미있다고 여겼을까?

그러면 그렇지. 있었다. 그의 스토리에. 크리스 하인츠 = 쿠조 스왈로우.

'쿠조.' 그의 첫 반려견 이름은 쿠조였다. 자기 반려견을 '쿠조'라 부르는 건 진짜 사이코패스나 할 짓[80]이라는 점은 염두에 두지 말자. 또한 어렸을 적에 그는 스왈로우 코트에서 살았나 보다. 그랬거나 말 거나. 드디어 크리스가 나에게 필요한 것을 주었다. 뛸 듯이 기뻤다.

조금 일찍 학교를 빠져나가 집으로 향했다. 루스벨트 비치스를 영구 폐쇄하는 데 필요한 정보를 전부 입수했다. 이제 계획을 실행하기만 하면 된다.

집에 도착하자마자 켈시들에게 문자 메시지를 보냈다. 내일 아침 일찍 만나서 그 둘에게 선불폰과 더불어 혹시 모르니 내 아빠의 고성능 드릴을 건네기로 했다. 크리스의 AWS 계정을 닫는 데 필요한 정보는 빠짐없이 갖고 있었다. 곧, 다, 끝난다. 심지어 무도회 파트너까지 있었다. 난 그 어느 때보다도 철저히 준비된 상태였다. '오함마

---

80 '쿠조'는 스티븐 킹의 소설 제목이자 그 소설이 다루는 살인 개의 이름이다. 반려견 이름을 '쿠조'라 짓는 건 자기 아들 이름을 '살인마'라 짓는 것과 같다.

작전'81에, 졸업무도회에, 이 모든 것에.

"네 드레스 좀 볼까?"

엄마가 치폴레를 입에 넣으며 물었다.

뭐, 드레스? 방금 엄마가 '드레스'라고 했나? 또다시 백일념에서 퍼뜩 현실로 돌아왔다. 엄마가 야근하고 와서 평소보다 늦은 저녁을 먹던 중이었는데 난 주로 멍하니 혼잣속 세상을 헤매고 있었다.

뒤이어 아빠도 신나서 외쳤다.

"그래, 드레스 보여줘! 패션쇼! 패션쇼!"

드레스 같은 건 없었다. 그동안 '쿠조' 두 글자를 알아내느라, 아빠의 전동 드릴을 몰래 빌리느라 바빴다. 일반적인 졸업무도회 준비물을 챙겨야 한다는 걸 까맣게 잊었다. 당연히 드레스는 필수인데. 아마 구두도 있어야겠지?

"알았어. 음, 제이 할아버지 장례식 때 입었던 드레스가 있는데. 그거면 되겠지?"

아빠와 엄마가 눈빛을 교환했다. '언젠가 우리 딸이 이 세상에 존재할 수 있을까?' 하는 눈빛이었다.

"얘, 제이 할아버지 돌아가셨을 때 넌 중3이었어. 그 드레스는 네성숙한 유방에 맞지 않을 거야. 공식 행사잖니."

엄마가 진중하게 말했다. 엄마는 젖가슴을 꼭 유방이라고 칭한다.

---

81 이건 어떤가? 난 마음에 드는데.

"그렇지. 그럼…… 그 드레스는 안 되겠네?"

그로부터 7분 후, 우리는 쇼핑몰로 향하는 차에 있었다.

엄마는 수술을 앞둔 의사가 브리핑하듯 내게 언질을 주었다.

"아주 신속하게 움직여야 해. 쇼핑몰이 9시면 문을 닫으니까. 먼저 '테루스'부터 들르자. 거기 옷이 괜찮고 너무 비싸지도 않아. 근데 네가 입기엔 좀 어른스러울 수도 있어."

"상관없어."

말 그대로 난 맨 처음 눈에 띈 드레스를 살 자세가 돼있었다. 스팽글 장식만 없으면 된다. 비대칭 네크라인도. 망사도. 흠. 어쩌면 내가 생각보다 까다로운지도 모르겠다.

'칠리스' 옆 출입구 쪽에 주차하고 8시 5분에 테루스에 도착했다. 드레스 세 벌을 입어보고 개중 가장 덜 모욕적인, 단순한 보트넥 디자인의 검은색 민소매 드레스를 택했다. 엄마는 판매원에게 우리 딸아이가 큰 공식 행사에 첫 데뷔를 한다느니 어쩌니저쩌니 수다를 늘어놓고 싶어 입이 근질근질하면서도 내가 신경질 낼 것을 알고 용케도 꾹꾹 눌러 참고 있었다. 이렇든 저렇든 시간이 촉박하기도 했고.

다음 행선지는 '페이머스 풋웨어'였다. 난 매장으로 뛰어 들어가 250밀리 사이즈의 검정 구두 한 켤레를 골라서 신어보지도 않고 샀다. 심지어 할인 품목도 아니었다. (평소 난 할인품이 아니면 절대 사지 않는다.) 딱히…… 예쁜 구두도 아니었던 것 같다. 앞코가 막힌 검정 구두를 신고 싶어 할 여자애는 별로 없을 것이다. 하지만 난 실용성을 고려해야 했다. 만에 하나 크리스한테서 목숨 걸고 도망쳐야 하는 사태가 벌어질 경우, 구두 때문에 넘어지면 낭패니까. 내친김에 큼지막한 검정 클러치도 하나 골라 집었다(다행히 이건 할인 품목이었다).

이만 주차장으로 돌아가는 길에 엄마가 귀걸이도 사야 한다며 쇼핑몰 한복판에 있는 액세서리 매대에 들르자고 했다.

"엄마 귀걸이 많잖아. 그중에 한 쌍 빌려줘."

"내일은 번듯한 귀걸이를 차야 한다고 본다. 네 것으로. 내 건 언제든 빌릴 수 있잖니."

엄마가 내 것으로 스와로브스키 스터드 귀걸이(63달러, 이것도 정가)를 사는 사이에 나는 먼저 출입구로 향했다. 얼른 집에 가고 싶었고, 잠을 좀 자고 싶었다. 아침 일찍 켈시들을 만날 예정이고 준비할 것도 너무 많았다(이를테면 '샤워'와 '머리 손질'과 '화장'도 포함해서).

출입구 앞에 서서 엄마를 바라보며 열심히 눈치를 주었다. '빨리 사고 와서 날 집에 데려가 줘.' 하지만 엄마는 내 신호를 완전히 차단한 채 수다 삼매경에 빠져있었다. 으윽. 난 무심히 칠리스 출입구 쪽으로 시선을 옮겼다. 여러 사람이 식당에 자리가 나길 기다리며 주변을 배회하고 있었다.

대부분은 멀거니 서있거나 건물 벽에 기대어 있었고, 자리가 나면 호출음을 내는 그 작은 기기를 들고 있었다. 그 와중에 진하게 애정 행각을 벌이는 연인도 한 쌍 있었다(꼭 한 쌍은 있다). 가볍게 재미 삼아 구경할 수도 있었지만 그 둘은 너무 늙은이에다 꼴불견이었다. 남자가 여자 엉덩이를 어찌나 주물러 대는지, 저 불쌍한 여자는 똥꼬에 바지가 낀 상태로 오늘 밤을 나겠구나 싶었다. 여자 쪽은 블라이 샘을 좀 닮았는데 머리가 더 짧았다. 아무튼 여자는 남자가 엉덩이를 꽉 쥘 때마다 킥킥대며 웃더니 괴기스럽게 혀를 내밀어 그에게 키스하면서…….

잠깐. 저 여자, 진짜 블라이 샘이잖아? 미용사를 잘못 만난 단발머리로? 그리고 저 엉덩이 탐색에 집착하는 남자는…… 조시 프랜지? 저 둘이 지금……. 뭐어?

불륜이야!

난 슬금슬금 뒷걸음질 쳤다. 하지만 그때 블라이 샘이 날 보았다. 그녀는 순간 흠칫했지만 이내 빠른 걸음으로 다가왔다.

얼굴 가득 미소를 머금고 내게 말을 걸었다.

"마고, 학교 밖에서 보니 너무 반갑다, 얘."

"예에……."

난 대니 파스테르나크만큼 유창하게 더듬거렸다.

"어떻게 이렇게 만나니! 안 그래도 내가 연락하려고 했는데! 지난번 그…… 긴급회의 이후로 우리 일이 너무 급작스럽게 마무리된 것 같아서 말이야. 네가 많이 애써줬는데 마땅한 보상도 못 받고 끝내는 건 경우가 아니잖니."

그녀는 손가방을 뒤적거리며 왠지 더 열심히 미소 지었다.

블라이 샘 뒤에 멀거니 서있던 조시 프랜지가 돌연 미간을 찌푸렸다. 그녀가 왜 일라이제 브라운과 대화를 나누는지 의아했겠지.

"아. 뭐, 그거야……."

나답지 않게 말문이 막혔다. 도무지 상황 파악이 되지 않았다. 그녀는 자신의 부정을 없애고자 나를 고용했었다. 울며불며 간청했고, 남편과 잘 지내고 싶어 노력하고 있노라 단언했었다. 심지어 수업 중인 날 끌어내면서까지 조시 프랜지와 자신의 관계가 남긴 마지막 흔적을 제거하려 했었다. 그게 다…… 조시 프랜지와 다시 만나려고? 칠리스에서? 오며 가며 누구나 쉽게 볼 수 있는 장소에서?

하늘이 노할 일이었다. 너무 무모했다. 그리고 너무…… 역겨웠다! 그러나 내가 이런 말을 꺼낼 틈도 없이 그녀는 내 손에 300달러를 찔러 넣고서 억지로 감싸쥐었다.

"받아. 수고비야. 네가 얼마나 전문적이고 분별력 있는 애인지 아니까."

그녀의 손아귀 힘이 점점 세져서 난 그녀와 눈을 마주칠 수밖에 없었다. 그녀의 눈은 초집중한 동시에 제정신이 아니었다.

내가 손을 빼려는 순간 엄마 목소리가 들렸다.

"안녕하세요, 캐런."

언제 서로 이름을 부를 정도로 친해진 거야? 난 입막음용 현찰을 주머니에 쑤셔 넣었다. 갖고 싶어서가 아니었다. 내게는 원칙이 있단 말이다! 하지만 엄마 눈을 피해 돌려줄 방법이 없었다. 난 둘 사이에 갇힌 몸이었다. 그래서 그냥 엄마와 블라이 쌤의 인사치레와 잡담을 마음 졸이며 듣다가 불쑥 끼어들었다.

"저기, 졸업무도회가 내일이에요. 저흰 이만 가야 해요! 즐거운 시간 보내세요, 블라이 쌤! 제가 하지 않을 일은 쌤도 하지 마시고요!"

웃으라고 한 말이 아닌데 엄마와 블라이 샘은 웃는 시늉을 했다. 그러고서 블라이 샘은 대단히 섹시한 칠리스 연인에게로 돌아갔다.

집으로 가는 길에 엄마는 내가 "블라이 선생님께 좀 버릇없이 군다"며 그녀가 아니었다면 난 '애노버 과학 경시대회'에 참가하지도 못했을 거라고 했다. 뭐, 아주 틀린 말은 아니었다.[82] 난 대꾸하기도 짜증 나서 창밖만 내다보았다.

집에 도착해서는 곧장 방으로 들어가 문을 걸어 잠갔다. 블라이 샘이 내 손에 욱여넣었던 300달러를 꺼내어 책상에 올려놓았다. 기분이 더러웠다. 마치 그녀의 불륜을 공모한 사람이 된 것 같았다. 아니, 어떻게 보면 나도 공범이었다. 내가 그녀의 불륜을 덮어주었으니까. 그 바람에 이제 그녀는 불륜의 대가를 치르지 않은 채 계속해서 남편을 속일 수 있었다.

의자 등받이에 등을 대고 앞이마를 문지르며, 지금까지 맡았던 일들을 되짚어 보았다. 햇수로 2년, 부업인데 전업 같은 이 이상한 일이 내 생활과 자아를 잠식했다. 물론 돈을 벌려고 하는 일이었지만 또한 서비스를 제공한다는 마음가짐을 잃은 적 없었다. 진정으로 사람들에게 도움이 되는 서비스. 하지만 과연? 내가 거들고 부추긴 불륜과 거짓말이 얼마나 많은가? 내가 지워 없앤 의심스러운 과거는? 나로 인해 아주 많은 사람이 본인 실수의 결과를 직면하지 않았다. 어쩌면 그러지 말았어야 했는지도 모르겠다.

---

82 블라이 샘이 거짓말하지 않았다면 '애노버 과학 경시대회'란 지금껏 존재하지 않았을 테니까. 과학 경시대회는커녕 '애노버'라는 것도 없다!

돈을 서랍에 넣었다. 내가 공범인지 아닌지는 나중에 생각할 문제였다. 내가 한 일들이 전부 깨끗하기만 한 건 아닐지언정 내일 할 일만큼은 한 치도 부끄럽지 않다는 확신이 있었다. 그리고 그 일을 해내려면 일단 몇 시간이라도 잠을 자둬야 했다.

루비에 접속했다. 요즘 들어 잠을 청하기 전에 의식처럼 하는 일이었다. 사이트는 한동안 변화가 없었으니 오늘도 마찬가지겠지만 그래도 확인은 해야 했다. 맨 처음 눈에 들어온 것은 새로운 배너였다. '즐거운 루스벨트 졸업무도회! 예쁘게 꾸미고 만나요!' 첫 페이지에 새 게시물이 무더기로 올라와 있었다. 케이트 푸, 셰릴 그레이엄, 어밀리아 로페즈, 기타 등등등. 1학년 여자애들. 4학년 언니들. 사진, 사진, 사진, 동영상, 동영상, 동영상. 내가 잘 아는 여자애들, 전혀 모르는 여자애들(아마 브라이턴에 다니는 애들이겠지?).

너무 화가 나서 주체가 되지 않았다. 자그마치 열다섯 명을⋯⋯ 한꺼번에? 몇 주 동안 피해자가 늘지 않았던 이유를 이제야 알았다. 놈이 아껴두었던 것이다. 졸업무도회 직전에 대대적으로 터뜨리려고. 역겨운 자식. 마치 놈이 내 눈앞에다 가운뎃손가락을 척 들어 보이는 것 같았다. 결국 감정이 극에 달한 상태로 나는 단체 대화방에 올릴 메시지를 찍었다.

마고 자. 밤 11시 33분 현재 15명의 새로운 피해자가 생겼습니다. 추가 피해자들 연락처를 알면 대신 전해주세요. 내일 밤이면 이 사이트는 영원히 사라질 거라고. 내가 부숴버릴 거야. 곧 다 끝나.

　　노트북을 탁 덮고 침대에 누웠다. 오늘 밤 잠들긴 다 틀렸다. 분노에 차 문자를 찍는 내 강한 두 엄지로 크리스의 눈알을 뽑아버리는 상상을 하며 밤새 뒤척이겠지.

마고 누가 최악이라고 생각해? 그러니까, 인류 역사상 최악의 인물? 당연히 히틀러지만 레오폴드 2세나 폴 포트는 어떨까. 아님 자기 자식들을 먹어치웠다는 고대 그리스인이나.

마고 크리스 하인츠 따위는 10위 안에도 못 들지. 그러니까 세상에 악마가 얼마나 많다는 얘기야?

마고 하여간 그 새끼라면 씨발 치가 떨려.

CHAPTER 24

버스를 탔어야 했어

"좋아, 각자 할 일은 숙지했지?"

난 호프먼에게 아빠의 공구를 건넸다. 척은 자기 아빠의 드릴을 챙겨 왔다.

"구멍 세 개, 빵 빵 빵."

척이 제 말을 한 번 더 강조하듯 드릴을 윙윙위잉 돌렸다.

켈시들은 꽤 자신만만했고 나와 달리 푹 잔 듯했다. 난 피곤했고, 켈시들이 자애롭게 모른 체해준 향긋한 아침 입 냄새를 풍겼다. 종업원에게 손짓하자 그녀가 내 마음을 읽고 커피를 더 가져다주었다. 종업원들이 최고다.

P-보이 부모님이 이번 주말에 여행을 가므로, 척의 계획은 P-보이가 졸업무도회에 가려고 집을 떠날 때까지 기다렸다가 두꺼비 조

각상 밑에 숨겨진 여분 열쇠로 집에 들어가는 것이었다. 여분 열쇠의 위치는 켈시들이 P-보이를 염탐해 알아냈다(내가 지시한 일이 아니었다. 도움이 됐지만 내심 오싹했다!). P-보이네 집에 방범 시스템이 설치돼 있기는 하나 놈이 집을 나서면서 시스템을 켜는 경우는 절대 없었다.

난 물었다.

"가는 길은 알아?"

"언니가 차로 데려다줄 거야. 나한테 빚진 게 있거든."

"왜 가는지 언니한테 얘기했어?"

"아니. 나한테 빚이 있다니까?"

얘기하지 않았다면 됐다. 더 캐물을 이유가 없었다.

카일은 가까운 곳에 사는 호프먼이 맡았다. 호프먼은 카일네 집까지 걸어가면 되고, 카일이 나간 사이 그의 여동생 지아가 호프먼을 오빠 방에 들여보내 줄 예정이었다. 지아는 매우 독립적이고 똑 부러지는 중학교 3학년생으로, 카일을 나보다도 더 증오했다. 자신이 전 과목 A를 받는 우수 학생이자 수석 첼리스트, 수학 경시대회 참가자인데도 오빠는 그저 그런 축구선수(이자 다른 모든 분야에서 평균 이하)라는 이유로 가족의 관심과 칭찬을 독차지한다는 것이었다. 지아는 이유도 묻지 않고 무조건 우릴 돕겠다고 했다. 본인이 오빠보다 똑똑하다는 걸 증명할 기회라면 덮어놓고 달려들 아이였다.

내가 전자석으로 크리스의 노트북을 죽인 다음 켈시들에게 문자 메시지를 보내면 켈시들은 각자 맡은 위치로 이동해 드릴 작업을 완수한다. 문제의 노트북 세 대가 전부 사망하면 난 조용한 장소(예컨대 여자 화장실 칸막이 안)를 찾아 AWS 계정을 탈퇴하는 데 필요한 10 단계 인증 절차를 밟는다. 그리고 나면 이 더러운 사이트도 마침내 폐업이다.[83]

우린 서로 행운을 빌어주었다. 그러고서 나는 엄마가 바득바득 우겨서 예약해 둔 네일 숍으로 향했다.

사소하기 그지없는 사안에 머리를 쓰고 싶지 않아 내 매니큐어 색상은 손톱 관리사의 재량에 맡겼다. 다시 말해 이 숍에서 가장 인기 없는 색상을 나한테 쓰라고 권한 셈이었다. 한 시간 반이 지난 뒤(왜, 도대체 왜 이렇게 오래 걸리는지?) 난 '그을린 살색' 또는 '똥색'이라 할 수밖에 없는 손톱으로 집에 돌아왔다.[84]

이후로는 쭉, 핸드폰이 고장 날 경우를 대비해 AWS 인증 정보를 외우려고 애썼다. 하지만 잠을 못 잔 탓에 머릿속이 뒤죽박죽이라 틀림없이 전부 외울 수 있을지 장담하기 어려웠다. 그래서 대략 다섯 가지 프로그램(이메일 초안, 메모장, 인스타그램 초안 등)에 각각 그 열 가지 정보를 저장해 두었다. 전자석은 클러치 안에 넣고 그 위로 탐폰을 넉넉히 채워 숨겼다.[85] 그리고 몇 달 만에 처음 (역시 엄마의 강권에 의해) 헤어드라이어로 머리를 말렸다.

---

83 음, 방문자들이 개인 핸드폰과 컴퓨터 등에 받아놓은 사진과 동영상은 아직 남아있다. 하지만 다시, 한 번에 '씨발!' 하나씩 해결하자.

84 매니큐어 병에 적힌 색상명은 '신비의 모래'였다.

85 행여 누가 소지품 검사를 하려 한대도 여성 위생용품이 막아줄 것이다. 꿀팁이니 자유롭게 활용하라.

거울을 보았다. 하지만 내가 본 것은 내 피부가 아니라 '쿠조' 그리고 '7981'이었다. 평소 눈 화장을 하지 않지만 이번만은 경우에 맞게 약간 해보았다. 곧게 아이라인을 그리는 데 집중하려 애쓰면서, 속으로는 연신 '파워즈'를 되뇌었다. 눈썹을 칠하는 동안에는 속으로 '월트디즈니 초등학교'를 읊었다. 그랬더니 내 얼굴이…… 엉망진창이었다. 완벽하게 화장한 얼굴로 학교에 오는 여자애들을 혼잣속으로 업신여겼던 나인데, 지금 이 순간만큼은 그 애들이 존경스러웠다. 난 화장 무식이었다. 알고 보니 화장이란 감으로 대충 찍어 바른다고 되는 게 아니었다.

차라리 지우자. 하지만 마스카라만 수용성이라 나머지는 그대로였다. 눈 주위를 문지르고 또 문질렀다. 다시 거울을 들여다봤다. 어쩐지 내 실력으로는 절대 재현하지 못할 스모키 화장이 된 것 같아서, 이대로 가기로 결정했다. 때로는 이렇게 얻어걸리기도 하는 법이다.

별생각 없이 셀카를 찍어 올렸다. 매우 이례적인 일이었다. 하지만 아무려면 나도 인간인데 인정 욕구에서 자유로울 순 없지 않겠나. 과연 나의 소소한 게시물을 봐줄 선량한 사람이 있을지 궁금했다. 심지어 화면을 두 번 새로고침 하기도 했는데 내가 받은 '좋아요'는 케빈 빈이 눌러준 것 하나뿐이었다. 내가 뭘 바랐는지 모르겠지만 굉장히 불만스러웠다.

"마고? 새미 왔다."

화장실 밖에서 엄마가 날 불렀다. 그렇다. 자아도취에서 빠져나와 이만 갈 시간이었다. 가르마를 약간 옆으로 옮겨봤지만 안 하느니만 못했다. 그냥 머리칼을 흩뜨리고 클러치를 챙겨 거실로 나갔다. 모두 날 기다리고 있었다.

말 그대로 '모두'가. 엄마, 아빠, 새미, 산토스 아줌마, 새미 이모 주노, 거기에다 우리 앞집에 사는 아가씨 슐츠 양까지. (오늘 엄마가 우연히 슐츠 양과 마주쳐 인사를 나누다가 그만 사진 찍으러 오라는 말이 튀어나왔다고 한다.) 내가 나타나기 무섭게 모두가 일제히 "마고! 어머나 세상에!" "드레스가 아주 딱이네!" "너 너무 예쁘잖아!" 등등의 과도한 탄성을 터뜨렸다. 다들 너무 착했다. 또는 청바지가 아닌 옷을 입은 내가 너무 새로워서 그랬거나.

한편 새미는 이 호들갑 판에서 소외된 듯했다. 그러면 안 되는 거였다. 새미도 예뻤단 말이다! 정장 차림에 넥타이를 맸고 머리에 헤어 제품도 발랐다. 머리는 아줌마가 손질해 주셨을 것이다. 친오빠나 다름없어서 이렇게 말하자니 영 쑥스럽지만, 새미는 미남이다. 골격이 아주 예쁘고(그의 광대뼈가 내 것이었으면 할 정도다) 큰 눈에 갈색 눈동자다. 대학교에 가면 얼마든지 여자친구를 사귈 수 있을 것이다.

우린 전형적인 졸업무도회 사진을 잔뜩 찍었다. 특히 부자연스러운 자세로 손잡은 사진을 심하게 많이 찍었다. 두 엄마는 눈물까지 흘려서 나와 새미에게 야단을 맞았다. 그러고서 그 요란한 사진 찍기를 다시 한번 되풀이해야 했다. 새미가 코르사주를 내 손목에 달아주는 걸 깜빡했기 때문이다. 내 손목에 코르사주가 있거나 말거나 어차피 사진에는 잘 나오지도 않는데!

이 현장은 믿을 수 없을 정도로 평범했다. 마치 새미와 내가 평범한 커플로서 졸업무도회에 함께 가는 것처럼. 남다른 사회부적응자 둘이 아니고, 그중 하나가 전자석이 든 가방을 들고 있지도 않은 것처럼. 우리는 카메라를 향해 활짝 웃었다. 옷매무새를 매만졌다. 엄마가 사람들에게 레몬 케이크를 권했다. 그러니까 전부 지극히 평범했다.

코르사주 사진 다음으로 '웃기는 사진'까지 찍고 나서(차라리 날 죽여줘!), 새미는 이모부에게서 빌려 온 은색 렉서스로 나를 안내했다. 이쯤 되자 슬슬 불안해졌다. 근사한 차. 코르사주. 새미는 우리가 그저 순수하게 졸업무도회에 간다고 여기는 건가? 일종의 위장술이 아니라? 난 성실한 파트너가 못 될 것이다. 다른 계획이 있다. 아마 새미와 함께 춤출 시간도 없을 것이다. 그는 나와 춤추길 원하는 걸까? 혹은 그 이상을? 헉, 설마 진짜로 나를 좋아하나? 내가 의도치 않게 오해 살 신호를 흘렸던가? 이런 생각에 미치자 얼굴이 화끈거렸다. 하지만 바로 그때……

"차까지 끌고 와서 미안하다. 원래는 그냥 택시로 갈 생각이었어. 아님 버스나. 그 편이 좀 더…… 우리답잖아."

그랬다. 역시 M10번 버스를 타고 노스 웹스터 힐튼에 가는 편이 더 무난했을 것이다.

"하지만 엄마가……"

"알 만하네."

더 이상의 설명은 들을 필요도 없었다. 아줌마를 거역하는 건 새미뿐 아니라 누구라도 어려운 일이었다.

새미가 운전석에 나는 조수석에 올라타는 동안에도 내 머릿속은 오늘 밤 작전을 점검하느라 여념이 없었다. 난 클러치 안에 손을 넣고 필요한 물건이 다 들어있는지 마지막으로 확인했다. 핸드폰이나 전자석을 빠뜨렸으면 혀를 꽉 깨물고 죽어버릴 셈이었다.

드레스에 어울리지 않게 커다란 클러치 안을 뒤적이는 나를 보고 새미가 물었다.

"괜찮아?"

"어. 미안, 혹시나 해서 확인차……. 내가 잘 챙겼나…… 콤팩트를?"

난 둘러대고서 재빨리 클러치를 닫았다. 새미는 미심쩍다는 듯 한쪽 눈썹을 치켜올렸다.

"네 가방 안 뒤질 테니 걱정 마라."

"아냐, 미안해. 그냥 좀…… 긴장이 돼서…….."

이게 말이야, 방귀야.

"긴장돼? 정말?"

장담컨대 이때 새미는 얼굴을 붉혔다.

"무도회 때문이 아니라. 내가…… 진을 몰래 챙겨 왔거든. 압수당할까 봐 불안해."

이건 그럴싸한 거짓말이 못 되었다. 내가 코 비뚤어지게 취할 가능성은 자랑스레 슬리퍼를 신고 다닐 가능성과 비등했다. 지금껏 그런 적 없었고 앞으로도 그럴 일 없을 것이다. 물론 새미도 이 사실을 잘 알고 있었다.

난 새미의 의심을 잠재우길 바라며 덧붙였다.

"졸업무도회잖아, 안 그래?"

"그럼, 그럼. 미안하다, 난 그냥……. 아무튼 진을 챙겨 오셨어, 허?"

"응……."

"원하면 내가 술을 더 가져올 수도 있어."

"오빠가 술을? 언제부터?"

미처 막을 틈도 없이 말이 튀어나왔다. 더 영리한 사람이라면 형편없는 거짓말이 들통 날 위기에서 벗어날 기회를 잡았을 텐데.

"언제부터냐…… 몰라, 아무튼 가능해. 네가 원한다면 가져다줄 수 있어."

"아. 뭐, 됐어."

"그러니까 차라리 미지근한 진을 마시겠다?"

새미는 날 놀리며 히죽 웃었다.

"응, 나 미지근한 진 좋아해."

"나도 한 모금 줄래?"

술 얘기가 나오니 마음이 동했나 보다. 하지만 난 매몰차게 클러치를 찰칵 잠갔다. 그리고 힐튼 대연회장에 들어설 때까지 절대 열지 말아야겠다고 다짐했다.

"안 돼. 오빠 운전 중이잖아."

한동안 둘 다 아무 말이 없었다. 새미는 초조한 발을 대신해 손끝으로 운전대를 톡톡톡 두드려 댔다. 그러다 먼저 침묵을 깨고 단호하게 말했다.

"난 안 믿어."

"맙소사, 오빠! 도대체 뭐가 문제야?"

"너? 진?"

난 퉁명스럽게 받아쳤다.

"내가 뭐, 진이 뭐! 나도 변화를 좀 줘보려고 하는데? 왜, 오빠는 모자를 쓰면서 난 진을 마시면 안 돼? 진은 내 모자야, 알아들어?"

마음 상한 새미는 짐짓 크게 고개를 주억거렸다. 못된 말을 대신 하는 몸짓이었다. 결국 그가 한 말은 "그래, 그냥 느낌이 좀…… 모르 겠다……"였다.

내 핸드폰이 띠링 소리를 냈다. 척이었다.

> **척** 문제가 생겼어. P-보이가 경보를 울렸어.

제기랄. 꼭 일이 생긴다. 난 답신을 보냈다.

> **마고** ㅇㅇ. 일단 기다려 봐. 방법을 생각해 볼게.

문자 메시지를 닫고 루비 문서를 열었다. P-보이가 쓸 법한 비밀 번호 후보 목록이 거기에 있었다.

그런데 차가 움직이지 않았다. 눈을 들어 보니 차는 빨강 신호등 앞에 서있고 새미가 나를 빤히 쳐다보고 있었다.

난 쌀쌀맞게 말했다.

"뭐?"

"'뭐'냐니? 우리 한창 얘기하던 중에 네가 핸드폰을 확인했잖아. 나는 여기 없다는 듯이."

"미안해 오빠, 그게…… 엄마 아빠가 급히 뭘 좀 알아야겠다고 해 서…… 답장하느라."

"또 거짓말하네. 무슨 일인데, 마고?"

난 그를 노려보았다. 갑자기 이렇게…… 강압적인 새미를 상대할 시간이 없었다.

"그냥 운전에 집중해 주면 안 될까? 부탁할게."

신호등 색이 바뀌었다. 새미는 어깨를 으쓱하고는 액셀을 밟았다. 자신의 심정을 대변하는 '부르르르르르릉!' 소리가 나길 바랐을 것 이다. 하지만 차가 하이브리드 모델이라 힘없이 '우우우우웅' 하고 말았다. 그는 차를 몰았다.

핸드폰을 열심히 뒤졌지만 켈시에게 줄 수 있는 게 없었다. 충분 히 확신을 주는 비밀번호나 핀 번호를 찾을 수 없었다. 문득 테디페 이스 앱을 통해 P-보이의 핸드폰을 확인해 보자는 생각이 들었다. 저장된 비밀번호는 없었다. 메모장도 비어있었다. 다음으로 문자 메 시지를 확인하자 비로소 행운의 여신이 미소를 지었다.

바로 오늘 저녁 7시 즈음에 P-보이와 그의 아버지 사이에 이런 메시지가 오갔다.

> **P** 아빠 나 비번 또 까먹었어 2113인가?

아빠 이 자식이 위험하게. 전화해. 알려 줄 테니까.

> **P** 전화는 무슨. 됐고, 맞는지 아닌지만 말해

아빠 번호 잘못 눌렀다간 경찰이 올 텐데? 먼저 아빠한테 전화를 하라니까!

> **P** 뭐래 그냥 누른다

아빠 안 돼! 2131. 너랑 네 동생 생일!

아빠 번호 잘못 누르면 안 돼!

> **P** 있어 봐.

> **P** 잠만 루시 생일이 언제라고?

이어서 그는 마이클 조던이 우는 움짤을 아빠에게 보냈다. 이유는 모르겠다.

어쨌거나 올바른 비밀번호가 척의 손에 무사히 들어갔으니 이제 우리 작전도 무사하다. 좋아. 난 핸드폰을 도로 클러치에 넣고 새미를 돌아보았다.

"됐어. 진짜 미안해, 오빠! 이제 가자, 무도회로!"

새미는 등받이에 등을 털썩 기댔다. 몹시 화난 것 같으면서 매우 지루한 것 같기도 했다.

"오늘 밤은 계속 이런 식인가? 넌 핸드폰에 정신이 팔려있고 난 그냥 여기 앉아있고?"

모르겠다. 어쩌면 그럴지도. 내 인생의 남자들은 왜 다 이 모양인가? 안 그러던 사람들이 왜 갑자기 징징거리냐고!

"오빠, 미안해. 일이 좀 생겨서 잠깐 그런 것뿐이야."

그는 씹어 뱉듯 되받았다.

"25분이야."

"뭐라고?"

"25분 동안 여기 서있었어. 25분. 내가 운전하면서 오는 동안 네가 핸드폰에 정신이 팔렸던 8분은 뺀 거야. 그러니까 넌 33분 동안 말도 없이 폰만 들여다보고 있었단 얘기야. 무례하잖아, 아무리 너라도."

지금이 몇 시인데? 계기반 시계를 보니 7시 52분이었다. 하아. 이건 정말…… 심했다.

"미안해, 오빠. 진심. 하지만 이제 준비됐으니까……."

새미는 눈을 찌푸려 감으며 콧대를 잡았다.

"마고, 대체 무슨 일이냐고! MCYF 일 때문이야? 내가 모르는? 네가 이렇게까지 집중하는 일이라면 그것밖에 없어. 일거리 맡았어? 그런데…… 내 도움은 필요 없다거나 뭐 그런 거야?"

"비슷해. 사정이 복잡한데……. 우리 그냥 들어가면 안 될까?"

안 그래도 빠듯한 시간을 P-보이 때문에 한참 낭비한 터였다.

"의뢰 건 맞네. 그래, 지금 당장 들어가자고? 그러지 뭐……."

자기가 괜히 의심한 게 아니었음을 확인하고 안심했을까? 아님 내가 자기와 졸업무도회 '데이트'를 한다고 나와서는 일을 하는 게 화가 날까. 나로선 알 수 없었다.

하지만 그가 물었다.

"무슨 일을 맡은 건데?"

난 상황을 따져보았다. 무슨 거짓말로 둘러댈 수 있을지 머리를 굴렸다. 하지만 그는 이미 내 속을 꿰뚫어 보았고, 까놓고 말하자면 나도 이놈의 거짓말이 지긋지긋했다. 여기까지 온 마당에 그에게 말해도 괜찮지 않을까. 이 사실을 섀넌이 알게 된다 해도 문제될 건 없지 않을까. 왜냐면 오늘 밤 이후로 루스벨트 비치스는 존재하지 않을 테니까.

후우, 심호흡을 했다. 노스 웹스터 힐튼 주차장에서, 나는 새미에게 이 건에 대해 전부 털어놓았다. 루비의 배후를 찾아 두 달을 헤맨 끝에 주동자는 크리스, 기술 담당은 카일과 P-보이임을 알아냈다고 얘기했다. 너무 자세히 들어가지는 않았다. 젠지, 대니, 해럴드를 상대로 헛다리를 짚은 일이나 에이버리를 연줄로 이용한 사실 같은 건 말하지 않았다. 딱히 중요하지 않기도 했지만 새미가 방해했기 때문이다. 그는 "잠깐, 누가 너한테 의뢰했다고?"라거나 "이야, 마고 너"라거나 "아니, 나한테 말을 했어야지"라면서 자꾸 내 이야기를 끊었다. 들을수록 분한지 끼어드는 빈도가 점점 잦아지더니 급기야 "야, 좀 천천히 얘기해"라며 내 팔을 붙잡았다. 세상 그 어떤 남자도 해서는 안 될 짓을![86]

난 팔을 홱 빼며 쏘아붙였다.

"나 붙잡지 마."

"미안, 근데 마고……."

"나 진지해. 절대로, 두 번 다시……."

"알아, 알아들었어, 근데 있잖아……."

"새미 산토스. 내가 지금 농담하는 것 같아? 아무리 우리가 친구라지만……."

"그냥 좀 내 말을 들어달라고, 제바알!"

그가 버럭 소리를 내지르고 경적 위로 엎어졌다. 팔을 붙잡는 것보다는 낫지만 이상하고 위협적이긴 매한가지였다. 근처를 지나가던 남녀 한 쌍이 이쪽을 돌아보더니 새미의 서슬 퍼런 얼굴을 보고는 그냥 가던 길을 갔다. 난 새미가 걱정되기 시작했다. 격한 감정을 터뜨리는 건 그답지 않았다. 중요한 레고 조각이 보이지 않으면 있는 대로 짜증을 부렸던 5학년 때 이후로 이렇게까지 화를 내는 그를 난 본 적이 없었다.

"오빠?"

---

86 영화에서는 항상 이런다. '널 얼마나 사랑하는지' 강조하거나 '내 좆이 얼마나 큰지' 자랑하고 싶어서, 그 절박한 마음을 표현한답시고 남자가 여자의 팔을 붙잡고…… 뭐가 됐든 간에 큰소리친다. 다분히 위협적이며 전혀 멋있지 않다. 말로 해라.

"씨발 뭐야, 마고? 어떻게 네가 이걸 나한테 숨길 수 있어?"

"말했잖아. 섀넌 언니가 이건 절대 비밀이어야 한다고⋯⋯."

"어쩌면 내가⋯⋯ 아냐 진짜⋯⋯ 내가 어떻게⋯⋯."

그는 목이 메어 말을 잇지 못했다. 화를 낼 줄은 알았지만 이 정도일 줄은 몰랐다. 내 일에서 소외된 게 그에게 이토록 큰일이었나.

"오빠. 나도 말하고 싶었어. 정말이야. 지난 두 달간 오빠 도움이 절실했던 적이 한두 번이 아니었다고. 나 진짜 엄청나게 헤맸어. 하지만 오늘 밤이야. 드디어 오늘 밤에 다 끝나. 그러고 나면⋯⋯."

"끝나지 않아, 마고. 네 계획은 성공할 수 없어."

그는 세상에서 가장 한심한 인간을 대하듯 날 노려보았다.

"왜냐면 카일이랑 P-보이가 그 사이트를 설계한 게 아니니까. 내가 했어."

그냥 그렇게, 내가 알던 세상이 무너졌다.

정확히 어떻게 거기로 갔는지 잘 모르겠다. 무작정 차에서 뛰쳐나왔을 수도 있다. 새미를 주먹으로 치거나 따귀를 올리고 배신자라며 욕했을 가능성도 있고. 전부 흐릿하다. 이후로 확실히 기억나는 건 내가 보도블록 가장자리에 앉아 드레스 자락을 만지작거리고 있을 때부터다. 졸업무도회에 가려고 산 드레스였다. 이 드레스를 입고 새미와 함께 졸업무도회에 가서 아무도 보지 않을 때 크리스의 노트북을 망가뜨릴 셈이었다. 하지만 이제 다 소용없었다. 내 계획에 결정적인 결함이 있었기 때문에. 루스벨트 비치스를 만든 인물을 완전히 잘못 짚었기 때문에. 진범은 새미였다. 그리고 난 명백한 우정에 취해

진실을 보지 못한 눈뜬장님이었다. 이제 나는 어째야 한단 말인가?

"마고?"

새미가 곁에 와 앉았다. 그의 목소리는 차분했다. 이제 그는 화가 난 게 아니라 부끄러워하고 있었다.

"적어도 해명할 기회는 줄 수 있지?"

난 황토색 매니큐어를 칠한 손톱으로 치맛단을 끌어내리며 대답 대신 어깨를 으쓱 추어올렸다.

"얘길 하자면, 음, 겨울방학 때로 거슬러 가야 돼."

그는 운을 떼고서 기다렸지만 내게서 아무 반응도 얻어내지 못했다.

"넌 플로리다 할머니 댁에 가있었어. 기억하지?"

난 대답하지 않았다. 대답은커녕 그에게 눈길조차 줄 수 없었다.

잠시 후 그가 이야기를 이어갔다.

"네가 없는 사이에 난 매일 밤 게임하고 팟캐스트 듣고 맥앤치즈 먹는 것 말곤 아무것도 안 했어. 좋더라. 일하라고 문자로 들볶는 마고가 없으니까."

"그래, 내가 진짜 나쁜 년이다, 그치?"

"아냐. 그게 아니라 그냥…… 편하더라고. 처음엔 그랬어. 근데 빈 둥대기도 하루이틀이지, 며칠 지나니까 좀 불안해지더라. 뭐랄까, 점점…… 미치는 줄 알았어."

그는 잠시 말을 끊었다. 그 단어를 가볍게 사용할 사람이 아니었다.

"하룻밤을 꼬박 뜬눈으로 새운 적이 있어. 죽어라고 잠은 안 오고,

심장마비가 올 것 같아서 응급실로 달려갈 뻔했지. 그때 깨달았어. 이렇게 불안한 건 내가 제대로 살지 않아서라는 걸. 친구도 없고. 일도 없고. 너도 없고."

그는 조금씩 기운을 차리는 것 같았다.

"그러니까 네가 없는 시간이…… 한마디로 좆같았다고. 내년엔 어떻게 될까. 난 대학에 가고 마고는 여전히 여기 있고, 그러면 어떻게 될까?"

"그야 뭐……."

난 어정쩡하게 대꾸했다. 어찌 보면 나를 탓하는 것도 같아 기분이 떨떠름했다.

"그래서…… 결심했지. 좋아, 뭐라도 해야겠어. 그래서…… 목록을 만들었어."

난 아주 잠깐 눈을 들었고 0.1초간 그와 시선이 마주쳤다.

"알아. 매우 마고스러운 행동이었지. 아무튼 그래서 적은 게…… '조깅 해보기, 파티에 가기, 학교에서 한 번도 말 섞은 적 없는 애한테 말 걸기.' 근데 나랑 말 섞는 애가 아예 없었지, 아마? 그래도 목록대로 실천하다 보면 나도…… 달라지지 않을까."

그래서 그의 목록에 '같은 학교 여학생 마흔다섯 명의 삶을 망치기'도 있었냐고 묻고 싶었다. 하지만 난 그렇게 빈정거릴 여유조차 없을 정도로 분노에 차있었다.

그는 썩 자랑스럽다는 듯 말했다.

"어쨌든 완성했어. 실제로 대부분 실천했고. 심지어 파티에도 다녔지. 그냥 느낌뿐인지 몰라도 정말 내가 달라지긴 하더라고. 솔직히 네가 눈치채지 못하는 게 좀 의외였어. 내가 그 웃기는 양키스 모자를 쓰기 시작할 때까지 넌 몰랐잖아."

그렇지. 모자 게이트. 이제야 영문을 알겠네.

새미는 고개를 저었다.

"있잖아, 네가 날 '가장 믿을 만한 동료'라고 하는 게 난 그냥 농담인 줄 알았어. 그런데 네가 눈치를 못 채니까, '애가 정말 날 자기 직원으로 여기는 건가' 싶더라. 왜냐면 난 널 절친으로 여겼거든. 그래서……."

그가 코트 깃을 여몄다. 갑자기 어딘가 불편해 보였다.

"차로 다시 들어갈까? 이러다 다 젖겠는데."

그러고 보니 도로도, 내 드레스도 축축했다. 소름 돋은 팔에 빗방울이 연이어 튀었다. 그렇다, 비가 내렸다. 언제부터였지?

난 메마른 목소리로 대답했다.

"싫어."

"알았어."

새미는 순순히 끄덕이고서 이어 말했다.

"목록에 있던 항목 중 하나가 '일자리 구하기'였어. 진짜 일자리. 술집 알바라도 뛸 셈이었어. 그런데 때마침…… 어떤 파티에서 크리스가 날 보고는 프로그래밍 일을 제안했어."

난 입속말로 "그게 진짜 일자리냐?"라고 구시렁거렸다.

"아니 그냥 좀……. 마고, 내가 다 얘기하려고 하잖아."

그는 사정하는 눈빛으로 나를 보았다.

"알았어."

"나더러 사이트를 하나 만들어 달랬어. 너도 알다시피 내가 사이트 제작을 하지는 않잖아. 기본적으로 난 스크립트파니까."

새미가 사이트를 만들지 않는다는 건 사실이었다. 그는 기존 사이트에 침투하는 쪽을 선호했다.

"그런데 내가 새로운 걸 시도해 보고 있잖아. 한번 해보자, 했지. 그래서 막상 해보니까 코딩도 재밌더라고. 단순한 사이트를 만들어서 카일이랑 P-보이한테 관리하는 법을 알려줬어. 관리라 해봤자 자료 업로드가 전부니까. 아무튼 그렇게 내 일은 다 했다고 생각했어."

"내가 오빠 컴퓨터에 원격 접속했었는데? 어떻게 루비 일을 내가 아예 몰랐지?"

내 물음에 새미는 어깨를 으쓱했다.

"크리스가 자기 노트북으로 작업하라고 했거든."

"그러니까 오빠가 남의 컴퓨터로 역겨운 리벤지 포르노 사이트를 만들었다는 거네. 좋아. 계속해."

그가 강하게 반발했다.

"아냐, 마고. 내가 뭘 만드는지 몰랐어. 게네 말로는…… 디지털 졸업앨범 같은 거랬어. 크리스가 애들 인스타그램에서 뽑은 사진을 올리면 또 애들이 익명으로 댓글을 다는 식. 자기들끼리 '최고로 재밌는 사진'을 뽑겠다고. 웃기는 소리였지. 하지만 내 입장에선 손품 별로 안 드는 돈벌이였어."

새삼 열이 확 올랐다. 난 벌게진 얼굴로 따져 물었다.

"오빠가 직접 만든 사이트가 뭐 하는 데인지도 몰랐다는 거야? 내가 오빠만큼 똑똑하지 못한 건 아는데, 오빠도 내가 바보는 아니란 걸 알지 않아?"

그는 어깨를 들썩했다. 패잔병처럼 낙심한 그 표정과 몸짓을 난 믿을 수밖에 없었다.

"거짓말 아니야. 정말로 난 그게 가짜 졸업앨범인 줄로만 알았어. 그런데 한 2주 뒤에 크리스가 트리니티 타워 근처로 왔어. 카일, P-보이랑 같이. 나더러 '드라이브나 하러 갈래?' 하고 묻더라고."

난 피식, 코웃음을 날렸다. 괴한을 따라 제2의 장소로 가는 우를 범하다니.

"그래. 이제 와서 후회가 되네. 그 차에 타지 말걸."

그는 잠시 혼자 생각에 잠겼다가 말을 이었다.

"왜냐면 차 안에서야 개들이 화나있단 걸 알았거든. AWS에 사이트 신고가 들어갔다면서."

"나였어. 신고한 사람."

"그랬구나. 듣고 보니 말 되네."

새미는 땅바닥을 발로 쩔으며 무심히 말했다.

"어쨌든 개들은 꼭지가 돌아있었어. 카일의 SUV[87] 뒷좌석에 날 밀어 넣고선 고쳐놓으라고 윽박질렀어. 사이트가 유지되기만 하면 한 달에 500달러를 주겠다고 구슬리기도 하고. 난 할 생각이었어. 돈이

---

[87] 혹은 REO 위드웨건이라고 불러줘야 할지도.

나 벌자 하고. 해서 사이트에 들어갔는데, 하아……."

새미는 말을 잇지 못하고 진저리를 쳤다. 한참을 망설인 끝에 그는 갈라진 목소리로 중얼거렸다.

"역겨웠다고, 알아?"

그래. 알아.

그렇다고 쉽게 그를 놓아줄 생각은 없었다. 난 차갑게 말했다.

"됐고, 계속 놈들한테 붙어서 일했던 부분으로 넘어가."

"크리스가 내 배를 때렸어. SUV 뒷좌석에서. 너무 무서웠어."

새미의 뺨에 눈물이 주르륵 흘렀다. 그는 재빨리 와이셔츠 소매로 눈물을 훔쳐냈다.

"상대는 셋이었고 문을 전부 막고 있었어. 그래서…… 모르겠다. 난 걔들이 시키는 대로 했어. 말했다시피."

참으로 놈들다운 방식으로 새미를 끌어들였다. 폭력으로. 위협으로. 새미를 주저앉히는 데 큰 힘이 들지도 않았을 것이다. 그는 싸움꾼이 아니니까.

"그날 밤 사이트를 토르에 다시 올렸어. 하면 안 되는 일인 건 알았지. 하지만 그냥 장난이라고 애써 날 속였어. 어차피 곧 졸업할 거니까, 새로 시작하면 되니까……."

그는 말끝을 흐리며 마른세수를 했다. 다 허튼소리인 걸 본인도 아는 게지.

"사이트에 올라간 애들은 새로 시작할 수도 없어. 그 사진들이 평생……."

"알아! 안다고, 어!?"

그가 울부짖었다.

그러고선 둘 다 입을 다물었다. 움직이지도 않았다. 그저 쏟아지는 비를 맞으며 길가에 나란히 앉아 발치에 고이기 시작한 물웅덩이와 젖은 아스팔트 바닥을 내려다볼 뿐이었다. 이윽고 내가 마음을 다잡고 고개를 돌려 그를 보았을 때, 그의 얼굴을 타고 흘러내리는 건 분명 빗물만이 아니었다.

놈의 주먹질이 새미에게 한 짓을 난 알고 있었다. 그 순간 그는 예전의 자신으로 되돌아가고 말았다. 과민하고 소심하며 겁 많은 새미로. 좀처럼 두 단어 이상 말을 잇지 못했던, 우리 집 부엌 바닥만 내려다보던 열 살짜리 소년으로. 난 그를 안아주고 싶었다. 다 괜찮아질 거라고 말해주고 싶었다. 더 나은 친구가 되어주지 못해 미안하다고 사과하고 싶었다. 그리고 무엇보다도 간절히, 그의 잘못이 아니라고 다독여 주고 싶었다.

하지만 그의 잘못이었다.

난 냉랭하게 그에게 말했다.

"집으로 가, 오빠. 이모부 렉서스 타고 집에 가."

"마고, 난 정말⋯⋯."

더 이상 대화는 필요 없었다.

"집으로 가라고. 가서, 백업 파일 다 삭제해."

"알았어, 그런데⋯⋯."

"오빠가 한 거야. 이 개판을 오빠가 만들었다고. 집으로 가서 루스벨트 비치스 사본 삭제해. 싹 다 지워."

새미는 끄덕하고서 주춤주춤 일어나 렉서스 운전석으로 구겨지듯 들어갔다.

어떻게 이래? 어떻게 그가 이런 짓을 할 수가 있지? 그런데 난 몰랐다는 게 도대체 가능한 일이야? 난 머리를 흔들었다. 머릿속을 어지럽히는 온갖 의문을 떨쳐냈다. 지금 당장은 심란한 감상에 빠져있을 때가 아니었다. 새미가 아니라 일에 집중해야 했다. 난 분연히 일어나 얼굴을 찰싹 때렸다. 결의를 다지는 일종의 의식이었다. 하지만 기합을 너무 넣었나 보다. 마침 곁을 지나가던 카라 마이클스와 에릭 거슨이 헉, 소리를 냈다.

"아 깜짝이야. 마고? 너 괜찮니?"

"나? 아무렇지도 않아."

말 그대로였다. 진정 아무 감정도 느껴지지 않았다.

"정말 괜찮아? 얼굴이 시뻘건데."

"응, 괜찮아. 멀쩡해. 씨발 졸업무도회나 실컷 즐기자고."

난 고개를 빳빳이 쳐들고 그들을 지나쳐 입구로 향했다. 내 구두 뒷굽이 내는 또각또각 소리는 크리스 하인츠와 그를 떠받치는 모든 이를 쓰러뜨릴 전사의 함성이었다. 자, 놈들을 모조리 불태워 없앨 시간이다.

- 5월 1일, 오후 8시 22분 -

마고 이걸 보거든 제발 행운을 빌어주라. 그래주면 정말 좋겠어. 내가 진짜 미친 짓을 할 거거든

마고 사랑해

마고 너 빼고 다, 세상 사람 전부 다 쓰레ㄱ야.

마고 쓰레기*

마고 WISH ME LUCK

마고 무려 대문자로 부탁하는 이유가 있단다.

마고 으아아ㅏㅏㅏㅏ!

CHAPTER 25

오함마 작전

리처드 삼촌의 데스크톱 컴퓨터에 불이 붙은 적이 있다. 팬에 먼지가 잔뜩 껴서 그랬다는데, 그가 무심코 설치한 악성코드나 동시에 켜놓은 프로그램이 엄청나게 많았을 가능성도 나는 배제할 수 없다고 본다. 나는 줄곧 그 사건도 그가 인생 낙오자임을 보여주는 또 하나의 예라고 여겼다. 하지만 이 순간만큼은 삼촌에게, 더 정확히는 그의 컴퓨터에 십분 공감했다. 왜냐면 지금 내가 그 컴퓨터였기 때문이다. 너무 많은 생각과 압도적인 감정이 머릿속에서 넘실거렸다. 너무 많은 탭이 열려있어서 도무지 다 처리할 수 없었다. 루스벨트 비치스, 크리스, 켈시들, 새미, 새미, 새미, 새미. 난 흠뻑 젖었지만 머리엔 불이 붙었다.

머릿속 탭을 전부 닫았다. 모든 감정과 의문을 내려놓았다. 새미도 크리스 하인츠도 그 누구도, 그리고 과부하가 걸린 내 두뇌도 이제는 날 막을 수 없다. 잡생각은 금지다. 오직 '오함마 작전'에만 집중하자. '크리스를 찾는다. 놈의 노트북을 죽인다. AWS 계정을 닫는다. 켈시들에게 문자를 보낸다. 끝.' 주어진 시간은 10시까지. 졸업무도회가 끝나는 시각이다. 그때까지 모든 임무를 완수해야 한다. 이 일은 오늘 밤 종지부를 찍는다.

시계를 확인했다. 8시 25분. 젠장, 새미와 얘기하는 데 시간을 너무 많이 썼다. 이제부터 잡담도 금지.

오후 8시 25분. 노스 웹스터 힐튼까지 도보로 이동 중. 건물 앞에 늘어선 리무진에서 알딸딸하게 취한 10대 아이들이 속속 내린다. 크리스, p-보이, 카일은 보이지 않는다.

폭우가 내린다. 발이 다 젖었다.

오후 8시 29분. 정문 문짝이 무지막지하게 무겁다. 몸으로 밀어 열자 바람이 휑 돌아 들어간다.

드레스도 흠뻑 젖었다.

이마니 왓킨스(졸업무도회 위원회장)가 출입구를 지키며 입장권을 확인한다.

내 이름을 댄다. 명단에 없다. 잠시 당황. 새미 이름에 딸린 내 이름 발견. 그가 내 입장권까지 같이 샀나 보다.

나중에 갚자. 거저 받는 건 싫다.

새미. 나와 핼러윈 사탕을 주고받았던 괴짜 소년. 열네 살이 될 때까지 주황색 음식은 입에 대지도 않았던 조용한 또라이. 어떻게 그가 이럴 수 있지? 어떻게 이토록 많은 사람에게 상처를 안기는 사이트를 만들 수 있냐고!

이마니가 내 안색을 살핀다. 괜찮으냐고 묻는다. 이놈의 백일념. 괜찮다고 대답한다.

오후 8시 34분. 럼리 샘의 소지품 검사. 클러치를 열라고 한다. 수상쩍게 여기는 눈치지만 감히 탐폰을 만지지 못한다. 괜찮으냐고 묻는다. 정말 괜찮다니까? 나 참.

오후 8시 38분. 의욕이 과한 사진사들이 졸업무도회 사진 싫다는 내 신호를 무시한다. 내가 피해 다니는 수밖에.

본 무도회장 입장. 출입구 근처에 다과 테이블. 왼쪽에 거울 벽. 정면에 댄스 플로어. 무도회장 안쪽 끝, 양쪽으로 계단이 있는 연단이 DJ 부스. 크리스 포착. 자기가 트는 음악에 맞춰 미친 듯이 머리를 흔들어 댄다. 예상대로 끔찍한 DJ다. (한 곡을 1분 이상 트는 법이 없고 음악보다 크게 랩을 지껄인다.)

크리스. 이 모든 일이 일어나게 한 인간쓰레기. 새미를 이용한 주정뱅이 양아치 새끼. 베스를 추행하고 그 애를 멀리 떠나게 만든 개새끼. 크리스 하인츠라면 아주 신물이 난다. 없애버리고 싶다. 인생을 골로 가게 만들고 싶다. 놈이 내 머릿속에 있는 게 지긋지긋하다. 이런 빌어먹을! 집중하자, 마고.

오후 8시 44분. 음료 테이블 쪽에 자리를 잡는다. 티퍼니 스파크스와 함께 춤을 (참 못) 추는 카일 포착. 인공 눈물을 넣으며 화장실에서 나오는 p-보이 포착.

오후 8시 57분. 크리스가 헤드폰을 벗고…… 부스를 벗어나 화장실로 향한다.

지금이다.

클러치 안으로 손을 넣어 전자석을 확인한다. 핸드폰은 다른 손에 있다. 브라우저에 AWS를 띄워놓는다.

춤추는 애들 사이사이로 걸어 무대에 접근. 시야가 트인 지점이므로 신속하고도 신중해야 한다. 머리를 숙인다. 그리고……

퍽.

웬 얼간이가 팔을 휘젓다가 내 손을 쳐서 폰을 떨어뜨린다. 핸드폰이 타일 바닥을 타고 미끄러진다. 얼른 쫓아가 줍는다. 화면이 깨졌다. 젠장.

오후 9시 00분. 핸드폰은 켜지지 않을 것이다. 젠장 젠장 젠장.

폰이 켜지지 않으면 AWS에 로그인할 수 없다. 사이트 자체를 죽일 수 없다면 크리스의 노트북을 고장 내봤자 아무 소용없다. 집으로 돌아갈까? 켈시들한테 부탁할까? 어떻게? 폰을 못 쓰…….

재부팅됐다. 켜진다. 후유. 작전은 계속된다.

크리스가 돌아왔다. 젠장.

기회를 날렸다.

브라우저에 AWS를 다시 띄운다. 계정 삭제 페이지로 간다.

켈시들로부터 문자가 와서 대기하라고 답신을 하는데 손이 또 떨린다.

화장실로 달려가 얼굴에 물을 뿌린다. 손 떨림이 멎는다. 거울에 비친 젠지 호프가 나를 쳐다보고 있다. 걱정 또는 신중한 탐색. 그녀가 묻기 전에 내가 답한다. "나 괜찮아!"

오후 9시 21분. 크리스가 부스를 떠나지 않는다. 군중과 '소통'을 너무 많이 한다. 시간이 지체된다. 저놈은 왜 하필 지금 성심을 다하는가? 다른 무엇에도 그런 적 없으면서. 루비를 제외하면 말이다.

카일과 p-보이가 무대로 접근한다. 2분간 대화 후 떠난다.

내가 모르는 여자애가 놈에게 접근한다. 10초간 대화. 크리스가 무대를 떠난다. 음악은 미리 설정해 둔 재생 목록에 따라 자동 재생된다. (놈의 디제잉보다 훨 낫다. 마침내 비욘세의 목소리를 듣는구나!)

켈시들에게 문자: '대기해.'

클러치에 손을 넣어 전자석을 잡는다. 다른 손은 핸드폰을 쥔다. 무대를 향해 걸어간다. 몸이 떨리는 것도 같다. 웬일인지 눈앞이 흐려진다. 심호흡.

무대와의 거리 4미터. 3미터.

"마고?"

에이버리다. 나와 무대 사이에 있다. "너 괜찮아?" 뜨악한 표정이다. 걱정하는 것 같기도 하다. 아님 변비에 걸렸거나.

그에게 괜찮다고 말한다.

그가 다시 묻는다.

날 내버려 두라고 말해야겠다. 하지만 웬일인지 난 그를 본다. 그의 눈을 들여다본다.

차츰 주위가 선명해졌다. 에이버리 뒤로 댄스 플로어에 혼자 서있는 클레어 쥬벨이 보였다. 무도회장 전체에 쿵쿵 울리는 이매진 드래곤스의 음악이 들렸다. 음식 냄새와 향수 냄새와 체취가 뒤섞인 야릇한 졸업무도회 냄새가 콧속으로 밀려 들어왔다. 오직 하나에 집중하던 온 감각이 어째서 한순간에 흐트러졌는지 모르겠다. 에이버리를 마주친 충격과 그의 눈빛 때문이었을까. 그는 진심으로 날 걱정하고 있었다. 신경 쓰고 있었다. 그 눈빛이 얼마나 좋은지 잊고 있었는데.

무도회장의 끈적끈적한 거울 벽에 비친 나를 보고서야 왜 모두가 나한테 괜찮으냐고 물었는지를 알았다. 머리가 그야말로 '미친년 꽃다발'이었다. 눈 주위가 온통 벌겠다. 계속 눈시울이 뜨겁고 따끔따끔했던 이유는 눈물에 녹은 마스카라가 눈을 거쳐 뺨으로 흘렀기 때문이었다. 마스카라도, 눈물도 익숙하지 않던 나는 화장한 얼굴을 사수하기 위해 '예쁘게 우는 법'을 알지 못했다. 내 얼굴은 마치 '바람의 섬'에서 쫓겨난 〈바람의 섬〉 탈락자 같았다.

게다가 드레스 옆면에 진흙 튄 자국이 쫙 뻗어있었다. 언제 어디서 그렇게 됐는지 난…… 몰랐다.

그래, 내 몰골이 썩 아름답지 않은 건 알겠다. 그래서 어쩌라고. 그 사이 크리스가 자리를 비웠으니 어쨌거나 난 가야 했다. 다시 눈을 돌려 에이버리를 보았다. '응, 괜찮아, 난 바빠서 이만'이라고 말하려 했다. 나한테 관심 따위 주지 마. 정 날 돕고 싶다면 내 앞을 막지 말고 썩 꺼져줘.

그러나 막상 내 입에서 나온 말은 "음. 난 괜찮……지 않은 것 같아……"였다. 난 소리 내어 울고 말았다.

에이버리는 한 팔로 날 감싸고 벽 쪽에 있는 벤치로 데려갔다. 지금의 내 모습에 일종의 악의적인 쾌감을 느끼는 건 아닐까. 헤어진 연인이라면 대개 이런 상황에서 약간은 샤덴프로이데schadenfreude(남의 불행을 보고 내심 기뻐하는 심리-옮긴이)를 느낄 것이다. 하지만 그렇지 않은 것 같았다. 그는 순전히 날 걱정하는 듯했다. 내가 무슨 말을 하든 귀 기울여 들을 준비가 된 듯했다. 그리고 이런 상황에서 우습게도, 멋있어 보였다. 그가 입은 턱시도는 빌린 게 아니라 자기 옷인가 보다. 완벽하게 몸에 맞고 어울렸다.

난 이성을 되찾으려 애썼다. 하지만 실패했다. 그에게 모든 것을 털어놓았다. 아니, 누구에게랄 것도 없이 그냥 다 쏟아냈다.

"새미가 루스벨트 비치스를 만들었어. 몇 달 동안 명부를 뒤지고 벽에 머리를 찧어대고 남들 하드드라이브를 기웃거렸는데…… 다 시간 낭비였어. 범인은 새미였으니까!"

그는 가까스로 후우우, 탄식을 뱉었고 난 계속해서 주절주절 말을 늘어놓았다. 나도 어찌할 수가 없었다. 의지와 상관없이 몸이 필사적으로 모든 걸 떨쳐내고 싶어 했다. 난 섀넌과 왓츠앱 퓨리 방에 대해 말했다. 크리스 전에 젠지, 대니, 해럴드에게 헛되이 시간을 쏟았고 그들에게 접근하기 위해 에이버리를 연줄로 삼았다는 얘기도 했다. 블라이 샘이 내게 맡긴 일과 그녀가 착한 남편을 두고 아직도 바람을 피운다는 사실도 말해버렸다. 대체 사람들은 왜 바람을 피우고 왜 거짓말을 할까? 내가 하는 일이 이렇게 개판으로 돌아간다니 이게 말이나 돼? 난 사기꾼이야. 내가 뭘 하는 건지 모르겠어. 두서없이 너무 함부로 지껄인 감이 없지 않았지만, 몇 달을 혼잣속으로 끙끙 앓은 사람이 어디 제정신이었겠는가. 아이고. 어쩌자고 에이버리에게 이 얘길 털어놓았지? 그의 무엇이 날 무장 해제시켰나? 난 그를, 그의 커다란 갈색 눈동자를 바라보았다. 그리고 보았다. 그의 눈에 가득 찬…… 분노를. 틀림없이 그것은 끓어오르는 분노였다. 아, 이런.

"잠깐. 내가 너의…… '연줄'이었다고? 우리가 사귄 이유가 단지……"

그는 뒷말을 생략한 채 자기 머리를 쥐어뜯을 듯이 움켜쥐었다.

그랬다. 나의 장황한 고해성사가 에이버리의 귀에는 그저 '어쩌고저쩌고 하다가 내가 널 이용했고 널 좋아한 적도 없었고 등등등'으로 들렸던 것이다. 그래서 지금 날 죽일 듯이 노려보는 것이고. 비밀을 공유해서 속이 후련해진 건 나지 그가 아니었다. 말하자면 그는 자신이 주인공인 〈블랙 미러Black Mirror(미디어 및 정보 기술 발달의 부작용을 다루는 영국 SF 드라마-옮긴이)〉 일화에서 제3막의 충격적인 반전을 맞닥뜨린 상태였다.

"그러니까 나랑 데이트한 것도 그저 일의 일부였어?"

상황을 파악하려 애쓰는 그의 눈동자가 정처 없이 획획 움직였다.

난 그가 생각을 정리할 수 있도록 가만히 기다렸다. 그가 얼마나 울분에 차서 어떠한 장광설을 퍼붓든 간에 난 달게 받을 자세가 돼 있었다. 에이버리는 화를 내는 사람이 아니었지만 누구나 한계는 있는 법이다. 그를 그 한계로 이끈 장본인이 바로 나였다. 난 극단의 감정적 충격을 각오했다.

그러다 어느 순간 그가 나를 보았다. 내 눈을 똑바로 쳐다봤다. 그러더니…… 웃었다. 진실로 웃는 건 아니었다. 정신 나간 사람처럼 섬뜩하게 웃는 것도 아니었다. '포기'를 선언하는 웃음이었다. 달리 할 말이 없을 때 절로 나오는 짧고 허탈한 웃음.

"에이버리, 난 절대로……."

내 말을 자르고 그는 짐짓 감정을 억누르며 말했다.

"꼭 성공하길 바란다. 그 사이트는 독이야. 그것 때문에 많은 사람이 고통받고 있잖아. 그러니까…… 네가 없애줘."

그러고는 참을성 있게 기다리는 클레어에게로 돌아가려고 몸을 돌렸다. 그러나 몇 걸음 걷다 우뚝 서더니 다시 뒤돌아 내게 말했다.

"넌 네가 누군지 정말 몰라, 그렇지?"

너무 포괄적이어서 앞으로 수년에 걸쳐 심리 상담사와 대화해 봐야 답을 얻을 수 있을까 말까 한 질문을 그렇게 아무렇지 않게 던지고 그는 가버렸다. 댄스 플로어로. 클레어에게로. 군중 속으로 사라지는 그를 보며 내 눈은 흐릿해졌다.

'넌 네가 누군지 정말 몰라'라고? 무슨 말이 그래? 내가 누군지 내가 왜 몰라? 난 열다섯 살에 사업을 시작한 사람이야! 난 세금도 내! 나에겐 규칙이 있어! 난 씨발 마고 머츠라고! 그는 대체 왜 그런 소리를 한 거야?

난 DJ 부스를 향해 빙글 돌았다. 이제는 기필코 놈의 노트북을 죽이리라.

하지만 크리스가 이미 돌아와 있었다. 놈은 헤드폰을 집어 들더니 군중을 향해 "이거 가질 사람?" 하고 외쳤다. 그렇게 됐다. 난 기회를 놓쳤다. '오함마 작전'은 끝났다. 내가 졌다.

그래도 그를 향해 걸었다. 그래서 어쩔 셈인지 나도 몰랐다. 계획도 없이 그냥 갔다.

잠시 후 놈은 내 코앞에 있었다. 크리스 하인츠. 60센티미터 길이의 접이식 테이블 반대편에.

놈이 노트북에서 눈을 떼고 날 보더니 오만상을 찌푸렸다.

"어이구, 마고. 꼴이 말이 아니다, 너?"

그리고 헤드폰을 쓰며 덧붙였다.

"너랑 '할' 사람을 찾는 거면 난 아직 그렇게까지 취하진 않았다. 두 시간쯤 더 기다려 보든가."

좆까.

놈의 노트북을 잡아채 선을 다 뽑고는 들입다 바닥에 내던졌다. 음악이 멎었다. 근처에 있던 마이크 스탠드로 놈의 노트북을 내려쳤다. 무도회를 즐기던 애들 전부가 날 쳐다봤다. 그러거나 말거나, 난 계속 놈의 노트북을 때려 부쉈다. 케이스가 쩍쩍 갈라지고 경첩이 떨어져 나갈 때까지. 어떻게든 작전을 이어가려 한 게 아니었다. 이렇게 한다고 해서 이 노트북의 하드드라이브에 저장된 데이터가 지워지지는 않는다. 하지만 상관없었다. 그 순간, 나는 뭐든 죽이고 싶을 따름이었다.

온통 조용해진 무도회장 안에 크리스의 고함이 울려 퍼졌다.

"야, 이 미친년아!"

"닥쳐, 크리스! 평생에 단 한 번이라도! 좀! 닥치라고!"

온몸의 피가 얼굴로 쏠리는 것 같았다. 난 통제 불능이었다. 정말로 제정신이 아니었다. 여자를 우습게 보고 여자 말을 말로 여기지 않는 크리스 하인츠가 순순히 입을 다물 정도였다. 난 주위를 휘이 둘러보았다. 학교 애들이 놀란 눈으로 날 주시하고 있었다. 마치 내가 염력으로 모두를 불태워 버리기라도 할 것처럼. 난 뭔가 재치 있는 말로 이 상황을 마무리하고 싶었다. 하지만 아무 생각도 나지 않았다. 그래서 그냥 그곳을 떠났다.

어찌어찌 노스 웹스터 힐튼에서 나와 주차장으로 갔다. 아직도 비가 내려서 마스카라가 더 지워졌다. 비가 와서 유일하게 좋은 점이었다. 전화기를 보니 켈시들로부터 부재중 전화가 여섯 통이나 와있었다.

난 문자 메시지로 일이 틀어졌다고 알렸다. 켈시들은 몹시 분개했다. 그러는 게 당연했다. 나를 신뢰했고 내 계획에 많은 노력과 시간을 들였으니까. 하지만 그녀들에게 할 말을 찾을 수 없었다. 크리스의 노트북을 박살 냈지만 하드드라이브까지 박살 났다고는 장담할 수 없었다. AWS에서 사이트를 지우지도 않았고, 설사 내가 지웠다 해도 새미가 자신의 사본을 삭제했는지 그냥 두었는지 누가 알겠는가. 머릿속에서 너무 많은 생각이 어지럽게 튀고 서로 충돌했다. 난 내일 전화하겠다고 문자한 뒤 두 켈시의 번호를 차단했다.

텅텅 빈 샘스 클럽 주차장을 지나 멜스 델리 차양 아래를 걸어 집으로 향했다. 울지 않으려 안간힘을 써서, 그런데도 울어서 머리가 너무 아팠다. 기운이 없고 메스꺼운 데다 갑자기 한기마저 느껴졌다. 젖은 손으로 핸드폰을 쥐다가, 무도회장 어딘가에 클러치를 놓고 왔다는 걸 깨달았다. 나의 품위도 그 근처 어딘가에 떨어져 있겠지.

정신없이 베스에게 문자 메시지를 찍어 보냈다. 베스는 절대 재단하지 않았고, 지금 당장 내게는 재단하지 않는 누군가가 절실히 필요했다. 한 통 더 보냈다. 이어 두 통 더.

일어난 일을 이해해 보고 싶었다. 무엇이 문제였을까? 내가 어찌해 보기엔 너무 큰 일이었나? 해낼 수 있을 줄 알았다. 하지만 이 정도 규모의 오물을 치워본 적은 없었다. 잘못한 사람이 너무 많았다.

크리스, 카일, P-보이. 두말할 것 없이 놈들은 이 똥 피라미드의 꼭대기에 있다. 그리고 새미. 본인은 원해서 한 게 아니라고 하지만, 제대로 기능하는 사이트를 구축하는 데 필요한 기술을 제공한 사람은 어쨌거나 그다. 장담하는데, 새미가 없었다면 루비는 존재할 수 없었을 것이다. 나쁜 짓을 한 새미 안에 본디 선량한 새미가 있는 걸 알지만 그것이 이 일에 대한 변명이 될 수는 없다.

또다시 베스에게 문자를 보냈다. 손이 저절로 문자를 찍었다. 그냥 버릇처럼, 손톱 거스러미 뜯기나 다리 떨기처럼. 메시지 창 열기, 문자 찍기, 보내기.

현재 여친과 전 여친의 사진을 유출한 남자들은 뭘까. 사귀고 만지고 키스한 사람의 사진을 업로드하는 미친놈들. 친밀한 관계를 맺고서 아무렇지 않게 배신하는.

사이트를 방문한 사람들의 심리를 상상해 보았다. 자위용 영감을 찾아 그곳으로 가는 남자들부터 호기심에 들러보는 남자들(그리고 일부 여자들)까지. 심지어 에이버리 같은 사람마저, 본인은 딱 한 번 이었다고 주장하지만(그게 사실인지 누가 알겠나?) 그곳을 방문했다. 그러니 그도 공범이다. 그렇지 않은가, 그런 걸 봤으면 신고를 했어야지! 없앨 방법을 찾아보기라도 했어야지. 아무것도 하지 않은 그를 어떻게 봐야 하는가? 루스벨트 비치스의 모든 것이 이토록 더러운데 대체 내가 어떻게 다 청소하느냔 말이다!

베스에게 보낼 마지막 문자 메시지를 찍었다. 문자 폭탄을 날려서 미안하다고. 보내기 버튼으로 엄지를 가져가는 순간, 아찔하니 현기증이 일었다. 하마터면 쓰러질 뻔했다. 하염없이 걷고 너무 많이 울고 아침 식사 이후로 아무것도 먹지 못해서…… 아마 그래서 몸이 버텨내질 못하나 보다. 주차된 차에 몸을 기댔다. 명상 훈련이라도 하듯, 깨진 액정을 엄지로 쓰다듬으며 심호흡했다. 바로 그때…… 문자 화면이 사라졌다. 대신 베스 사진이 떴다.

새삼 신기했다. 사진 속 베스는 고등학교 신입생이었다. 행복하고 재미있는 베스. 손가락으로 V 자를 하고 있는. 마지막으로 이 사진을 본 게…… 몇 달 전이었더라? 1년도 넘었던가? 핸드폰이 몇 번 우웅, 우웅, 떨리고서야 이게 무슨 일인지 알았다.

베스가 내게 전화를 걸었다.

CHAPTER 26

그녀와의 통화

전화를 받으며 예전에 우리끼리 늘 그랬듯 '네, 파트리치오 피자입니다'라고 하고 싶었다. 하지만 "네"에서 멈추고 말았다.

목소리를 듣기 전인데도 그녀를 느낄 수 있었다. 전화기 너머에서 긴장한 채 망설이는 베스가 눈에 보이는 듯했다.

"마고?"

목소리를 듣는 순간, 나는 중학교 2학년 때로 돌아갔다. 베서니가 두 골목 건너에 살고 나와 매일 어울렸던 그때로. 너무나 행복했다. 진정 도움이 필요한 순간에 그녀를 의지할 수 있다는 사실이, 예전처럼 지금도 또 앞으로도 그녀가…….

"문자 좀 그만 보내."

아. 음, 뭐?

난 걸음을 멈췄다. 여긴 세븐일레븐 주차장. 몇 골목만 더 가면 트리니티 타워였다.

"베스, 잠깐만. 문자를……. 네가 뭔가 오해했나 봐. 난……."

"마고. 그만둬야 해. 널 차단하긴 싫었어. 그냥 네 문자를 무시하려고 했는데 네가 너무……. 하여간 너무 많아. 많다고, 응?"

이해하려 해봤지만 무슨 말인지 알아들을 수 없었다. 그녀는 내 문자를 읽었다. 전부 다. 난 그것이 우리 우정의 명맥을 잇는다고 철석같이 믿었는데, 아니었나 보다. 문자 메시지로 베스를 돕고 있다고 생각했는데, 착각이었나 보다. 오히려 정반대였나 보다.

"알아, 좀 전에 내가 문자를 너무 많이 보내긴 했지."

"오늘만의 얘기가 아니야. 마고, 넌 이틀에 한 번꼴로 문자를 보내고 아무것도 변하지 않은 것처럼 굴어. 그래, 한때는 너랑 나, 떼려야 뗄 수 없는 사이였지. 하지만 우리 서로 얼굴도 안 본 지 벌써 2년이나 됐잖아. 그런데 이러는 건 좀 이상하지 않니?"

뭐라 답해야 하나. 그러잖아도 너무 지친 데다 베스가 전화를 했다는 사실에 놀라기까지 한 나는, 남은 기운을 몽땅 끌어다가 간신히 목소리를 쥐어짜야 했다.

"어어."

"거기서 있었던 일은 과거로 묻으려고, 잊으려고 정말 열심히 노력했어. 그런데 네가 자꾸 문자를 보내고 크리스 얘길 하고……. 그럴 때마다 다시 그때로 돌아간 것만 같은 기분이야. 정말 미치겠다고……."

그녀의 목소리가 갈라졌다. 그녀는 울고 있었다. 내가, 둘도 없는 단짝인 내가 그녀를 울게 만들었다. 억장이 무너졌다.

"베스……."

"안 돼. 미안하지만 더는 내가 못 견디겠어. 내 말은…… 아니, 얘기할 사람이 그렇게 없어? 친구들 있을 거 아냐?"

난 한참을 머뭇거린 끝에 다시 입을 열었다.

"그럼. 있지."

통화를 어떻게 끝냈는지 모르겠다. 아마 작별 인사를 했겠지. 얼마나 비참한 기분인지 말하고 싶었는데 '그럼, 있지' 이후로 아무 말 못 했던 것 같다. 더 이상 문자 메시지를 보내지 않겠다고 약속한 것도 같은데 확실하지는 않다. 전화를 끊자마자 다시 현기증이 일어서 철퍼덕 주저앉았다. 거기서 얼마나 있었는지, 젖은 엉덩이를 언제 땅바닥에서 뗐는지, 집까지는 어떻게 왔는지도 잘 모르겠다. 마치 안개 속을 헤매는 듯했다. 베스의 목소리가 끊임없이 머릿속에 맴돌았다. 떨렸다. 화가 났다. 속상했다. 그녀의 목소리는 예전과 똑같았다. 하지만 동시에, 완전히 낯선 사람 같기도 했다.

'넌 이틀에 한 번꼴로 문자를 보내고 아무것도 변하지 않은 것처럼 굴어.'

'이러는 건 좀 이상하지 않니?'

아니. 난 좋은 친구가 되어주고 싶었어! 우리 우정을 이어가고 싶었어. 널 돕고 싶었어. 그러려고 노력한 게 왜 이상해?

하지만 어쩌면······ 그래, 이상한 것 같기도.

진짜 내가 미친 건가? 난 사람들과 어울리는 활동을 하지 않았다. 취미도 없었다. 친구도 없었다. 두 사람의 친구라고 스스로 여기긴 했지만, 난 일을 핑계로 그들을 이용했다. 하고 싶지도 않고 도덕적으로 그리······ 대단하지도 않은 일 따위에. 그것도 내 규칙의 일부였나? 날 좋아하고 존중하는 사람들을 일회용품처럼 쓰고 버리는 것이? 어쩌면 에이버리가 옳았는지도 모른다. 어쩌면 난 내가 누군지 전혀 모르는 것 같다.

집에 도착했다. 문을 열었다. 온통 젖은 몸을 이끌고 현관으로 들어섰다.

"누구세요? 마고니?"

부엌에서 엄마 목소리가 들려왔다. 엄마 아빠는 내가 이렇게 일찍 돌아올 줄 몰랐을 것이다.

"나야."

씩씩하게 대답하고 싶었지만 목이 메었다. 엄마 아빠를 피해 곧장 방으로 가야겠다는 생각과 달리 발이 날 부엌으로 데려갔다. 두 얼굴을 보는 순간, 울음이 터졌다.

비싸 보이는 포장 음식을 먹던 부모님은 음식을 입에 문 채로 벌떡 일어나 한달음에 나를 부둥켜안았다. 무슨 일이냐고 묻지도 않았다. 무엇도 해결하려 하지 않고 그저 날 안아주었다. 한동안 우리 셋은 부엌 한가운데 그렇게 서있었다. 식탁에 차려놓은 프랑스식 치킨 요리가 다 식도록 엄마는 내 머리를 토닥여 주었다.

나답지 않은 일이었다. 난 이렇게 흐느끼지 않는다. 졸업무도회 밤에 울지 않는다(진부하잖아!). 부모님이 날 위로하게 두지 않는다. 그러나 이례적인 이날 밤, 두 분은 실로 오랫동안 내게 보이지 못했던 모습을 보여주었다. 평소 나의 부모님은 자식을 '돌볼' 필요가 없었다. 하지만 필요한 때에는 이렇게나 잘했다.

내 울음이 잦아들자 엄마는 내게 (엉망이 된) 드레스를 갈아입게 했고 아빠는 따뜻한 차를 가져다주었다. 옷을 갈아입고서 난 소파에 무너지듯 앉았다. 엄마가 자못 심각한 얼굴로 날 살피며 물었다.

"딱 하나만 물어보자. 너, 무사한 거니?"

"응, 엄마. 난 무사해."

아빠가 물었다.

"우리 도움이 필요하니?"

"글쎄, 그렇진 않을걸. 이건 아무도 도와줄 수 없을 거야."

난 뺨 안쪽을 깨물었다. 참으려고 애썼지만 엄마와 아빠의 얼굴을, 내게 최선을 다하고자 하는 부모님을 보고는…… 결국 거의 전부를 털어놓았다. 내 사업에 대해 부모님이 몰랐으면 했던 면까지 밝혀야 했다. 그리고 아마도 두 분은 앞으로 영원히 새미를 색안경 끼고 볼 수밖에 없겠지.

"모르겠어. 꼭 이런 일을 겪어야 했을까. 내 또래 여자애들을 돕고 싶었고, 나쁜 놈들이 대가를 치르는 걸 보고 싶었어. 그런데 방법을 모르겠어."

"그건 네가 할 일이 아니잖아, 이 애물단지야."

아빠가 날 '애물단지'라 부른 건 일곱 살 때가 마지막이었던 것 같은데.

엄마는 내 머리칼을 조심스레 쓰다듬으며 말했다.

"마고, 넌 내가 아는 가장 유능한 사람이야. 네 아버지랑 나야 우리가 잘 키웠다고 우기고 싶지. 하지만 사실이 아닌걸. 넌 여섯 살 때부터 이런 식이었잖니. 부모를 능가하는, 그래서 부모가 가르칠 게 없는 아이."

왠지 '하지만'이 이어지겠다는 예감이 들었다.

"하지만 네 몸은 하나뿐이야. 네가 모든 걸 다 해결할 순 없어."

아빠가 거들었다.

"넌 판사도, 경찰도, 사회복지사도 아니잖냐. 네가 나쁜 놈이라 부르는 그 아이들을 다루는 건 그들이 할 일이야."

"경찰에 신고하면 뭐 해. 사이버 폭력 문제에서 경찰은 쓸모가 없는데. 그럼 학교에 신고하라고? 학교도 아무것도 안 할 거란 거 알면서."

난 웨이크필드에서 비슷한 일이 벌어졌을 때 가해자 중 아무도 처벌받지 않았다는 사실을 예로 들었다. 섀넌이 어떤 일을 겪었고 벌써 얼마나 변했는지 얘기했다. 공권력 개입은 그녀가 절대 바라지 않는 일이라는 것도.

"그냥 내가 좀 더 생각을 해봐야겠어."

아빠는 끄덕였다. 엄마는 옅은 미소를 지었다. 그들은 강요하지 않았다. 날 설득하려 들지도 않았다. 그저 내가 스스로 결정할 수 있는 공간을 내주었다. 바로 이게 두 분의 양육 방식이었다.

"방으로 갈게. 일단은 좀 자고 싶어."

"잘 생각했다, 얘."

그러고서 엄마는 오늘 밤에만 세 번째로 날 으스러져라 꼭 안았다.

엄마의 어깨 너머로, 고급 요리가 차려진 부엌 식탁이 눈에 들어왔다. 아니, 어른들이 이렇게 귀여워도 되는 거야? 고급 식당에서 포장해 온 음식에, 촛대와 천 냅킨까지? 내가 집에 없는 사이에 둘이서 낭만적인 데이트를 즐기고 있었던 모양이다.

"저 수상쩍게 근사한 저녁 식탁은 뭐야? 오늘 무슨 결혼기념일이라도 돼?"

두 분 결혼기념일은 8월이다. 알면서 모른 척 물었다.

아빠가 하하하, 너털웃음을 터뜨렸고 엄마도 수줍게 웃었다.

"장난해? 내가 없을 때마다 둘이서만 이렇게 차려놓고 먹어?"

그러자 둘의 시선이 나를 향했다. 이번엔 정말 좀 당황한 기색이었다.

아빠가 말했다.

"마고, 오늘 네 엄마 생일이잖아."

맞다. 5월 1일. 와아. 생일 선물이나 축하 인사를 건네지는 못할망정 엄마가 태어난 날조차 잊다니. 오늘따라 여러모로 내 밑바닥을 보게 되는군.

"오 세상에."

다시 눈물이 차올랐다. 언제쯤 돼야 눈물이 고갈돼 탈수증으로 죽을 수 있을까?

"미안해, 내가 왜 이러지. 어떻게 내가…….."

"딸, 속상해하지 마. 일이 많았잖니."

"그건 변명거리가 못…….."

"마고, 네 삶이 나를 중심으로 돌아가길 바랐다면 난 딸이 아니라 개를 키웠을 거야."

묘하게 괜찮은 표현이었다.

아빠가 끼어들었다.

"이 아빠가 잭슨스에서 네 엄마 케이크를 사 왔단다. 내일 다 같이 먹으면서 축하하자, 응?"

가족 포옹이 한 번 더 거행된 뒤 내 방으로 향했다. 엄마는 혹여 내 기분이 더 가라앉을세라 서운한 티 한 번 내지 않고 한없이 상냥했다. 하지만 엄마 생일을 잊은 건 또 다른 문제를 암시했다. 나의 자기중심성이 걷잡을 수 없는 수준이라는 또 하나의 증거였다.

잠옷을 입고 헴스베개를 껴안았다. 너무 피곤해서 뼈마디가 다 욱신거렸고 하도 울어서 뺨이 얼얼했다. 어쩌다 내가 이 지경에 이르렀을까? 어쩌다 엄마와 아빠한테 도와달라고 애원해야 했을 정도로 헤매게 됐지? 이것으로 끝인가? 이게 마지막 일인가? 이것이 최초로 마고 머츠를 두 손 들게 하는 사건이 되는 건가?

트루디 킨도 좌절한 적이 있다. 제15권, 시리즈의 막을 내린 마지막 책에서. (유령) 작가들이 트루디 서사에 어울리는 결말은 그녀의 의지를 꺾고야 말 마지막 사건을 떠안기는 것이라고 결론지었다. 좌절한 트루디는 결국 은퇴하고 결혼하여 아이도 낳는다. '세상의 모든 착한 여자가 결국엔 그리하듯이.'[88] 그 후로 그녀는 영원히 행복하게 살아서, 수많은 젊은 여성이 자신의 꿈을 포기하는 데 귀감이 되었다.

내가 보기엔 다른 어떤 결말도 그보다 끔찍하지는 않았을 것 같다.[89] 나라면 트루디가 호수에 빠져 죽거나 고속도로 요금소에서 정차한 사이 기관총을 맞거나 하는 식으로 그녀의 대장정을 마무리하겠다. 설마 현실에서 내가 그렇게까지 될 리는 없고. 안 그런가?

공권력에 기댄다면 내가 이 사건을 감당할 수 없음을, 즉 패배를 인정하는 꼴이다. 그러나 이대로는 루비도, 사이버 성범죄도 은밀히 존속할 것이다. 노트북을 백 대, 천 대 박살 낸다고 될 일이 아니다. 진정으로 크리스와 똘마니들을 응징하고자 한다면 사이트와 관련된 모든 것을 없앨 게 아니라 오히려 만천하에 드러나게 해야 한다.

하지만 그러면 또 피해자들의 부담이 가중된다. 경찰은 고소를 권할 것이고 나아가 개인이길 포기하라 종용할 것이다. 피해자들이 시간을 빼앗기고 신원이 까발려지고 굴욕을 감수해야 한다. 그러고도 속 시원한 결과를 얻지는 못하겠지. 정의를 좇는 여정은 온통 가시밭길이다. 끝을 보아도 상흔은 남는다.

모든 게 너무 지쳤다. 차라리 부모님 말씀대로라면 좋겠다 싶었다. 그냥 딴 사람에게 전부 넘기고 싶었다. 이 길에서 벗어나고 싶었다.

---

88 제네비브 러셀, 《트루디 킨: 전부 가질 수는 없다》, (NEW YORK: CHAMBERS AND WYTHE, 1931), 263.

89 안주하지 마라. 안주하는 삶이 괜찮아 보이기 시작한다면 영화 〈레볼루셔너리 로드〉를 보길 권한다.

벌러덩 돌아누워 창밖을 내다보았다. 여전히 비가 내렸고 그칠 기미도 보이지 않았다. 하지만 홈통 주둥이가 건물에 닿는 소리를 들으니 마음이 차분해졌다. 바람이 불거나 비가 오면 항상 저런 소리가 나는데 원래 나는 그 소리를 싫어했다. 불규칙한 틱, 티딕, 틱 소리가 못내 신경 쓰여 거슬리기 짝이 없었다. 하지만 오늘 밤엔 반가웠다. 친숙한 소리. 내 삶의 다른 어떤 것보다 한결같은 존재. 나는 이 비가 영원히 그치지 않길 바랐다.

다음 날 아침, 잠에서 깨는 동시에 머리가 쪼개질 듯이 아파왔다. 필수로 챙겨야 할 새벽 6시 30분 커피를 걸렀을 때 찾아오는 딱 그런 종류의 통증이었다. 옆으로 반 바퀴 굴러 핸드폰을 확인했다. 2시 35분. 오후였다. 와우. 정말 늘어지게 잤구나. 이렇게 푹 자본 게 아마…… 처음인 듯?

부엌으로 가서 인스턴트 커피(으윽)를 한 잔 탔다. 그동안 까먹은 시간을 벌충해야겠다고 마음먹은 터였다. 그런데 마침 부모님이 소파에서 십자말풀이를 하고 있는 모습을 보자, '에라 모르겠다' 하는 생각이 들었다. 크리스고 루비고 내 인생 탈선 문제고 간에 월요일까지 기다리라지, 뭐. 일요일은 온종일 가족과 함께 보냈다. 하루 지난 생일 케이크를 먹고, 옛날 영화를 보고, 심지어 화장실 청소도 했다. 난 단순히 머츠 가족의 일원으로서 존재했다. 난 딸이고 인간이었다. 그렇게 일요일 하루는, 천지를 창조한 신이 그랬듯 휴식을 취했다.

CHAPTER 27

정의의 맛을
보여주마

"뭐 이런 좆같은 새끼들이 다 있죠? 개새끼들이네!"

살면서 변호사 몇 명과 대화해 봤다. 그들은 내가 멜라니 P. 스트루트인 줄로 알지만. 대부분은 누구나 예상하듯 정중하고 사무적이며 프로페셔널했다. 캐럴라인 골드스타인은…… 달랐다. 일례로 그녀는 '새끼'라는 단어를 참 많이 썼다.

"하, 새끼들![90] 이거 너무 역겨운데요? 빌어먹을 놈들! 내가 이 씨발 것들을 아주 조져놓을 거야!"

경찰이나 팔머 교장을 찾아가긴 싫다는 내 말에, 엄마는 (건강 힙합 교실에서) 아는 변호사가 집단 소송 전문이라며 한번 만나보라고

---

90 이렇다니까?

권했다. 그런데 엄마가 소개한 변호사는 이런 유의 사이버 범죄 사건에 경험이 전무하다시피 하다며 나에게 다른 변호사를 소개해 줬고 그 변호사가 다시 캐럴라인을 소개해 주었다. 아무래도 온라인 리벤지 포르노 사건 전문 변호사는 극히 드문가 보다. 인터넷이 너무 빠르게 일어난 탓에 법조계는 이제야 막 따라가는 수준이다. (내게는 변명으로 들릴 뿐이다. 진즉에 괜찮은 법률을 만들었어야지!)

난 캐럴라인에게 이메일로 사건의 개요와 루비 링크, 스크린숏 몇 장을 보냈다. 한 시간도 안 돼 전화가 왔다. 그녀의 입에서 나온 첫 마디가 바로 "뭐 이런 좆같은 새끼들이……"였다.

"예, 맞아요. 착한 놈들은 아니죠."

"미안해요, 다짜고짜 너무 열을 냈죠? 지금 사이트를 보고 있거든요."

그녀는 통화 중에도 화면을 스크롤하며 연방 중얼거렸다.

"이 새끼들. 하, 새끼들!"[91]

곧이어 그녀는 사납게 자판을 두드리며 물었다.

"그래, 앞으로 나서줄 피해자는 몇 명이죠?"

앞으로 나서줄 피해자라. 역시. 이때까지도 난 피해자들, 특히 새년을 내세우지 않고 크리스를 형사 처분할 방법이 있으리라 희망했다.

"음, 증거가 충분한데요. 하드드라이브랑 통화 기록 등등 제가 확보한 증거들이면, 어, 굳이 피해자가 나서지 않아도 되지 않을까요?"

---

91 흡사 호도르가 "호도르" 하듯이(호도르는 미국 드라마 〈왕좌의 게임〉 등장인물이며 할 줄 아는 말이 "호도르"뿐이다—옮긴이) 하염없이 "새끼들"을 되뇌었다.

타자 소리가 멎었다.

"그래요. 그런데 있잖아요, 피해자가 고소하지 않으면 사건이 성립하지 않아요. 물론 학생이 그 증거물들을 익명으로 경찰에 제출할 수는 있겠죠. 하지만 그거 다 불법으로 입수한 거 맞죠? 설마 허락받고 크리스의 컴퓨터를 복사했을까."

난 아무 말도 하지 않았다.

"거봐요. 그럼 법정에서 증거로 인정되지 않겠네요. 애석하게도. 하지만 피해자 중에 누구라도 고소할 의지가 있다면 내가 법률 대리인으로서 반드시 이 개새끼들을 처벌받게 해줄게요. 그리고 이건은 '프로 보노'로 진행됩니다. 즉 수임료를 청구하지 않을 거란 얘기예요."

"아, 좋네요!"

나도 프로 보노의 의미를 아주 잘 알고 있었다.

"좋아요. 그러어어엄, 아이고. 30분 후에 재판이 있네요. 아무튼 피해자들 확보하면 연락 주세요. 바로 회의를 잡도록 하죠. 자! 가해자들 꼭 처벌받게 합시다![92]"

그길로 통화가 끊어졌다.

가득 찬 빨래통을 든 엄마가 욕실 안으로 머리를 빠끔 들이밀었다.

"어떻게 됐어? 이 변호사는 뭘 좀 알고 말하던?"

"응. 그런 듯. 첫인상이 강렬하네. 좀 무섭기도 하고."

"그럼…… 이제 그분이 네 새로운 역할 모델?"

---

92 놀랍게도 이때는 "새끼들"이라고 하지 않았다. 기회를 깜빡 놓친 것 같다.

"하하."

난 싱글싱글 웃는 엄마에게 양말을 던졌다.

그러므로 이제는 앞으로 나설 피해자를 찾아야 했다. 우선 새넌에게 문자로 의향을 물었다. 실제로 날 고용한 사람이 그녀니까. 하지만 메시지를 두 번 보냈는데도 답이 없었고, 초조한 마음에 난 켈시들에게도 연락해 보기로 했다. 달콤한 결실은 뒤늦게 올지언정 정의를 위해 기꺼이 싸울 사람이 있다면 바로 그녀들이리라. 먼저 호프먼에게 문자 메시지를 보냈다. 그녀는 재깍 답했다.

> **호프먼** 우릴 엿 먹인 언니를 내가 다시 믿을 것 같아?

'작전명: 실패'[93] 때 바람맞은 일로 아직도 나한테 화가 단단히 나 있었다.

> **마고** 그래, 알아. 하지만 사과할 기회를 주겠니? 닉스 어때?

---

93 나는 아직도 작명 연습 중.

호프먼 좋아.

호프먼 척도 같이 갈 거야.

다음 날 저녁, 닉스에서 파는 음식을 총망라한[94] 접시에 나이트
소스[95]를 듬뿍 끼얹은 '닉스 플레이트'를 가운데 두고 나는 작전을
날린 일을 켈시들에게 사과했다. 새미의 고백에 너무 큰 충격을 받아
심리적으로 무너졌다고 털어놓았다. 하지만 척은 쉽게 받아들이지
않았다.

"그걸로는 해명이 안 돼. 단지 친구가 연루됐다는 이유만으로 그
범죄자 새끼들을 그냥 내버려 뒀다는 거잖아. 진짜 어이없어, 언니."

"알아. 정말 미안해. 그냥…… 한순간에 무너지더라. 새미 오빠는
말하자면 내 유일한 친구였으니까."

내 약한 모습에 켈시들은 마음이 좀 누그러지는 기색이었다.

"하지만 나도 동의해. 내 친구였다고 해서 그 오빠가 한 짓을 용서
할 수는 없지. 혼자만 빠져나가게 둘 생각은 없어. 그런데 그게 문제
야. '어디'에서 빠져나간다는 거지? 우린 크리스, 카일, P-보이의 컴
퓨터를 남몰래 망가뜨리고 루스벨트 비치스를 삭제할 계획이었어.
맞지? 하지만 남몰래 그렇게 해봤자 놈들한테 큰 영향이 있을까? 아

---

94 스파게티와 핫도그처럼 조화로울 수 없는 음식들을 마구잡이로 때려 넣었다.

95 아침 메뉴용 '닉 소스'와 저녁 메뉴용 '나이트 소스'는 이름만 다를 뿐 똑같은 소스다. 이 식
당이 잘하는 거라곤 소스 하나뿐인데, 이게 참! 기똥차게 잘한다!

무렇지 않게 돌아다닐걸? 그러니까 내 말은, 노트북이 아니라 놈들을 응징해야 하는 거 아니냐고."

켈시들은 끄덕였다. 난 양파 튀김을 나이트/닉 소스에 푹 담그고서 말을 이었다.

"리벤지 포르노 사건을 전문으로 다루는 변호사하고 얘기를 해봤어. 기꺼이 이 건을 맡아서 그 '개새끼들'을 꼭 처벌받게 하겠대. 물론 새미도 포함해서. 하지만 우선 사이트에 올라간 사람들이 나서줘야 한대."

둘은 1분쯤 아무 말 없이 앉아있었다.

"무리한 부탁인 건 알아. 변호사 말로는 몇 달이 걸릴 수도 있다더라."

내 말에 호프먼이 물었다.

"몇 달씩이나?"

"응. 게다가 변호사와 경찰의 심문에 시달리기도 할 거고, 재판으로 갈 경우 증언대에 서야 할 수도 있고."

척이 물었다.

"고소하겠다고 나서는 피해자가 한 명도 없으면?"

"그럼 그걸로 끝이겠지, 아마. 피해자가 없으면 범죄자를 재판에 회부할 수 없대. 그러니까 뭐……."

난 튀김을 반 베어 먹었다.

척이 또 질문하려고 하는 순간 호프먼이 나섰다.

"아, 몰라. 내가 할게."

난 그녀와 시선을 맞추고 다시 한번 확인했다.

"억지로 시키고 싶지는 않아. 모든 과정이 지옥일 수 있으니까. P-보이는 집이 부자야. 카일 아빠는 변호사고……."

"아, 돈이고 지랄이고 다 처바르라고 해. 상관없어."

척이 조심스레 그녀에게 말했다.

"처음엔 남들이 알게 되는 게 제일 두렵다고 했었잖아, 너."

호프먼은 어깨를 들썩했다.

"그랬지. 하지만 창피해서 숨고만 싶었던 시기는 지났어. 지금은 너무 화가 날 뿐이야."

난 안심하며 머리를 주억였다. 척은 잠시 더 고민하다 탄산수를 한 모금 마시고 비로소 용기를 냈다.

"그럼 나도. 같이해. 내 경우는 달랑 사진 한 장 올라간 데다 그렇게 심한 사진도 아니거든. 그래도 도움이 된다면, 해볼게."

닉스를 떠나기 전 나는 두 사람에게 결정을 번복할 기회를 한 번 더 주었다. 그러나 켈시들은 한 치 흔들림도 없었다. 사이트와 관련된 모든 것에 진절머리가 나서 이제는 정면으로 부딪쳐 볼 각오가 섰다고 했다. 난 음식값을 지불했다.

호프먼과 척의 확답을 받고 일말의 희망을 얻은 나는 퓨리 대화방에 메시지를 올렸다.

> **마고** 개성 강한 변호사랑 얘기하는 데 관심
> 있는 사람?

이어서 좀 전에 켈시들에게 얘기한 그대로 자세한 사정을 설명했다. 처음엔 아무 반응도 없었다. 이 대화방이 생긴 이래 처음 있는 일이었다. 이 방이 경제학 스터디 모임 대화방(즉 대부자금설에 관한 글세 개가 전부인 대화방)만큼이나 조용했다. 그러나 얼마 후 타티아나 알바레스가 응답했다.

> **타티아나** 난 해볼래.

이를 시작으로 하나둘 퓨리들의 응답이 올라오기 시작했다. 예상한 대로 반응은 다양했다.

> **제스** 안 돼. 미안해. 아무래도 난 안 되겠어.

> **미셸** 생각할 시간이 필요해. 섣불리 덤빌 일
> 이 아닌 것 같아.

> **애비** 그 변호사 웹사이트를 봤어. 난 낄게.

세라 절대 안 돼. 분명 엄마가 보게 될 거야. 너무 적나라하단 말이야. 난 못 해.

타이라 애써준 건 고맙지만 난 빠질래.

몇 명이 더 합류하겠다고 했다가 며칠 뒤 겁이 났는지 발을 뺐다. (나서지 않겠다고 하는 피해자들을 탓할 수는 없었다. 그녀들은 여전히 학교에 다녔고 세상을 마주했으니까. 숨지 않는 것도 일종의 용기다.) 그 주 주말까지 총 아홉 명이 고소장에 이름을 올리는 데 동의했다. 루스벨트 비치스를 끝장내기 위해 자신의 평판을 걸고 용감히 나서준 여성들이었다.

그러나 그때까지도 섀넌은 묵묵부답이었다. 내 문자 메시지와 DM에 아예 답신하지 않아서 날 점점 더 불안하게 했다. 캐럴라인에게 이 사건을 맡기는 걸 그녀가 반대할지도 모르는데 내 멋대로 밀어붙일 수는 없는 노릇이었다.

학교 마지막 주, 드디어 섀넌이 답신을 보내왔다. 우린 약속을 정하고 그린바움에서 만났다. 난 그녀에게 스콘이나 머핀 중에 먹고 싶은 걸 고르라고 했다.

"별로 배고프지 않아. 고마워."

섀넌의 모습은 먼젓번에 만났을 때와 거의 똑같았다. 여위었고 지쳐 보였다. 그녀를 조금이라도 더 힘들게 할 일은 정말이지 하고 싶지 않았지만 역시 나는 이 사건을 캐럴라인에게 넘기는 데 희망이 있다고 보았다. 난 긴장한 채 스콘과 머핀을 조금씩 뜯어 먹으며 최선을 다해 그녀를 설득하기 시작했다. 캐럴라인이 누구고 나와 어떤 이야기를 나눴는지 전하고, 지금까지 아홉 명의 퓨리가 고소 의향을 밝혔으며 나 또한 진정으로 이것이 우리의 최선책이라 믿는다고 말했다.

마지막으로, 그녀가 내 진심을 알 수 있도록 눈을 맞추었다.

"하지만 날 고용한 건 언니야. 고소든 뭐든 언니가 하지 말라고 하면…… 안 할게. 변호사님한테 연락해서 이 일은 진행하지 않겠다고 할게. 언니가 원하지 않는 일은 아무것도 하지 않을 거야."

섀넌은 줄곧 일회용 설탕 봉지를 만지작거리고 있었다. 하염없이 봉지를 뒤집고 또 뒤집길 반복할 뿐이었다. 내 얘기를 제대로 듣기는 한 걸까. 난 조심스레 그녀를 불렀다.

"언니?"

그녀가 설탕 봉지를 손에서 놓았다.

"미안. 나는 음…… 생각 중이야."

"응, 천천히 생각해 봐."

그녀는 눈을 비비더니 이윽고 입을 열었다.

"두 달 전에도 네가 경찰에 신고하자고 했었잖아. 난 싫다고 했고. 그런데 이번에는…… 변호사한테 일을 맡기자고? 그럼 누가 됐든 이 일을 경찰에 알린다는 거네?"

"그러니까, 변호사님이 올버니 지방 검찰청에 고소장을 제출하면 검찰이 경찰과 공조하는 식이 되겠지만…… 맞아. 기본적으로 우린…… 원점으로 돌아가는 셈이야."

나는 스콘을 입에 더 넣었다.

새넌이 웃음을 터뜨렸다. 그러고는 두 손으로 이마를 짚었다. 아마 너무 많은 일을 겪은 탓이겠지. 그녀가 나를 고용한 건 조용히 사이트를 없애고 싶어서였다. 나더러 대신 복수해 달라고 한 적도 없고, 공개적인 복수는 더더욱 바란 적 없었다. 끈덕지게 정의를 들먹인 건 그녀가 아닌 나였다. 어쩌면 그녀는 내 생각에 동의하지 않았나 보다.

그런데 느닷없이, 그녀는 손바닥으로 테이블을 탕 내려치며 선언했다.

"좋아. 해보자."

"정말? 확실해? 왜냐면 앞으로 나선다는 게 어떤 의미인지 언니가 온전히 이해했으면 하거든. 우선 언론이 가만있지 않을 텐데 그러면……."

"알아, 마고. 정말이야, 그걸 얼마나 많이 생각했는데."

그녀는 너무나 슬퍼 보였다. 하지만 너무 슬픈 것에 질려버린 듯도 했다.

"네가 그걸 없애주기만 하면 난 새 삶을 시작할 수 있을 거라 생각했어. 하지만…… 역시 그렇게 될 일이 아닌 것 같아."

"언니 엄마는 어떡하고?"

"얼마 전부터 심리 상담을 받기 시작했어. 상담사는 엄마한테 털어놓는 게 좋을 것 같대. 그래서 나도 어찌 되든 엄마한테 얘기하려고 마음의 준비를 하고 있어."

그녀는 손을 뻗어 스콘을 한 입 베어 물었다.

난 점잖게 사심 없는 모습을 보이고 싶었지만 어떻게 해도 들뜬 속내를 감출 길이 없었다. 심지어 소리 내어 "후유!" 하고 안도의 한숨을 토했나 보다. 섀넌이 피식 웃으며 이렇게 말했으니까.

"내가 끝까지 싫다고 하면 어쩌려고 했어?"

"솔직히? 나도 몰라."

이어지는 주말, 나는 열 명의 퓨리와 함께 세인트폴 스트리트에 있는 캐럴라인의 비좁은 사무실을 찾았다.

캐럴라인의 사무실은 '철거 직전의 건물'이라고밖에 표현할 수 없는 분위기를 풍겼다. 천장엔 누수 얼룩이 있었고 창문형 에어컨에선 이따금 쩔걱쩔걱 소리가 나서 캐럴라인이 10센티 구두 굽으로 콱 차야 잠잠해졌다. 내가 만든 가상의 변호사 멜라니 P. 스트루트의 어깨가 으쓱해지는 느낌이었다. (적어도 멜라니는 문구류를 갖추었으니까!) 쓱 둘러보니 나 혼자만 변호사 선임을 재고해야 하나 고민하는 게 아니었다.

그러나 캐럴라인이 이야기를 시작하자 모두가 마음을 놓았다. 그녀는 똑똑하고 직설적이었으며 리벤지 포르노 관련 법에 해박했다. 무엇보다도, 이 일에 분노했다.

"일단 나쁜 소식은, 앞에 '사이버'란 단어가 붙은 범죄는 기소하기가 여간 골치 아픈 게 아니라는 거예요. 끈기와 협조, 인내가 필요하죠. 이게 정확히 왜 범죄인지, 그 뭐냐, 그 짓궂은 짤방 같은 거랑 어떤 면에서 엄연히 다른지 명확히 소명해야 하니까요."

에어컨이 찔걱하자 그녀가 지체 없이 발로 찼다. 애비 더빈이 유독 불안한 얼굴이었는데 아마 캐럴라인과 가장 가까운 자리에 있어서였을 것이다.

"하지만 선례가 있다는 좋은 소식도 있답니다. 참 슬픈 현실이긴 한데, 이런 유의 리벤지 포르노는 사실 흔해요. 고등학생들 사이에서도요. 여자가 남자한테 뭘 보낸다. 남자는 여자의 동의 없이 그걸 공유하여 악용하고 돌이킬 수 없는 피해를 입힌다. 내가 남자를 뒤쫓는다. 왜냐, 그건 씨발 범죄니까."

타티아나가 허리를 바짝 세웠다.

"그럼 우리한테도 기회가 있다는 말씀이세요?"

"옙. 그렇지만 유죄 선고를 장담한다는 건 아니고. 그건 대부분, 판사가 몇 살이고 기술을 얼마나 아느냐에 달렸답니다. 하지만 이 개쓰레기들을 처벌할 수 있게 내가 할 수 있는 건 다 할 거예요. 이거 하나는 장담합니다."

말을 맺은 캐럴라인은 극적인 효과를 내듯 손바닥으로 책상을 쾅 내려쳤다. 그 바람에 켈시 척이 헉, 숨을 삼켰다.

새넌이 물었다.

"혹시 변호사님이…… 당장에 조치해 주실 수 있는 게 있을까요? 이를테면 제 알몸 사진이 뭐, 지금 당장 내려간대도 전 괜찮은데."

"물론이죠. 여기서 얘기가 정리되는 대로 내가 크리스 하인츠, 카일 커클랜드, 피터 부코스키한테 정지 명령을 발부할 거예요. 그놈들 부모 앞으로요. 그런 다음 그 부모들한테 전화해서 당신들 자식이 정확히 어떤 문제에 처했고 얼마나 개쓰레기인지[96] 똑똑히 알려 줄 거예요. 아주 내가, 놈들이 저지른 천벌 받을 짓을 낱낱이 까발릴 거야. 물론 결과를 장담할 수는 없지만, 경험상 어지간하면 효과가 있어요."

질의응답이 이어질수록 캐럴라인을 향한 퓨리들의 신뢰가 두터워졌다. 범죄 피해자가 되어 희롱에 시달리고 수치심에 치를 떨며 몇 달을 보낸 모두가 갑자기 기운을 되찾았다. 이들 젊은 여성은 더 이상 숨지 않을 것이다. 그저 모든 게 사라지길 바라기만 하지도 않을 것이다. 굳세게 맞서 싸울 것이다.

회의가 끝나고 캐럴라인은 나를 제외한 모두를 사무실 밖까지 배웅했다.

퓨리들을 보내고 돌아온 그녀가 말했다.

"전에도 말했지만 학생이 준 하드드라이브는 기가 막히게 유익해. 하지만 또한 기가 막히게 증거 능력이 없고."

그러고서 짝다리를 짚었다.

"실제 코딩을 한 애가 따로 있다고 했지?"

"네, 그랬어요."

"그 친구가 증언해 줄 수 있을까? 나머지 놈들의 연루 사실을? 도

---

96 오늘 캐럴라인은 평소 즐겨 쓰는 '새끼'보다 '개쓰레기'가 더 입에 붙는 모양이었다.

움이 될 텐데."

난 어깨를 으쓱했다.

"그건 모르겠어요. 이제 서로 연락을 안 해서."

나도 이만 사무실 문으로 향했다. 내심으론 캐럴라인이 날 불러 세우길 반쯤 기대했는데 그녀는 더 이상 아무 말도 하지 않았다. 난 그대로 그녀의 사무실을 빠져나갔다.

그녀와 퓨리들의 첫 만남은 기대 이상이었다. 캐럴라인은 유능해 보였고 이 사건에 신경을 많이 쓰는 것 같았다. 열 명의 고소인단도 적극적이었다. 정황상 난 기운이 넘쳐야 했다. 하지만 새미 생각을 떨쳐낼 수 없었다. 캐럴라인이 바라 마지않을 모든 증거가 그에게 있었다. 그는 유익하면서 법적 효력도 있는 증거를 합법적으로 전달할 수 있었고, 나아가 어쩌면 감형을 받게 될지도 몰랐다. 솔직히 나는 그의 감형이 과연 정당한지가 의문일 따름이었다.

그날 저녁, 난 거의 아무것도 먹지 않고 매시트포테이토를 다양한 모양으로 뭉개기만 했다(언덕, 무덤, 언덕처럼 생긴 신발……. 그러고 보니 언덕만 만들 수 있는 것 같다). 제발 도와달라는 무언의 외침이었다. 결국 보다 못한 엄마가 나서주었다.

"딸, 엄마 아빠랑 얘기하고 싶은 게 있니?"

난 다시 한번 감자를 둥그스름하게 모아다 한 입 떠서 먹었다. 그런 다음 아빠와 엄마의 생각을 물었다. 새미를 어떻게 하면 좋을까? 그에게 기회를 준다면 친구라서 봐주는 셈이 될까?

아빠는 미트로프를 입안 가득 문 채로 대답했다.

"그럴 수도. 하지만 그렇다고 그게 옳지 않은 일이 되는 건 아니라고 본다."

엄마도 동조했다.

"걔가 협조적으로 진술해 주면 크게 도움이 될걸? 그 뭐냐, 섹스팅…… 포르노…… 사건? 명칭은 잘 모르겠다만…… 좌우지간 이런 사건은 유죄를 증명하기 어려울 것 같은데, 맞지?"

"응. 그런 것 같아."

난 접시를 포크로 톡톡 건드렸다. 그렇다면 새미와 얘기를 해봐야 한다는 뜻인데…… 차마 엄두가 나지 않았다. 하지만 부모님 논리가 타당했다.

"흠. 엄마 아빠한테 더 자주 도움을 청해야겠네. 왜 진즉 안 그랬나 몰라."

"아무렴 불법이 일인 네 부업 얘기를 우리한테 떠벌리고 싶었을까. 그나저나 우리, 할 얘기가 남았지? 너도 벌을 받아야 해. 얼렁뚱땅 넘어갈 생각은 마라."

아빠는 전혀 위협적이지 않게 버터나이프를 내게 겨누었다.

난 심드렁하게 대꾸했다.

"그럼, 그럼, 여름내 외출 금지에 친구도 못 만나야겠지. 아유, 싫어라!"

부모님이 안쓰러울 지경이었다. 1년 내내 외출 금지였으면 좋겠다 하는 애를 어떻게 외출 금지로 벌할 수 있겠는가?

엄마가 말했다.

"흐음. 벌다운 벌을 찾아낼 거야. 두고 봐."

난 '알아서 하십쇼'라는 듯 두 손을 번쩍 들어 올렸다. 에이버리가 말씨름에서 이길 때마다 하는 아주 약 오르는 몸짓이었다. 건방진 행동이었지만 나도 모르게 그러고 말았다. 아이씨, 에이버리 이 자식! 네 버릇은 너 혼자 간직하라고!

저녁 식사를 마친 뒤 새미에게 전화를 걸었다. 예상대로 받지 않아서 음성 사서함에 메시지를 몇 통 남겼다. 너무너무 나쁜 선택을 했지만 그 자신을 일부나마 되찾을 기회를 주었다. 왜냐면 그게 옳은 일이었으니까. 그리고 어쩌면, 여전히 그를 친구로 여겼으니까. 어쩌면.

그는 전화 대신 그날 밤늦게 문자를 보내왔다.

새미 알았어.

CHAPTER 28

사과 여행

다음 주면 여름방학이어서 모두 오전 수업만 받고 일찍 하교했다. 루스벨트 비치스 일을 유능한 전문가의 손에 넘기고 자유로워진 내 손은…… 할 일이 없었다.

그렇지만 마음이 어수선했다.

새미에게 남긴 나에 관한 기억이 못내 마음에 들지 않았다. 그에게 옳은 일을 할 기회를 준 건 기뻤다. 그래도 뭔가 어긋난 느낌이었다. 6년이 넘는 세월을 친구로 지내오는 동안 그를 대한 내 방식이 후회되었다. 크리스의 사악한 머릿속에 루비의 영감이 떠오르기 한참 전부터 난 새미에게 좋은 친구가 못 되었다. 새미가 나 때문에 심히 나쁜 선택을 한 건 아니지만, 그를 당연한 존재로 취급했다는 점에서 내게도 책임이 있었다. 이래 봬도 난 내 잘못을 인정할 줄 아는 인간이다.

그래서 그에게 사과하기로 마음먹었다. 그는 나쁜 놈이었고 나에게 말할 수 없이 큰 실망을 안겼다. 하지만 그건 내가 어찌할 수 있는 게 아니었다. 난 나의 행동만을 어찌할 수 있을 뿐이다.

새미가 선호하는 연락 방식은 문자 메시지였다. 난 우울한 양심의 가책을 느끼며 내가 하고픈 말을 모두 적어 그에게 보냈다.

> **마고** 정말 미안해. 친구로 지낸 지난…… 6년? 10년? 동안 오빠를 함부로 대한 것 같아. 오빠는 나한테 늘 좋은 친구였는데 난 오빠를 친구 취급도 하지 않았지.

> **마고** 확실히 난 받은 우정을 되돌려 주는 걸 참 못해. 내가 이렇게 못난 탓에 괜히 오빠가 수모를 겪었고. 오빠를 비디오 게임처럼 내 맘대로 켰다 껐다 할 수 있는 상대로 취급해서 미안해. 지난 2년간 나한테 진짜 친구라곤 오빠밖에 없었어. 나도 오빠를 진짜 친구로 대하고 고마워해야 했는데. 오빤 더 나은 대접을 받을 자격이 있으니까.

> **마고** 언제든 얘기할 마음이 생기면 연락해. 기다릴게.

메시지를 보냈지만 마음은 여전히…… 복잡했다. 두뇌가 상반

된 생각을 한꺼번에 품으면 골치가 아프다. 그는 내 친구였지만 나쁜 짓을 했다. 그렇지만 아주 오랫동안 알던 사람이다. 하지만 포악한 범죄자 집단을 도왔다. 그래도 실은 정말 착한 사람이다. 하지만 나쁜 선택을 했다. 하지만, 하지만, 하지만……. 복잡했다.

지난 3월에 젠지에게 노트북을 돌려주면서 '사과 여행'에 대해 물어봤다. 그녀의 노트북에 저장된 일기에서 본 내용이었다. 그녀는 사과 여행이 "내 삶을 바꿨다"면서 "영혼이 정화된 느낌"이라고 했다. 그 덕에 "몇 년 만에 단잠을 잤고" "몸무게도 2킬로나 빠졌다"고 했다. 따지고 보면 나도 그런 것들을 바라며 새미에게 사과한 것이었다. 웬만한 마음의 평화와 제발, 단 몇 시간의 잠! 그러나 그날 밤도 내 영혼은 여전히 더러운 느낌이었고 마약쟁이라도 되는 것처럼 이리저리 뒤척이며 잠을 설쳤다. 이러다 이까지 우수수 빠지는 것 아닐까. 이건 내가 기대했던 잠이 아니라고, 젠지!

하지만 어쩌면 충분하지 않았기 때문인지도 모른다. 그렇잖은가, 살면서 내가 실제로 누군가에게 "미안하다"고 말한 적이 몇 번 있기나 했던가? 평소 양심에 걸리는 일이 있어도 본능적으로 더 세게 방어해서 도리어 결국 상대방이 사과하게 만들곤 했다. 알다시피 그건 썩 괜찮은 삶의 방식이 아니다.

그래서 나도 사과 여행에 나서기로 했다. 그러면 비로소 내 양심이 티끌 한 점 없이 깨끗해지겠지.

나는 또 한 번 명부를 작성해야 했다. 이 명부에 오를 이들은 무심코 그랬든 다분히 의도적이었든 간에 내가 억지 강요를 했거나 거짓

말했거나 상처 준 사람들이었다. 나는 '명부'를 열고 거기 있는 1,100여 명의 이름을 쭉 훑어보았다. 하지만 내가 이름마다 달아놓은 간결한 정보와 고약한 메모를 하나하나 보면서 이 명부는 도움이 되지 않음을 깨달았다. 이건 주관적인 판단과 일반화로 점철된, 같은 학교 아이들을 숫자로 바꿔놓은 문서에 지나지 않았다. 난 그들을 숫자가 아닌 인간으로 봐야 했다. '명부'를 삭제했다.

그리하여 문서가 아닌 옛 기억을 이용해 내가 잘못한 사람들 명단을 손으로 써서 만들었다. 그런 다음 여정에 나섰다. 첫 상대는 켈시들이었다. 그녀들은 닉스에서 이미 사과하지 않았느냐며 핀잔을 주었다. 나더러 "사과해 놓고 또 사과하려 든다"며 "기어이 확인을 받아야 직성이 풀리냐"고 했다. 다시 말해 그 애들은 날 용서하는 중이었다.

다음은 베스였다. 내 두 엄지가 허락하는 한 가장 유려한 사과 메시지를 찍었다. 끊임없이 문자를 보내고 이 1:1 대화방을 일기장처럼 써서 미안하다고 했다. 네가 거기서 잘 살고 있어 기쁘다고, 네가 무엇에서 벗어나고자 했는지 알 것 같다고 했다. 긴 사과문 끝에, 이것이 너에게 보내는 마지막 문자일 거라고 적었다.

하지만 메시지를 작성하자마자, 그녀가 내게 제발 그만두라고 사정한 게 바로 이런 짓임을 깨달았다. 길고 감정적이며 두서없는 문자 메시지를 보내는 것. 아무리 사과 문자라 해도 이건 그녀를 불안하게, 분노케 할 것이었다. 좀 더 차분하게, 최대한 감정적이지 않게 몇 번을 더 고쳐 썼지만 어떻게 해도 '이 정도면 됐다' 하는 느낌이 들지 않았다. 그녀가 내 사과를 청한 게 아니었기 때문일 것이다. 그녀는 자기를 내버려 두라고 했다. 결국 그렇게 하는 것이 내가 할 수 있는 최선의 사과였다.

난 메시지를 전송하지 않고 삭제했다. 연락처 목록에서 베스를 삭제했다.

마지막 인사가 꼭 내 몫일 이유는 없었다. 세상 모든 것이 나로 귀결되는 건 아니다. 난 그녀를 놓아주었다.

그래서 어떻게 됐느냐고? 나만의 명단을 만들고 베스를 내 핸드폰에서 삭제하고, 그랬더니 기분이…… 훨씬 나빠졌다. 하아. 하지만 어쩌면 그것이 사과의 핵심은 아닌지도 모른다. 그 목적이 순전히 본인 기분을 달래는 것만은 아닌지도. 사과란 사심 없이 그냥 해야 하는 것이다.

혹은…… 어쩌면…… (잘 들어라) 내가 아직 충분히 사과하지 않았기 때문에? 어쩌면 내 사과를 받아야 할 사람이 여전히 많기에 아직 내가 젠지처럼 삶이 바뀌고 군살까지 빠지는 경지에 이르지 못한 것인지도.

난 여행을 계속했다. 내가 떠올릴 수 있는 모든 이에게 차례차례 사과했다.

해럴드, 젠지, 대니에게 컴퓨터를 해킹해서 미안하다고 했다. 젠지는 내가 루비를 무너뜨리려 한다는 얘길 들었다면서 오히려 응원해 주었다. 대니도 꽤 너그럽게 받아들여 주었다(고 나는 생각한다. 실은 별말이 없었다). 하지만 해럴드는, 아니나 다를까 굉장히 생색을 냈다. 사생활 보호와 발언의 자유를 운운하고 '거짓말쟁이는 사탄의 수

족'이라나 뭐라나 하며 나에게 일장 연설을 늘어놓았다. 한마디로 이 때다 하고 나에게 침을 튀겨대는 격이었으므로 난 좀 흘려들었다. 게다가 그의 설교가 위선적이라는 생각을 좀처럼 떨칠 수 없었다. 그가 루비에서 내려받은 사진과 동영상, 그가 여자애들에게 익명으로 보낸 음란 메시지 그러고도 아무런 처벌도 받지 않은 사실이 자꾸 떠올랐다. 마침내 그는 팔머 교장과 관련 당국에 알릴 수도 있으며 자기 아빠가 프리메이슨이니 각오 단단히 하라고 윽박지른 뒤 기세 좋게 발을 쿵쿵 구르며 가버렸다.

그다음엔 블라이 쌤에게 사과하려 했는데 아무리 생각해도 사과할 게 없었다. 그래서 대신에 그녀가 나에게 '모른 체하라'고 찔러준 300달러를 가족계획연맹에 기부했다. 블라이 쌤의 불륜 덕에 유방암 검사를 받고 피임을 할 수 있을 여성들을 생각하니 내 가책도 가벼워지는 느낌이었다.

전진, 앞으로! 난 엄마 아빠에게도 사과했다. 부모님 은혜를 당연한 것으로 여겨 죄송하고 내 사업의 몇 가지 면면을 숨겨서 죄송하다고 했다. (두 분은 아직도 나에게 적합한 벌을 궁리 중이었다.[97]) 리처드 삼촌을 게타노에서 만나 가족들 모인 자리에서 항상 차갑게 굴어 죄송하다고 공손히 말했다. 도리어 삼촌은 세탁소 사업에 실패해 미안하다고 진심으로 사죄해 날 놀라게 했다. 보아하니 그도 바닥을 치고 회복 중이어서 그 나름의 사과 여행을 하고 있는 모양이었다.

---

[97] 마침내 공표하는 시점까지도 결론을 내지 못했다.

난 여세를 몰아 쭉쭉 나아갔다. 아무것도 사지 않고 화장실을 이용해서 미안하다고 동네 바리스타에게 사과했고, 학교에 무단으로 침입해서 미안하다고 월요일과 수요일에 근무하는 경비원에게 사과했고, 자주 전화하지 못해 미안하다고 할머니에게 사과했다. 심지어 브라이턴의 일라이제 브라운에게도, 내가 너인 척한 것이 요로 감염증 소문의 진원지였다고 자백하며 사과했다. 사람들의 반응은 대체로 비슷했다. "음. 그랬니?"

그렇게 일주일을 보내고 나니 분명해졌다. 사소한 사과를 무수히 하고 다니는 것이 중요한 사과 하나를 피하는 데 도움이 되고 있었다. 에이버리. 내 사죄를 받아 마땅한 사람으로 치면 모든 이를 통틀어 단연 그가 으뜸이었다. 난 그를 속이고 그의 친절을 이용하다 끝내 상처를 주었다. 내가 하는 일이 그의 감정보다 중요하다고 믿었기에. 또는 그는 부자이니 감정도 돈으로 살 수 있을 거란 지레짐작으로. 하지만 두 가지 모두 사실이 아니었다. 변명의 여지 없이 내가 나빴고, 그에게 진심 어린 사과를 빚졌다.

하지만 그에게만은 도저히 사과할 수 없었다. 부담감이 워낙 커서 처음엔 단순히 미루다가 이내 병적인 강박으로 발전했다. 그래도 두 번 시도했다. 버스를 타고 그의 동네로 가 그의 집까지 걸어가서는…… 계속 걸었다. 그저 산책 중인 친절한 동네 이웃인 것처럼. 이제껏 내 사전에 '미루기'란 없었다. 시간 낭비라면 질색이고 미루기는 말 그대로 시간 낭비다.

일요일 아침, 48시간 사이 세 번째로 M10번 버스에 올랐다. 에이버리가 사는 어텀 힐스까지는 약 45분 거리였다. 버스가 트리니티 타워에서 멀어질 때 난 다짐에 다짐을 거듭했다. 이번에는, 이번에야 말로 기필코 사과를 하리라. 그에게 사과하길 자꾸 피하지만 실상 이렇다 할 이유도 없지 않은가. 22.5번에 달하는 내 사과 경험으로 배운 유일한 교훈은, 사죄란 예술이 아닌 기술이라는 점이었다. 간단히 "미안하다"고 말하고 왜 미안한지 설명한다. 사과받은 사람이 어떻게든 반응한다. 이게 다다. 이 기술을 에이버리에게도 적용하면 그만인데 난 왜 이렇게 이상하게 구는 걸까? 내가 아는 그는 아마 날 용서할 것이다. 좋은 사람이니까. 그건 섬뜩하거나 수상쩍은 게 아니라 흔치 않은 면모라는 걸 이제는 나도 안다. 이토록 험악한 세상에서 친절함이란 찬양해 마땅한 강점이다. 약점이 아니라. 그러니까⋯⋯ 아마 내가 사과해도 괜찮을 것이다. 그렇지 않은가?

설사 그렇지 않다면, 날 용서할 수 없고 다시는 꼴도 보기 싫다고 한다면⋯⋯ 음⋯⋯ 그래도 감당할 수 있다. 그래 뭐, 힘들기야 하겠지. 헤어진 뒤 좀 심란하기도 했고. 하지만 그건 단지 알고 보니 에이버리가 썩 괜찮은 친구였기 때문이다. 그렇잖은가, 그와 함께하니 미니 골프가 다 재밌었다.[98] 그는 일 때문이든 아니든 내가 거짓말이나 헛소리를 할 때마다 용케 알아채고 지적하는 아주 짜증 나는 버릇을 갖고 있었다. 하지만 그건 에이버리가 상대방의 말에 성실하게 귀를 기울이기 때문이다. 사실상 그래서 그에게 뭐든 말하고 싶어질 뿐이

---

98 해봐서 아는데 미니 골프는 결단코 재미있는 놀이가 아니다.

고. 아울러 그의 근육도…… 나쁘지 않은 것 같다. 너무 우람하다고 내가 누누이 말한 건 알지만 본디 근육질 몸이란 본인을 잘 가꾼다는 의미 아니겠는가? 그러니까 결국 좋은 것 아닌가? 자신을 잘 가꾸는 건? 좋은 거? 맞지? 그래, 이러니저러니 늘어놓은 말을 종합해 보면 내가 그를 좋아하는 것처럼 들리겠지만, 아니다. 그를 좋아하니까 이렇게 말하는 것뿐이다.

엇. 뭐라고?

아니다, 안 좋아한다. 말도 안 되는 소리다. 난 그저 그가 친절하고 날 이해하고 내게 덤비고 날 웃게 하면서 내가 재미있다고 해주고 멋있고 내 직업 윤리를 존중하는 게 좋다는 거다. 그저 가끔 그와 키스하는 상상을 하고 키스보다 더한 무엇을 하는 상상도 한다는 거다. 하지만 그렇다고 내가 그를 좋아한다는 얘기는 아니라니까!

아닌 게 아니라…… 그건 내가 그를 좋아한다는 얘기다. 딱 그 얘기다. 난 에이버리를 좋아한다.

마고? 도대체. 너. 왜 이러니?

여기서 다시 한번 에이버리가 옳았음을 깨달았다. 난 내가 누군지 정말 몰랐다. 적어도 내 감정에 대해서는. 사실 그를 사랑하면서 난 그를 혐오한다고 나 자신을 속였다. 오, 맙소사 또 맙소사. 머릿속에서 초인종이 미친 듯이 울려대는 것 같았다. **딩동! 일어나, 마고. 넌 이 녀석을 사랑해.** 난 망설였다. 내 감정을 갓 깨달은 지금 그에게 가서 사과를 할 수 있을까? 아니면 그냥…… 잠깐. 머릿속 초인종? 무슨 비유가 이래? 전혀 들어맞지 않잖아…….

난 또 백일넘에 빠져들었다. 버스에서 어떻게 내렸고 에이버리네 집까지 어떻게 걸어갔는지 전혀 기억나지 않는다. 심지어 아무것도 인지하지 못한 채 멍하니 그의 집 초인종을 눌렀다. 으악.

현관문의 반투명 유리를 통해, 에이버리 형체의 울퉁불퉁한 덩어리가 다가오는 게 보였다. 오 이런. 준비가 안 됐는데. 가슴속 깊이 뿌리내린 사랑의 감정이 지금 막 물씬 느껴지는데, 이래서야 에이버리에게 진심으로 사과할 수가 없잖아! 감정 과부하! 강제 종료! 강제 종료!

이 시점에 내가 선택할 수 있는 길은 얼마 없었다. 1)그가 날 못 보길 바라며 도망간다. 2)그냥 서서, 그의 한쪽 뺨 보조개가 얼마나 예쁜지 생각하지 않으려 애쓰면서 더듬더듬 어찌어찌 사과한다. 3) 관목 덤불에 숨는다.

난 불행히도 3번을 택했다. 그것도 너무 시간이 바특했던 탓에 부랴부랴 뛰어든 (회양목?) 덤불도 고작 허리 높이였다. 어느 모로나 좋은 선택이 못 되었다.

"마고?"

물론 나는 에이버리 눈에 너무나 잘 띄었다.

"어. 응?"

"너 괜찮아?"

"어엉."

난 티셔츠에 붙은 낙엽과 흙을 털며 조금도 예뻐 보이지 않을 몰골로 엉거주춤 일어섰다.

"어디 걸려서 넘어진 거야?"

역시 에이버리는 내가 빠져나갈 구멍을 만들어 주었다. 아니면 그저 자기가 짐작한 대로 확인차 물어본 것뿐인지도 모르고. 하기야 그의 집 앞 덤불 속에 내가 있을 까닭이 달리 무엇이겠는가? 어느 쪽이든 난 그냥 '응' 하고 대답하면 그만이었다. 그렇게 대답해야 했다. 하지만 더는 에이버리에게 거짓말하고 싶지 않았다. 내가 온 이유가 바로 그것이었으니까. 난 사실대로 고했다. 마음 같아선 평생 비밀로 간직하고 싶은 굴욕적인 사실을. 있는 그대로.

"아니, 솔직히 너한테 사과하려고 왔어. 그런데 갑자기…… 겁이 나서, 여기 덤불 속에 숨으면 내가…… 안 보일 줄 알았던 것 같아."

에이버리는 멋쩍게 뒷머리를 긁었다.

"그랬구나."

내친김에 다 말할 뻔했다. 널 좋아한다고. 널 향한 감정에 어쩔 줄을 모르겠다고. 더 일찍 깨닫지 못한 나 자신이 원망스럽다고. 하지만 어디까지나 난 사과를 하러 온 것이었다. 그를 되찾기 위해 온 게 아니었다. 오롯이 내 잘못을 빌어야 했다.

에이버리는 묵묵히 기다렸다. 난 무엇을 얼마나 어떻게 얘기해야 할지 생각하느라 좀처럼 입을 뗄 수 없었다. 한참 만에 그가 침묵을 깼다.

"있지, 실은 집에 손님이 있어. 그래서 말인데 이건, 음…… 나중에 해도 될까?"

그러고 보니 그의 발 주위에 신발이 몇 켤레 놓여있었다. 집 안에서 웅성거리는 소리도 들려왔다. 차량 진입로와 집 앞에 주차된 차들도 그제야 눈에 들어왔다. 심지어 목을 쭉 빼고 창문 블라인드 틈새로 우리를 내다보는 사람들도 보였다. 아, 손님이 있었구나. 그래, 그래.

"미안하지만 이것만 말하게 해줄래? 후딱 끝낸다고 약속할게. 이번 주에만 벌써 두 번이나 왔었단 말이야."

맙소사, 마고. 도대체 그걸 왜 말하는데?

"알았어."

그는 친구들을 돌아보며 양해를 구하듯 어깨를 으쓱해 보였다.

"속으로 딴생각을 품고 너랑 사귀어서 미안해. 내 일에 널 이용해서 미안해. 그러면 안 되는 거였어. 넌 그런 취급을 당할 이유가 없는데. 그리고 네 말이 맞았어. 난 생각했던 것만큼 나 자신을 잘 알지 못해. 하지만…… 노력하고 있어. 내가 왜 그런 짓을 하는지 알아내려고 노력 중이야."

그가 뭔가 말할 것 같은 기색이었지만 난 멈추지 않았다.

"그리고 네 어머니 갈라 행사에 가지 않은 것도 미안해! 네가 한두 번 부탁한 것도 아니고, 너한테 중요한 일인 걸 나도 알고 있었어. 당연히 내가 그냥 갔어야 했어."

사과에 탄력이 붙은 것은 좋은데 그만 자제력까지 잃고 말았다. 이제는 멈출 수 없었다.

"중2 때 널 에이버리 비엔나소시지라고 해서 미안해. 넌 비엔나소시지가 아닌데."

"비엔나소시지? 하면……?"

"그러니까, '고추' 얘기였겠지, 아마? 모르겠어. 아무 생각 없이 그랬던 거라."

"그래. 어⋯⋯."

"아, 하나만 더! 네가 너무 착해서 소름 끼친다고 생각한 것도 미안해. 그건 너보다 내가 어떤 인간인지 알려주는 단적인 예겠지. 그리고 부자라고 놀린 것도 미안해. 네가 부잣집에서 태어나길 선택한 것도 아닌데. 그저 부러울 따름이야. 집에 인피니티풀이랑 라크루아 전용 냉장고가 있다니, 멋있잖아."

난 두 손을 옆으로 펼치며 어깨를 한껏 추어올렸다 내렸다.

"이제 됐어. 마지막으로, 파티 방해해서 정말 미안하고. 시간 내줘서 고맙다. 미안해."

그러고서 재빨리 몸을 돌려 가장 가까운 버스 정류장까지 2킬로미터 경보를 속행했다. 그의 대답을 듣기 두려웠다. 그게 용서든 원망이든. 그래서 허겁지겁 내뺐다. 이로써 사과 여행이 끝났고, 내 마음은 악착스럽게도 여전히 복잡했다. 후련하면서 슬펐다. 끝나서 다행이었지만 허탈했다.

아주 잠깐, 실낱같고 비현실적인 기대를 품은 건 사실이다. 에이버리가 따라와 날 돌려세우고 내 사과가 그에게 얼마나 큰 의미인지 말해주지 않을까. 날 용서한다고, 아직 내게 미련이 있다고 고백하지 않을까. 그다음은, 그러니까 키스와 웃음이 오가지 않을까. 잘은 몰라도 함께 느린 춤을 추거나 하지 않을까.

그러나 물론 아무 일도 일어나지 않았다. 그런 결말은 내게 가당치 않았다. 결국 나는 집으로 가는 버스에 홀로 올랐다.

CHAPTER 29

마고 머츠가 현실의 오물을
치워 드립니다

기말시험이 끝났다. 섀넌, 카일, 크리스, 클레어 쥬벨, 해럴드 밍을 포함해 졸업반 학생들은 루비 일이 공개되기 전에 전부 졸업했다. 열받게도.

크리스가 졸업식 연단에서 연행되길 기대했었다. 놈이 졸업장을 받아 들고 객석을 향해 추잡한 동작을 해 보이려는 바로 그 순간에 바람막이 차림의 경찰들이 들이닥쳐 놈에게 철컥 수갑을 채우는 장면을 상상했다. 가족들은 끌려 나가는 크리스를 필사적으로 붙잡으며 "왜 그래? 무슨 일이야?" 하고 울부짖는다. 다음은 객석에 앉아 있던 3학년생 P-보이 차례다. 그 화분 오줌싸개 관종 새끼는 "가짜 뉴스야!" 따위를 부르짖고 몸부림을 치며 저항하지만 결국 경찰차 뒷좌석에 내동댕이쳐진다. 한편 가난하고 힘없는 카일은 그저 운다. 하도 처량하게 꺼이꺼이 울어젖혀서 불쌍해 보일 지경이다. 언론은 이 사건을 신나게 썹어댄다. 〈노스 웹스터 가제트〉는 무려 4회에 걸친 심층 보도로 전국적인 관심을 끌어모은다. 이에 〈디스 아메리칸 라이프〉가 이 사건을 취재하면서 아이라 글래스Ira Glass(미국 라디오 프로그램 〈디스 아메리칸 라이프〉의 진행자—옮긴이)와 세라 케이닉 Sarah Koening(〈디스 아메리칸 라이프〉의 전·현직 제작진이 만드는 팟캐스트 프로그램 〈시리얼〉 진행자—옮긴이)이 내게 인터뷰 요청을 한다. 인터뷰후 그들은 나에게 인턴십을 권하지만 내가 거절한다. (인턴도 정당한 임금을 받아야 한다!)

참! 하나 더. 루스벨트 비치스에 자료를 올렸거나 내려받은 사람들 전원의 명단이 식별 가능한 정도로 크게 인쇄되어 I-490 고속도로의 코스트코 옆 광고판에 나붙는다. 이 또한 전 국민의 관심을 불러일으키고, 곧 체포와 공개 망신, 장학금 취소가 잇따른다. 변태들과 방조자들이 대가를 치른다! 지역 사회와 학교는 치유와 갱생에 돌입한다. 그리하여 내가 졸업할 무렵, 유독한 남성성은 마침내 절멸한다! 영원히!

그러니까, 참으로 근사한 환상이었다.

엄마가 내 환상을 비집고 들어왔다.

"마고? 뭔 생각을 그리 골똘히 하니? 감자는 언제 깎으려고?"

맞다, 내가 깎겠다고 했었지.

"미안! 지금 해!"

난 감자 칼을 집어 들고 리처드 삼촌의 '십시일반 바비큐 파티'에 가져갈 음식의 재료를 손질하기 시작했다. 이미 두 번 연기되어 결국 8월에 열리게 됐지만 실은 '7·4 독립기념일'을 기념하는 파티였다.

루비 건의 실제 해결(인지 아닌지 애매한) 과정은 내 환상보다 훨씬 더 복잡했다. 그리고 훨씬 덜 만족스러웠다.

몇 주에 걸친 검토와 수사 끝에 마침내 크리스, 카일, P-보이가 기소되었다. 재판이 열리려면 앞으로 몇 달은 더 지나야 한다(사실 재판까지 가기나 할지도 미지수다. 캐럴라인 말로는 사전 합의로 끝날 공산이 크단다). 아마 놈들이 교도소에 가는 일은 없을 것이다(크리스는 사건의 주범이므로 어쩌면 몇 달 정도 수감 생활을 할지도 모른다는 희망을 나는 아직 붙들고 있지만). 처벌은 내 바람과 달리 기껏해야 보호 관찰과 사회봉사에 그칠 것 같다고 한다. 다만 학교 행정실에서 크리스와 카일이 합격했던 대학들에 이 사안을 보고했고 대학 측에서 그들의 입학 승인을 즉시 철회했다. 이건 승리라면 승리인데 자못 짜증스러운 승리였다. 왜냐면 놈들이 내년까지 하는 일도 없이 노스 웹스터를 배회할 것이기 때문이다. 이미 동네에서 크리스와 한 번 마주쳤고 그 한 번도 내겐 너무 많았다.

난 아빠 차를 몰고 심부름을 다니던 길이었다. 드라이클리닝할 옷가지를 세탁소에 가져다주고 차로 돌아가다, 날 기다리던 크리스와 맞닥뜨렸다. 안 그래도 건방지고 안하무인인 놈이 이제는 눈에 띄고 거슬리는 액세서리까지 달고 다녔다. 야구방망이였다.

나도 철퇴로 삼을 물건을 찾아 주머니를 뒤적이며 말했다.

"그쪽 다음 인터넷 사업에 투자해 줄 사람을 찾아온 거면 번지수 잘못 짚었어. 아무래도 난 도와줄 수 없을 것 같거든."

"야. 알았어. 내 가짜 졸업앨범 때문에 열 받았다 이거잖아. 너 진지충인 거 잘 알겠다고. 그래도 씨발 내 차는 건드리지 말지?"

"뭐?"

그가 자꾸 다가와서 난 거리를 유지한 채 아빠 차를 에돌아 운전석 방향으로 갔다.

"일주일이 멀다 하고 타이어를 펑크 내잖아! 주유구로 설탕을 들이붓거나!"

"뭔 소리야? 난 모르는 일인데."

정말이지 난 영문을 알 수 없었다.

"여름 내내 동생을 캠프에 태워다 줘야 해. 그러니까 네가 내 차에다 장난을 치면 결국 매디슨이 다친다고!"

동생? 아, 그랬구나. 네놈한테 여동생이 있었어. 당최 상상이 안되네. 하지만 그가 여동생을 방패로 써먹을 거라 상상하는 건 전혀 어렵지 않았다. "재판장님, 한 여성의 오빠인 제가 어찌 루스벨트 비치스 같은 사이트에 연루될 수 있겠습니까?"라고 호소하는 그의 모습이 눈에 보이는 듯했다. 우웩.

"난 네 차 건드리지도 않았어, 이 변태야. 그러니까 그 발찌가 경보를 울리기 전에 곱게 집으로 가라."

크리스의 얼굴이 붉으락푸르락 달아올랐다. 놈이 야구방망이를 쳐들었다. 금세라도 야만인의 정의를 실현할 태세여서 난 잽싸게 핸드폰을 꺼내 온라인 생중계를 시작했다.

"좋아, 어디 해봐, 크리스 하인츠. 인스타그램 라이브로 차 유리를 깨부수라고. 이 영상이 네 재판에 어떤 영향을 미치는지 두고 보자."

크리스는 씩씩대며 방망이를 내렸다.

"넌 존나 씨발 [인간말종들만 사용하는 혐오 표현 단어]이야."

그러고서 방망이를 질질 끌며 가버렸다.

난 차에 올라 심호흡을 했다. 그는 왜 내가 자기 차를 파손했다고 생각할까? (아니, 난 왜 그러지 않았지? 놈이 당황하고 열 받아서 길길이 뛰는 꼴을 보고 싶어 죽겠는데.) 크리스를 눈엣가시로 여기는 사람은 내가 아니어도 쌔고 쌨다. 너무나 절실했던 정신적 휴식을 취하고자 졸업식 이후로 끊었던 퓨리 대화방을 이참에 열어보았다. 내가 들어가지 않은 사이에 쌓인 대화방 메시지는…… 장관이었다. 실수를 가장한 골탕 먹이기(스무디를 쏟은 책가방)부터 명백한 기물 파손(못으로 긁힌 크리스 차, 박살 난 카일의 차 앞 유리, 불붙은 P-보이의 운동 가방!)까지 크고 작은 해코지 사진이 수두룩했다. 피해자들이 모여 각자 한탄하고 서로 위로하던 퓨리 대화방이 지금은 가해자들의 곤경을 공유하는 사진 전시관으로 바뀌어 있었다. 흡사 복수가 주제인 뱅크시 Banksy(자칭 '예술 테러리스트'로서 정체를 숨긴 채 활동하는 세계적인 그라피티 작가이자 사회운동가, 영화감독-옮긴이) 전시회를 방불케 했다. 난 웃었다. 댓글을 달았다. 방금 찍은 크리스 영상을 올렸다. '즐감'들 하시길.

새미 사진은 없었다. 그만은 퓨리들의 복수를 면했나 보다. 아마 캐럴라인 골드스타인에게 협조했기 때문일 것이다. 자신이 가진 증거를 몽땅 넘겼다는 사실이 양형에 반영되어 그는 200시간 사회봉사 명령을 받았다. 그러나 렌셀러 공대 합격이 취소되었다. 내가 마지막으로 (아줌마한테서) 들은 그의 소식은 1년간 지방 단과대학에 다닐 생각을 하고 있다는 것이었다.

내가 사과 문자를 보낸 지 약 한 달이 지난 시점에 마침내 새미가 답장을 보내왔다.

> **새미** 고맙다. 변호사한테 협조하라고 권해 줘서.

'널 용서한다'는 얘기는 없었지만 그가 날 영원히 미워하지는 않으리란 느낌을 받았다. 적어도 내가 그를 생각하고 있다는 사실은 알았을 것이다. 당장은 이 정도로 만족하는 수밖에.

루비를 이용한 사람들, 즉 사진과 동영상을 업로드하고 다운로드한 사람들 대부분은 아무런 처벌도 받지 않았다. 사진을 업로드한 학생 몇 명이 정학을 당했고 사진을 다운로드하여 배포한 남학생 둘은—기대하시라—팔머 교장의 설교를 들어야 했다. 그러나 대다수인 나머지는 아무 대가도 치르지 않았다. 난 이 점이 특히나 불만스러웠다.

아, 다른 여학생을 괴롭힐 목적으로 사진을 다운로드한 2학년 여자애는 예외였다. 그 애는 퇴학을 당했다. 뭐랄까, 남자는 그냥 남자니까 그러려니 하면서 여자에게는 완전히 다른 기준을 적용하는 가 보다.

그렇지만 하나 다행인 점은, 골드스타인이 본인 말대로 유능한 변호사였다는 사실이다. 사건 고소를 진행하고 크리스의 범죄 사실이 주목받게 하는 한편, 고소에 가담했든 그러지 않았든 간에 모든 피해자에게 심리 상담과 지원을 제공하도록 학교를 압박했다. 그 결과 내년부터 학교에 익명 신고제가 도입되고 섹스팅과 당사자 동의에 관한 교육도 더 철저히 시행될 것이라고 한다. 그러니까…… 진일보한 거겠지?

내 역할은 이 일을 캐럴라인과 경찰에 넘기는 것까지였다. 그래서 댄토니 경관의 전화를 받고 무척 놀랐다. 불법 행위로 신고가 들어왔으니 와서 조사를 받으라는 것이었다.

알고 보니 우리의 다정한 친구 해럴드 밍의 분노에 찬 장광설은 단순한 분풀이 연설(마고 얼굴에 침 뱉기)이 아니었다. 절대 가만있지 않으리라 예고한 진짜 협박이었다. 그는 허락 없이 자신의 컴퓨터에 손을 댄 혐의로 날 신고했으며 정식으로 고소하고 싶어 했다. 아빠가 관할 경찰서까지 태워다 주었고 그곳에서 댄토니 경관을 만난 나는 해럴드의 하드드라이브를 복사한 것이 사실이라고 침착하게 자백했다. 아울러 해럴드의 컴퓨터에 루비에서 내려받은 미성년 여성들의 사진과 동영상이 가득하다는 진술도 덧붙였다.

결과적으로 나는 올여름에 사회봉사 40시간을 채워야 하는 상황이다. (해럴드는 100시간을 채워야 한다. 하지만 그 시간을 누가 잰단 말인가?)

그게 전부였다. 사건은 종료되었다. 실제로 다 끝난 것은 아니지만. 법적 조치가 마무리되려면 아직 멀었고 특히 재판으로까지 가게 될 경우 일이 한없이 늘어질 게 뻔하니까. 그렇지만 일단은 한숨 돌렸다.

한동안 적응이 되지 않았다. 내 기억에 고등학교 1학년 때 이후로는 '여가'란 걸 가져본 적이 없었다. 제정신을 붙잡기 위해서라도 MCYF 일을 잡아볼까 하는 생각도 했다. 크리스 고소 건을 주도한 인물이 나라는 소문이 돌자 일거리가 물밀듯 들어왔다. (물론 스탠퍼드 등록금이 저렴해질 기미를 보이지 않기도 했고.) 하지만 자제력을 발휘해 온라인 오물 청소 일을 잠정 중단하고 나와 이 일의 도덕성을 좀 더 고민해 보기로 했다. 지난 일을 돌이켜 보며 성찰의 시간을 가졌다. 지리멸렬한 시도였지만 결국 시간 낭비는 아니었다. 일기도 썼다. 집안일도 더 거들었다. 심지어 일주일에 두 번씩 트리니티 타워 체력단련실의 러닝머신에 올라 심장이 터지기 직전까지 (약 7분간) 걷기도 했다. 나는 조금씩 나아지는 중이었다.

8월이 되어 시청에 '사회봉사'를 신청했다. 요양원에서 노인들에게 책을 읽어주거나 엄마 병원의 환자들을 방문하는 등의 봉사활동을 예상했건만, 막상 내게 주어진 임무는 고속도로 주변에 흩어진 쓰레기를 줍는 일이었다. 내 적성이나 능력에 딱히 들어맞지도 않는. 내가 러닝머신 위를 걷는다고 했지? 장소만 도로변으로 바뀌는 셈이다! 손에 쓰레기봉투를 들고 어슬렁어슬렁 걸어 다니는 게 대체 누굴 위한 봉사란 말인가!

봉사자 대기실에서 몇 가지 장비와 헐렁하게 큰 형광 조끼를 받았다. 조끼를 입은 나는 인생 실격자 겸 안전 고깔처럼 보였다. 원래는 고만고만한 청소년 범죄자들과 함께 봉사활동에 나서게 될 줄 알았다. 개중 한 명쯤은 방화범이겠지. 어쩌면 해럴드 밍이 있을지도! 하지만 놀랍게도 대기실에 있는 사람들 대다수는 법원의 명령을 받고 온 게 아니었다. 동네 환경미화를 위해 발 벗고 나선 순수 자원봉사자들(할머니와 손자, 주의회 후보 등등)이었다. 잘됐다. 내가 경범죄자라는 사실을 밝힐 필요 없이 저들과 자연스럽게 섞일 수 있겠다 싶었다.

우린 시청 직원의 안내에 따라 베이지 일색인 회의실로 이동했고, 그곳에서 '도로변 안전'이라는 동영상을 시청했다.[99] 영상이 끝나자 시청 직원이 불을 켜고 우리에게 질문이 있느냐고 물었다. 뒤쪽에서 누군가가 자긴 장갑을 끼면 건선이 심해지고 피부과 전문의인 아내가 적어준 메모도 있다며 꼭 장갑을 착용해야 하느냐고 물었다. 난 대체 어떤 인간이 이렇게 좀스러운 까탈을 부리나 싶어 뒤를 돌아보았다. 알고 보니 어떤 노인네였고, 내 눈에는 아무리 봐도 건선 환자로 보이지 않았다. 하지만 어깨에 애완용인 듯한 새 한 마리가 살포시 앉아있었다. 그리고 그 사람 옆에, 역시 형광 조끼를 입은 에이버

---

99 제목만큼이나 흥미진진한 영상이었다. 눈에 쏙쏙 들어오는 이 영상에 나의 두 엄지를 바친다.

리 그린이 있었다.[100]

에이버리가 거기 있다니 어쩜 이리도 기막힌 (기막히다 못해 의심스럽기까지 한!) 우연이 다 있을까. 하지만 에이버리 그린 아닌가. 남는 시간은 당연히 쓰레기 줍기에 쓰겠지. 이런 허드렛일에 자원봉사하고 기꺼이 건선 노인네 옆에 앉겠지. 에이버리는 선행을 위해 사는 사람이니까.

내가 돌아보자마자 날 알아본 그는 정직하게도 두려움과 놀라움이 섞인 표정을 지었다. 내가 자길 스토킹하는 줄 알았나 보다. 줄지어 회의실을 나선 봉사단은 두 무리로 갈라져 두 대의 통학 버스에 올라탔다. 나는 에이버리와 다른 버스를 탔고 어쩌면 목적지도 다를 수 있겠다고 생각했다. 하지만 운은 내 편이 아니었다. 두 버스는 I-490 고속도로의 넓은 갓길에 나란히 섰다. 에이버리와 마주치지 않을 도리가 없었다.

비닐봉지를 나눠주는 아줌마에게 가는 길에 그와 눈이 마주쳤다. 난 예의 바르게 미소 지었다. 그는 조금 경계하는 듯했지만 역시 미소로 답해주었다. (그는 미소에 답하지 않을 수 없다. 다시 말하지만, 에이버리 그린 아닌가.) 그러고는 잠시 정적이 흘렀다. 이내 그는 얼어붙은 분위기를 푸는 데 이보다 흔히 쓰일 수 없는 불후의 유행어를 건넸다.

"안녕."

---

100 그렇다, 이 방에서 유일하게 형광 조끼가 어울리는 사람이었다. 그가 입으니 마치 무슨 특이한 명품 조끼 같았다.

나도 똑같이 애매하고 어색하게 대답했다.

"어, 안녕."

그를 만나 반가운 기색이 얼굴에 드러났을 것이다. 베이지 일색인 회의실에서 처음 그를 본 순간 벌겋게 달아오른 두 뺨이 여태껏 홧 홧하니 식을 줄을 몰랐으니까.

끽해야 3초쯤이었을 테지만 내 느낌엔 틀림없이 17년은 되는 것 만 같았던 어색한 침묵을 깬 쪽은 역시 에이버리였다.

"아니, 네가 어인 일로 환경미화 활동에 다 나섰을까?"

"그게, 어……."

난 말끝을 흐리며 얼버무렸다. 법원의 명령이 아니라 내 진심에서 우러나온 선행을 위해 나왔노라고 말하고 싶었다. 하지만 그건 거짓 말이다.

"사회봉사 명령을 받았거든. 해럴드 밍 컴퓨터를 건드려서."

"아. 그렇게 된 거였구나."

우리는 환경미화가 필요한 도로변으로 가서 빨대, 담배꽁초, 캔 따위를 줍기 시작했다. 에이버리는 작은 집게로 요령 있게 쓰레기를 집었는데 그럴 때마다 팔 근육이 불끈불끈했다. 난 그냥 손으로 줍는 편이 쉬웠다. 실은 별생각 없었다. 현실 세계의 쓰레기를 치우는 일 에 도덕적인 의문이 끼어들 여지는 없었다. 쓰레기는 나쁘다. 난 그 걸 제거한다.

몇 분 동안 묵묵히 쓰레기만 줍다가 돌연 에이버리를 돌아보았다.

"맹세코 난 네가 여기 있는 줄 몰랐어. 난 스토커가 아니야."

그가 웃음을 터뜨렸다.

"학기 끝난 뒤로 매주 토요일 아침마다 이 일을 했어. 그런데 이제야 네가 나타났다? 거참 수상한걸."

"하하."

뭔가 더 재치 있게 받아치고 싶은데 두뇌가 생각하길 거부하고 자꾸만 그의 팔뚝으로 눈길을 보냈다. 불끈, 불끈, 불끈.

"마고?"

그가 대답을 기다리는 눈빛으로 날 보고 있었다. 세상에, 내가 그의 팔 근육에 정신이 팔려서 그가 하는 말을 못 들은 거야?

"응?"

"대단한 사과였다고."

"아, 하하, 그렇지? 음, 이래 봬도 내가 잘못한 건 인정할 줄 아는 사람이거든."

어떤 아저씨가 배수로에서 지갑을 주웠다는 얘기에 다들 몰려가 그를 에워쌌다. 그러나 에이버리와 나는 그리로 가지 않고 천천히 앞으로만 나아갔다. 내 봉지에 담긴 쓰레기가 늘어날수록 나는 깨끗해지는 기분이었다.

"그런데 사과만 던져놓고 도망치듯 가버렸잖아. 내 기분을 말할 기회도 주지 않고."

사실이었다. 돌이켜 보니 퍽 무례한 행동이었다. 적어도 그의 대답은 들었어야 했다. 화가 난다거나 실망했다거나 무슨 말을 들었어도 좋았을 것이다.

"솔직하게 털어놓을게. 너무 창피했어. 그리고 내가 널 어떻게 대했는지 내 입으로 말하면서 새삼 깨닫게 되더라. 내가 얼마나…… 나빴는지."

난 남성용 구두 한 짝을 주워 봉지에 넣었다.

"그래도 네 말이 맞아. 어쨌거나 너한테 대답할 기회를 줬어야 해."

"그래……."

우린 계속 걸었다.

이윽고 그가 말했다.

"그래……. 엄청나게 화가 났었어. 꽤 오랫동안."

당연히 그랬겠지. 난 당해도 싸…… 어? 화가 났'었'다고? 그러니까…… 과거에? 그렇다면…… 지금은 아니라고? 난 고개를 들고 그의 얼굴을 보았다. 그는 (값비싼) 선글라스를 썼지만 난 그의 눈을 들여다볼 수 있었다. 정말 화난 눈빛이 아니었다. 신기하게도.

"화를 풀고 싶지도 않았어. 그런데 생각하면 할수록 거참, 썩 괜찮은 사과였더라고. 아주 솔직했어. 너무 솔직했달까……. 누군가는 소모적이라고 할 법한."

그리고…… 한쪽 보조개.

나도 빙그레 마주 웃었다.

누군가 쑤셔 넣었는지 덤불 밑에 신문지 뭉치가 있었다. 난 두 손을 쭉 뻗어 신문지 뭉치를 잡아 뺐다. 에이버리가 본능적으로 자기 봉지를 열어 내가 얼른 그 안에 쓰레기를 떨어뜨릴 수 있게 해주었다. 그야말로 찰나에 지나지 않았고 둘 다 장갑을 끼고 있었지만, 살짝 둘의 손이 스쳤다. 그리고 그 순간, 슬프게도 나는 가장 두려웠던 것을 확인하고야 말았다. 에이버리를 향한 감정이 사라지지 않았다는 사실을 깨달았다. 아니, 오히려 전보다 더 커져있었다.

쉬지 말고 얘기해. 정적이 내려앉을 틈을 주지 말고 사회봉사에 대한 내 견해를 줄기차게 떠들어. 더 사과해. 내 사과 여행의 결과를 그에게 알려줘. 내 본능은 그렇게 다그쳤다. 주절주절 떠들고 또 떠들다가 기어이 그가 얼마나 멋있는지까지 얘기해 버려. 세상에서 가장 낭만적이지 않은 장소인 이곳, 쓰레기투성이 고속도로에서조차, 얼마나 내 입술로 그의 입술을 덮치고 싶은지 고백해 버려.

그러나 나는 본능을 억눌렀다. 그 대신 그에게 여름방학을 어떻게 보내고 있느냐고 담백하게 물었다. 그러고는…… 들었다. 난 나아지려고 노력 중이니까.

차들이 쌩쌩 곁을 지나쳐 가는 I-490 고속도로변을 함께 걷다가, 코스트코 옆에 이르자 에이버리가 걸음을 멈췄다.

난 물었다.

"왜?"

"오, 그래. 마치 저것에 대해선 전혀 모르는 것처럼? 뉴스에도 나왔던데."

그는 두 손을 눈썹에 얹고 고개를 젖혀 우리 위로 우뚝 솟은 거대한 광고판을 눈으로 가리켰다.

나도 목을 외로 꼬며 광고판을 올려다보았다. 루비 사진을 올리거나 내려받은 사람들 전원의 명단이 실려있었다. 식별 가능한 크기의 글자로.

나도 안다. 어찌 보면 한심한 발악 같겠지. 저걸 올리는 데 드는 돈이 무려 400달러에 육박한다. 하지만 여러분의 소녀는 완벽하지 않다. 또, 최근 들어 착하게 살았으니 이 정도 자격은 있다고 봐도 되지 않을까.

"저것 때문에 축구부원 절반이 출전 정지를 당한 건 알지?"

"아, 거참 안됐네. 난 스포츠를 사랑하는데. 너무너무."

그는 선웃음을 날리며 말했다.

"지금 정말 진지하게 넌 저거랑 아무 관련이 없다고 말하는 거야? 아무래도 저건 너무나도 머츠스럽거든."

그는 그 빌어먹게 예쁜 보조개를 거의 내 얼굴에다 밀어 넣을 기세였다.

결국 나는 어깨를 들썩하고서 선언했다.

"에이버리, 정말 진지하게, 난 너한테 두 번 다시 거짓말하고 싶지 않아. 그러니까…… 그 질문엔 묵비권을 행사해도 될까?"

그는 끄덕였다. 전에 없이 정직한 내 태도에 짐짓 놀란 눈치였다.

"그래. 그 대답이면 됐어."

우린 계속 걸었다. 그는 올림포스의 신처럼 우아하게 쓰레기를 집어 올렸다. 난 노트르담의 콰시모도처럼 쭈그리고 주웠다. 변태들 이름이 가득한 광고판이 우리 뒤로 점점 작아졌다. 이윽고 우리 눈에 보이는 거라곤 도로와 하늘뿐이었다. 그리고 쓰레기. 쓰레기가 너무나도 많았다.

우선 이 이야기가 정말로 책이 될 수 있다고 여겨준 템플 힐의 앨리 다이어에게 감사한다. 그녀의 피드백과 지도, 손길, 응원이 없었다면 이 이야기는 끝내 아무도 만들고 싶어 하지 않는 한 쪽짜리 극본으로 남았을 것이다.

아울러 이 책의 편집에 각고의 에너지와 노력을 기울인 켈시에게 도 우선 감사를 표하고 싶다(감사 1순위에 두 명을 올려도 되겠지?). 통찰력과 깊이가 있고 때로는 무섭기도 했던 그녀의 메모들 덕에 우린 필로멜에 둥지를 틀었고 이곳에서 더없이 행복하다. 우리 이야기에 우리만큼 (어쩌면 우리보다 더?) 관심이 많은 편집자를 두었다는 사실에 얼마나 든든했는지 모른다. 켈시는 모든 과정을 함께하며 이야기가 풍성해지도록 도왔다. 그녀는 와, 보물이다.

필로멜과 펭귄 랜덤 하우스의 팀원들도 고마운 분들이다. 우리가 이 과정을 잘 헤쳐갈 수 있도록 이끌어 준 질 산토폴로, 켄 라이트, 리자 캐플런, 셰릴 아이싱에게 감사 인사를 전한다. 이 책이 이토록 멋져 보이는 건 디자인에 참여한 모니크 스털링, 엘리스 리, 마리아 파지오, 크리스틴 보일, 데보라 캐플런, 특히 우릴 견뎌준 케이티 캐리 덕분이다(케이티의 다른 작품을 아직 보지 못했다면 그녀를 검색해 보라. 눈 호강이 따로 없다). 홍보 담당인 애슐리 스프루일과 독보적인 영업 및 마케팅 팀에게도 감사 인사를 빠뜨릴 수 없다. 그들은 우리 작품을 우리보다 훨씬 더 훌륭하게 홍보해 주었다!

'바람의 섬'과 'FAST-D' 같은 단어들을 찾아준 교열 담당자 크리스타 앨버그, 로라 블랙웰, 솔라 아킨라나에게 고마움을 표한다. 여러분의 작업에 깊이 감동했습니다. 비록 우리가 굵은 글씨 사용을 **존중할 만한 수준보다 훨씬 더** 지양하기는 했지만요. 아울러 이 책에 대한 사려 깊은 피드백과 솔직한 의견을 공유해 준 우리의 '찐' 독자, 로니 데이비스에게도 감사한다.

이 이야기로 우리와 연을 맺은, 줄리 워터스를 비롯한 템플 힐 팀(알렉스 애디슨과 그녀의 마케팅 지혜)에 감사한다. 그들과 함께 일하며 전율을 느꼈다. 또한 템플 힐의 환상적인 직원들, 사이먼 립스카, 세실리아 들라 캄파, 알레산드라 버치 그리고 라이터스 하우스 팀에 찬사를 보낸다.

고맙습니다, merci, Спасибо, obrigada! 해외의 출판 파트너인 문학수첩, 라 마르티니에르, 엑스모, 나시오날, 아울러 하디 그랜트에게 감사 인사를 보낸다.

다음은 제프 로버츠다. 제프 없이 우리가 뭘 할 수 있을까? 정답은 당황하기. 우리는 그야말로 컴맹이다. 해킹이고 다크웹이고 코딩이고 아무것도 모른다. 캐리는 심지어 브라우저 작동 원리조차 잘 이해하지 못한다. 마고가 우리 같은 컴맹으로 보이지 않을 수 있는 건 어디까지나 제프가 제공한 기술 지식 덕분이다. 우리에게 '토르'를 서른일곱 번이나 설명해 준 그의 인내심에 무한히 감사한다. 마고의 말투와 우리가 추구하는 방향을 거의 순식간에 간파해 준 것도 너무나 고맙다. 우리보다 그가 더 수고해 주었다.

이 책의 초기 독자가 되어준 조너선 퍼낸데즈에게도 감사를 전한다. 그의 피드백과 통찰력 덕분에 우리가 이야기를 더 깊게 파고들어 만족스러운 결과를 얻었다. 그가 요즘 청소년 소설 시장의 특성을 알려주었기에 우리는 조금 더 자신 있게 출판을 결심할 수 있었다.

물론 젊은이들의 도움이 없었더라면 지금쯤 우린 어디서 헤매고 있을지 모른다. 샘 레비, 샬럿 셰필드, 소피아 트리아시와 지아 트리아시에게 큰 신세를 졌다. 그들은 우리가 무작위로 쏟아부은 질문에 일일이 답해주고 '요즘 아이들 말투' 연구에 도움이 되어주었다. 사랑한다, 얘들아! 하지만 제발, 우리 잔디밭에서 냉큼 꺼져주겠니?

예술 동지이자 인간으로서 우리를 응원해 준 뉴욕과 LA(그리고 로체스터와 CT!)의 여러 친구에게 감사 인사를 보낸다. 그들은 몇 년에 걸쳐 우리의 수많은 대본을 소리 내어 읽었고, 우리가 쓴 작품이 형편없었을 때도 우리를 격려해 주었다. 이언의 작가 모임과 극작가 경력은 브렌던과 제이슨의 공이다. 우리 부부를 TH로 연결해 준(그리고 아마도 친구가 되어준?) 데이브에게 고마운 마음을 전한다. 아이작은 그의 책에서 우리에게 고맙다고 해줘서 고맙다. 또한 캐리는 지하에서 코미디를 하면서 만난 놀랍도록 든든한 친구들에게 한없는 감사를 표한다. 아울러 그녀는 멀리사가 없었더라면 고등학생이 주인공인 책을 절대로 쓸 수 없었을 거라고 한다. 우리 가족, 형제, 자매, 언제나 응원을 아끼지 않는 친척들 모두와 할머니! 그들이 있었기에 우리가 이 자리에 설 수 있었다.

우린 로리 던컨, 캐런 매크로슨, 폴 매크로슨의 자식이기에 무사히 책을 쓸 수 있었다. 부모님으로부터 이토록 무한한 사랑과 지지를 받을 수 있다니 세상에 우리 같은 행운아가 또 있을까? 자립해 마땅한 어른이 되어서까지 이렇게 부모님의 은혜를 입는다. 생각하면 그저 놀라울 따름이다. 너무나 감사하다. 사랑합니다.

우리가 집필하는 동안 캘빈을 봐준 창의적인 예술가 캐럴라인 코터와 한나 드보어도 너무나 고맙다. 그 애는 그들과 어울리는 걸 무척 좋아했다.

고마워, 캘빈! 완벽한 아들이어서, 어딜 가나 기쁨을 퍼뜨려서. 다음 책은 네가 누누이 요청한 대로 트럭에 관한 이야기를 쓸게. 사랑한다. 정말로.

마지막으로, 친애하는 우리 매니저들. 에드나 코완 매니지먼트의 에드나 코완과 언타이틀드의 알렉스 플래티스, 케이트 모런, 언제나 우리 편이어서 고마워요. 우리가 소설을 쓰는 동안 우릴 참아줘서 또 고맙고. 심지어 한 편도 아니고 두 편이었죠. 그리고 우리의 영웅, 페이코프 마한의 제이 파텔. 시간과 지혜를 우리에게 나누어 주고 법적으로 우리의 뒷배가 되어 준 고마운 분이다.

두 번째 마지막으로, 부부 상담사인 로런에게도 감사를 표해야 할 것 같다. 그녀와 함께하지 않았다면 보나 마나 우리 부부도 함께할 수 없었을 것이다.

옮긴이 **이신**

영미권 도서 번역가. 원저자의 문체와 의도를 최대한 살리면서 한국 독자들이 편하
게 읽을 수 있는 번역을 추구한다. 옮긴 책으로는 《두 사람 다 죽는다》, 《열기구가
사라졌다》, 《오만과 편견》, 《폭풍의 언덕》, 《모든 순간의 클래식》 등이 있다.

마고 머츠가 치워드립니다

초판 1쇄 인쇄 2023년 8월 14일
초판 1쇄 발행 2023년 8월 22일

지은이 | 이언 맥웨시, 캐리 매크로슨
옮긴이 | 이신
발행인 | 강봉자, 김은경

펴낸곳 | (주)문학수첩
주소 | 경기도 파주시 회동길 503-1(문발동 633-4) 출판문화단지
전화 | 031-955-9088(대표번호), 9530(편집부)
팩스 | 031-955-9066
등록 | 1991년 11월 27일 제16-482호

홈페이지 | www.moonhak.co.kr
블로그 | blog.naver.commoonhak91
이메일 | moonhak@moonhak.co.kr

ISBN 979-11-92776-27-9 03840

* 파본은 구매처에서 바꾸어 드립니다.